王度庐作品大系　武侠卷　拾肆

雍正与年羹尧

王度庐·著／王芹·点校

山西出版传媒集团

北岳文艺出版社

王度庐著

图书在版编目（CIP）数据

雍正与年羹尧 / 王度庐著 . — 太原：北岳文艺出版社，2017.3
（王度庐作品大系）
ISBN 978-7-5378-5089-6

Ⅰ . ①雍… Ⅱ . ①王… Ⅲ . ①侠义小说－中国－当代 Ⅳ . ① I247.5

中国版本图书馆 CIP 数据核字（2017）第 031295 号

书名：雍正与年羹尧　　点校：王　芹　　　　　责任编辑：刘文飞
著者：王度庐　　　　　策划：续小强　刘文飞　书籍设计：张永文
　　　　　　　　　　　　　　　　　　　　　　印装监制：巩　璠

出版发行：山西出版传媒集团·北岳文艺出版社
地址：山西省太原市并州南路 57 号
邮编：030012
电话：0351-5628696（发行部）　0351-5628688（总编办）
传真：0351-5628680
网址：http://www.bywy.com　E-mail：bywycbs@163.com
经销商：新华书店　印刷装订：山西人民印刷有限责任公司

开本：890mm×1240mm　1/32　总字数：284 千字　印数：1-5000
总印张：9.875　版次：2017 年 3 月第 1 版　印次：2017 年 3 月山西第 1 次印刷
书号：ISBN　978-7-5378-5089-6
总定价：40.00 元

出版前言

　　王度庐(1909—1977)，原名葆祥(后改葆翔)，字霄羽，出生于北京下层旗人家庭。"度庐"是1938年启用的笔名。他是中国现代文学史上著名的武侠言情小说家，独创"悲剧侠情"一派，成为民国北方武侠巨擘之一，与还珠楼主、白羽(宫竹心)、郑证因、朱贞木并称为"北派五大家"。

　　20世纪20年代，王度庐开始在北京小报上发表连载小说，包括侦探、实事、惨情、社会、武侠等各种类型，并发表杂文多篇。20世纪30年代后期，因在青岛报纸上连载长篇武侠小说《宝剑金钗》《剑气珠光》《鹤惊昆仑》《卧虎藏龙》《铁骑银瓶》(合称"鹤—铁五部")而蜚声全国；至1948年，他还创作了《风雨双龙剑》《洛阳豪客》《绣带银镖》《雍正与年羹尧》等十几部中篇武侠小说和《落絮飘香》《古城新月》《虞美人》等社会言情小说。

　　王度庐熟悉新文学和西方现代文化思潮，他的侠情小说多以性格、心理为重心，并在叙述时投入主观情绪，着重于"情""义""理"的演绎。"鹤—铁五部"既互有联系又相对独立，达到了通俗武侠文学抒写悲情的现代水平和相当的人性深度，具有"社会悲剧、命运悲剧、性格心理悲剧的综合美感"。他的社会言情小说的艺术感染力也很强，注重营造诗意的氛围，写婚姻恋爱问题，将金钱、地位与爱情构成冲突模式，表现普通人对个性解放、爱情自由和婚姻平等的追求与呼唤。这些作品注重写人，写人性，与"五四"以来"人的文学"思潮是互相呼应的。因此，王度庐也成为通俗文学史乃至整个中国现代文学史研究中绕不过去的作家，被写入不同类型的文学史。许多学者和专家将他及其作品列为重点研究对象。

王度庐所创造的"悲剧侠情"美学风格影响了港台"新派"武侠小说的创作，台湾著名学者叶洪生批校出版的《近代中国武侠小说名著大系》即收录了王度庐的七部作品，并称"他打破了既往'江湖传奇'（如不肖生）、'奇幻仙侠'（如还珠楼主）乃至'武打综艺'（如白羽）各派武侠外在茧衣，而潜入英雄儿女的灵魂深处活动；以近乎白描的'新文艺'笔法来描写侠骨、柔肠、英雄泪，乃自成'悲剧侠情'一大家数。爱恨交织，扣人心弦！"台湾著名武侠小说作家古龙曾说，"到了我生命中某一个阶段中，我忽然发现我最喜爱的武侠小说作家竟然是王度庐"。大陆学者张赣生、徐斯年对王度庐的作品进行了大量的整理、发掘和研究工作，并给予了很高的评价。徐斯年称其为"言情圣手，武侠大家"，张赣生则在《王度庐武侠言情小说集》的序言中说："从中国文学史的全局来看，他的武侠言情小说大大超过了前人所达到的水平"，"他创造了武侠言情小说的完善形态，在这方面，他是开山立派的一代宗师。"

此次出版的《王度庐作品大系》收录了王度庐在不同时期的代表作和有影响力的作品，还收录了至今尚未出版过的新发掘出的作品，包括他早期创作的杂文和小说。此外，为了满足不同领域的读者的需求，此版还附有张赣生先生的序言、已知王度庐小说目录和王度庐年表，以供研究者参考。这次出版得到了王度庐子女的大力支持和密切配合，王度庐之女王芹女士亲自对作品进行了点校。可以说，他们的支持使得《王度庐作品大系》成为王度庐作品最完善、最全面的一次呈现。在此，我们表达最诚挚的谢意。

在编辑过程中，我们依据上海励力出版社，参考报纸连载文本及其他出版社的原始版本，对作品中出现的语病和标点进行了订正；遵循《第一批异形词整理表》（GF1001-2001），对文中的字、词进行了统一校对；并参照《现代汉语大词典》《汉语方言大词典》《北京方言词典》《北京土语辞典》等工具书小心求证，力求保持作品语言的原汁原味。由于编辑水平和时间有限，难免有疏漏之处，敬请广大读者批评指正！

北岳文艺出版社

二〇一五年六月三十日

总　序

　　王度庐是位曾被遗忘的作家。许多人重新想起他或刚知道他的名字，都可归因于影片《卧虎藏龙》荣获奥斯卡奖的影响。但是，观赏影片替代不了阅读原著，不读小说《卧虎藏龙》（而且必须先看《宝剑金钗》），你就不会知道王度庐与李安的差别。而你若想了解王度庐的"全人"，那又必须尽可能多地阅读他的其他著作。北岳文艺出版社继《宫白羽武侠小说全集》《还珠楼主小说全集》之后推出这套《王度庐作品大系》（以下简称《大系》），对于通俗文学史的研究，可谓功德无量！

　　王度庐，原名王葆祥，字霄羽，1909年生于北京一个下层旗人家庭。幼年丧父，旧制高小毕业即步入社会，一边谋生，一边自学。十七岁始向《小小日报》投寄侦探小说，随即扩及社会小说、武侠小说。1930年在该报开辟个人专栏《谈天》，日发散文一篇；次年就任该报编辑。八年间，已知发表小说近三十部（篇）。1934年往西安与李丹荃结婚，曾任陕西省教育厅编审室办事员和西安《民意报》编辑。1936年返回北平，继续以卖稿为生，次年赴青岛。青岛沦陷后始用笔名"度庐"，在《青岛新民报》及南京《京报》发表武侠言情小说（同时继续撰写社会小说，署名则用"霄羽"）。十余年间，发表的武侠小说、社会小说达三十余部。1949年赴大连，任大连师范专科学校教员。1953年调到沈阳，任东北实验中学语文教员。"文革"时期，以退休人员身份随夫人"下放"昌图县农村。1977年卒于辽宁铁岭。

早在青年时代，王度庐就接受并阐释过"平民文学"的主张。他的文学思想虽与周作人不尽相同，但在"为人生"这一要点上，二者的观念是基本一致的。

从撰写《红绫枕》（1926年）开始，王度庐的社会小说（当时或又标为"惨情小说""社会言情小说"）就把笔力集中于揭示社会的不公、人生的惨淡，以及受侮辱、受损害者命运的悲苦。

恋爱和婚姻是"五四"新文学的一大主题。那时新小说里追求婚恋自由的男女主人公面对的阻力主要来自封建家庭和封建礼教，作品多反映"父与子"的冲突——包括对男权的反抗，所以，易卜生笔下的娜拉尤被觉醒的女青年们视为楷模。到了王度庐的笔下，上述冲突转化成了"金钱与爱情"的矛盾。

正如鲁迅所说：娜拉冲出家庭之后，倘若不能自立，摆在面前的出路只有两条——或者堕落，或者"回家"。王度庐则在《虞美人》中写道："人生""青春"和"金钱"，"三者之间是相互联系着的"，而在当时的中国社会里，金钱又对一切起着主导性的作用。他所撰写的社会言情小说，深刻淋漓地描绘了"金钱"如何成为社会流行的最高价值观念和唯一价值标准，如何与传统的父权、男权结合而使它们更加无耻，如何导致社会的险恶和人性的异化。

王度庐特别关注女性的命运。他笔下的女主人公多曾追求自立，但是这条道路充满凶险。范菊英（《落絮飘香》）和田二玉（《晚香玉》）付出了生命的代价；虞婉兰（《虞美人》）终于发疯，生不如死。唯有白月梅（《古城新月》）初步实现了自立，但她的前途仍难预料；至于最具"娜拉性格"，而且也更加具备自立条件的祁丽雪，最终选择的出路却是"回家"。

这些故事，可用王度庐自己的两句话加以概括："财色相欺，优柔自误"（《〈宝剑金钗〉序》）。金钱腐蚀、摧毁了爱情，也使人性发生扭曲。人是"社会关系的总和"，他的社会小说正是通过写人，而使社会的弊端暴露无遗。

在社会小说里，王度庐经常写及具有侠义精神的人物，他们扶弱抗强，甚至不惜舍生以取义。这些人物有的写得很好，如《风尘四杰》里的天桥四杰和《粉墨婵娟》里的方梦渔；有些粗豪角色则写得并不成功，流于概念化，如《红绫枕》里的熊屠户和《虞美人》里的秃头小三。

上述侠义角色与爱情故事里的男女主人公一样，也是现代社会中的弱者。作者不止一次地提示读者，这些侠义人物"应该"生活于古代。这种提示背后隐含着一个问题：现代爱情悲剧里的那些痴男怨女，如果变成身负绝顶武功的侠士和侠女，生活在快意恩仇的古代江湖，他们的故事和命运将会怎样？这个问题化为创作动机，便催生出了王度庐的侠情小说，这里也昭示着它们与作者所撰社会小说的内在联系。

《宝剑金钗》标志着王度庐开始自觉地把撰写社会言情小说的经验融入侠情小说的写作之中，也标志着他自觉创造"现代武侠悲情小说"这一全新样式的开端。此书属于厚积薄发的精品，所以一鸣惊人，奠定了作者成为中国现代武侠悲情小说开山宗师的地位。继而推出的《剑气珠光》《鹤惊昆仑》《卧虎藏龙》《铁骑银瓶》①（与《宝剑金钗》合称"鹤-铁五部"）以及《风雨双龙剑》《彩凤银蛇传》《洛阳豪客》《燕市侠伶》等，都可视为王氏现代武侠悲情小说的代表作或佳作。

作为这些爱情故事主人公的侠士、侠女，他们虽然武艺超群，却都是"人"，而不是"超人"。作者没有赋予他们保国救民那样的大任，只让他们为捍卫"爱的权利"而战；但是，"爱的责任"又令他们惶恐、纠结。他们驰骋江湖，所向无敌，必要时也敢以武犯禁，但是面对"庙堂"法制，他们又不得不有所顾忌；他们最终发现，最难战胜的"敌人"竟是"自己"。如果说王度庐的社会小说属于弱者的社会悲剧，那么他的武侠悲情小说则是强者的心灵悲剧。

王度庐是位悲剧意识极为强烈的作家。他说："美与缺陷原是一个东西。""向来'大团圆'的玩意儿总没有'缺陷美'令人留恋，而且人生本来是一杯苦酒，哪里来的那么些'完美'的事情？"（《关于鲁海娥之

①这里叙述的是发表次序。按故事时序，则《鹤惊昆仑》为第一部，以下依次为《宝剑金钗》《剑气珠光》《卧虎藏龙》《铁骑银瓶》。

死》)《鹤惊昆仑》和《彩凤银蛇传》里的"缺陷"是女主人公的死亡和男主人公的悲凉;《宝剑金钗》《卧虎藏龙》《铁骑银瓶》里的"缺陷"都不是男女主角的死亡,而是他们内心深处永难平复的创伤;《风雨双龙剑》和《洛阳豪客》则用一抹喜剧性的亮色,来反衬这种悲怆和内心伤痕。

王度庐把侠情小说提升到心理悲剧的境界,为中国武侠小说史做出了一大贡献。正如弗洛伊德所说:"这里,造成痛苦的斗争是在主角的心灵中进行着,这是一个不同冲动之间的斗争,这个斗争的结束绝不是主角的消逝,而是他的一个冲动的消逝。"①这个"冲动"虽因主角的"自我克制"而消逝了,但他(她)内心深处的波涛却在继续涌动,以致成为终身遗恨。

李慕白,是王度庐写得最为成功的一个男人。

有人说,李慕白是位集儒、释、道三家人格于一身的大侠;这是该评论者观赏电影《卧虎藏龙》的个人感受。至于小说《宝剑金钗》里的李慕白,他的头上绝无如此"高大上"的绚丽光环——古龙说得好:王度庐笔下的李慕白,无非是个"失意的男人"。

在《宝剑金钗》里,李慕白始终纠结于"情"和"义"的矛盾冲突之中,他最终选择了舍情取义,但所选的"义"中却又渗透着难以言说的"情"。手刃巨奸如囊中取物,李慕白做得非常轻易;但是他却主动伏法,付出的代价极其沉重。他做这些都是自愿的,又都是不自愿的。出发除奸之前,作者让他在安定门城墙下的草地上做了一番内心自剖,这段自剖深刻地展示着他的"失意",这种心态可以概括为三个字——"不甘心"。

在本《大系》所收"早期小说与杂文"卷中,读者可以见到王度庐用笔名"柳今"所写的一篇杂文《憔悴》,其中有段文字,所写心态与上述李慕白的自剖如出一辙。读者还可见到,《红绫枕》里男主角戚雪桥为爱

---

① 弗洛伊德:《戏剧中的精神变态人物》,张唤民译,载《二十世纪西方美学名著选》(上),复旦大学出版社,1987,第410页。

人营墓、祭扫时的一段内心独白,其心态又与柳今极其相似。于是,我们看到了王度庐、柳今、戚雪桥(还有一些其他角色,因相关作品残缺而未收入《大系》)与李慕白之间的联系——李慕白的故事,是戚雪桥们的白日梦;戚雪桥、李慕白们的故事,则是柳今、王度庐的白日梦。

不把李慕白这个大侠写成一位"高大上"的"完人",而把他写成一个"失意的男人",这是王度庐颠覆传统"侠义叙事",为中国武侠小说史做出的又一贡献。

玉娇龙,是王度庐写得最为成功的一个女人。

玉娇龙的性格与《古城新月》里的祁丽雪有相似之处,但是她的叛逆精神更加决绝、更加彻底。为了自由的爱情,她舍弃了骨肉的亲情。同时,她也舍弃了贵胄生活,选择了荆棘江湖;舍弃了城市文明,选择了草莽蛮荒。

对玉娇龙来说,最难割舍的是亲情;最难获得的,是理想的婚姻。她发现自己选择罗小虎未免有点莽撞,所以又离开了他。她获得了自由的爱情,却在事实上拒绝了自由的婚姻。这与其说反映着"礼教观念残余""贵族阶级局限",不如说是对文化差异的正视。尽管如此,这位"古代娜拉"并未"回家",而是毅然决然地踏上一条不归路。这条路是悲凉的,同时又是壮美的。

玉娇龙和李慕白都是"跨卷人物"。《剑气珠光》里的李慕白写得不好,因为背离了《宝剑金钗》中业已形成的性格逻辑。《铁骑银瓶》里的玉娇龙则写得很好,她青年时代的浪漫爱情,此时已经升华为伟大的、无私的母爱。她青年时代的梦想,终于在爱子和养女的身上得以成真,但是他们携手归隐时的心态,也与母亲一样充满遗憾。

王度庐的上述成就,都是源于对传统武侠叙事的扬弃,这也使他的武侠悲情小说拥有了现代精神。

王度庐又是一位京旗作家。

清朝定都北京之后,即将内城所居汉人一律迁出,由八旗分驻内城八区。王度庐家住地安门内的"后门里",属于镶黄旗驻区,其父供职于内务府的上驷院。内务府是一个由满洲上三旗(镶黄、正黄、正白旗)内"从龙包衣"①组成的机构,专门管理皇家事务。由此可知,王氏当属编入满洲镶黄旗的"汉姓人",这一族群不同于"汉人""汉军",满人把他们视为同族②。

满人崛起于白山黑水之间,性格刚毅尚武,自立自强,粗犷豪放。入关定鼎之后,宴安日久,八旗制度的内在弊端开始呈现,"八旗生计"问题日益突出,以致最终导致严重的存亡危机。王度庐出生时,恰逢取消"铁杆庄稼"(即旗人原本享受的"俸禄"),父亲又早逝,全家陷于接近赤贫的境地。他的早期杂文经常写到"经济的压迫","身世的漂泊,学业的荒芜",疾病的"缠身",始终无法摆脱"整天奔窝头"的境况。他的许多社会小说及其主人公的经历、心境,也都寄托着同样的身世之感和颓丧情绪。这种刻骨铭心的痛楚,蕴含着当时旗人不可避免的噩运,汉族读者是难以体会这种特殊的苦痛的。

同时,王度庐又十分景仰旗族优秀的民族精神。他的作品,明确书写旗人生活的有十多部;他所塑造的许多旗籍人物身上,都寄托着他对民族精神的追忆和期许。

从这个角度考察玉娇龙,首先令人想到满族的"尊女"传统。满族文史专家关纪新认为,这一传统的形成,至少有四点原因:一、对母系氏族社会的清晰记忆;二、以采集、渔猎为主的传统经济,决定了男女社会分工趋于平等;三、入关之前未经历很多封建化过程;四、旗族少女在理论上都有"选秀入官"机会,所以家族内部皆以"小姑为大"。③玉娇龙那昂扬的生命力,正是满族少女普遍性格的文学升华。《宝刀飞》可能是第一部把入官前的慈禧,作为一位纯真、浪漫而又不无"野心"的旗族姑娘加以描绘的小说。作者以"正笔"书写入官前的她,用"侧笔"续写成为"西宫娘娘"之后的她,沉重的历史

---

① "包衣",满语,意为"家里人",在一定语境下也指"世仆""仆役";"从龙",指从其祖先开始就归皇帝亲领。王度庐在一份手写的简历里说:父亲在清宫一个"管理车马的机构"任小职员,这个机构当即内务府所属之上驷院。

② 按:"满人"专指满族;"旗人"这一概念则涵括满洲、蒙古、汉军三个八旗的所有成员,其内涵大于"满人"。

③ 参阅关纪新:《多元背景下的一种阅读——满族文学与文化论稿》,辽宁民族出版社,2013,第219页。

感里蕴含几分惋惜，情感上极具"旗族特色"。

在《宝剑金钗》和《卧虎藏龙》里，德啸峰虽非主人公，却可视为旗籍"贵胄之侠"的典型。他沉稳、老练，善于谋划，善于掌控全局，比李慕白更加"拿得起、放得下"。他的身上比较完整地体现着金启孮所说京城旗人游侠的三个特征：一、凌强而不欺下，一般人对他们没有什么恶感。二、多在八旗人居住的内城活动，没什么民族矛盾的辫子可抓。三、偶或触犯权势，但不具备"大逆不道"的证据，故多默默无闻。[①]铁贝勒、邱广超和《彩凤银蛇传》里的谢慰臣都属此类人物。

进入民国之后，由于政治、经济原因，京中旗人的精神状态呈现更趋萎靡甚至堕落之势（《晚香玉》里的田迂子即为典型），但是王度庐从闾巷之中找到了民族精神的正面传承。《风尘四杰》实际写了五个"闾巷之侠"——那位"有学有品而穷光蛋"[②]的"我"，也算一个"不武之侠"。作者清楚地认识到：虽然早非"侠的时代"，但是天桥"四杰"[③]身上那种捍卫正义，向善疾恶，刚健、豁达、坚韧、仗义、乐观的民族精神，却是值得弘扬光大的。这已不仅仅是对旗族的期许，更是对重振中华民族传统美德的期许。

凡是旗人，都无法回避对于清王朝的评价。王度庐在杂文里认为，"大清国歇业，溥掌柜回老家"[④]乃是历史的必然，人民期盼的是真正实现"五族共和"。他更在两部算不上杰作的小说中，以传奇笔法描绘了两位清朝"盛世圣君"的形象。《雍正与年羹尧》里的胤禛既胸怀雄才大略，又善施阴谋诡计。他利用"江南八侠"的"复明"活动实现自己夺嫡、登基的计划，又在目的达到之后断然剪除"八侠"势力。但是，他对汉族的"复明"意志及其能量日夜心怀惕惧，以至"留下密旨，劝他的儿子登基以后，要相机行事，而使全国

---

① 参阅关纪新：《老舍与满族文化》，辽宁民族出版社，2008，第80页。
② 语见王度庐早期杂文《中等人》，原载于北平《小小日报》1930年4月5日"谈天"栏，署名"柳今"。
③ 民国初年，"天坛附近的天桥大多数的女艺人、说书人、算命打卦者都是满人"。转引自关纪新：《老舍与满族文化》，辽宁民族出版社，2008，第122页。
④ 语见王度庐早期杂文《小算盘》，原载于《小小日报》1930年5月20日"谈天"栏，署名"柳今"。

恢复汉家的衣冠"。书中还有一位不起眼的小角色——跟着胤禛闯荡江湖的"小常随",他与八侠相交甚密,又很忠于胤禛。"两边都要报恩"的尖锐矛盾,导致他最终撞墙而殉。作者展示的绝不限于"义气",这里更加突出表现的是对汉族的负疚感和对民族杀伐史的深沉痛楚。王度庐对历史的反思已经出离于本民族的"兴亡得失",上升为一种"超民族"的普世人文关怀。《金刚玉宝剑》中的乾隆,则被写成一个孤独落寞的衰朽老人,这一形象同样透露着作者的上述历史观。

满族入关后吸收汉族文化,"尚武"精神转向"重文",涌现出了纳兰性德、曹雪芹、文康等杰出满族作家,其中对王度庐影响最大的是纳兰性德。"摇落后,清吹那堪听。淅沥暗飘金井叶,乍闻风定又钟声。"[①]纳兰词的凄美色调,融入北京城的扑面柳絮和戈壁滩的漫天风沙,形成了王度庐小说特有的悲怆风格。

旗人的生活文化是"雅""俗"相融的,王度庐继承着旗族的两大爱好:鼓词(又称"子弟书""落子")和京剧。他十七岁时写的小说《红绫枕》,叙述的就是鼓姬命运,其中还插有自创的几首凄美鼓词。至于京剧,据不完全统计,仅在《落絮飘香》《古城新月》《晚香玉》《虞美人》《粉墨婵娟》《风尘四杰》《寒梅曲》七部小说中,写及的剧目已达九十六折[②]之多!作为小说叙事的有机内涵,王度庐写及昆曲、秦腔、梆子与京剧的关系,"京朝派"(即京派)与"外江派"(即海派)的异同,"京、海之争"和"京、海互补",票社活动及其排场,非科班出身的伶人、票友如何学戏,戏班师傅和剧评家如何为新演员策划"打炮戏",各色人等观剧时的移情心理和审美思维……他笔下的伶人、票友对京剧的热爱是超功利的,而她(他)们的社会角色和物质生活则是极功利的——唯美的精神追求与惨淡的现实生活构成鲜明反差,映射着

---

①纳兰性德:《忆江南》——当年王度庐与李丹荃相爱,曾赠以《纳兰词》一册,李丹荃女士七十余岁时犹能背诵这首词。

②由于现存《虞美人》和《寒梅曲》文本均不完整,所以这一数字是不完整的。而未列入统计对象的《宝剑金钗》《燕市侠伶》等作品中,也常含有京剧演出、观赏等情节,涉及剧目亦复不少。

人性的本真、复杂和异化。他又善于利用剧情渲染故事情节和人物情感,例如《粉墨婵娟》中,凭借《薛礼叹月》和《太真外传》两段唱词,抒发女主人公不同情境下的不同心绪,展示着"戏如人生、人生如戏"的微妙契合,极大地增强了小说的诗意。

入关以后,旗人皆认"京师"为故乡,京旗文学自以"京味儿"为特色。王度庐的小说描绘北京地理风貌极其准确,所述地名——包括城门、街衢、胡同、集市、苑囿、交通路线等等,几乎均可在相应时期的地图上得到印证。《宝剑金钗》《卧虎藏龙》主人公的活动空间广阔,书中展示清代中期北京的地理风貌相当宏观,又非常精细。玉娇龙之父为九门提督,府邸位置有据可查,作者由此设计出铁贝勒、德啸峰、邱广超府第位置,决定了以内城正黄旗、镶黄旗(兼及正红旗、正白旗)驻区为"贵胄之侠"的主要活动区域。李慕白等为江湖人,则决定了以"外城"即南城为其主要活动区域。两类侠者的行动则把上述区域连接起来,并且扩及全城和郊县。《落絮飘香》《古城新月》《晚香玉》《虞美人》等社会小说中,主人公的活动空间相对狭小,所以每部作品侧重展示的是民国时期北平城的某一局部区域:或以海淀—东单—宣内为主,或以西城丰盛地区—东单王府井地区为主,等等。拼合起来,也是一幅接近完整的"北平地图"。上述小说之间所写地域又常出现重合,而以鼓楼大街、地安门一带的重合率为最高。作者故居所在地"后门里"恰在这一区域,在不同的作品里,它被分别设置为丐头、暗娼等的住地。这里反映着作者内心深处存在一个"后门里情结",他把此地写成天子脚下、富贵乡边的一个小小"贫困点",既体现着平民主义的观念,又是一种带有幽默意味的自嘲。

王度庐小说里的"北京文化地图",是"地景"与"时景"的融合,所以是立体的、动态的。这里的"时景",指一定地域中人们的生活形态,包括节俗、风习。无论是妙峰山的香市、白云观的庙会、旗族的婚礼仪仗、富贵人家的大出丧、"残灯末庙"时的祭祖和年夜饭、北海中元节的"烧法船",乃至京旗人家的衣食住行,王度庐都描写得有声有色,细致生动。这些"时景"与故事情节融为一体,成为展示人物性格、心理的重要手段;同时也颇具独立的民俗学价值。王度庐在小说里常将富贵繁华区的灯红酒绿与平民集市里的杂乱喧闹加以对比,而对后者的描绘和评论尤具特色。例如,《风尘四杰》里是这样介绍天桥的："天桥，的确景物很多，让你百看不厌。人乱而事杂，技艺丛集，藏龙卧虎，新旧并列。是时代的渣滓与生计的艰辛交织成了这个地方，在无情的大风里，秽土的弥漫中，令你啼笑皆非。"他笔下的天桥图景，喷发着故都世俗社会沸沸扬扬的活力和生机，嘈杂喧嚣而又暗藏同一的内在律动；它与内城里的"皇气""官气"保持着疏离，却又沾染着前者的几分闲散和慵懒。这又是一种十分浓厚、相当典型的"京味儿"！

"京味儿"当然离不开"京腔"。王度庐的语言大致是由两部分组成的：叙事以及文化程度较高角色的口语，用的是"标准变体"，即经过"标准化处理"的北京话，近似如今的"普通话"；底层人物的语言，则多用地道的北京土语，词汇、语法都有浓厚的地域特色，比一般的"京片儿"还要"土"。故在"拙""朴"方面，他比一些京派作家显得更加突出。

由于众所周知的原因，王度庐的作品散佚严重，这部《大系》编入了至今保存完整或相对完整的小说二十余种，另有一卷专收早期小说和杂文。

笔者认为，1949年前促使王度庐奋力写作的动力当有三种：一曰"舒愤懑"；二曰"为人生"；三曰"奔窝头"。三者结合得好，或前二者起主要作用时，写出来的作品质量都高或较高；而当"第三动力"起主要作用时，写出来的作品往往难免粗糙、随意。当然，写熟悉的题材时，质量一般也高或较高，否则，虽欲"舒愤懑""为人生"，也难以得到理想的效果。是否如此，还请读者评判、指正。

徐斯年

二〇一四年十一月于姑苏香滨水岸

凡 例

1.《风雨双龙剑》

本书初稿共十七回,连载于 1940 年 8 月 16 日至 1941 年 5 月 9 日南京《京报》。载毕即由报社刊行单行本,列为"京报丛书"之一。1948 年又由上海育才书局印行单行本,改为十八回;回目与《京报》本略有差异,内文稍有删改。本版采用十八回,内文据连载本印行。

2.《彩凤银蛇传》

本书最初连载于 1941 年 5 月 10 日至 1942 年 3 月 1 日南京《京报》。未见单行本。本版即据连载本印行。

3.《纤纤剑》

本书初载于 1942 年 3 月 1 日至 10 月 31 日南京《京报》。未见单行本。本版即据连载本印行。

4.《洛阳豪客》

本书初稿连载于 1943 年 1 月 23 日至 1944 年 1 月 8 日南京《京报》,原题《舞剑飞花录》。1949 年 2 月上海励力出版社印行单行本,改题《洛阳豪客》,章次、章题均与连载本不同,内文差异亦大。

本版以连载本为底本,书名仍用励力版名,附励力版目录如下:

5.《大漠双鸳谱》

本书最初连载于 1943 年 1 月 23 日至 1944 年 7 月 3 日南京《京报》(1944 年 2 月 1 日改名《京报晚刊》)。未见单行本。本版即据连载本印行。

6.《紫电青霜》

本书初稿 1944 年至 1945 年连载于《青岛大新民报》,原题《紫电青霜录》。1948 年 7 月由上海励力出版社印行单行本,改题《紫电青霜》。本版以励力版为底本。

7.《紫凤镖》

本书初稿连载于1946年12月至1947年7月《青岛时报》,署名鲁云。1949年由重庆千秋书局印行单行本。本版以千秋书局版为底本。

8.《绣带银镖》

本书初稿连载于1947年5月至1948年9月青岛《大中报》,原题《清末侠客传》,署名鲁云。1948年上海励力出版社印行单行本时分为二册,书名分别改题《绣带银镖》《冷剑凄芳》。本版以励力版为底本,合为一册印行。

9.《雍正与年羹尧》

本书初稿连载于1947年7月至1948年4月《青岛时报》,署名鲁云。1949年上海励力出版社印行单行本,更名《新血滴子》。本版以励力版为底本,书名恢复原名。

10.《宝刀飞》

本书初稿连载于1948年4月至1948年9月《青岛时报》,署名鲁云。同年11月由上海励力出版社印行单行本。本版以励力版为底本。

11.《金刚玉宝剑》

本书初稿始载于1948年9月《青岛公报》,1949年2月改载《联青晚报》。1949年由上海励力出版社印行单行本。本版以励力版为底本。

按"金刚玉"当作"金刚王"。参见丁福保主编之《佛学大辞典》:

【金刚王宝剑】(譬喻)临济四喝之一,谓临济有时一喝,为切断一切情解葛藤之利剑也。《临济录》曰:"师问僧:有时一喝如金刚王宝剑,有时一喝如踞地金毛狮子,有时一喝如探竿影草,有时一喝不作一喝用,汝作么生会?僧拟议,师便喝。"《人天眼目》曰:"金刚王宝剑者,一刀挥断一切情解。"

又:【金刚】(术语)Vajra 梵语曰缚罗。……译言金刚,金中之精者,世所言之金刚石是也。……又(天名)持金刚杵之力士,谓之金刚。……

【金刚王】(杂语)金刚中之最胜者,犹言牛中之最胜者为牛王也。……

目录

第一回　雍和宫跳神谈往事
　　　博物院访古引疑思

　　一想起了北平，我就先想起雍和宫的"打鬼"，告诉您，那才真是一个最热闹而且神秘的场面呢！

　　雍和宫是在北平城内东北角，是一座最大的喇嘛寺。喇嘛（即是"番僧"），您没瞧见过吗？那就是西藏和蒙古、青海等地的和尚，据说是属佛教的"密宗"。早先以红教为最盛，僧徒都身着红衣。后来有一位"先知者"宗喀巴大禅师，鉴于红教的腐败而加以改革，使僧徒完全改穿黄衣，这即是所谓的"黄教"。其传布得极广，信徒极多，至今在青、藏、蒙古等地，不但最得人民的信仰，而且握有政治的大权。称为喇嘛，即是"最胜无上"之意，原是一种美称。喇嘛普通都着黄衣，马褂、长袍、帽子都是黄缎子的，在北平时常都可以看见。北平的喇嘛寺也很多，全都建筑得庄严壮丽，庙款充足，而其中最大最富丽堂皇的，即是著名的"雍和宫"。

　　雍和宫每年新正月，便要"打鬼"。"打鬼"是个俗称，真正应当叫作"跳神"，据说是为驱邪祈福之用的。那可真是个伟大的场面，北平的居民，男妇老幼，要到了正月，不去看看"打鬼"，可真是一件遗憾的事。

　　民国十年的时候，我在北平（那时还叫作北京）就看见一次"打鬼"。同去者是我表兄，他可是老北京呀！他带着我到了那庙门前的时候，我就惊讶这座庙的伟大，简直是座皇宫，比我故乡的那座县城，大得不止两倍。这里有红色的高墙，巍峨的饰金大门；无数的宏伟殿宇，都是用红黄发亮的琉璃瓦盖成；高高的旗杆得仰着脸看，真不知有多少丈；汉白玉的石阶，走半天也没有走完。

这一天，庙门前来了许多卖玩意儿的、卖吃食的，十分的拥挤。大门简直挤不进去，人挤着人，人拥着人，你要是脚轻一点儿，就能够把你高高地举起来；但你要头重一点儿，那可危险，倒下了便不会再爬起来，而必定死于"乱足之下"。

我被人几乎要挤扁了，我就嚷嚷着："哎呀！别挤！我可受不了……"但是这时候有谁理我呀！我看看我的四围，我的表兄已挤在前边去了，他是会武术的，身体好，有气力，可以仗着他给我开路。但我也不愿意去太挤别人，因为我的两旁有好几个擦胭脂抹粉的大姑娘、小媳妇，还有老太太们；北平的女性都十分勇武，赛过男子，老太太也都身体强健，这样的挤着，她们没有一个像我这样喊叫的。结果，我倒是到了旗杆座儿了，我的表兄就将我一抱，像举小孩子一般把我放在这高高的石头的旗杆座儿上了；我倒算是有了好地方了，可是我也下不来了。

我在旗杆座儿上一点儿也没挤着，因为这等于是个"特别包厢"，爬上来的人当然不少。我的下面，及我眼睛所能看见的地方，全都是万头攒动。我倒不害怕跌下去，跌下去也只能落在别人的头上，而不会摔坏的，可是我没法子上厕所了。

我站了有一个多钟头，两条腿都发痛了，这才听见远处传来了一种雄浑的乐器之声，十分的恐怖。人们都乱了起来，嚷嚷着："来啦！打鬼的来啦……"

我的两眼都直啦！我看见"打鬼"的仪式渐渐由里面向外走出。我看见了无数的喇嘛，听见了那像海潮翻涌一般的诵经、念咒声。我看见了生平没有见过的巨大的乐器，那是一种三丈多长的大铜喇叭，前面专有一个人给抬着，后面一个人专管吹，吹起来是："哼！嗡！哼！嗡！"真如狮吼虎啸一般。其次是牛皮大鼓，这个鼓大得像一个圆桌面，有把子，一个人专管扛着，后面跟着一位全身黄缎的喇嘛，持着一根长而弯的大鼓棰，专管击鼓。这样的喇叭和大鼓，就有四五对，吹起来震天震地地响："哼！嗡！"鼓声重而迟："咚！咚！""哼！咚！嗡！咚！哼！嗡！……"再配上吹着巨大的海螺，"呜啦呜啦"地响，还有人吹着一个兽骨做成的喇叭，音调是越发的凄厉。

　　这时，主要的"打鬼"的人就奔来了。他们都戴着面具：一个是纯黑，黑衣，鬼怪形的黑面具；一个是纯白，白衣，也是鬼怪形的白色面具。这两个人都挥动着极长的皮鞭，叭叭地驱逐开闲人。还有一个戴着牛形面具和一个戴鹿形面具的，这四个就是最重要的角色。他们都是年轻的喇嘛，经过了长期的练习而始扮演的，很熟练地随着那鼓声的节奏往来地跳跃、舞蹈。在我面前，刚才抬来了一个彩扎的亭子，他们的目标，就是亭子里面供着的一个面做的怪样子的人形。他们都围绕着这面人跳舞，其余的喇嘛也围着面人念咒，那"哼！嗡！咚咚！呜喇呜喇……"的神秘而恐怖的乐声，也都似是向着这面人吹奏着，他们似乎是把这个面人恨极了。而其结果则是，由那个饰鹿的用那七岔八岔的长而尖锐的鹿角随跳着随将这个面人豁得、拆得七零八落，好像是"凌迟处死"。直等到把那个面人用犄角拆得什么也没有了，这一场仪式才算告终，观众们也都满意地散去——原来这就叫"打鬼"，即"跳神"。

　　我看过了之后，永远没忘。那天归来，我曾问我的表兄："他们所拆的那个面人，当然就是鬼魔的偶像了？"但我的表兄却摇头，说："不。"我的表兄是一个多能的人，他是个专门的理化技术人才，而且擅长武术。每天早晨他都要到社稷坛——那时叫"中央公园"，那里面的空气清新，地面宽大——他去打太极拳运动身体，然后才去上班。晚间回到家里，饭后寝前，他又常为儿女们讲说故事；他知道的历史故事、宫廷秘闻、名人逸事是最多的，常常使人听之忘倦。

　　当下他说："那个面人，不是什么魔王鬼怪，却是清代历史上的一位名人。那位名人，在前清雍正二年，率兵征服现今的青海，杀过几个活佛。——活佛即是喇嘛寺的"方丈"，想必是反抗过清廷的。因为活佛被清兵所杀，所以至今各喇嘛僧便将那时的清兵统帅——那位名人恨之入骨，永远不忘，制成面人，用牛角凌迟，以表泄愤，直流传到今日。那位名人是谁呢？就是年羹尧，清代有名的大将军。"

我听得入神了，然而我的表兄却不给我细讲了。后来他又说："过几天，我们再到雍和宫去看看。"

过了几天，是一个星期日，他果然履行他的诺言，带着我又到了雍和宫。这个喇嘛寺在不打鬼的时候，是非常清静的；只有三五个旅行家，还有西洋人，来这里参观。许多的院落和殿堂里，我们都看过了，使我更惊讶这座庙的伟大。我们由喇嘛僧带领着，看见了"欢喜佛"，这原来没有什么神秘。我的表兄说："欢喜佛，即是佛经上所说的'欢喜天'，其实这在佛经上是有根据的；不过它的形状，在一般世俗的眼中看来，是有点儿近于猥亵。"我点点头，倒也并不觉着怎样神秘，只是看着那塔像太为狰狞可怕。

我们又到了这雍和宫里的一座关帝庙，这里的关羽的泥像与外边的没有什么不同，但那赤马的缰绳、辔头，据说都是人皮所制成的。我听了，简直连看也不敢细看，这可真叫我感觉到不但神秘，而且有点恐怖了。

走出庙的时候，我的表兄才对我说："这座庙在二百年前，康熙年间，原是四皇子贞贝勒的府。那贞贝勒为人极为残忍，当年年羹尧帮助他，杀害了与他竞争帝位的诸王，他才做了皇帝，即是所谓雍正帝。他的故宅，后来改为喇嘛寺，即是现在的雍和宫。"

"怪不得呢！"我回答着，身上却打着哆嗦，缅想着二百年前帝王的残暴，真令人不禁胆寒。

我听我的表兄又提起年羹尧来了，我就想，怎么，年大将军年羹尧，还帮助过雍正帝杀戮诸王，夺取帝位吗？我表兄又因为忙着回去办理别的事情，所以当时没得工夫跟我细说这些掌故；这本来是不要紧的，因为谁能够没事儿老说故事呢？

后来我就离开了北平，又到别处去上学，一直到民国十八年，我才又到了北平。那时是夏天，自然也不能再到雍和宫去看"打鬼"，我跟我的表兄只参观了一次"故宫博物院"。

故宫即是清宫，以前叫作"紫禁城"，四面高高的朱红色的城垣，围以御河。进了伟大的壮丽的门标，里面就是太和殿、保和殿、中和殿，俗称为三大殿。这就是所谓的"金銮殿"，建筑得全都庄严华丽，里边都有皇上的宝座；汉白玉的丹墀层一层的，巍然重叠，令人想见当年帝王的奢侈、豪华。此外还有乾清宫，是皇帝处理平常事情的办公处所；坤宁宫，是太后、皇后住的地方，更有这个宫、那个宫，都是妃嫔居住之所，实在不止"三宫六院"。这就是帝王的家，当年除了内监，或是奉旨召见的贵戚，谁能够到这地方来？可是现在任人游览了。

故宫里因为面积太广，处所甚多，陈设的东西又很不少，因此故宫博物院的主持人把它分为几个区域，买一张票只能游览一个区域；全游览了，大概得买五六张票，票价也很昂贵。不过我们这一回，却是因为我的表兄在里头认识几个熟人，他讨来了一种特别的票，只要凭票进了大门，就可以"横行无阻"；几个区域、各殿各宫，可以在一天之内完全游毕。

是，我们这一天只能说是"游"了，连"游览"都够不上，简直是"走马看花"。我只记得有许多大幅的古画，有什么"郎世宁"画的马；有许多翡翠雕刻的"如意"，很大；还有各种的古玩、陈设，也很多。我想大概能值不少的钱。又有一个钟室，室内陈列着数百种各式各样，制作得极为精巧，而且会自动变出许多玩意儿的时钟；听说这都是历代西洋各国，遣使进贡来的，现在连西洋也不再做这么"麻烦"的钟了。

我们又看见了戏台，实在比戏院的台建筑得考究。参观过了西太后的卧房，房子的确不小，光线可太低暗，室中的陈设也不如想象中的豪华。在一个宫门旁，还看见几条中间灌着铅锡的竹杖，听说以前的"宫人"若是有了过失，便是用这种杖给打死的；这几根竹竿下，真有过不少件凄惨可怕的事情。我们还看见了珍妃井——庚子年间八国联军陷北京，西太后与光绪帝仓促而逃，临逃时，西太后命人将光绪帝最宠爱的珍妃推堕于这口井中淹死，即所谓"宫井不波风露冷，哀蝉落叶夜招魂"。帝制时代，一切都是惨酷的，当时贵妃落此结果，真是可叹。

我的表兄实在是一个博学的人，差不多游到一个处所，他就能够为我讲述关于这个处所的宫闱秘史；他能够活绘出来当时的情形，仿佛他曾身历目睹似的。有这么一个导游的人，可真不错。不过我也知道，他的这些材料，多是由"稗史"上看来的，也有的是听北京的老头儿、老太太信口开河、有枝添叶、零零碎碎地说的。他就都记在脑子里了，只要一遇机会，就要显示他的"博学多闻"。然而我觉着都很有趣，听得简直入了迷。

临出故宫的时候，他又问我："你都看见了吧？皇帝的座位、太后的床、贵妃葬身的井，你都看见了，你可看出来这些宫中有什么可疑之点？"

我说："可疑之点？这还有什么可疑之点？"

他说："你可注意到这各宫中一切设备俱全，可见当年帝后生活之奢侈，可是你知道他们在哪儿拉尿吗？你看见宫里的茅房了吗？"

我想了想，觉得这确是一个可疑之点，宫中确实没有厕所，当年皇帝和后妃大小便的地方实在成问题。我就说："他们一定是坐马桶了？"

我表兄点点头，又问我说："清朝的帝王后妃全是北方人，为什么他们不命人盖几间华丽的厕所，挖几个茅坑，可偏要采用南方的习俗，坐马桶呢？你知道这是什么缘故？"

我摇头说："这可真难死我了，早先的皇帝后妃不蹲茅坑，我哪里晓得他们是为什么？"

我的表兄却得意地说："我告诉你吧！这是因为清朝有一个皇帝，身死不明，传说他是被人杀死在茅房里，死在茅坑边。所以从那一次起，以后宫里全不用厕所，改为在寝宫里坐马桶。"

我觉着这真是奇闻，然而我刚才游过的各宫院实在没有一个茅房，确实有点儿可疑，这没法子否认我表兄所说的传说了。我就问："谁敢杀死皇上呀？"我表兄说："是外边飞来的女侠，为报祖父剖棺戮尸之仇。"我觉得这话不大靠得住。

表兄又说："这件疑案又直接间接地与年羹尧年大将军有关。"

我说："怪！年羹尧，不就是雍和宫'打鬼'的那个面人吗？"

我表兄点点头，又说："这些事都是传闻。在当时，即有此秘密的传闻，蒲松龄生在那个时候作《聊斋志异》，书中《侠女》一篇，即影射此事。"我听得呆了。

我们出了故宫博物院，往家中去走。一路上，表兄就对我大谈特谈什么"血滴子""阿其那""塞思黑"种种的古怪名称、离奇的事，唯其中虽然恐怖离奇，却也连带有不少慷慨壮烈、侠义仁孝之事，兼有儿女的柔情、离合悲欢。当日归家后，我就把它草草地记了下来。

于今事隔廿年，表兄已经故去，旧时所记之稿犹存，把它重加整理，演为小说，以易柴米。至，所记或有与前人笔记、父老传说稍有出入之处，则悉不详为之考证，且作"姑妄言之姑听之"而已。又，"血滴子"及雍正剑侠的故事，闻以前有人作过小说，且演过戏剧，我也都没看过，只是各作各的，并不相干，所说的只是这一段不见于正史的"掌故"。

闲言叙过，以下即入正文。

第二回　斗角勾心诸王竞位
　　　疏星淡月一侠飞来

　　中国的宗法,向以长子为最尊贵,尤其是当皇帝的,在他自己还没有死的时候,便必须"立储"。所谓"立储",就是储蓄下一个皇帝的意思,将来的帝位由他继承,名之曰"东宫太子";这必须是长子,长子若是没等到即位就死了,应当立长孙,是绝没有别人(诸王)的份儿的。因此,历代的宫廷之中,就发生过不少的篡夺之事,例如唐太宗李世民杀死建成和元吉;宋太祖赵匡胤为其弟赵匡义(宋太宗)所弑,旧剧演的那出"贺后骂殿"便是这件故事;明太祖把位传给了太孙建文帝,但是又被建文帝的叔父燕王棣夺去了江山,称为明成祖。这样的宫廷惨变,在历史上记载得很多,尤其是到了清朝康熙晚年,这种乱子闹得更是厉害;同时,立长子为储的办法,也于此告终,继康熙为帝的雍正帝,根本是皇四太子。

　　雍正以后,为避免诸王为帝位而争夺,便改变办法,绝不立储。而于老皇帝未死之前,先亲手于诸子之中,不论次序之长幼,凭己意而选出一个好的,秘不告人(连第二个人也不让知道);由老皇帝亲笔写一人名于黄绫上,封在金盒子里,用金锁坚牢地锁好,然后再用黄缎包裹,命人藏在金銮殿那"正大光明"的匾额的后边,无论何人皆不能动。直到老皇帝晏驾之后,才在太后、皇后、诸王、诸大臣亲眼观看之下,恭谨地取下来那只金盒,打开;看那块黄绫上写的是谁的名字(反正都是皇子），就拥谁即位。这个办法就像猜谜似的，然而确实因此免去了不少帝皇之争的纠纷。

本书现在要说清圣祖康熙皇帝。这皇帝坐了六十一年的江山，历代的皇帝没有比他任期再长的了。在漫长的数十年之间，他的三宫六院、七十二偏妃，给他生了很多的儿子，他一一给起了名字，名字第一个字全都是"允"字，亦即"胤"字。"允""胤"二字本来可以通用，《书经》上有"胤征"一篇，亦可写为"允征"。

因为"胤"字写起来太麻烦，没有"允"字省事，同时又因为宋朝的那开国皇帝，使着一根杆棒打天下的宋太祖，名字就叫作赵匡胤；而清代清世宗，亦即本书的主人翁雍正皇帝，他的名字原来是叫"胤祯"。早先，皇上的名字是不准别人写的，即使必须写时，也得故意缺一笔，所以宋版书上和清朝人写的文章，遇见"胤"字时，都得把最后的一笔不写，而成为"胤"，这岂不是个怪字吗？及至清末以及民初，写"胤祯"时，都写为"允祯"，大概是为写着省事。

本来在帝制的时期，皇上的名字那还了得？他为与别人不同，故要用怪字，或笔画多而难写的字。尤其康熙皇帝给他那许多儿子起的名字，头一个字是"胤"，笔画多；第二个字却怪，例如"胤禔""胤祄"，总而言之，第二个字都是"示"字旁，多半都在字典里查不到的，铅字架上更没有，非得另刻，那有多么麻烦呀！那些字根本就是康熙老头儿自造的，或许他命人编的《康熙字典》里才有。

现在我不是在写历史，却是在作小说，是要写出来一部比"赵匡胤打枣儿"那出戏更热闹而有趣的小说，要描绘出来一位比宋太祖更为武艺超群更会遨游江湖、结交侠客的雍正皇帝，那就不必很费事的写他本来的名字了。他的名字必须简单而又醒目，所以，本书把"胤祯"二字，一律写为"允贞"，这倒不是避讳；尤其他第二个字那"示"字旁，是必须取消的，不然他的那些哥哥兄弟（当时的那些诸王）的名字，例如允是、允乃、允异、允唐、允我、允题、允萄……（第二个字都须加"示"字旁），写倒可以写，手民（即排字工人——编者注）却得拿铅块另刻，那实在麻烦。这几句话必须先交代清楚，以免有史学家来"吹毛求疵"。

现在再言归正传,单说康熙帝的这些儿子,以"允是"的年龄最长,但他是庶出;按照"宗法"说,他就失却了被立为"太子"的资格。二儿子名叫"允乃",倒是正宫娘娘所出,于是就把二儿子立为太子了。可是这允乃性情坏得很,他还没有当皇帝,就已经荒淫无道;并且他等不及了,他要学那弑父自立的隋炀帝。康熙老皇爷一看不好,这还了得? 当时勃然大怒,说他这个儿子有了神经病,立时将允乃的太子名义取消,而在紫禁城之内囚禁起来,改称为"理密亲王"。由此,太子的位就又空起来了,其余的各儿子就纷纷地起了念头,都要得到那未来的帝位。

诸王中以允异最有才干,他的异母之兄允是曾经在康熙帝跟前推荐过他。可是老头儿不愿意,因他生平最不喜欢允异。这时并有人说,太子允乃之所以成了神经病,就是允异在暗中命人作魔法给"魔"出来的。所以允异虽有才,且有野心,可是做不了太子;别人更不行,康熙老头儿全都看不上眼。因此,老头儿自觉得年岁渐老,帝位也有些做腻了,倒很愿意"龙归沧海",可是谁人继承呢? 这倒叫他大伤脑筋。

诸王在外都有不少的羽翼,有的结交大臣,有的结交贵戚,甚至于收罗侠客以及身有一技之长的人。允异府中的人才最多,允我、允唐、允题也全都不肯让步。唯有四子允贞,表面上的态度是一点儿也不显露,其实他想当太子,想将来做皇帝的心更急。在此说明,他就是未来的雍正皇帝,但那时他只是个贝勒,住在紫禁城以外、北京城东北角的"贞贝勒府"内,那个府也就是后来的"雍和宫"。

允贞颇具古代孟尝、平原那些个豪侠公子之风,爱才好士,门客虽没有三千,可也不少;凡来投奔他的,他莫不收留,管吃管喝。但是他最看得重的只有三人,这三个人都有特别的本领。一个叫百只手胡奇,这人长得雄伟,可是秉性特别,会一种特别的技艺;说来也可笑,他是有一个大口袋,里面满养着蛇,能够放出来,作种种的把戏。第二个名叫九条腿秦飞,此人专会蹿房越脊,走路无声;手使一口单刀,不过武艺并不大好。第三个名叫十个口郑仙,善吹箫笛,也会些刀法拳技。

不过要凭借这几个人的帮助而得到帝位,却也甚难。因此允贞就终日抑郁不乐,他还想要物色几位才识超群、武艺特殊的英雄豪杰,以为辅翼。所以他又找到了一个人才，名叫隆科多；此人乃皇后之父佟国维之子，算起来是允贞的舅父，现为朝中大臣，很愿意帮助允贞成其大业，所以二人时常往来。但是允贞仍然感到人孤力弱，敌不过允异、允唐、允题、允我等。同时，允贞心里又时常在想，他的父亲康熙皇帝本是一位雄主，曾经三次亲征噶尔丹（彼时天山北路准噶尔部的酋长），又曾经数次巡幸塞北，亲往江南。因此，允贞就也总想要离开北京而往各省各地遨游风尘，以便结交些奇才异能之士。不过皇上家所定的"祖训"极严，凡属旗人，无论皇子或庶民，只要私自离京四十里之外，便有死罪。以此，他空有一腔雄心壮志，而没有辅佐，又不能高飞远走，只有终日仰天兴嗟。

允贞生得身体魁伟，面方而长，自觉确是一副人君之相，他的两眼并无凶猛之气，而且还显露慈祥。但他由于这环境——虽然是富贵而却险恶的环境，已经磨炼出来一颗铁一般的心；他心蓄机谋，表面上却全不显露。他曾饱读经史，延请过名师，学习过武艺，更加自己精心揣摩，刻苦地锻炼，会使一杆无敌的梨花枪，更有鬼没神出的一口七星剑；他有恨地无环之勇力，更有兴邦安世之奇才，然而他不能得志，只能够住在这贝勒府中。这座府，就如同是一处深潭，其中虽潜隐着蛟龙，但却尚未遇着风云雷雨。

这一天夜晚，月色满庭，他手携七星剑步出了卧室，在院中来回地走了走，不住地叹息。忽然看见一条黑影在房上飘然而过，他还以为是秦飞呢！因为九条腿秦飞，时常在半夜里练习功夫。满房上乱跑，这成了什么体统？所以，允贞就向房上大声呵斥，说："秦飞！你下来！真可恨！"但此时，那条黑影早已没有了，并且没有人回答一声。允贞不由得更为大怒，就要叫人来，去把秦飞拿住，锁他几天，然后再行发落。

但是尚未容他叫人，却忽听得身后有人笑了一声。他急忙转身，在月光下看这人非常的清楚，却是一个中等身材的少年，长脸浓眉，青色的手巾包着头，上下是青衣青裤；手中持着一口宝剑，锋芒也闪闪逼人。允贞不由得大惊，以为是允异、允唐等人派来的刺客，所以他就赶紧向后连退了几步，宝剑也高举起来。这少年却哈哈一笑，说："原来也不过如此啊！"

允贞就厉声问说："你是干什么的？"这少年摇头说："你既是这么个胆小的人，我就不必跟你再说话了！再会吧！"允贞却抢剑逼上了几步，喊说："你休走！这是什么地方，你明白吧？哪能许你来来去去？"说时一剑挽花刺去，其势极猛。

这少年巧妙地将身一闪，便躲开了，手中的宝剑用波心捞月之式向上一挑。允贞疾忙反剑相迎，寒光相碰，铛铛的两声，允贞只觉得此人腕力浑厚，自己便略退半步，打量着这人。这人却微微地傲笑，说："你也不行！那宝座你也坐不了！"允贞说："你别走！"这人却将剑一抢，剑光绕着身，就仿佛一只白鹤似的，腾跃着就上了房。房屋很高，允贞都需要仰面看去。

这时护院的和巡更的都已闻声来到，那青年在房上又冷笑了一声，一抱拳，转身就飘然而去。众护院的和巡更的全都又紧张又忙乱，上房去的，爬墙的，并往各院中去细细搜寻。允贞只嘱咐众人都不许吵嚷，他就提剑回到了屋中，却不住地发呆。

待了多时，有个管事的进屋来回禀，说："爷！刚才那个贼，已不知道跑到哪儿去了，各处全都没有！"表现出很害怕要被降罪的样子。允贞却早就料定是捉不着，只摇摇头，做了个手势，令管事的退出，他依然坐在一把太师椅上发怔。半天之后，他忽然就把桌子一拍站了起来，仿佛把一切事全都不往心里放了，就安然地去休息。

后半夜，一些护院的和打更的人不敢再懒惰了，就在这整个的贝勒府中处处加紧地巡逻，可是再也无事发生。

次日一清早，允贞就起来了。他以皇子之尊，向来衣着都是绫罗绸缎；今天，恐怕这是他有生以来的第一次，他竟换上了一身布的衣裳。他对着室中的紫檀木做的大穿衣镜，照着看了一看，仿佛非常的得意；又戴了一个青缎的小帽，如此，简直像个掌柜的似的，就向外走出。

他府中一向治理得极严，无论他何时出入，非亲近的常随和他所唤召的人，一律都必须赶紧回避，也绝没有人敢偷着看他。现在只是一个小常随跟九条腿秦飞二人跟从着他，在车房里就坐上了府中的一辆车,关了车门,就走了。

他向来都是坐轿,有时也骑马;恐怕他有生以来,这也是头一回坐车。府中的车,只是为些"妈妈"——即仆妇们坐的。而这辆车,是他刚才特意吩咐人给挑选的;一辆不大新的骡子车,赶车的也是个老头儿。一辆车,连赶车的带跨车辕的,只能坐四人,就已经很挤了。现在他叫那小常随坐在车的最里面,他却坐在外首,挤那个小常随简直喘不过气来。并且,那时的马路都是石头铺成的,十分的坑坎不平,骡车是木头轮子裹着铁皮,一走就摇动;小常随在里边身不由己,后脑直向车后边的木头上去撞,可也不敢挪地方。

秦飞生得瘦小枯干,倒是穿着一身布衣裳,像一个伙计,他是跨着车辕。他敢跟允贞说话,就问说:"咱们上哪儿去呀?"允贞说:"出前门!"有了目的地,就好办了,秦飞遂就叫赶车的快走。赶车的还不敢,恐怕把爷颠得太厉害了;秦飞却明白,快走绝没有错,爷现在必有急事,给他耽误了,那倒了不得。

在骡车的剧烈震动之中,允贞就向秦飞嘱咐了一句话,是:"逢有店房的地方就去!"秦飞应了一声:"嗻!""嗻"字大概是满洲话,是属下对上司、仆人对主人的答应之辞,所谓"之、喳、嗻、是"四种声音,一样的意义。秦飞来到贝勒府中还不到两年,他就全都学会了。

当下他遵命催车,由贞贝勒府到前门也有七八里地,可是不到一个钟头就到了。骡子累得浑身是汗,久干这个的老赶车的都墩得屁股发疼,小常随简直是晕了。秦飞却毫不在乎,因为他身轻似燕,车动他也动,他身子随着车的劲儿,所以倒还觉着轻飘飘的。"爷"毕竟是身体好,也毫无疲倦之状,于是,又由秦飞指着路径向前去走。

秦飞闭着眼睛也可以走南闯北,什么地方他不熟呀?何况他虽到贝勒府未满两年,在北京可混了有四五个寒暑了,谁家的房有多高,他都知道,所以就不必打听他以前是干什么的了。前门外的这些家客店,他更差不多全都住过,所以现在他可真遇见了好差事了,真可以借此而大显本领。

他带着先往打磨厂,对巷上头条、下头条,然后再往西河沿、煤市街、西珠市口。这些地方几乎是一家挨着一家的店房,每到一家店房,他就领着允贞走进去,在那院里转转。有认识秦飞的还问他说:"找房间吗?"他却不正经回答,只跟人家打哈哈,如是一家连着一家。向来只有人"走马看花",如今允贞竟是"走马看店",可是他并不是看房子,而是专看房里的一切人。虽然他还没有怔进人家住的房间,他可是总要在院里大声说两句话:"这家房是什么字号?"倒好像他是不认识墙上写着的那么大的字似的;有时他又说:"这家店还不错!"也不知是冲谁说的。

秦飞心里明白,爷今天大概是要找一个人,他是故意用"唤将法",希望碰上屋子里的那个人,能闻他的声音而挺身出来。他绝不知道那人姓什么,可是一定跟那人见过面,也许是听出那人说话带着点儿外省的口音,就认为是个住在店里的异乡人,所以来此寻找。其实这个办法哪儿靠得住?那个人——还用说吗?一定是与昨夜府中所出的那件事有关,那人十有八九是住在镖店里,碰巧还许是我的师兄弟呢?不过这可不能向爷提醒,如果爷真要像这样去闯镖店,镖店的人可不能够像客店的人这么好说话,就许问他几句,他那爷的脾气当时就许跟人打,那不就得出麻烦吗?再说,他万一碰见了那个人,谁又知道他现在存的什么心?也许立时比武,不然就抓住交给衙门。那个人昨夜既敢私入贝勒府,就必定不怕——我倒难了!万一真是熟人可怎么办?我是帮助谁好?所以,九条腿秦飞现在就不禁发愁,这个好差事他真不愿再当了,但他虽然心里发怯,可还不能不打着精神。

如此,串了也不知有多少家店,天色都到了晌午了,允贞仍然不肯罢休。秦飞就递着笑说:"爷!咱们到茶馆里去歇歇好不好?喝点儿茶,随便吃点儿平常人吃的菜饭,茶馆里也是三教九流的人都有啊!"

允贞本来已很急躁,听了这话,似乎心中很喜欢,当时就点了点头。于是又一同上了车。秦飞就想带着先到前门大街那家最杂乱的大茶馆,因为他饿了。不料,车才由西珠市口往北转,却就见大街上有很多的人,跟着三辆新骡车,仿佛看什么热闹似的。允贞一眼看见了,立时命车去追。

当时车又急急地走,少时就追到那三辆车的近前。允贞只从车里伸出头来,向那三辆车内都看了看,他仿佛是深为惊讶。那三辆车也立时就停住了,车上的人原来都是允异府中的几个管事的。虽说允贞与允异同时正在谋夺着将来的帝位,可总是弟兄,全都是贝勒,表面上还都很好,所以这几个管事的见了他,就不敢不停住车而下来请安。

允贞已经看见了坐在第二辆车上的一个人,正是他现在寻觅的那个昨夜以剑对剑的人!如今此人却恍若无事,安闲地坐在车的里边,允贞实在是做梦也没有想到。

第三回　拥篲折节贝勒求贤
　　　倚剑登堂奇侠尚义

允贞心里明白，这必是允异听说京城之中有这么一个技艺高强的人，就赶紧抢到了手。他有本事！厉害！我所不能办到的，他竟能办到，可怕！然而允贞面上一点儿声色不露，只问说："你们是干吗去了？"

这几个异贝勒府中的管事的，有一个有胡子的便侃侃而谈，说："我们的爷派了我们，分三路专访各家镖店，这才请来了这位司马雄，为的是给我家小爷去教武艺。"

允贞一听真后悔，为什么这半天不到镖店里去找呀？就偏偏忘了镖店！其实今天我比他们出来的还许早，却叫他们先得到手了。然而允贞仍然不露失意之相，又问说："是从哪里请来的？"

有胡子的管事的，向南边指着，说："那边立隆镖店，这位司马师傅就在那儿住。"

允贞点点头，微笑着，又向车上看那个司马雄。只见此人年不过二十岁，中等身材，长脸、浓眉、大口，穿着还是青的短衣裤；他就像是新娘子一般，被许多的人围着看，但是他神色自若，可也一声不语。允贞就向那几个异贝勒府的管事的说："你们走吧！"

这几个人，尤其是那有胡子的，就高高兴兴地都上了车，就走了。看热闹的还有不少在后面跟着，可见那司马雄平时大概不是什么使人注意的人，如今竟然被贝勒府中的几位管事的给设法访着了，并当时就用车给请走了。这总是一件令人不解的新奇的事，也无怪这些人要跟着，也许都是要瞧瞧到底如何。

允贞容三辆车和这些人向北走远了，便目不转睛地看着由南往北的每一个走路的人，并嘱咐那小常随下车，让他站在这儿等着、细看：只要是看见有"咱们府里"的人，你就记住了，可也别理他，等回府去再告诉。

小常随下了车，他却仍在车上，秦飞不由得又问了："爷！咱们还上哪儿去呀？"

允贞却吩咐："快往立隆镖店！"

秦飞可真纳闷了，心说：那儿只有一个司马雄，已经被人请了去啦，咱们还去请谁呀？难道那个镖店里的人个个都是宝贝吗？都被你们几位王爷看上了，要往家里去拉？这话他可不敢说出来，同时他对于刚才那事依然莫名其妙。他昨夜因为喝醉了，睡得很香，府里闹贼的事，他是最后才听见的，当时他并没在场；他没看见房上的人，也不信司马雄就是那个人。他至今还认为那个人若不是他的师兄弟，也得是他的朋友，不然绝不能也会蹿房越脊。所以，他仍然糊涂着，就来到立隆镖店的门前。

立隆镖店是一家小镖店，门外墙上写的字都已脱落，院里也没有一辆车，更没有一匹马，看这样子还许连镖头都一个也没有呢。秦飞领着允贞进去一打听，里边出来一个年有五十多岁的人，短打扮，精神矍铄，态度很是"外场"，一见就知道是个镖行的。允贞问他："刚才那姓司马名雄的人，是从这里被请走的吗？"

这镖头听了，就点点头，说："是有这么一件事，我可也弄不大明白。我这个生意本来快要收拾啦，几个伙计们都叫我给打发啦！只有一个姓申的老头儿，他在我这里多年，专管打扫院子；他因为孤身一个，无处可去，我就仍旧叫他在这住着。前几天他来了个乡亲，是个年轻小伙，大概是来京谋事，跟他住在一间屋里，我也没管，我还不知道那小伙姓什么呢？不料刚才就来了一些人，自称是异贝勒府的。其中有一个人就认识他，硬说他是侠客，贝勒请他去教武艺，连拉带请，十分的恭维，那小伙也就真跟他们上车去了；招得门口围了一群人，倒好像是我赵钢鞭的家里出了什么事儿？我吃了一辈子镖行的饭，南北全都闯过，还真没有看见过这么走运的侠客呢！也许是人倒了霉，眼睛也瞎了，他在我这儿住了好几天，我竟没把他看出来！你们二位来，是又有什么事呀？"

这赵钢鞭仿佛对那司马雄是一位侠客的事也仍然不信，觉着是一件怪事，并对允贞不住地打量，大概是觉着允贞的仪表不俗。允贞却说："我要见见那姓申的老头儿。"赵钢鞭说："对啦！他正在屋里了，你向他去问吧，他还许也是侠客呢！"说着指了指旁边的一间小土屋。

允贞推开破板门一看，只见屋里很黑，什么东西都没有，只有一铺土炕；炕席上蜷卧着一个老头儿，胡子是苍白的，乱如蒿草。一见屋门开了，老头儿就翻身坐起，他光着脚，短裤子也破烂不堪，瘦得只剩下皱皱的脏皮肤包着骨头。他的眼睛却瞪得很大，喊着说："喂！关上门！我正害伤寒病呢！"

允贞谨谨慎慎地走进了屋，并将门带上。屋里的臭味实在难闻，并且只有点上灯，才能够把这老头儿的表情看清楚点儿。允贞就先说出了实话，说："我名叫允贞，是位贝勒，可是我最为敬佩各方的侠士。昨夜，司马雄侠士到了我府中，因为我稍有慢怠，竟把他失之于交臂。我很后悔！现在既得见着了老侠士，也算三生有幸，就请老侠士随我一同去到府中谈谈，我还有要事拜托！"他说了半天，这老头儿竟一句话也不回答，只是"啊！啊！"地打岔。

那赵钢鞭拉开了门，向允贞说："你得跟他大声嚷嚷，他才能够听见；他年老了，耳朵发沉。"

允贞于是就大声地说："老侠士！"老头儿说："什么？鸡鸭市？"允贞又嚷说："我请你去！"老头又说："什么？唱大戏？"

连赵钢鞭都不由得笑了，他就替允贞喊说："人家称你为侠士，侠士就是好汉！"不想老头仍然打岔，说："什么？管饭？"赵钢鞭点点头，又比方着：走、喝酒、吃饭……

老头儿这才明白，遂就大喜，当时光着脚就下了炕，找着他的一双破鞋,笑吟吟地说:"刚才你们不是才把我那乡亲请走吗? 现在还要请我去喝酒、吃饭? 行! 我搅你们一回!"又向赵钢鞭问说:"掌柜的你不也去吗?"

赵钢鞭摇头,说:"我去干吗? 人家请的是你们这些侠士,还许给你们官做呢! 趁早全别回来了,我也要收拾收拾生意,回老家去了!"

当下,允贞搀扶着这老头儿的一只胳臂,就这样儿给他搀到了门外,并给扶上了车。他吩咐秦飞不必跟他一块儿回去了,先替这老头儿去买一身衣裳;秦飞又连声嘛嘛地答应,一转身却又暗自唉唉地叹气。

允贞请老头儿坐在车里,他自己却跨着车辕,就催着那赶车的快些赶车回府。

赶车的本来是个老头,如今一看,贝勒爷给搀到车上的这个人比他的年纪还老,车若是一颠,真许给颠断了气。因此他一点儿也不敢快,慢慢地才回到了府门前,允贞依然恭敬地搀着老头儿进了府。

这件事情不能说不算怪异,但府中的人一点儿也不敢私下里谈论,这是因为这府中有森严的规矩。允贞命人将老头儿请到一间幽静的屋里,又急速令厨下备饭;其实他自晨至现在,也还什么东西都没有吃,他不但忘了疲倦,而且也忘了饿。他将老头儿请了来,仿佛才弥补了那司马雄被允异请去所给他的遗憾和忧虑,他此时倒很高兴。

待了会儿,他那个小常随也回来了,他就问说:"你把我吩咐的事办得怎么样了?"

小常随说:"回禀爷! 我在前门大街没遇见别的人,就遇见咱们这里护院的白三虎了。"

允贞立时神色微变,又问说:"昨夜闹贼的时候,白三虎看见那个贼了没有?"

小常随点头说:"他看见了,那时我正在院里,他也在院里,贼站在房上还没逃走;后来贼都跑了,他还毛嚷嚷,是我把他拦住的。刚才我在前门遇见他,我没说是跟着爷出来的,他要拉着我听戏去,我没去。"

允贞点点头,拂拂手,就什么话也没再说。

他盥面更衣,并用毕了午膳,这时已经下午四点多钟了。有管事的来回禀,说是:"秦飞已经把衣裳买来了,还带了一件布马褂,说是他孝敬爷的!"允贞便命人将那件马褂收下,命秦飞去帮助那老头更衣,并去陪着,不许慢怠。他虽在休息着,可还不住地思索,蓦然又站起身,出屋直去见那个老头儿。

此时,那间幽静的屋子里,老头儿已经更换了秦飞给买来的一身全新的绸衣,鞋还是"福寿履",袜子是白绫的;与屋中四壁的华贵陈设,配起来倒还相称。刚才他是一个穷老头儿,现在竟像是富家翁,只是脸虽洗过了,小辫和胡子还很乱。他一个人正在大吃而特吃,桌上摆满了杯盘,参翅鸡鸭无不俱备;他也很能够喝酒,大杯地饮,一点儿也不像是害了伤寒病的样子。

他见了允贞,依然是不理,允贞倒向他点头笑笑,并挥手令旁边站着的秦飞走出。允贞绝不相信这老头儿听不见,便又用不大的声音跟他说了半天,几乎将目前诸王争位的情形,以及自己的心事全都和盘托出了。孰料老头儿竟是依旧地吃喝,把他的话,仿佛全都没有听见。

允贞仍不着急,又在旁坐候了多时,才见老头儿吃完。这老头儿就拿那新缎子的衣袖抹了抹嘴,笑着说:"这可真开了一个斋!我早就听说城里的大官待人最厚,我可真没遇见过一回,今天才算是遇着了。老爷你到底是个什么官呀?我看你的这座宅子真大呀!"

允贞无法回答,不由闷闷了一会儿,就说:"老侠士你不必再谦虚了!那位司马雄的高超武艺,我已经领教过了,他实在是一奇士,是我生平所遇见的第一英雄。但是,他能够住在你那里,可见你老先生,也必定不是个平常之辈!一向因为世俗上的肉眼不识豪杰,才致你沦落在那小小镖店之中,做那贱役,更可见老先生你胸襟旷达、韬晦甚深,并且我想,你大概还有什么难言之事?"他说到这里,便笑了笑,又仔细地观察着这老头儿的表情。只见老头儿拿着个牙签,剔着他口中的那两三个仅存的牙齿,允贞的这些话,他仍旧仿佛是一句也没有听见。

允贞也不管他,照旧往下去说,又道:"我如今把你请来,我十分觉得荣幸,就屈尊着你,暂时在这里住着吧!想用什么,或是你有什么事情要办,自管吩咐我这里的人,他们绝没有一个敢不听你的指使。至于我自己的事，将来我再跟你细说，你若不肯相助，也不要紧；我只是为诚心跟你结识，因为钦佩你是一位老英雄，绝没有第二句话！"

这老头儿居然把他的话，仿佛听见了两句，就更笑着说："我哪敢当？老爷你怎么反倒称我老英雄呢？我实在是一个老无能！司马雄那是我的同乡，我姓申，我们并不是一家子……"

允贞却大笑，说："我却还以为你们是父子呢！"

这老头儿的神色顿然一变，可是接着仍是说着那些所答非所问的话，他又说："我给赵钢鞭的镖店扫了好几年的院子。早先他买卖好的时候，镖车塞满了门，每天那些马粪骡子尿，就够我打扫的；他可也没有给过我什么好处，我连一条整裤子也没有过！自从去年他被董家五豹给打了，他的那镖店就完了，我也跟着挨了饿。幸亏来了个老乡司马雄，我想叫他跟我一块儿去卖油炸果，好混饭呀！不想他走了运，今天被官儿给接了去了，我也来到这么好的地方，这可真算是走了一步老运！"

允贞微笑说："老先生，你真是玩世不恭，太好说笑话了！好吧！你就休息吧！明天再谈！"

当下，允贞又走出去，回到卧室，他就唤叫小常随把府中的几个管事的全都叫进来，当面吩咐了许多的事。最要紧的仍是得殷勤地伺候那个姓申的老头儿，他要什么东西，就得给他买，他要走也不可以拦阻；同时，又命把秦飞叫来。

这几个管事的都喏喏连声，退出去之后，九条腿秦飞才又来到这屋里。允贞就叫他今夜到允异的府里去一趟，看看那个司马雄在那里是干什么，并且如果能将允异的一些什么事情查出，那是更好。当下，九条腿秦飞嘛嘛地连声答应。允贞又嘱咐他须要谨慎，提防那司马雄，因为那个人蹿房越脊的功夫更是超群。秦飞是不愿意听这话，当时笑着摇头，说："没什么的！蹿房越脊的功夫，咱不是当着爷的面前吹，那谁也不行！除去我的师兄弟跟我的几个朋友，可是他们也都佩服我'九条腿'。"允贞不听他再说话，就令他走。然后自己又在这卧室中来回地踱了踱，就又出屋去往里院。

里院住的都是女眷,允贞可不常到里院去。尤其是近些日,他完全在那卧室中,独自一人,筹划他的那些事情,所以府中的女眷,都已多日没有见着他了。

今天他特别地有心事,走到了里院,依然呆呆地站着出神,然后才到了他妻子的房中(贝勒之妻,府中称为"福晋")。他的这位福晋是一位既贤德且甚聪明的人,可也猜不出他为何这样的忧郁。他略坐了一会儿,便又走到他的妾(府中称之为"侧福晋")的房中。侧福晋生得非常美丽,并且精于绘画,现在她正在画着山水,画的是江南风景。允贞看了一会儿,便又出屋去了,依旧回到前院他那卧室里。

当夜二更以后,他又命人去看看那姓"申"的老头儿的情形,据说是已经睡了,睡得还很熟。他的心里反倒疑惑起来,暗想:莫非那老头儿真不是什么奇人侠士?是我弄错了?自然,就这样的养活他也没什么不可以,不过显得我愚笨了。当下他心中颇不痛快,就手提着宝剑又出了屋子。

只见今夜的月色依然很清朗,四下虽无声息,可是各处都有人在戒备;连他府中的总管事的程安都亲带着几名护院的在各院巡查,并且不准说话,脚步要轻一些,以免惊扰了里院的女眷。但是微风却送来一阵笛声,非常婉转悲凉,这必是外号叫"十个口"的邓仙,在隔着两三个院子那边又表演他的吹奏的技艺了。允贞站立着听了一会儿,就觉着不大好,因为这种纤柔的笛声颇能够迷惑人,使他的雄心仿佛有些发冷。

他赶紧走开了,又进到里院,见各屋中的灯光都已昏暗,只有他的侧福晋屋中,灯光还很亮的,大概不是在绘画便又是在读书了。他不由得有一点儿儿女情长,然而却更加强了他的贪心和壮志。他没有到侧福晋的屋里去,就又回往他的卧室。这时,院里靠着墙蹲着四个护院的,眼前还放着一个蒙着绿布罩子的灯笼,正在一块儿低着声闲谈。允贞一看,防范得确实严密,只是恐怕待会儿秦飞回来,倒费事了。

他进到卧室里,忽然吃了一惊。因为他这卧室,连随身的那个小常随,都非唤叫不得进来,现在椅子上竟坐着一个青衣的人!黯淡的灯光之下，这人正在看着一本书，而几上的蜡烛，烛花已结得很长。允贞顿住了脚步，其实他只要一退步，就可以出屋，而将护院的全都唤进来，捉住这个人。但他并不这样做，他反倒一声也不言语，并将屋门带严了，手携着宝剑往近去走。他笑着说："你真好身手！院中现在有人，你还能够进屋来，可佩！可佩！"

这个人也一点儿不像别的贼那样，见了主人立刻就得吓跑；他却连起身也不起，只抬起头来，向着允贞看了看，从容地说："我已等候你多时了！"

这人一抬头，允贞就更看清楚了他的相貌，正是昨夜来过的司马雄，同时越觉着他长得与那姓"申"的老头儿有点儿相似。允贞就笑了笑，说："我猜着你今夜必定来，我并且已派人请你去了。"

司马雄微微地叹道："昨夜你若是这样的豪爽，你在月下回身看见我的时候，你若不退步，不抢剑，能够显出镇定而有魄力的样子，我也就不至于走了！我来到京师，本来就为找一个识主。在你们弟兄之中，我觉着你最可成事，所以我才作毛遂自荐，于昨夜来访你；但我一看，你的气度还不够，所以我就走了。今天，不料你的兄弟允异，他比你认得出人来；不知他从哪里知道了我，他竟派了许多人恭请我到他的府里去。"

允贞说："今天我是迟去了一步。"

司马雄点头，说："我知道！可是我见允异比你的气度大，而且才识高。他的府中已有了不少位豪杰，有文有武，他都卑躬下士无微不至，使人感激。今天我来到这里，实在同你说，是他要叫我来取你的首级。"

第四回　匣开匕现贝勒魂惊
　　　　蛇凄马奔江湖尘起

允贞微微一笑，说："这并没有什么不容易商量，可是你可知道，你的父亲已被我延请来了？"

司马雄点头，说："我知道！这件事办得还算你有眼力。刚才我已经对他说了，他说你待他不错，可是你也休想要他为你所用！"

允贞说："我也不是要用他，我想托他的至多不过是把你请来，我们谈一谈。我爽快说吧！我想要与你交结，也并非要怎么借助于你；因为借助于你，你也不能使我得到东宫太子之位；你不过是个风尘侠士，并非佐命的贤臣，这我也并非轻视你。你说我无度量，我也不怪，甚至你今夜前来要我的首级，我也不吝惜给你，只是得找一个见证。我们二人在他的眼前比一比剑法，叫他品评；如果他说是我的剑不如你，我就慷慨地叫你把我的首级割去！"

他激昂地说了这一大遍话，那司马雄并不回答，更不跟他争吵，只是连声地叹息，说："我错了！我错了！我的家门本来有十几载的沉冤，以致我的父亲由江南避仇北来。他本叫司马申，却改称姓申，在立隆镖店里隐身避仇；我却留在江南，从师学艺……"

允贞听他连说了两次"江南"，便都记在心里。

又听司马雄说："如今我艺已学成，北来寻父，并想要结交一个知己，谋求一个出身，以为家门报仇，并把这身武艺卖于一个识者；如果是知己,我为他舍身,也在所不辞。如今,可惜就是那允异,他真可称为是我的知己!"

允贞说:"你尽可为他效力!"

司马雄长叹道:"但他叫我来杀你,我也确实下不去手,因为你又是我父亲的一位恩人,咳!"他又说:"现在我要走了,以后我再来,也只是来看我的父亲。我自然要为允异效命,可是于你不利之事,我也绝不肯为,这你可放心!"

允贞拱手说:"你对我的这种盛情,我也不忘!"

司马雄又说:"可是你也要仔细!允异的府中,现在有像我这样本领的人,就不止三四个!"允贞一听了这话,真不由吓得脸上变色,打了一个冷战,头上的汗当时就流下来了。

司马雄又说:"因为我今天初被请到他的府中,就在那里认识了三个人,是妙手胡天鹭、锦刀侠郁广德、雁翅陈江。这都是在江南我久闻其名的人,想不到今天竟都在他的府上见了面。所以我很替你担心,今天允异要派人来取你的首级,我当时就自告奋勇地来了;因为我来了还好,如若是别人来到,此时你无论说什么话也是不行!"

允贞听到这里,不由得益发胆寒,又问道:"那么,你今天第一次给允异办事,便没有成功,你可怎样回去见他?"

司马雄说:"我照样地回去见他,他如果是因此便慢怠了我,我立时便拂袖而去。以后,只要我在他的府里,你的眷属可保无忧;倘若他叫人来欺侮你的眷属,我必定拦阻,可是你,我却无法帮助!"

允贞说:"你既已成了允异的门客,你自然不能再帮助我了!我虽惆怅,却也无可奈何,你这样的盛情,已算很够得朋友了。别的话没有,你请便吧!以后你若有暇时,可以随便找我来谈,咱们谈别的,见了面不许再谈这些事!"说着,哈哈一笑。

司马雄站起身来,提剑向外就走,并拱拱手道:"再会吧!"允贞点头,说:"好!恕我不送了!"当下司马雄就走了。

院中及各处,此时仍都有防夜的人,并且月色正清,可也不知司马雄是怎样走去的,连一点儿声音也没有。

这样的神技、绝艺,允贞的心中是无限的佩服,深深的惋惜,但想起来允禩的府中还有几个,并且都是司马雄所倾慕的游侠,那真是可怕!说不定以后那几个人就也都要来取我的首级,我可怎么抵挡啊?因此急得他汗珠又不禁自头上涔涔地流下。他将蜡烛挑亮了一些,手抚着宝剑,皱着眉,脑中又不住地在思索。

过了许多时候,忽听得窗外微有响声,他赶紧起身,手挺宝剑,开门去看。只见这时月光已渐昏暗,天际浮有浓云数片,使地下的月色朦朦胧胧,十分凄惨。又正是仲春时候,深夜的风吹来,犹有寒意。允贞心绪万端,且带着惊诧,向四下去看,就见廊下有一条黑影奔来,跑得虽快,却脚下无声。允贞是始而惊讶,继而擎剑细一看,就知道是九条腿秦飞回来了,他就赶紧退回到屋里。

秦飞也随之进来,肩上扛着一个沉重的东西,原来是一只约有一尺长的铁匣子,累得他不得了。他咕咚一声就给扔在地下,幸亏地下铺的都是红毡,所以声音还不大响亮。秦飞喘吁吁地说:"回禀爷!那允禩的府里比咱们这儿可厉害得多!幸亏是我,换个别的人,就是去了,也一定回不来!我这样的功夫,敢说轻如猿猴,敏如燕子,可是不料今天竟被他们那里的人看见了,飞镖、弩箭、弹弓子、流星,都向我来打。幸亏我有个外号叫九条腿,逃得快,不但没吃亏,反倒,到底叫我由他们的书房中盗出来这只铁匣。真沉!快打开看看吧!一定有不少的宝贝!"

允贞一听,心中倒觉得很是扫兴,暗想:偷出他的这么一只铁匣,可又有什么用处?即使里面满是珠宝,那我这里也不缺少,拿来了是徒落一个贼名。秦飞这人到底不行,太小气,到底是个毛贼,而不是侠客。

这只铁匣上面有很坚固的铁锁,秦飞虽把匣子偷来了,钥匙他可没有摸着;但是他有巧妙的法子,他由桌上拿了个钉纸本子用的锥子,只在那铁锁的孔里一转,当时锁头就开了。打开了匣盖一看,秦飞大失所望,因为里面并不是什么元宝锭子;允贞却大吃一惊,原来匣里竟是刃薄如纸而锋利无比的匕首!大约有二十支。这必定是允禩命人特制的,这种匕首,恐怕比什么宝剑、钢刀更为厉害百倍,而他就为的是蓄养豪侠、夺取帝位之用的。此时,允贞非但头上的汗水都滚了下来,身上也吓得出了不少的汗，而觉得冷飕飕的。

但在这时，他心中盘算了许久的一件事情，就忽然决定了。于是他就叫秦飞将这只铁匣收了起来，并谆谆地嘱咐了秦飞许多的话，秦飞又嗫嗫地连声答应着。随后，允贞又命他去把胡奇叫来。

秦飞出去之后不多时间，胡奇来了，允贞和他说了许多的话，并问他能不能够做？胡奇连连地点头，说："能做！能做！贝勒爷你别以为我只会耍蛇，大事情我原也能够做得来，何况这个，很容易做！"

允贞命他走了，却又另喊来小常随，把府中的总管事的程安给叫了来。这程安年纪已很老，但是京城的一些巨家、府第，以及宫廷之中，他全都有熟人，有来往。平日允贞不大吩咐他办事，但如命他去做什么事，他几乎没有不能完成使命的。当下，允贞对他说明了自己心中打算的事，并把府中所有的一切之事，全都交付了他。程安唯唯地答应，允贞这才放下了些心。程安走后，他随即就寝，但他因心中有事，哪里睡得着觉？

到了次日，清晨他便起来，乘轿去到他的舅舅隆科多的宅第里，谈了片刻。然后隆科多上朝去了，允贞便也命轿去往宫内。他的轿进了紫禁城，然后就下轿走到了乾清宫里，这时他的那些兄弟，允是、允萄、允羊、允题、允唐，以及允异，全都坐那里等候着了。这些兄弟中以允是最为忠厚老实，允异最为锋芒外露，但他见了允贞的面，还特别的表示出来亲热。

往日，允贞也总在面上显露着和蔼憨厚的样子，但今天，他的神情和举止忽然大异寻常，坐也坐不住，立也立不安，一阵阵的抓胸顿足，并且挤鼻子、动眼睛。突然他又东指西望，大喊道："有贼！不好！要取我的首级来了！哎呀……"他简直是发了疯，又像是中邪了。

当时他的这些兄弟，这些彼此正在勾心斗角、各个都思夺储位的贝勒们，一看了这种情形，不由都很惊讶，尤其是允异，他惊讶得更为厉害。允是却也暗暗地叹息，因为见允贞现在这个样子，简直跟那已经被废黜而且囚禁起来的太子允乃是一个样，不知又是什么人在暗中施用了魔法，把这位四皇子允贞也给"魔"住了！忠厚而年长的允是，当时就落下泪来。他同时想到，兄弟们在这里，本来都是为等着见他们的父皇康熙帝。父皇近来心绪极为不佳，常为一点儿小事便极震怒，尤其对他的这些皇子，每个都觉着不顺眼；现在允贞忽然在这里发了疯，若是父皇知道了，那还了得？还不得当时也把他囚禁起来？所以允是就赶紧命侍卫和太监们把允贞搀着架着，送出了宫门。允贞这时还不禁口眼歪斜，喊道："有贼！哎呀！要来取我的首级啦！"

侍卫和太监就把他抬起来，塞进了轿子，很快地送出了紫禁城，而回到了他的府中。不想允贞下了轿，便飞也似的向他的卧室里去跑；到屋中取了宝剑又走出来，胡抡乱舞，简直像凶神附了体一般。跟来的侍卫们说："赶快！把贝勒爷手里的宝剑抢过来吧！不然他要是自刎了，咱们可都有罪！"于是，这里的管事的便去找护院的，因为除了几个护院的还都手脚灵敏，别的人，尤其在这时候，谁也不敢。

可是现在众护院的和门客中会些武艺的差不多全都在眼前了，可都不肯上前。尤其有一个名叫白三虎的，他连连地摇头，说："要想夺家伙，就得打架！他若不让夺，至少得抽他两个嘴巴，才能够把家伙夺过来；这对别的人还可以，对贝勒爷我们可不敢！"

他正说着，不料允贞就奔向他来了。他旁边的人全都赶紧躲开了，他却自觉得贝勒爷平时待他不错，就笑着说："爷！您今儿怎么啦？您把宝剑放下，回屋去歇一会儿也就好了，这不定是谁把您气的！"他一面说着，一面却要以巧妙的手段把剑夺过来，也好在那几个侍卫和太监们的眼前显一显。

允贞提着剑来到他的近前，面上也像含着点儿笑，却不料蓦然的就是一剑，正刺进了他的前胸。就听他哎呀一声叫喊，旁边的人忙跑过来救他，哪想到允贞对他如同对仇人，这一剑正将他的胸膛刺透；及至拔了出来，白三虎仰倒在地，早已一命呜呼。

这样看来，这位贝勒真个疯了。允贞当时又将剑狂舞，口中喊出来更为惊人的疯话，说："蛇！蛇！这么多的蛇，都缠我来了！"于是他又挥剑向空而砍，真仿佛是砍什么东西似的。

这时真闹得一点儿办法也没有了，更无人敢往前去。幸亏九条腿秦飞来了，他一个箭步就蹿了过去。允贞拧剑又向他刺，他又一跳，竟跳到了允贞的背后；也不知怎么一来，谁也没有看清楚，他竟然已将允贞的宝剑夺到了手中，然后赶紧就跑远了。这时，众护院的、管事的和来的那几个侍卫和太监才一拥上前，就将允贞连搀带架的，请进卧室里去了。允贞还在卧室里不住地嚷嚷，说："床上也有蛇！桌子底下也有蛇！窗户上也爬着蛇……"其实这屋里真是连个小虫儿也没有。他不断地胡说话，两眼瞪得和灯笼一样的发亮。

此时，院中早有人抬出去了白三虎的尸身，侍卫跟太监也赶紧走了。他们回到宫里，虽没敢冒然就去禀告老皇上，可是此时诸王还都在宫里，尚未回府，闻说了此事，却不由得个个惊异。那允异便与允唐商量，想要到允贞的府中去看一看，以表示"关切"之情。所以，他们由宫中出来，便都乘坐着轿子，去往贞贝勒府。

这时天色又已黄昏，贞贝勒府的门前冷冷清清，府门都已关上了。他们带来的跟班的上前叫门，里边才把府门开了；一看是又来了两位贝勒，这才由小厮去通知管事的。管事的又通知总管事的，总管事的程安便恭迎出来。两顶轿子抬进了府，允异与允唐才都下了轿，就问允贞刚才疯狂大闹的诸种情形。程安却连连地摆手，并叹息着说："我们的爷不定冲撞了什么，简直中了邪啦！并且他的屋中也不能去了，怪事情都出来了！"

允异却说："有什么怪事情？我就不信，我非得去看看不可；哪儿有好好的人，突然就变成这个样子的道理？"于是他在前，允唐在后，程安带着，他们跟班的也跟着，就上了石阶，来到廊子底下。

这时月亮又已升起来了，照得庭前一片愁惨的颜色。允异还要进屋去看，程安却摆手，说："请二位贝勒爷隔着窗看看也就得了！"允异还大不乐意，但是毕竟有点儿害怕，遂就走到窗前。

这窗户上嵌着很大块的玻璃，屋里也没挂着窗帘，只见几上的烛台点着一支红烛，光线十分的低暗。那床上，允贞的魁梧的身躯还穿的是今天上朝时所穿的那身衣服，脸向着里躺卧着，好像是得了重病似的，身上还盖着红缎的被褥。但是允异再细细地一看，却又不由得大惊,因为他看见那被褥上有一条长东西;起先还以为是解下来的带子,但是现在竟蠕蠕地动了起来,原来是一条蛇!哎呀,真有蛇!再去看,就见地下还盘着两条;更有一条很粗很长的大青蛇已爬上了椅子,而上了几,仿佛是要去吞那支蜡烛。

这时,允唐也正扒着窗户看,忽然他惊得大喊,赶紧就跑,原来有一条蛇竟从窗孔爬出来了;吓得允异也毛发悚然,赶紧走开。不想才走了两步,一只脚踏到了一个东西,又软又圆,同时他的腿也被一个东西缠住了,吓得他就像被火烧着了衣裳似的,也赶紧跑下了石阶,又连连地甩腿,才把腿上的蛇甩掉了。跟班的也都惊惶着,跟着跑出了府门。

这时,程安才又命人将府门紧紧地闭住,府里越发地清静、严肃而且恐怖,但是大都还能够安然地睡觉。

到了次日,这府里的事可就传出去了,各贝勒府,甚至宫廷里,也都知道允贞不但患了疯病,并且卧室里满是蛇;大概是冲撞了蛇神,以致蛇神作祟。因此弄得连往贞贝勒府中去看看的人也没有了,都认为是一件怪异可怕的事。

不提贞贝勒府中的情形如此,但说在这事情发生的三四天之后,大名府迤南,由直隶省往南去的大道上,突然出现了三匹马。第一匹马是铁青色的,马上坐着一位身躯魁伟、相貌不俗,可是穿着布衣,好像是一位大掌柜似的人;第二匹是白马,马上是一个小常随,带着不少的行李,还带着宝剑;第三匹也是白马,马上是一个瘦小枯干的人,倒是穿着绸缎的衣裳,并带着一口刀。这三个人,也不知道为什么事,都紧紧地往南走去;不像是父子兄弟,也不像东伙,更不像是师徒,因为那个瘦小枯干的人和那小常随全都称呼骑铁青马上的人为"爷"。

这个"爷"虽然也在小镇市的小面铺里"打尖儿",但他吃那粗面粗饭,仿佛是难于下咽,可是结果还吃得不少。到晚间投店住宿,如非走到城厢里,也实在找不到像样儿的店房,不过是砖炕,炕上一领席,放着一块砖,随人拿个什么东西垫上作枕头,这位"爷"真觉得不舒服。好像他是富家的公子出身,一生下来就享福,简直没受过这个;但他并不懊恼,他的精神非常之畅旺;天色方明,他就催促着他带着的那两个人与他一同起身赶路。

他简直像是头一回出门，什么也不知道，架子还非常之大。路上有人招呼他，称他为"大哥"或是问他"你们三位是上哪儿去呀？"他绝不答言。倒是那瘦小枯干的人还像个老江湖，路上的事儿都知道；见了一块行路的或是店家，都能够打个招呼，而且十分的和气。假如没有这个人，他们在路上真许走不通，因为那个小常随也是很老实的样子，也像是头一回出远门，大概有时连东西南北都许不认识；他要是独自跟着他那位"爷"走路，非得吃大亏不可。

这三个人，不用介绍，大概读者也能知道，骑铁青色大马的那位爷，就是四皇子允贞。他是假装疯魔，借以脱身，出外来非为游历，而是为寻访豪杰。因为自从司马雄被允异聘了去，他愈感到自己人孤力弱，如果还在京里住着，非但是将来夺不到帝位，而且眼前就生命危殆。所以，他用了这也可以说是"金蝉脱壳"之法。

不过现留在京里，在他的府中装疯、整天躺着睡觉的那人，不是什么"金蝉"，却是专会弄蛇的百只手胡奇。那人本来长得身材与允贞差不多，穿上允贞的衣裳，再盖上允贞的被褥，头向着里一躺，差不多就没有人能看出是假的；同时也没人敢走近去看，因为那位"百只手"，把他那宝贝的口袋打开了，里面满是粗蛇、细蛇、小蛇、大蛇，蜿蜒满地。在他不过是跟喜欢鸟儿的人养鸟儿一样，一点儿也不在乎，还觉着好玩呢；可把别人都给吓慌了，既能够把允异、允唐全都吓得惊魂而逃，别人更不会拆穿他那把戏。同时有程安那精明能干的老总管，府中的事，绝对向外透不了一点儿风。

白三虎也死了，府里现在所有那些管事的、常随、护院、更头等等，允贞相信全都是靠得住的人。何况还有十个口郑仙也留在那里，他不只是会吹笛捏管，也会办事。还有舅舅隆科多，允贞这次出走，他是知道的，他也能够加以照拂。更因为那老头儿司马申，虽说他还在装聋卖傻，可是看他住在府里已很相安了，有他在，就不怕他的儿子司马雄再去深夜闹府，更可不必顾虑府中眷属之安全。

因此，现在允贞虽已离开了家，可是他对于家并没有什么不放心的,所发愁的就是眼前。眼前只见风尘滚滚、河水滔滔,路上往来各色各样的人全都有,田园庐舍也处处皆是,然而哪里才能够访得着几位真正的豪杰? 若是这样走,恐怕走到天涯海角,走得须发苍白,走得马疲人死,走得父皇康熙晏驾,允禩或是允禟,他们不定是哪个都已登了基,我依然访不着一位豪杰啊!

第五回　斗飞锤英雄施身手
　　　　憩小镇父女奏琴歌

允贞的心中十分焚急，但是，他向来是喜怒不形于色，心中的感情绝对要强力抑制着，绝不在脸上显露出一点儿。现在他只是马走稍缓，眼睛时时凝滞着，看着远处，仿佛是在沉思似的。秦飞就说："爷！您看这江湖有多么大呀！咱们现在不过是才出家门，离着江南还远得很呢！走江湖，要是多带点儿盘缠，可也真有个意思！爷您说是不是？"

允贞却不言语，心中暗笑秦飞只知道江湖。江湖算是个什么？不过是他们那些流浪的人谋食求衣的地方罢了。允贞现在所想的是江山，眼前这真是无限的江山、广大的江山、可爱的江山，可是将来不知要落于何人之手……他因此不住地在暗暗叹息。这可被秦飞给偷眼看见了，但秦飞装作没有注意似的，依旧跟着他的马去走。

现在是三月中旬，野地上开放着娇弱美丽的"三月兰"，道旁的小村柳树也绿了，桃花也搽脂抹粉地笑了；还有在井台旁绞水的乡下大姑娘，穿着红袄儿绿裤子，也许是新媳妇吧。九条腿秦飞的两眼专看这些个，有时他还扭着脖子转着头，着了迷、失了魂似的看。那小常随也有时候看一两眼，这个小家伙，两只眼也不老实。只有允贞，却对这些不屑一顾，他只是望着远处的莽莽青山和身畔的滚滚烟尘。

秦飞已经大略地猜出他的爷此次出门来的用意。他一边走，一边就向允贞搭讪着，说："爷！咱们是往扬子江去呀，还是往鄱阳湖去呀？"

允贞实不知道怎样吩咐，因为自己也是没有一点儿准主意。

秦飞又说："要找陆上的功夫，得过扬子江，蹿房越脊、爬山跳涧、打镖射弩、抡刀舞剑，那些好汉全都出在江南；水里功夫却得到鄱阳湖去找，那里的三尺童子也会掀波鼓浪，跟鱼似的。"允贞看了看他，可仍然没有说话。

秦飞又说："真正的侠客全都不露名，要想拜访他们，也很难得见一面，见了面要想跟他们深交更难。爷只看见了一个司马雄，其实天地之间，比司马雄本领高的人可有的是，不过都是架子比他还大，脾气也比他还特别。对他们有礼也是不行，赠金送银他们更看不上眼，只有一个法子……"

允贞就问说："有什么法子？你说一说！"

秦飞一听，真把爷的心事给猜对了，他就更是喜欢，遂说："这法子就是自己先得造出名声来！譬如说，由这儿往扬子江或是鄱阳湖去，沿路上见着人就打，不怕他是铜头金刚、铁臂罗汉，打他十个八个的；再做几件轰轰烈烈的事，做完了，要称道出来字号。如此，名声立刻就传开了，等到咱们到了那里，不用去找什么豪杰，豪杰自然就得找咱们来；可是非得有真功夫、好武艺预备着才行！"允贞一听，觉着他出的这个主意不错，凭自己的剑法，确实可以打一打世间的豪强；不过就是一样，那种任意凌人、无赖的举动，却是我这生于帝王之家且欲立大业的人所不屑为的。

他的精神却因秦飞的那几句话就越发地振作起来，马加快地走；秦飞紧紧策马跟随，两匹马快得就跟箭似的。那小常随的马可落在后面很远，他不敢呼叫他的贝勒爷，却直喊着："秦师傅！秦师傅！等我一等吧！"秦飞想着：这位爷是怎么啦？说快就走得这样快，可真是大爷的脾气！

这时天色将近中午，路上的车跟行人都很多，他们的两匹马就这样紧跑，秦飞还好一点儿，还躲躲避避旁人，允贞的马简直是横冲直撞。这时候就有人大声地骂起来了，说："小子你跑什么啦？妈的！你是奔丧的吗？"

允贞可以说是生平第一次受人侮辱,他当时就大怒,将马勒住了,回头去看。就见骂他的人一共四个,全都穿着黑绸子的小夹袄,三个穿黑布裤子,一个穿蓝绸子的裤子;随着裤子的颜色在腰间系着一幅带子,有的上面还绣着花。纽扣可全都不扣,露着里面的雪白小褂和黑色的健壮胸脯,个个年岁都在三十左右;两个是骑着马,两个是坐在骡车上,态度都挺横。

允贞向他们怒目而视,他们一点儿也不服气,那两个骑马的并且赶了过来,大声问道:"你出过门儿没有?有急事你也不能这么奔丧呀?"其中的一个竟要拉允贞下马。允贞却挥拳向这个人就打,咚的一声,连臂带拳都打中了这个人的前胸,这个人当时就摔下了马。

那车上的二人更为大怒,一齐跳下车来,挽袖握拳的。这边一个骑马的已经仰卧在地下,摔得爬不起来了,另一个却抢着皮鞭向允贞去抽;允贞便也抢皮鞭去猛抽,但都没有抽着人,两根皮鞭子却绞在一块了,如同拧了麻花似的。允贞趁势往怀里一带,这人当时就撒了手,允贞再将皮鞭抢起,这人的皮鞭就像蛇似的飞出了很远;而又叭的一声,不容这人闪避,一皮鞭子打得这人当时用袖子掩面,鼻血顺着袖子淌了下来。

秦飞赶紧过来,摆着手,说:"爷……"他没有显明地叫出来,因为当着江湖人的面,他不愿显出身份太低了,同时也不敢说破允贞原是一位了不起的大爷。他便向允贞使眼色,轻声说:"这是镖行的!"表示出不可以得罪的神色。

允贞却不管这些,他更发起威来了。那由马上摔下去的人,这时已经歪着屁股爬到了一边,直嚷:"这还行?咱们能吃这个亏吗?别放他走啊!"那挨了鞭子的是连眼睛都睁不开了,也下了马跑到一边,更是大骂。那两个由车上下来的都从车里抽出了钢刀,拼命地跑向前来。允贞见此,也就锵然的一声,亮出来他那口光芒闪闪的七星剑。

路上本有不少往来的人,胆小的是赶紧就走了,胆大的却停车驻足向这边来看;因为这边都已亮出家伙来了,所以没有一个人敢向前来。只有秦飞把两只手乱摆,他并下了马,向那两个人抱拳,说:"朋友们！冲着我，我们这位掌柜的脾气有点儿暴，我可是懂理。兄弟姓秦名飞，外号叫九条腿……"

这两人却把刀向他一抡，说："谁认得你？你快滚开！"说着就挺刀扑向了允贞。

允贞也持剑催马迎着他们来了。秦飞是一面防备着刀剑伤着他，一面还给解劝，说："都是出门在外的人，大家不必如此！我看出你们都是镖行的朋友，说来都是一家人。兄弟早先也吃过这碗饭，我们这位爷是北京有名的皇四爷，也是最好交朋友的……"

这时，允贞已和那两个人刀剑相拼起来了，秦飞只好躲到一边，同时看见那小常随已经来了，他就赶紧说："你快走，往南先走！别管这边的事啦。"说着，他又上了马。这时只听刀剑相击之声十分的猛烈，那两个人的刀法都不错，齐逼着允贞；允贞却不下马，只探身舒臂，以单剑同时敌住两人。他的剑长又力猛，并且剑法新奇，到底与一般江湖的玩意儿不一样，那剑就如鸟龙探爪，只是刺、扎。那两个人的刀法都不过是些"花着儿"，自然敌不过他。所以只四五个回合，那两个人就直往后退。秦飞便趁势嚷着说："爷！"他这回可叫得真是清楚，"咱们走吧！行啦！得了好儿就快收吧！"

不想允贞仍然催马去逼那两个人，那两人便往他们那辆车去跑。车里原来还有一个人，却是个商人模样，他大概是怕伤着，所以就惊慌慌地提着个蓝布包袱，由车里钻了出来。他刚要下车，允贞的马已经冲过来了，这商人哎哟一声惊叫，跳下了车，却把手里拿着的包袱扔了。包袱系得又不结实，当时就散开了，里面原来是一个精致的木匣，盖子一摔开，大大小小，至少有几百颗珍珠，就都像豆子一般都洒落在地下。这商人更急了，跺着脚，说："咳！这可怎么办？这可怎么办？"他赶紧就弯腰去捡，也顾不得被车轧着马撞着了。而远处看热闹的也跑过来几个，不是帮助来拾珠子，简直是要抢珠子了。

秦飞不由得有些眼馋，然而他又怕事，就更加着急地大嚷，说："咱们还不快走吗？"

此时，允贞看见了洒在车辙里、泥土里的那些珠子，虽然并不惊奇，因为他自幼就见过珠子不计其数，真比看过的黄豆还多，这实在不能叫他看在眼里；但是究竟这是在路上，路上的一辆车里，就带这么些个珠子，却也有点儿令他纳闷。

这时那两个使刀的，一个凶眉瞪眼地抡刀去驱赶那些乘势儿抢珠子的人，另一个穿着蓝绸裤子的又到车上取了一件家伙，向着允贞就打来。允贞当时就拨马躲开了，这人的这件家伙原来是个链子锤，铁链约有三尺长，锤不过香瓜那么大，允贞还真没见过这种家伙。那人一下没有打着，又抡起来打第二下，但第二下也没有打着，他第三下又狠狠地打来，并说："叫你认识认识我飞锤庞五！"

允贞却巧妙地一伸手，就将他那锤给抓住了，再一用力，那庞五当时就撒了手，飞锤就到了允贞的手中；允贞同时又将剑一抢，吓得庞五赶紧跑开了。允贞这才催马向南而去，秦飞紧紧地跟着，蹄荡尘扬，走出有一里多地，才见那小常随在路旁等着了，于是三匹马又一起缓缓地行走。

现在秦飞很懊悔，不该劝爷见了人就打；现在真打起来了，倒没有打了"铜头金刚""铁臂罗汉"，可是一开头就打了四个镖头。这不单不讲理，还得罪江湖朋友，除了我老跟着他，吃他，不然将来我秦飞就没法子在江湖上混了，何况"强中更有强中手"，爷他不错，剑法好，力气大，可早晚得碰个大钉子，这还行？这岂不叫我时时得提着心？

这时允贞很得意地把那夺来的链子锤，在马上玩了半天，并且抡了抡。秦飞赶紧躲开点，怕他一失手，再挨他一锤。只见允贞笑了，几个月来，也没有见他这样笑过，于是秦飞就趁势进言，说："爷！您要是打江湖、闯名气，也得把人分清楚点儿！绿林强盗可以打，江湖歹徒也可以打，可是别胡打呀！像刚才那车，别看只是一辆，可是我一瞧，就知道是镖车；因为有四个镖头保着，也不插镖旗，我就知道车里一定有贵重的东西，果然是珠宝客人。那些珠子不定得值多少钱！他要是有数儿，全数拾起来，别叫人抢去，也别丢一颗，那还好点儿；要是受了损失，四个保镖的就得赔他。那四个人，咱们只知道其中的一个，名叫飞锤庞五；他的锤也丢了，这个仇儿结下的不算小。您别看他们的本领都不大,可是他们必定是久走江湖,必定认识难惹的！"

允贞淡淡地笑着,说:"我愿意多见几个难惹的,我出来就为的是遇见几个豪杰,如果此刻遇见,当时还就回北京。"

秦飞不言语了,心里却更发愁,知道不遇见豪杰他是绝不回去;然而若是遇见了,也不能够就好好地交朋友吧?他千思万虑地跟着又走,肚子也饿了,更怕那四个镖头再追了来;亏倒可能不会吃,可是又得麻烦。于是他就赶在前边领着路,快快地走,奔向了一股偏东去的岔道。又走了四五里,便到了一个镇市里,他就驻了马,说:"爷！咱们找个地方,先吃午饭吧！"

这个镇市也不算小,有数十户人家和店铺,房子却都东倒西斜,没有什么整齐的。街上的车辙很深,土很松,被风一吹,就扬起来多高的尘土,直迷人的眼睛。允贞已经和他骑的这匹马一个样,浑身、满头都是湿湿的汗水。

这里倒有几家小店,门前悬挂着笊篱的,表示是住客带卖面;也有小饭铺,门前挂着个圆的、下面垂着纸穗的面幌子,可是脏得很。那小屋子,像允贞这样的魁伟身躯,只有低着头才能够进去,并且还没有近前,苍蝇就嗡嗡地往人的脸上撞。允贞下了马,还不禁犹豫,但他那小常随已是又饿又困,打着哈欠,说:"爷！就在这儿用膳吧！"

秦飞赶紧向他使眼色,认为他说错了话,"爷"字还可以叫,"用膳"这两个字是绝不可在外边胡说乱说的！除了皇上跟王爷、贝勒才管"吃饭"叫作"用膳",现在既到江湖上来了,什么"用膳"?叫人听着多扎耳,不如干脆说是"打尖儿"。

结果由允贞找了一个比较干净的小面铺,这屋的外边,栅栏下有用砖砌就的台儿,就算是桌椅。允贞坐的地方露天而凉爽,尘土刮来的可是更多,他就没法子顾及了。于是,由秦飞将马系在门前的一块石头上,允贞就将链子锤、宝剑都放在砖台上。他觉着热得很,就叫小常随帮助他脱下了大褂,露出里面穿的绛紫色团龙缎子的夹袄夹裤;他还觉着热,小常随就取出一把大折扇,替他呼呼地扇着。秦飞叫堂倌沏茶、下面,并给打来了一盆洗脸水。水是凉的,用个破木盆盛着,那块手巾脏得简直不能够用;幸亏小常随带着新的罗布,就撕了一块,给爷擦脸;但那么白净的罗布刚在水里蘸了一过,就脏得成了抹布了。

这时,忽听身旁有人吧吧地击节,并且呜呜呜呜地奏起乐来了。秦飞赶紧说:"喂喂!别在这儿拉,走吧!走吧!没钱给,我们不是阔大爷,我们是走路的!"

允贞擦了擦脸一看,见是一个五十来岁的痨病鬼,拉着个"呼呼儿"(胡琴),带着一个衣服褴褛、十一二岁的女孩子。这女孩手敲着竹板,唱着:"老薛保上前双膝跪,尊一声三娘听端详……"这大概是梆子腔。

允贞赶紧叫小常随拿银子给他们,小常随就拿出来约有四钱的一小块银子,放在那拉胡琴的手心里。这拉胡琴的望着允贞,稍微地欠身道了谢,允贞赶紧拂着手说:"走吧!走吧!"这时饭铺的堂倌给送出茶来,也看出这位客人太阔了。

秦飞却十分不高兴,就向小常随低声说:"以后再遇见这事,就是有爷的吩咐,你也应当先找我,我带着零钱啦!顶多给他一文半文的,也就打发走啦,还能够掏出银子来?你们真没走过江湖,金银在外面是能够随便显露出来的吗?再说,咱们这是出外啦,不是在家里,金子成山银成库,你能够带出来多少呀?就这么随便地给?"小常随也不言语。

允贞坐在那里,看着那把破茶壶和脏茶碗,仿佛又有些厌恶,小常随赶紧过去给擦茶碗、倒茶;允贞捏着鼻子,才喝了一碗味道恶劣的热茶。面也端来了,秦飞在那边连茶带面汤一齐喝,拿筷子挑起来有手指头粗的面条,用嘴吹一吹就往嘴里送。允贞这几天吃的面食,虽并不比这好,可是仍觉着不大习惯;小常随取出来由北京带来的、府里的厨子特做的酱肉。本来是一大包,吃得已没有多少了,而且因为天暖都快要坏了,但允贞仍然拿筷子挟着吃。

这时候那唱梆子腔的父女坐在路旁,还没有走,就见又有两匹马一齐来到;当时一片尘起土扬,都落在面碗里,允贞就非常不乐意。这两匹马也都在这里停住了,马上的二人不住地向他们来看。秦飞一看这两个人的打扮跟强悍的身体、凶狠的神气,就暗说:不好!这一定是飞锤庞五的朋友找了来,要给他们出气!

其中一个黑圆脸的人,腰间也带着链子锤;另一个人的马上是带着一杆扎枪,可没有拿下来。他们不住地打量着允贞,大概是觉着:"对了,就是他!"于是一同下了马,马也不往石头上系,就一直走了过来。

这时小常随也看出来有点儿不好,脸都吓白了,秦飞又赶紧作"逃脱之计",悄声向他说:"你快一点儿吃,还是你先走吧!往南去,也不要走得太远,就在道旁边等着我们!省得到时候我们能够走开,你却来不及!"小常随点着头,吓得两只手都哆嗦了,面更吃不下去。

这时那黑圆脸的人自腰间解下来他的链子锤,就咚的一声,猛地向那另一个砖台上砸去,大概给砸了个大坑,就听他粗暴地说:"等他们来了,问明白了,咱们再动手!"他离着允贞只不过三步远,允贞面色却不稍变,反倒更加从容而镇定了。他挑面吃着,仿佛也吃出来了这种粗食的滋味。

那另一个微胖的人来势汹汹,就喊道:"伙计来酒!"

伙计赶紧高声答应着,当时就从屋里又走了出来。这个伙计就是刚才伺候允贞的那个堂倌,大概他还就是这个小饭铺的掌柜的,因为只有他一个人忙着,屋里还有一个连看孩子带掌灶的妇人。他跟这两个原是熟人,当下,他就欠身递笑,说:"胡七爷!卢二爷!你二位今天怎么骑马来啦?"由此又可知,这二人住的必定离此不远,而今天是因为带着急气来的,所以才骑着马。

微胖的胡七就吩咐着说:"拿一壶酒来!喝凉的,不要热。"伙计又连声地答应着,当时就给他们送来了一把砂酒壶和两只都镉着"镉子"的酒盅。

胡七爷给那带着链子锤的卢二斟了一杯,然后他就对着壶嘴儿喝,并拿拳头捶着那砖砌的"桌子",瞪着眼睛说:"从这儿过的得先打听打听!我神枪小二郎可不是好惹的!看得起我,什么话都好说;看不起我的——欺负了我的朋友就是欺负了我,那你,休想走得过这条路!"允贞依然不语,就跟没听见一样。

第六回　显奇能展臂出竹镖
撞彩舆扬鞭来古刹

　　这时，秦飞已解下一匹马来，叫小常随先走了。他很想上前跟这两人讲几句江湖话，总是别伤和气好，他们要拿锤打了贝勒爷，那就如同打碎了自己的饭锅；要叫贝勒爷拿锤打了他，可又给自己得罪江湖的朋友。于是，他就向那两个人先笑了笑，想要说话，不料那两个人正在喝酒，正在自己称道自己的字号，自己跟自己发脾气，一点儿也没瞧见他；他算是白笑了，落得很难为情。

　　而在这个时候，那已经得了一块银子的卖唱的父女坐在道旁，把买来的一个包米面的饼子分着吃了，现在又走了过来。这父女毕竟是江湖的流浪人，他们来到这个地方大概没有多久，所以不认识那神枪小二郎胡七，更仿佛是没看出这两个人都是正在急气烦恼，想要找人拼命。他们父女却又偏偏走到了近前，痨病鬼又拉起了呼呼儿，呜呜呜呜的调子十分的悲凉，那女儿又敲板唱着："金牌呀唤来，银牌呀！寒窑里，又来了王宝钏……"

　　黑圆脸的卢二当时更为大怒，呵斥着："你娘的唱什么？"当时跳将起来，抢起了链子锤，向着那小女孩儿就打。允贞急忙奔了过去，将那小女孩儿拉开，幸是没有打着。卢二怒问他道："干你什么事？你是干什么的？"说着，哗啦啦地重又抖起链子锤，猛向着允贞打来。允贞却向后一退步，回手也抄起来链子锤，向他去打，彼此倒都没有打着。

黑圆脸卢二就向道旁一跳，点着手说："你来吧！老子人称金锤太保卢成甲，那飞锤庞五就是我的师弟，在镖行中老子出过大名，远近无人不知！你是哪儿来的小辈？欺负了我的朋友，老子正是来找你！你还敢这么大模大样的？"

秦飞又直摆手，嚷着说："朋友！你这样一说，咱们是一家人了！有话请对我讲……"但允贞已经抢锤追了过去，向卢成甲打去，金锤太保也以锤相迎，哗啦啦，两条铁链同时响，一对甜瓜似的铁锤互相砸。卢成甲的锤不是瞎抢的，他先用的是"乌龙探爪"，直向允贞击去，但是被允贞闪身躲开了。他又用"流星袭月"，用锤去击允贞的面部，但同时允贞的锤也飞过来了。允贞本来没练过这种家伙，但他也不是胡抢，他是仗着力气浑雄，而手法又准确，当时两条铁链就绞在了一起，两个锤就跟纽扣似的互相结了起来。但这却不能够像那皮鞭，因为铁链极滑，一抖便又散开了，于是允贞又抖锤来打。

卢成甲急忙闪开，向旁跳了两步，然后再用力地抢锤。这锤自远处抢来，就好像风车似的，呼呼地带着风，直向允贞砸去，允贞赶紧向旁去躲。而这时那神枪小二郎胡七已把马鞍下挂着的扎枪摘了下来，以"恶蟒钻身"之式向允贞的后心就扎；允贞赶紧向旁飞蹦闪开，同时抢锤，去打胡七。胡七身闪枪进，允贞劈手就抄住了；二人正在相争，不料卢成甲又抢锤击到，一锤没打着，又把锤哗啦啦地抖起。

允贞这时真有点儿"一人难敌二手"，同时又有十余个人都抢刀舞棍的自西边跑进了这个镇市，其中就有那飞锤庞五；原来他们也找到这里来了，并且勾来了这么多的人。秦飞也慌了，赶紧又去解马，并嚷嚷着说："爷！咱们快走吧！"允贞却仍与胡七同揪着那杆扎枪，但是谁也夺不过谁。

此刻金锤太保卢成甲的精神陡起，一面向他那些伙伴招着手，喊说："快来！快来呀！"一面又把链子锤直直地抖起，像一杆铁棍似的向允贞砸下。但是他并没有打得准确，因为这时候突然由旁边飞来了一个短短的好像一支"竹镖"似的东西，正正击中了他的眼睛。卢成甲的这只眼立时就睁不开了，他刚要喊骂，还没喊出来，第二支"竹镖"突又飞来，又正射中了他的另一只眼，两只眼睛全都睁不开了。他刚要跑，允贞整抢起来了一锤，就盖着他的头砸下，他便哎哟一声，身子倒下，脑浆迸流。

而这时那个十一二岁的卖唱女孩，突地跳了过来，急忙地下拾起了她的那两根竹板（即"竹镖"），拾得真快；这时允贞的锤还在抢着呢，她却敏捷地拾到手，跑开了，跟着她的父亲走了，一点儿也没受"误伤"。

此刻，神枪小二郎已将扎枪松了手，允贞又得到了这杆家伙，他把链子锤反倒掖在腰带上，而"梨花乱点头"地就抖起了枪。胡七可早就跑了，庞五却大喊着："出了人命喽！打死人啦……"可是哪个还敢近前？

那边的秦飞也上了马，又嚷叫着："还不快走吗？爷！咱们还不快走？"这时允贞却像是发痴了，他向地下去看，已找不着那两根竹板（"竹镖"）；向两旁去看，也不见了那卖唱的父女的踪影。

庞五又说："姓黄的！你留下名字吧！反正你已打死人了，我们也不跟你斗了，自然会有人来找你。"

秦飞又嚷着："走吧！走吧！还不快走吗？我的爷呀！"允贞却像是都没听见，双手握着扎枪，惊讶地瞪着眼，向四下里寻找着什么。秦飞这才猜出来，就说："那唱梆子腔的小姑娘，早就跟她爸爸往南去了！"允贞一听，这才急急地来上马。

但是那庞五等人又站在远处让他留下名姓，小饭铺的伙计也跟他要钱，秦飞便扔下了一串钱在地上，又向那边的人说："我们掌柜的叫黄四爷！外号叫九条腿……"他慌张之中把话都说错了，要改可也来不及，因为这时他的贝勒爷早就骑着马往南去了，他得赶紧去追。

这时允贞已催马出了镇市，这个镇市也没有官厅，所以他打死了人，竟没有人来拿他，他也好像是已经忘了刚才把人的脑瓜用铁甜瓜给砸破这事了。他的马随向前走，两只眼却不住地往野地里张望，秦飞赶了上来，喘息着，又叹息着说："我的爷呀！"

允贞却问说："你何至于这样惊惶？"

秦飞说："您把人都打死了，我怎么能够还不惊惶呀？在京里，你爷杀个人不要紧，因为爷您是王爷，杀了人可以不偿命，无奈现在可是出来了！您又不肯通真名、道真姓，谁能够知道您是贝勒呀？万一遇见个铁面无私的官，跟包公一样，那时就是凤子龙孙他也不饶，您受得了吗？现在赶快走吧！"

允贞却摇头，说："现在不能走，你再帮助找一找刚才唱梆子腔的那父女两个！"

秦飞更着急了，连说："咳！咳！您找那个拉呼呼儿的痨病鬼跟那个小丫头干吗呀？大概您是因为刚才那小丫头用竹板打了那小子的眼，就认为他们也都是豪杰、侠客？咳！那是您想错了！凡是走江湖混饭的，无论老小，都得有两下子特别的玩意儿，叫爷拉呼呼儿，爷您会吗？您一定不会，那痨病鬼可拉得真不错。那小丫头板儿也敲得有板有眼的，后来她用竹板当作飞镖，可也不见得她就会武艺；那不过是江湖上的玩意儿，我曾看见过比她打得还准的呢！"

秦飞虽然这样说，允贞可还是不听他的话，非要找那父女不可。秦飞就又说："爷不必忙！他们父女是走江湖的，早晚一定还能跟咱们遇见。那小丫头总算有良心，她拿两个竹板儿救了爷的驾，将来再见着她的时候，再赏她几钱银子也就得啦，何必这么忙忙地去找他们？"

允贞却不听，又要回那镇市，秦飞急忙摆着手，说："那儿可不能回去！咱们……哎呀！爷的那个小常随他往哪儿去了？"

在这茫茫的大道上，在这四周禾苗不很高的旷野上，哪儿也没有那小常随和马的影子，他竟失了踪。秦飞最着急的是小常随还带着行李包袱呢！包袱里是由府里带出来的盘缠，金银还能够少吗？如今要是丢了，可还怎么吃饭住店？那时爷可就成了穷爷了。他一个钱也没有，恐怕也未必愿意回家，还得去访豪杰；我虽然身上也带着点儿"贴己"，可是我供得起他老人家吗？所以秦飞非常的着急，赶紧请允贞同他去找那小常随。

他们走出了很远，又折回来，三十里以内，还有几处村镇，他们也都去过了；并且秦飞提心吊胆地跟很多种地的、走路的、赶驴的、开店的,连推磨的老娘儿们全都打听过了。他又怕有人认出来,他跟着的这位爷就是那打死人命的,所以他就谦恭和蔼,样子十分着急,一直问:"借光!没看见有个骑着白马的十五六岁的小孩子吗?穿着灰大褂、青坎肩,戴着瓜皮小帽,长得很秀气,说北京话,像个小常随似的;马上带着黑布的两个大包袱……"人家可都摇头,说是"没看见"。

允贞又亲口去打听:"你们看见唱梆子腔的父女没有?"人家更都摇头。秦飞更着急了,心说:您不找您的小常随,可专专地打听那父女干什么呀?真是的!可是,允贞现在是一心一意要找那卖唱的父女,失了踪的小常随,他可不管了。

这样各处找着,天色已经黄昏了,小常随和那父女全都没有踪影和下落,允贞就微笑着说:"他们必是一同走了!找到那父女,就必定能找着那常随。"

秦飞却摇头,说:"那父女要真是拐子,还不至于那样穷啦!再说小常随也不是傻子,那丫头又不漂亮,他哪能就跟着他们走呀?除非他们是'拍花子的',可我想……"秦飞想着是被那飞锤庞五的伙伴们劫去了人马和财物,他可没敢说出来,因为怕是一说出来,允贞更得不离开这儿了;可是不离开能行吗?在这儿已经拿飞锤打破人家的脑袋啦!

秦飞是心里矛盾,又不敢在这一带地方停留,可又希望找着那小常随;允贞却是神情更显得反常,有时自向自微笑,有时又微叹,仿佛错过了好机缘似的。

天黑了,星星都出来了,他们只得在另一个镇市上找了一家店房。这里,距离今天允贞打死"金锤太保"的那个地方,不过二十里,大概还没有离开大名府的地面,秦飞真不放心,而这个镇又是个大镇。这店也不小,他们找的是小间屋子,允贞叫店家给做好饭菜,秦飞心说:你哪儿有钱呀?因此他就提了提:"外边本来没有什么豪杰侠客,再说,要是小常随从此丢了,盘缠也就算全都丢了!我倒幸亏还带着几两银子,够咱们回京里去的……"不想这话刚一说出来,允贞立时就跟他瞪眼,吓得他也不敢再说了。

允贞的宝剑本来是叫小常随拿着的,现在也同时失踪,现在所有的就是他夺来的大扎枪跟链子锤,但他的意气更为骄傲,胆气更壮,一点儿也不将就。用过了很好的菜饭,他就独自出了屋,在院中、在店外、在镇街上走了半天,直到二更时候才回来;他显出很失望的样子,却又不住地微笑着。夜里秦飞愁得简直睡不好,允贞倒似乎睡得很香。

起来时天色已大亮,秦飞就叫来店伙给打洗脸水、沏茶,允贞还要吃早饭。秦飞看那店伙的神气有点儿可疑,因为他不住地打量他们;允贞吩咐他"做两盘好菜,吃馒头",他答应得也不痛快,秦飞可真有点儿身上发冷,暗说:不好!

他硬着头皮走出了屋,就见院中和门外站着好几个都是头戴红缨帽、腰上挂着刀的官人,他赶紧跑回来悄悄地告诉了允贞。允贞却是毫不惊恐,只不过站起身来,说:"咱们走吧!"秦飞一听更着了急,因为他希望允贞出去见着官人,索性说明白了他是个贝勒,是当今"万岁爷"的四儿子,那还能有什么事儿吗? 不想爷是要"溜之乎也",到了这时候,连我"九条腿"也跑不开呀!

此时,只见允贞从容地穿上了那件大褂,但是把他里衣所系的一条青色绸带抽出,系上大褂,挂上了链子锤,然后又掖起大襟,便手提扎枪,昂然出屋。官人们都在院中,正等着他出来呢! 何况飞锤庞五、神枪小二郎也全都来了,都指着说:"就是他! 就是他!"当时官人就抖动了锁链。

允贞却神色不变地摆了摆手,问说:"你们知道我是谁?"

官人说:"管你是谁? 你打死了人命,就得锁你!"

允贞却从怀里掏出来一挂数珠儿,给官人看。这数珠是用一百〇八颗又圆又大的珍珠串成的,珍珠还在其次,穿珍珠所用的线却是黄绒所捻成的,还垂着黄穗子。官人们当时就有点儿发怔,旁边的秦飞可喜欢了,心说:还是我的爷阔,原来身上还有好东西! 他就赶紧去解马。

神枪小二郎胡七、飞锤庞五等人却都不认识这种东西,还跳起脚来喊嚷着,说:"你还想跑吗? 你杀了人得抵命!"允贞却提枪向外就走。秦飞是已经牵着两匹马,呼啦一声跑出去了,官人们急忙跟着追出,问允贞说:"你到底是干什么的? 你得说明来历才行!"允贞却说:"叫你们的官到京城皇宫里去找我吧！"说时跟秦飞都上了马，又把那挂珍珠的念珠收在了怀里。

飞锤庞五却向官人说："别信他的！他不但是个杀人犯，还是个贼！那珍珠大概是我保的那客人的货……"官人们也觉着允贞可疑，当时又亮出刀来拦他，允贞却不顾一切地走去了。

他的马在前，秦飞的马在后，都跑得飞快；庞五等人临时由店里抄了别人的马，在后面就紧追。允贞还要抖枪拨马回去与他们厮杀，秦飞却连说："不可！不可！官人也骑着马追下来了！还是快点儿走吧！"允贞回首看看，见果然有官人骑马追来，并高声叫着说："你站住！你到底是干什么的？不说明白了，就不能够叫你走……"允贞跟秦飞的两匹马便跑得愈加快，当时荡起来多高的尘土。

秦飞回首看看，只看见滚滚的土，却已经看不见那几匹追他们的马了，就向前叫着说："爷！慢一点儿走吧！他们大概是不追啦！"连喊了两声，也没见允贞回头，也不知道他是听见没有。而这时候马已放了缰，要想收住就很难了，秦飞无法勒住他这马的缰绳，只好两条腿用力踏蹬，紧紧地夹住了马的肚子，以免从马上摔下；同时，就见允贞的那匹马真跟活龙似的，跃跳如飞，离着他越来越远了。

眼前是一座土岗，虽不大陡，可是马也应当到此就站住了，可是不行，原来允贞已将缰绳扯断了。他的这匹铁青色的大马，越发疯了似的，就直冲上了土岗；到了土岗上，忽然它又看见了一样"差眼"的东西，就更惊了，炝起蹄子就向下跑。此时允贞实在危险，力气要是差一点儿，身手要是迟笨一点儿的，就非得掉下来，滚下坡去摔死不可。

原来这时，下面正有一顶彩轿往上走来，那红色的彩轿，铜的轿顶，映着朝阳闪闪夺目；更加着有几个人打着招展的龙凤旗，敲着铜锣，吹着笙和唢呐。本来这是娶亲的，可是把允贞的这匹马给惊着了。这匹马被惊得飞奔而下，它大概也收不住蹄了。同时那吹乐器的、抬轿子的一些人想要慌忙躲避，也已经来不及了，当时马就撞在了轿子上，连人带轿全都撞翻了；允贞也几乎掉下马来，幸而他抓住了马鬃。

这匹马大概把头撞得不轻，下了这座土坡，又跑了不远，它就自动站住了。允贞这才下来，他气得真想拿链子锤把马头打碎，但是见马身上的汗就跟水似的直向下流，自己的手里也拔下来了一大把鬃毛，他对于这匹马又觉着有些怜惜。回首再去看，见那顶彩轿已被撞倒了，现在还没被抬起，大概是把轿杆子给撞断了，可也不知轿子里坐着媳妇没有；如果要再坐着人，那可真抱歉，还能够不撞伤了吗？

那些个抬轿的、吹乐器的、打旗子的都在那土岗上聚在一起，多半不是在救那受伤的人，就是在绑那轿杆了。秦飞也骑着马越过了土岗，还没有走到临近，他就着急地大声嚷着说："爷！您还不快走吗？又闯出祸来了！"允贞原想过那边去看看，但听了这话，他不能不上马再走，但马可迟缓得连走都走不动了。

秦飞来到，就连声叹息着，说："真倒霉！真倒霉！这可怎么办？爷！我斗胆该死，我说一句话吧，您简直不能走江湖，您只能在京里当王爷！"允贞也不生气，因为自己心中也诚然有点儿负疚，诚然有点儿惭愧。

秦飞又说："您简直不成……"这"不成"二字却招起了允贞的恼怒，因为他如今走江湖，寻奇士，受艰苦，就希望的是将来成功，得到帝位，秦飞竟敢说他不成，这不是触犯了他的忌讳吗？他立时怒斥道："住口！你竟敢说我'不成'？你太放肆了！走开！你走吧！我一个人哪里都能够走，用不着你跟着！"

秦飞又赶紧连声说着："嘚！嘚！嘚！"并赶忙解释说："我真不敢说爷！我是真着急！您想想，小常随也丢了，在那边又打死了人，在这里又把很漂亮顶年轻的新媳妇给撞伤了……这自然也不能够怪您，可是咱们也太有点儿倒霉啦！"允贞怒声说："走！不要多说！"秦飞只好又连声地应着："嘚！嘚！嘚！"并不住地回首去看，仿佛他是很心痛那边受了"无妄之灾"的新媳妇。

允贞的马仍在前走，他的脸上也不显得怎么懊悔，或是生气、忧愁，他只是东瞧西望，仿佛还是在寻找镇市；干脆，他大概是还打算找着那卖唱的父女！秦飞又不住地在暗暗叹气：他真后悔！不该给爷出主意，叫他打江湖。现在爷倒是按着话办了，可是，就跟着他惹麻烦吧！今天撞了新媳妇，明天就许撞了老太太。虽说爷身边一定有好东西，凭那串珍珠念珠,要是变成钱,也能够走遍天下,还花不了;那珠宝客人洒的那一包袱珍珠算什么,那还真不过是黄豆呢。所以,盘缠的事,大概还真不用发愁。昨晚住店吃饭,今天早晨一跑,结果是一个钱也没花;如果天天要是这样,更省了盘缠,反正大概用不着我的"贴己"。只是爷的武艺有点儿不叫他放心,因为像这样殴伤人命,撞倒花轿,不遇见侠客便罢,遇见侠客就得对他绝不能饶。侠客都是好管闲事,好打不平,像那唱梆子腔的父女怎么会是侠客呢?两匹马一前一后地又往前走,彼此一句话也不说了。

这条路上行的,除了附近的几个乡下人往来,连一辆车也没有,因为这不是大道,而且越走越荒凉。涉水过了一道浅河,则见遍地绿草,桃花灼灼,远山如黛,竟是绝好的风景。秦飞心说:走在这儿干吗?这儿恐怕连个店也找不着!

正在一边想一边走,忽然看见远处有一座大庙,那里的地势甚高,松柏成荫,红墙掩映,钟鼓楼高高地耸着。有两只大鹰在那边飞旋,忽而凌空,忽而贴地,由此又可见那边的小鸟必定不少,一定清静极了。允贞是早就望见了,他将马催得快一些,就往那边去走。秦飞心里也很喜欢,就说:"爷!咱们到那庙里去歇一歇吧?去喝点茶,我真渴啦!临走时给几个香钱也就行啦。"

说话时,马已走到了临近,细一看,这座庙筑建得很是雄伟,而占面积也很广大。因为靠近着小溪,树木又多,所以地下的土很湿,但是就在这湿地上,分明已经有了马蹄的痕迹,可见是有人比他们先来了。允贞不住地往地下察看,二人就下了马。允贞将枪跟马全都交给了秦飞,他步上了石级,直走到了庙门前,见门上有用砖刻出而涂着金的几个字,是"敕建法轮寺",唯不知是何年代修建的。

山门并没有关,向里面看,院落也很大很深,有许多的麻雀飞鸣。允贞先踏步走入,并回身点手叫秦飞也进来。这头一个院子,还不是正殿,只有钟楼、鼓楼,有旗杆,有护法的"四大天王"。这"四大天王"都是泥塑的神像,穿戴着盔甲,龇牙瞪眼的,一个手执双剑,一个怀抱琵琶;一个手执雨伞,一个拿着大蛇,即所谓之"风(锋)调雨顺"。允贞看见拿蛇的，不禁想起百只手胡奇来了；看见抱琵琶的又觉得好像是十个口郑仙，这些都是护驾的神，只是秦飞那瘦小枯干的样子不配当他的"护法天王"。来到此处，允贞似乎愈加强了心中的帝王念头。

这时，秦飞已在门外系好了马，走入庙内。允贞就说："你把这庙里的主持僧人找来吧！"秦飞一听，爷的口气还是这么大。像这座庙，主持僧一定不是个普通的和尚，爷竟说是把人家找来，人家就能够那么容易找吗？除非是他做了皇帝！而他现在只是个贝勒，并且还是个私自离京、在外不说出真言来历的一位爷而已。

秦飞当下可也不敢说什么，遂就往里院去找和尚，可是找了半天，也没看见一个人。有的配殿，门上挂着大锁头；有的禅房，门外的浮土很厚，蛛丝密结，好像是没人住的样子。还有个偏院子，门关得很严，推了半天也没有推开，秦飞扒着门缝向里去看，见里面绿色无边，原来是一个菜园。既然种着这么多的菜，绝不会没有人呀？何况正殿里香烟弥漫，好像是才礼过佛的样子。秦飞便一直进了正殿，迎面"我佛如来"的庄严金身，把他吓了一跳。他赶紧打了个问讯，几乎要叩头，心说：佛爷可别怪我！在那镇市上打死人的那事，与我一点儿也不相干！也不是我教给他的，是他自己干的。他是皇上的儿子，有什么事情您去找他吧！

这大殿里光线很暗，又加之浓烟弥漫，刺激得他直咳嗽，两只小眼睛也不住地流泪。这时他才看见，旁边的一个香案下跪着个和尚，正在用极低微的声音念经。秦飞不敢惊动，就站在旁边等着。等了好多的时间，才见这和尚将经念毕，他就说："大师傅！我们是路过的人，要在您的宝刹里歇一会儿！"这和尚听了，当时就站起身来。秦飞一看，这位和尚体魄雄伟，长得鼻大口宽，那气派真可以比得上他家的爷！他就把话又说了一遍。

这位和尚点点头，说："好！这本是十方山林，施主来了，漫说歇息，就是住上些日子，我们也愿意结个善缘。只是这庙里现在的人不多，我们接待得恐怕多不周到。"秦飞一听，这位和尚谈吐颇为不俗，于是他就也很客气的，跟着这和尚出了正殿，却见他的爷已经大踏步地走进这院里来了。

第七回　深宵古寺妇人何之
　　　　小室灯窗英豪骤访

允贞与这位和尚见了面，彼此先打量了一下，和尚向他打着问讯，他也拱了拱手。他到正殿中先去礼佛，只拈了拈香，却并不下跪，这是他怀有一种将来必为帝王的自信心，所以得保持着他的身份，然后被这位和尚让到一间禅堂里。这间禅堂却是在外院，离着山门很近，临时打开的锁，里面有一种潮湿的气味，可是十分的凉快。

这位和尚又唤了一个"俗人"来，这人年有四十多岁，自称姓黎叫黎保贵，是本地黎家村的人，在这庙里帮忙，算是个"火工道人"。他把屋里的炕扫了扫，铺上凉席，又领着秦飞把两匹马牵进来，而给领到一个"井院"里。这也是个跨院，可是不像种菜的那边那样宽绰，里面有几棵老松，有一眼井；石头的井台旁边，还有一个石槽，两匹马正可以在这里饮水。并且墙角还有用灰瓦搭盖的两间马棚，那棚下已经拴着三匹马，都比他们这两匹马的膘还肥。

秦飞说："嗬！你们这庙里，原来早就住着外边来的人了？"黎保贵没有言语。不过，当秦飞把那一杆扎枪和他自己带着的刀拿到屋里的时候，那位和尚看见了，面上立显出一些惊异之色。

彼此先客气地谈了几句闲话，秦飞就指着允贞，仍然说："这是黄四爷，北京城有名的大掌柜，我是他的一个小伙计。我们是要往江南去办货，顺便去寻友。"

这位和尚自称法号叫"勇静",即是本寺的主持,还有几位师弟现今都没有在庙里,都是往仙霞岭上柳荫寺受戒去了,因为这座庙是柳荫寺的下院。他把柳荫寺连说了两遍,仿佛是特意叫允贞跟秦飞二人听明白了。

其实漫说是允贞,就是秦飞,他虽自夸为走遍江湖,可是他真不知道那仙霞岭离这儿有多远?在南边还是北边?但是,他看出来这位勇静禅师,绝不是个平凡的和尚,不可轻视,不过却也不便怎么多谈。因为现在只想在这儿歇一会儿,顶多了,看爷的意思,大概是想在这儿栖宿一晚,明天早晨就走了,又不是想在这儿出家,多说什么话呀?他此时真累了,就也不管在爷的跟前是不是合规矩,他就仰巴脚儿往炕席上一躺。

勇静禅师便出屋去了,火工道人黎保贵给送进来一壶枣叶煎的茶,还有一盘子用极黑极粗的面蒸的馒头。允贞这时候倒什么也不讲究了,就拿着馒头吃,并问:"这里是什么地方?"

黎保贵回答说:"这个地方已是直隶省的边上,再往南过了黄河,就是河南境界了。这个地方就叫法轮寺村,北边是卧虎坡,坡的西南边是黎家村,那就是我的家。过坡向北是康家镇、白庙镇、小河镇……"

允贞听到这里,忽问说:"你们这地方附近的镇市很多,你又不是出家人,想你必定常到那些镇上去。你可曾看见过有一个很瘦的人,像是生着痨病,年有五十多岁,拉着把胡琴——就是呼呼儿,带着个十一二岁的小姑娘;他们好像是父女,唱梆子腔,常在那几个镇上,向过往的人求钱……"

秦飞躺着,却又暗暗地叹气,心说:我这位爷,怎么还没忘了他的这件心事?得!问吧!这个火工道人知不知道那唱梆子腔的父女还不要紧,万一看出你就是打死了金锤太保的那个凶手,可了不得,连在这儿歇一会儿也不行了!

他又着急又害怕,幸而见这黎保贵直摇头,说:"我没见过!我在这庙里帮忙,哪有工夫到镇上去听梆子腔呀?"秦飞这才放下心,却又听他说:"庙里现在人少事多,我一天从早忙到晚,简直没有一点儿工夫出庙门。今天我们村子里，我有一个本家的妹妹出嫁，我都不能去看看！"秦飞一听，心里又有点儿发愧，暗道：好啦！多半他那本家的妹妹，就是我这爷今天撞伤了的那个新媳妇，那事情要叫他知道了，也少不了麻烦！

所以，秦飞也不能再安心躺着了，他赶紧又说："你们这儿真清静呀！明儿我也来这儿帮忙吧，叫我出家我也干，反正我又没有老婆。"他又向允贞问说："爷！咱们到底打算是在这儿多歇呢还是少歇呢？我可主张待会儿就走，因为早到江南早办完了事，咱们好早回北京。"他在中间这样的一搅，允贞也不能再跟那黎保贵说话了，黎保贵就出屋去了。

允贞又在这里闷闷的，仿佛是有很多的心事，秦飞再催着他走，他却摇头，说："这个地方侠客可真不少，不能够再失之于交臂了，至少也要在这里住上四五日。"

秦飞一听，心说：了不得！我们这位爷是成了侠客迷啦，他大概只要是看见一个人，就觉得是一位侠客！其实这也不错，倒盼着他像在北京请那位申老头儿似的，糊里糊涂请上一两位"侠客"，也就算达到他的意愿了。于是就点头说："对了！据我看黎保贵就是个侠客；刚才那抬轿子的人里边也有侠客；你撞的那位新媳妇，那也是侠客——女侠；这庙里的主持，刚才那个勇静和尚，也是侠客……都是侠客！"

允贞微微地笑着，说："你说的这些人中只有一人，哼！大概他可算是一位侠客！"

秦飞惊讶地问："您说的是哪一个呀？如果真是，咱们就快点儿把他请到北京去，就得啦！"允贞却说："慢！慢！四五天以内，你必然可以知道。"当下，秦飞也没办法了，只得等着爷在这儿把侠客找着吧！快点儿找着好快点回家，就不必连行李都丢了可还要往江南去。

允贞吃了两个馒头，喝了几碗茶，就出屋去了。大概他是在这庙里转了半天，结果可还是闷闷地回到屋里，躺在炕席上就睡；秦飞也跟着一同儿大睡，这一睡，就睡到了天黑。醒来时，仍然是那黎保贵给拿来茶饭，并给送来一盏油灯。窗外十分昏黑，风吹松树响，庙中寂静得可怕。这间屋里虽然点着灯，可是仍很黑暗，房梁上咯咯直响，不知是蛇还是老鼠。允贞与秦飞对坐着，也没有什么话可说，同时两人都睡了一天，现在精神很大，全都睡不着了。

又待了一会儿，忽听院中有脚步的声音，允贞急忙用手将灯光遮住，不让照到窗上，却悄悄地叫秦飞扒窗去看。秦飞摇了摇头，说："外边那么黑，我看也是没法子看见。"他也不敢大声说话，一边说着，又一边侧耳向外去听，忽又听见嗒嗒嗒嗒接连不断的马蹄声。

秦飞现在可忍不住了，虽知道那井院里的马不光是他们那两匹，可是他就是不放心，恐怕被人牵了去的还就是他的那匹！因为他认为现在正是倒着霉，如果马再丢了，那才真叫倒了大霉呢！此时允贞又催着他去看，他就一滚身下了炕，弯着腰，很快地推开屋门就出去了，又很快地将屋门带好。这些动作，他做得简直连一点儿声音也没有，真不亚于那司马雄，因此，允贞对他也不禁佩服。

又待了一会儿，院中的马蹄声像是出了庙门，而秦飞反倒回来了。允贞就问他："看见了没有？是什么人？牵走的是咱们的马吗？"

秦飞还在地下蹲着，也不直起腰来，他满面的惊诧之色，又摆手又摇头，说："天太黑，我也没大看清楚，可是，反正不是咱们的那两匹马。不过那个人，却是女的……"

允贞一听，不由得也很惊讶，就说："莫不是那个唱梆子腔的女孩子？"

秦飞又摇头，说："这是个娘儿们，可惜我没看清楚她的模样，反正她绝不是个十来岁的女孩，也不是弯腰的老太太。她独自出了庙门，骑着马走了……"允贞催促着说："你快去追！看她是往什么地方？去做什么？你快去！"秦飞本来还有一些发怯，可是禁不住允贞紧催，就振起勇气又出屋去；他去井院中也牵了一匹马，匆匆地出了庙门，上了马就追那妇人去了。

这时天黑星密，院中无人，庙门就根本没有关闭。允贞带着链子锤也出了屋，他便觉着诧异，因想：这庙里怎会住有妇人？并且夜这样的黑，她独自骑着马就走了，这是什么事呢？又回想起白天所见的那勇静和尚的相貌，便更觉着可疑，遂就往里院去走。

只见那四大天王的巨影现在也埋在黑暗里，都仿佛大鬼似的；正殿的窗棂还没有关闭，佛前点着一盏香油灯，光线昏暗，愈显得神秘可怖。允贞走进殿里，四下去看，不见一人，他就把那盏香油灯拿起来，向各处照着看。不料窗棂外的风吹了进来，当下灯就灭了，气得允贞真要将灯向地上一摔，而摘下链子锤来先乱打一阵儿，然后再去打那勇静和尚。但是心中的理智忽又抑住了怒气，他不愿意这样做，认为"匹夫见辱，拔剑而起"那是不对的，成大功立大业的人不应当那样做，还是设法在这庙里察看察看，倒得见一个水落石出才好。当下他就轻轻地将手里拿着的已经灭了的灯放在佛像的旁边，然后又摸着黑，走出了这座殿。

允贞又往偏院里去走，就到了那通着菜园的门儿了，只听见里面风吹着菜叶簌簌地乱响，并能嗅见菜叶的"青气味"。这个门关闭得十分的紧，隔着门缝向里去看，便望见里头远远地有一块方形的灯火，原来是一扇里面有灯光的窗户；灯光还很亮，可见是有人住了。

允贞本想要进去看一看，不过这扇门，他推不开。他不会那些蹿房越脊的本领，而且他也不屑于做，假若硬将门砸开或是踹开，又显着太为鲁莽；若是搬块石头垫着脚，爬过墙去，那又分明像鼠窃了，他不能那样做。所以他只能退身，仍回到前院，专等待秦飞回来。

九条腿秦飞一去，好像就永远不回来了；允贞心里更是着急，诚恐他被那个妇人发觉而把他杀死了。又想起昨天遇见的那卖唱的父女，与刚才那妇人，好像都是一类人，而且小常随丢失的事也实在蹊跷。总之，这一带的地方必定有不少这一类的"侠客"，或者就是盗贼。他们若是为他收罗，自然可以抵挡那司马雄等人；可是若再叫允异给得了去，那不但我的大业难成，生命都许不保。因此，他就益为忧虑，简直坐也不住，立也不安。

又待了些时，忽然就听见马蹄响声，他赶紧又将灯光掩住。就听见马已牵到庙内，并有妇人的咳嗽声，可见人家并不是躲躲藏藏，庙里有没有人寄宿，她根本不管，仍旧是大模大样地就把马牵回那井院里去了。虽然一定是小脚，可是走路的声音并不太轻，就听见她往里院去了。允贞更觉着诧异，可是也不能出屋去跟着她，因为她是一个妇人。

又等一会儿，庙外又响起轻微的马蹄声，人的声音可一点儿没有。不大的工夫，秦飞就进了屋来，倒还没出什么舛错，可见他还是有本领，竟没被那个妇人觉出。当下允贞就问他："怎么样了？跟着那个妇人到哪儿去了？看见了什么？"

秦飞一笑，说："是一件稀松平常的事！刚才那妇人骑着马在前面走，我在后面跟着，外面简直一个人也没有，黑乎乎的，连那道河也看不见，可是妇人的道路极熟，要不是她领着路，我差点儿就掉在河里。妇人的胆量不小，走黑道儿一点儿也不害怕，可是毕竟不行，她就没觉出我来！我就跟着她走了很远，到了一个村里，她在一个人家前下了马，敲了敲门就进去了。我也就跟着进去瞧瞧吧，可是不瞧还不要紧，一瞧，原来是稀松平常，我真不必费这么大的事跟着她去这一趟……"

允贞听得实在不耐烦，就说："你快些说！"

秦飞说："爷得听我细细说呀！事情可也巧，原来刚才她去的那个地方，就是那什么黎家村；她去找的，就是爷白天骑马撞倒了的那花轿里坐的那位新娘子！今天可耽误了人家的好日子啦，爷那匹马把人家的轿子撞毁了，所以新媳妇也受了很重的伤，既然不能抬到婆家去拜花堂、入洞房了，只好回到娘家去养伤。在这庙里住的这妇人跟那个倒霉的没做成媳妇的姑娘，很有点儿交情，两人亲得跟姊妹似的。他们管这妇人叫曹三姐。她们两人说了半天话，那个姑娘还对她直哭，她又劝那姑娘。我本来隔着窗子偷听了两句，仿佛是那姑娘今天被马撞伤倒算是好事了，因为她被娶过去，也是得受气。她本来就不愿意嫁那边的人，她愿意她的伤老不好；可是她这娘家也像是没有什么亲的热的，都待她不好，在她娘家也住不成，要叫这妇人给她想办法子。这妇人劝了她半天，大概也没劝出什么结果来。我听着也觉着没什么意思，我想这些家务事，娘儿们的一些事，我听它可干什么呀？我就没细听，后来那妇人回来了，我也就跟着回来了。爷千万别再胡打听了，这绝不是什么豪杰、奇侠……"

允贞说:"不过一个妇人住在庙里,可真怪!"

秦飞说:"这也没什么怪的,大概是因为庙里的闲房太多,是和尚的街坊。"

允贞摇头,说:"马更奇异!"

秦飞说:"马有什么奇异的呢? 你老人家可真是! 爷是生长在龙楼凤阙,没有见过,乡下人家的妇女全会骑驴,骑马跟骑驴也差不多。"

允贞又说:"那么,为什么她白昼不去看人,却晚上才出去?"

秦飞说:"大概是因为白天没工夫,晚上凉快……"允贞说:"你不要在里面替她辩解,我知道你是怕我再惹出事来!"秦飞连连地摇头,说:"不! 不! 爷要惹出事来,人家并不找我;您跟人打了,人家也并没打我。"

允贞点头说:"好! 那么你跟我出屋,再帮我去办点儿事!"

秦飞一听,不由又有点儿皱眉,心说:这位爷还叫我给他办什么事呀? 大概非得叫我去挨一顿打,他才算罢休! 可是他不敢不答应着,只得跟着他的爷出了屋。他这一回可很仔细,特意带上了他的单刀,跟着允贞走往里院。

允贞就叫他去开那菜园子的门, 他悄声说:"这儿是个菜园子呀!里面没有人住。"允贞非叫他去把这门开了不可,他没有法子,只好飞身上了墙头。往里边一看,他也不由得吃了一惊,原来他看见这园子里边的两间小屋,方形的窗上浮着明亮的灯光和幢幢人影。他心说:原来这儿真有人住! 怪不得爷叫我来开这个门,可是他进来找人家干吗呀?

当下,秦飞只得由墙上跳到园里,一拉开门插关,不用费事就把门开开了。允贞走进来,却又不往小屋的近处去,只叫秦飞到那窗户前偷偷地去看看,然后再回来告诉他。这个差事秦飞倒是干惯了的,而且刚才在那黎家村里,他就扒着人家的窗户,不但偷听,并且偷看,连脖子都看得发酸了,现在还觉着有点儿不大得劲儿。

当下他奉了命,就鹭伏鹤行地到了那窗子前。他总有办法,拿他的指甲蘸上一点儿唾沫,向着那窗户纸上轻轻地刮了一下,就弄破了一个小孔。他将一只眼睛挨近了小孔,看了一眼,当时就回身轻悄而无声地跑了回来,说:"没有什么事!稀松平常,不过是刚才的那个曹三姐跟那个和尚,还有一个老头儿,都在那灯下看书呢!三个书呆子,不是侠客,咱们快走吧!"

允贞一听说是在那里看书,他更觉着诧异而且欣喜,赶紧叫秦飞再去偷着看看,并听听屋里讲的是什么文章。秦飞叹着气,低声说:"爷!我哪儿懂得听文章呀?我倒是知道'蚊帐'!咱们要真到江南去,可真得买一个蚊帐……"允贞又催着他快去,他只得又去了。

秦飞一手拿刀,一手当胸护身,蹑足潜踪地又到了那窗前。这一回,他不必再用指甲刮窗纸了,他一找就找着了那个小孔,将眼挨近,向里看去。这次他比刚才看得可清楚,只见屋子里有一张方桌,点着一盏很亮的油灯,灯旁有茶。一个老头儿,年纪有六十多岁了,长髯似雪,然而精神十分的矍铄,穿的衣服也十分整齐,像是个读书人,并且还像是个做过官的;桌上摆放着一本书,他一面饮茶,一面在为那勇静和尚讲解,并且低声吟哦着,仿佛书中是颇有滋味。那勇静和尚,别看像是个粗鲁的人,可是原来很爱念书,就跟个小学生似的,听着老头儿给他讲解。名叫"曹三姐"的那妇人,也站在灯旁听着讲书,眼睛并且出神地向那书上去看。这妇人梳的是头发丰满的一个头髻,而不是处女式的辫子,可以知道她是个少妇;她的年纪也就二十多岁,中常的身材,但很健壮,不像是别的女子那样弱不禁风。她的模样也不难看,脸儿红润、微胖,戴着金首饰,穿的是深蓝色绸子的小袄、青绸裤子,腰间系着一幅蓝色的罗巾,到现在还没有解。她也仿佛被那书给迷住了,同时书里又像是有些叫她难过的事情,她就不住地擦眼泪;老头儿一边讲解着,一边也长声地叹息。

秦飞还想再看一会儿,可是听见身后有脚步之声,原来是他的爷也来到近前。他就点手,意思是叫允贞也来扒着窗上的这个小孔,快向里面看看。可是允贞哪屑于亲自去做这事?他就去推开了屋门。秦飞赶紧摆手,心说:别怔走进去呀!知道人家是愿意不愿意呀?可是,没容他去拦阻,允贞就已经大步走进了屋中。

屋中的一老人、一少妇、一僧人全都惊讶得非同小可。那老人赶紧把书推开，少妇却怒气冲冲地上前来，指着允贞就问说："你是干什么的？为什么一声不语就怔走进人家的屋里来？"

允贞却不理她，只向那白髯老人拱了拱手，说："天下原来尽多侠士，我如今在此，幸喜又遇见着了一位！"

他又向前走了一步，不料就被少妇给阻住了。原来这少妇的腰间带有短剑，她立时就抽了出来，向允贞的胸前猛刺。允贞赶紧将身稍退，同时一掌打去，吧的一声，打了少妇的胳臂，可是并没有将短剑打掉；少妇反倒翻臂用剑，向他的咽喉来扎。那勇静和尚也将拳抡起，向允贞来。允贞却双手并上，右手托住少妇的腕子要夺短剑，左拳就猛向勇静击去，当时就听咚的一声，拳头打中了拳头，好像是铁锤碰在铁锤上一般。勇静不由得把手缩了一缩，而更惊讶地向允贞来看，允贞却仍是微笑；但妇人手中的短剑，就好像是生长在妇人的手中一般，也未能被夺过去。那妇人趁势蓦然一脚踢来，但允贞也闪开了；同时他也抬起脚来，向妇人踢去。

这时那白髯老人才走过来，连说："不可！不可！"遂先将少妇拉开，然后就伸手来揽允贞的腕子。但允贞忽然就觉着手腕一阵麻木，当时大惊，他赶紧退身，同时解下链子锤来，猛然地抡起，刚要砸下，却立时就被白髯老人给抄住了。两个人一齐用力争夺，当时就将一条相当粗的铁链子给揪断了，锤已到了白髯老人手中，允贞的手中只剩下了半根铁链。允贞更加吃惊，然而仍不慌张，并且绝不退出屋去。

屋外的秦飞这时隔着门看着，可慌张极了，直说："爷！要刀不要？"他想把他的刀交给允贞，允贞却摇头，说："不要！"

这时，勇静和尚伸手以"饿虎攫食"之式来抓允贞，那少妇又以"燕子蹴花"之式，短剑飞向允贞的肋际去扎；她的莲足也腾起来，仿佛是非得踢着允贞不可，而只要是一踢着，允贞大概就得倒下。可是允贞护卫得法，虽然在这窄小的屋里，他竟能够回避自如，并且一手敌住了勇静，一脚反向那少妇踹去。这一脚正将少妇踹了一个跟头，但少妇并没倒在地下，她一挺身，又站稳了脚步，并趁势将短剑抛手扎来；短剑从允贞的耳边飞过，正插在墙上，入墙约二寸许，把外面的秦飞都吓得哎哟了一声。

这时,白髯老人怒吼了一声,说:"都不许再动手了!有话慢慢说!"他虽然这大年纪了,而且文绉绉的,但怒喊起来,声音却非常洪亮,有如虎啸一般。少妇与那和尚一起住了手,肃然地立在旁边,却依然向允贞怒目而视。

允贞这时的态度却仍然从容,他又向白髯老人拱手,带笑说:"老侠客!不必见怪,我来此是诚心地拜访,并非有什么恶意,打扰了你一会儿,现在我们还是慢慢地谈谈吧!"白髯老人的颜色也平和多了,他就向勇静和尚和那少妇摆了摆手,然后就向允贞点点头,说:"来!这边,请坐下吧!"

第八回　假客商屈躬会三杰
　　　　真侠士抵掌论群英

允贞将手里的半截铁链也扔在地下，含着笑走过去，坐在一把椅子上。白髯老人就坐在他的对面，那本书仍摊放在一旁；允贞一看，原来是一个抄本，题名为《维止录》，下写：石门吕留良手著，后学曹仁虎恭抄。

允贞不知里面写的是什么，只问说："老先生，你就是吕老先生吗？"这白髯老人摇摇头，说："不是！吕老先生现已去世了，我姓曹。"允贞再看那本书皮，就又拱手，说："哦！原是仁虎老夫子，眼拙眼拙！"

曹仁虎惊讶地说："你认识我吗？"允贞信口说："虽不认识，我可是久仰大名，知道老夫子不只是当代的儒宗……"曹仁虎叹息着说："惭愧！惭愧！鼎革以后，我为时事所迫，不幸在现在的朝廷里又做了几年官，幸喜我退身还早！"

允贞借着话搭言，就点头说："本来是！老夫子你原是一位清高的人，你是前明的遗老，何况又是一位侠客，做官当然不合你的脾气，还是做个山林隐逸、风尘奇侠才对！"

曹仁虎被他恭维得又是喜欢，又是感慨，谁晓得这个不速之客，这个素昧平生之人，刚才还打得很厉害，现在竟是个"知音"；于是他高兴了，就叫那少妇给倒茶。那少妇已经将插在墙上的短剑取下，依旧挂在身边，她那微胖的脸上还带着点儿怒气，可是听了白髯老人曹仁虎的话，不敢不过来，她就半生着气半恭敬地给允贞斟了一碗茶。曹仁虎就指着说："这是我的女儿，她的名字叫曹锦茹，已经嫁出去了，但因为夫妇不甚和睦，所以这次我才带她出来，也是为叫她到外面散一散心。她会一点儿武艺，也不过是自幼我随手教给她做个游戏的，并不是专为打江湖，也并不是为欺凌人。"

允贞点头，说："我知道！曹老夫子你父女的侠名，久已海内咸知。"曹仁虎又惊讶地问说："你是听谁说的？"允贞笑了笑，却没有回答。

曹仁虎又指着那和尚说："这位勇静师傅，是柳荫寺了因长老的大弟子。你是久走江湖的人，你可知道江湖上有一篇歌谣，其中有两句话是：霞岭两棵松，龙蛟拜侠僧。侠僧即指的是了因长老，乃今世第一奇侠；他的两位弟子，一龙一蛟，龙现在跟从他在南方，蛟即是这位。"

允贞一听，不禁十分惊讶，他非是惊讶这勇静和尚乃是一"蛟"，而是想：此僧的武艺不错，但是还不能够超于我；可是了因，我虽没听说过那人的名字，然而，必是南北闻名的一位无敌的侠客无疑。曹仁虎说的那一篇歌谣，我连听说过也没有，真应当问问，可是也不能显露出我是初出茅庐的样子，而惹他们的轻视呀！

他正想着，这时曹仁虎却又问说："你是听谁说的，怎知道我的？"

允贞便微笑着，说："我也非是只听一个人说过，譬如司马雄和他的父亲司马申，他们就全都提说过你。"曹仁虎摇头，说："我没有听说过有这两个人。"允贞不由得脸红，又说："这两个人，都是江南有名的侠士。"

曹仁虎摇头，说："哪里？江南的侠士，最有名的只有八个，江湖流传的那篇歌谣说道：'要不贫，问周浔；要不冤，请问白泰官。周老多病白失时，请问金陵凤凰池。凤凰真英武，不如曹仁虎，虎啸一声万兽服，女中更有女丈夫。'又云：'江上飞鹤鹭，群侠尽甘服；霞岭两棵松，龙蛟拜侠僧。'这说是八个侠客，其实连刚说过的龙蛟二僧，已经是十个侠客了，哪里会还有一个姓司马的呀？哈哈！我看你的武艺虽也不弱，但大概你还没在风尘中见过什么世面！"

曹仁虎意气昂然地说了一番话，尤其是他把那歌谣说得更为流利,好像就是他编的,他掀着白髯,微微的傲笑,勇静和尚在旁边也忍不住淡笑了一声。曹三姐曹锦茹更是轻视地向允贞看了一眼,仿佛这可把允贞给压下去了;他竟连一个真正的侠客也不知,可见是一个初出茅庐的人,他本人的名字那就更不值得打听了,必定是一个无名的小辈。

此时允贞听毕,已经有些发呆了,本来是正发愁访不着侠客,如今竟听了这一大套侠客的名字,岂不值得喜欢!何况,所谓"蛟"的勇静和尚不必说了,而那"凤凰真英武,不如曹仁虎"这位老侠他就在面前!他的武艺今天并没全施展出来,但已见功夫卓绝,还必定有些特殊的真技艺,不可轻视。再说,他必定与那八个大侠客全是好友,所以,我倒实在不可以"不知为知",假充老江湖,反把这些真侠客尽皆失之于交臂。这可真是千载不遇的机缘,如果由此一人,而得以结识了群雄,那允异纵有司马雄,又何足道哉?即使加上他府里的那几个……

这些话他没有说出,却先起座就向曹仁虎打了一个躬,说:"老夫子,你的这一番话真使我顿开茅塞,现在想请你把那些侠客的事迹、来历都对我说一说,以使我增长一些见闻!"

曹仁虎又饮了半杯茶,便说:"这些人的事迹和来历,我此时也没有工夫详细告诉你,只可略略向你说说,以便指给你几条明路,将来你若遇有机缘,可以一一地去拜访他们;不过你如像刚才到我这里来的这种样子,可不行!"

允贞不禁惭愧,便说:"刚才我实在是太为鲁莽了!"

曹仁虎摆摆手,说:"我不能够怪你!我这个人的气量,还自觉得宽宏,何况我现在也正在失时无路之际。好!你听着,我来告诉你吧!"当下,不但是允贞,连勇静和尚跟曹锦茹,也都在倾耳静听。

曹仁虎掀着白髯,说道:"'要不贫,问周浔',此言侠客周浔,最能济人之贫困(著者按:周浔之"浔"字,在前人笔记中均写为玉字旁,在普通字典内亦无此字,兹为排印便利起见,故均用三点水之"浔"字代替)。'要不冤,请问白泰官',白泰官是常州武进人,身轻似燕,武艺超群,专能够申人之冤,平人间不平之事,他是八侠之中的第七人。但是周浔老侠身弱多病，白泰官因与人比武失意，俱已漂流不知何往。'金陵凤凰池'，系指八侠中的末座——甘凤池而言，此人名次虽在最末，武技却是最高。至所谓'凤凰真英武，不如曹仁虎'，这是妄言，我在八侠之中虽为第六人，然而自知是滥竽充数……"

允贞说："老夫子你太为客气了！可是我再请教，八侠之中的第一位是哪一位呢？"

曹仁虎说："第一人是侠僧了因，第二人即是'女中更有女丈夫'的那位女侠。"

允贞回首望了望曹锦茹，曹仁虎连连摆手，说："不是她，不是她，她如何能跻身于侠客之列？我说的那位女丈夫……"说到这里，他长叹了一口气，又说："人家是一位名门闺秀，我也不能将人家的名字随便就告诉你。我只跟你说第三人吧，此人叫张云如，别号野鹤居士；第四人姓路，名民胆，所以说是'江上飞鹤鹭（路），群侠尽甘服'。八侠之中，彼此尽皆相识，不过有时也意见不同，再加上'霞岭两棵松，龙蛟拜侠僧'，统共是十大奇侠，于今你只见到了两个。"

允贞说："我自京都来，闻听那里允禩贝勒府中有几位高人，一是司马雄，此人我是见过的，他的武艺实在高超，莫不是哪一位著名侠客的化名？"

曹仁虎怔了一怔，然后摇头，说："这，我倒不知道。"

允贞又说："我还听说那允禩贝勒府中有什么妙手儿胡天鹭、锦刀侠郁广德、雁翅陈江……"

曹仁虎微笑道："恐怕有这些绰号的，倒未必真是什么有名的侠客。"

允贞又说："此次我自北京南来，昨天行在这附近一处镇市里，有遇见过父女二人，父亲拉着胡琴，女儿卖唱……"

曹仁虎突然惊问道："你见到那拉胡琴的，拉的不是胡琴，是'呼呼儿'吧？"

允贞点头，说："我也不认得是什么，反正是那一类的弦索东西。那人年有五十余，没有胡子，体瘦身弱，好像是有病，他的女儿是年才不过十一二岁。但不说别人，这父女二人，你若说他们不是侠客，我可不信！"

此时，曹仁虎竟然怔住了，他的女儿曹锦茹也忍不住惊讶地说："哎哟！他们敢则真来了！"勇静和尚也显出来十分惊异之状。

允贞又趁势问道："曹老夫子！你们可晓得那父女两人是谁吗？"

曹仁虎长叹了一声，又微微地笑着，问说："现在不要去管他人，我应当要请教你的贵姓高名了？"

允贞不假思索地说："我姓黄，名叫黄君志，行四，一向在京城经商，稍有产业，但性喜结天下豪杰。近来，尤以贝勒允异的府门之中，延请到了那几个人，便尔骄纵，以为天下再无豪杰，因此我就一时负气，倒要出来寻访寻访！"

曹仁虎又问："你与那贝勒允异有什么瓜葛？"

允贞说："全无瓜葛！我是一个商人，如何能与他皇帝之子贝勒相识？不过我很生气，我要访出来几位真正的侠客，前去对付他们！"

曹仁虎点头，说："这就好说话！一半日内，我要离开这里，我可以领着你先去拜访一二位侠士，以后，或者他们也愿同你去往京城走走。别的话都暂且不必提，你不是就住在外院吗？"允贞点了点头。

曹仁虎又说："今天我听这位勇静师傅说，外院来了两个人，像是会武艺的，我还以为你不过是江湖镖客之流，并未留意，如果早知道你是如此一个人，早就请你畅谈一番了。我看你的为人还很豪侠爽快，值得一交，你的武艺也还不差，只是还得多有些阅历呀！"允贞点头，说："好！"曹仁虎又说："你回去歇息去吧！明天咱们再谈。"说毕，他又长长地叹气。当下允贞站起身来，向曹仁虎拱了拱手，又向勇静拱了拱手，勇静也向他略略打了个问讯，允贞就说了声"再会"，遂即走出屋去，将门带上。

他忽又想起那本《维止录》，不知是什么好书，似乎应当看一看。可是又想：于今自己急需的是侠客奇士，要的是将来的江山，那些书史，虽是自己早先所爱读的，可是现在哪有工夫去读那些呢？所以，心里也就不把那《维止录》太为介意。而那个已经故去了的吕留良，不过是著过一本书的文人，还许不像曹仁虎，虽为儒为侠，倒还做过些日子的官，这大概不是假话。尤其是那了因、周浔、张云如、路民胆、白泰官、甘凤池，就更重要得多了，他恨不得与他们立时就都能见面，把他们全都请到京内，以为自己的羽翼；至于那"女中女丈夫"，既居于第二位，或许武艺自有超人之处，但究竟是一个女子，我不必求助于她。

这时天色更黑了，星光更为稠密，寺中也无更鼓，但也可以觉得出，一定是不早了。允贞不禁打了个呵欠，就往菜园外走去，脚底下时时要踏着菜叶，他也不管。走到了门前，就看见立着一条黑影，他就问说："是秦飞吗？"

秦飞答言，说："嗻！哎呀我的爷！您跟那位老侠客、女侠客、和尚侠客，可真是说打就打，说好就立刻成为知交！说了半天这个侠那个侠的，到底都是些什么呀？我在窗外听着都快睡着了，那白胡子老家伙的精神可真大！"

允贞这时心里万分的高兴，同着秦飞往外去走，一边走一边说："江南十大侠，他们的名字我全已知道了！"

秦飞惊诧地问说："怎么，爷想要去一个一个拜访吗？"允贞说："自然！我们是为什么出来的呀？"秦飞暗自地又皱眉又着急，但是在这星光之下，虽看不见爷的神情，可是也听出这话味儿就是喜欢极了，这时候，敢跟他说什么话呀？他一定是上了那白胡子老头儿的当。

二人回到前院的屋内，允贞实在显露出高兴的样子，连秦飞看着都觉得有点儿特别。但秦飞想着：不用说，要想回到北京去，暂时恐怕不能够了！连访江南十大侠，至少得要半年的工夫吗？其实我也不怕走路，不过爷身上带的盘缠到底够不够呀？他虽这样想着，可也不敢问。可是也得快点儿设法把那小常随找着呀？但允贞对此事却是一点儿也不显着着急。

次日，秦飞真想托那个黎保贵出去找一找小常随，可又怕黎保贵太忙，没有工夫。他正在心里盘算着，忽听窗外有人问说："屋里有人没有？"他一听，却是妇人的声音，不由得一怔。允贞叫他出去看看，他出屋一看，原来正是昨夜他跟着人家到了一趟黎家村的那个少妇。他可不知这少妇的名字叫曹锦茹。他就赶紧带着笑，又有点儿腼腆地问说："您有什么事呀？"

这少妇今天打扮得真漂亮，穿着花袄、绿裤子、绣花的小鞋，头梳得那么光亮，脸儿是那么和气。秦飞觉着自己太糟糕，本来，自己虽然打了半辈子的光棍儿，可也算是一个老江湖，不是没见过妇人，怎么如今见了她，好像就有点儿不会说话了？唉，大方着点儿吧！于是他就叫了声"曹三姐"，说："您请屋里坐吧？"

曹锦茹摇着头，说："我不到屋里去啦！我求你一件事。往北边去有一个黎家村……"

秦飞点点头，说："我知道！"心里却得意地暗笑，想着：你到底不行，昨儿我跟着你去了一趟，还隔着窗子听了你们半天私话儿，后来又跟着你的马后头回来，原来你一点儿也不晓得，到底是本领差事儿呀！

又听得曹锦茹说："那儿有一位黎姑娘，乳名叫'蝴蝶儿'，就是昨天你的主人的马撞伤了的那个新媳妇，你知道吗？"

秦飞连连点头，说："我知道！我知道！"

曹锦茹说："我求你去一趟，见着她就问她，因为我们快要离开此地了，她到底是怎么个打算？她要是还回婆家，就叫她去；她要是不回婆家，我们另给她想办法。你快去一趟吧！辛苦你啦！"

第九回　蝴蝶儿逃婚趋僧舍
　　　　勇王子结客访侠踪

　　秦飞一听，不由得有点儿疑惑，暗想：你为什么不自己去呀？你跟那个姑娘又有那么深的交情，莫非你是白天不敢出门？可是我也不敢呀！万一遇见飞锤庞五或是那几个官人，一定得揪住我，说我是帮凶的。再说，那个名叫"蝴蝶儿"的新娘子，昨夜隔着窗户，我只偷看了她一个坐在炕上的背影，只觉着是个很能说的，可是她不认识我呀！我若莽然地去了，问她是回婆家不回，这个事儿有点儿不大好管吧？万一她要说是不回婆家呢？我的爷撞坏了人家的花轿，我又去给人拆散了婚姻？那可真缺德……

　　曹锦茹见他显出作难的样子，就说："你不用不放心，这件事绝拉不上你，叫她婆家的人知道了，都由我承当！"

　　秦飞一听，这里面分明是有麻烦，更不愿意去了，就说："曹三姐！这件事您不会派黎保贵吗？他就住在那个村，他们是一家子。"曹锦茹说："他没有工夫，再说我不愿托他给办，这件事，还是求你去一趟吧！这是一件好事，你若干了这件好事，能够积德。你要是不放心，我可以把详细的情由都告诉你。"于是秦飞就故意做出很关心的样子，伸着他的瘦长的脖子，静听着这丰姿不错而且还很敞快、活泼的曹三姐略略地说了出来。

　　曹三姐曹锦茹说："咱们现在都是一家人了，什么也就都不必瞒着啦!我的爹爹就是江南有名的侠客曹仁虎,他可跟别的侠客不同。我们曹家原是世代书香,可是我爹爹在幼年时就遇见了清兵入关,明朝亡了,所以他老人家自幼是先学文,后学武;文的想通达礼义,武的想结交几位有义气的朋友。这话就不必细说了,细说你也是不能明白。后来,武没有学成,朝廷微访隐逸,我的爹也不敢不去应试,就应了试,也做了官。可是他真不愿做官,后来到底是成心做错了一件事,就被皇上给永远革了职……"

秦飞也觉着奇怪,心说:你说这些话干什么呀?我并没叫你背你们的家谱呀?但曹锦茹却用很大的声音这样说着,好像是故意使在屋里的允贞能听见。

她又说:"我爹爹的朋友跟江南那几位侠客周浔、甘凤池、路民胆,全都是这样的人。可是,周浔因为我爹爹在朝里做过几年官,他就很恼怒,总想要找着我的爹爹问一问;我的爹爹就很怕见他,并不是怕别的,是因为见了他就不由得惭愧,所以我们才来到这里。

"因为我们跟这庙里的勇静禅师是好友,来到这儿已经两个月了。以前我天天骑着马到附近去玩,就认识了黎家的蝴蝶儿姑娘,她长得是那么好,又是那么聪明,我们两人就很好;还因为她父母双亡,只跟着表叔过日子,很苦的,我也可怜她。只是她表叔不做好事,是个赌徒,把她给卖了,卖给康家镇的康财主做二房。康家有婆婆,有大房,又有两个小姑,娶过去准得受罪,她就不愿意去。她也不是无能的姑娘,她豁得出去,她就拼死拼活,绝不过门;可是她的表叔已经使了人家的钱啦,就逼她,又央求她。她曾跑到这庙里来找我,我本来……

"我就跟你说了吧!我爹给我在两年前选的那个人家,虽也是个世家子弟,可是他没出息,天天作八股,成了个举人迷,我这脾气跟他不能在一块儿,所以我才跟着我爹爹出来。我也不愿意蝴蝶儿去给人家做小,去受气,我就想救她;可我爹又怕惹麻烦怕累赘,便不叫我管。后来是康财主家答应了蝴蝶儿两件事:第一是拿花轿娶,娶过去跟大房一样,绝不受气;第二是给她五十两银子作贴己,还给她很多的簪环首饰,以后还可以叫她常常回娘家。这样,她才答应了。昨天才上了轿,可没想到轿子才走到卧虎坡，就被你那主人的马给撞翻！伤了她的脸，自然就不能往婆家去抬啦，她借着这就又回到她的表叔家。她的心又变了，还是不愿去给人做小，她就托了个人来找我，所以昨天晚上我才去了。"

秦飞听了这些事，更觉着麻烦，而且管这闲事干什么呀？她的爹爹曹仁虎大侠全都不主张管，她可又来托我去管。什么蝴蝶儿蜜蜂儿的，她爱去给人做小做大，或是悔婚不悔婚，我九条腿秦飞可不管这事，我专不爱管娘儿们的事！

曹锦茹又说："我爹不叫我管这事，是怕出麻烦；若是弄得叫周浔知道了，他就能找我们来，我爹爹真怕见他！"秦飞听了还觉着不大明白，锦茹接着说："昨天我就是趁着我爹给勇静师父讲书的时候，我才出去的，今天，我爹爹索性不叫我出这庙门了，因为他已知道周浔就在这附近。"

秦飞问："周浔是个干什么的呀？"

锦茹说："是个老侠客，脾气很暴，我爹怕他，所以想在这一两天就离开这儿，我们还是回江南去。同时蝴蝶儿有个表哥，又在金陵做买卖，是自幼儿跟蝴蝶儿一起长大了的，她想去找他……"

秦飞说："你这么一说，我可明白啦！是那个蝴蝶儿决定不给那什么财主去做二房，愿意到江南嫁给她的表哥？"

曹锦茹点点头，说："昨天晚上她就跟我说啦！我可以答应她，因为她要走，必须我们送她，可是那时候我们还没想到回江南，直到我回来，你那主人去到我们那屋里。你在屋外也看见了，他先跟我们打，后来又被我爹爹给说服了，谈了半天。我爹爹也知道你们是从京都来的，可是就听你们说，在前天曾在这附近遇见了周浔……"

秦飞发着怔，心说：没遇见呀？莫非是我的爷跟他们瞎吹？当下可也不便否认。

曹锦茹又说："我们这才想走，可是最好把蝴蝶儿也带了去呀！省得她在表叔家里寻死觅活的，那康财主又催着娶她，整天捣麻烦。我们带她走，送她到金陵跟她那表哥成了亲，倒是一件好事！"

秦飞说:"这件好事,说来还是我家的爷给做的!他的马要不撞了轿子,蝴蝶儿也就被人娶过去了;她真到了那边,一看人家待她也不错,倒许也就死了心啦。如今,偏偏也是因为我家爷说了看见过那个周浔,你们才想回江南,你才想带她。她真要是跟她那表哥遂了心愿,她们小夫妇应当给我家的爷供个长生禄牌!"

曹锦茹不由得笑了,点点头,说:"对啦!我看你们也都是江湖好汉,必定不怕管闲事。我因为我爹不叫我出庙门,黎保贵本是她的本家,也不能劝他侄女去逃跑,这就得麻烦你们啦!你只要去替我问一问她到底决定了主意没有。因为她的主意常常地变。你告诉她,我们快要走啦,她要是真想走,就叫她今天就来!"

秦飞说:"要是她的表叔打我,说我拐她家的姑娘,那可怎么办?"

曹锦茹说:"她的表叔现在不大管她啦,生了她的气啦!再说她要去找的那个表哥,就是她表叔的儿子。"

秦飞说:"这样说,她表叔也不是成心卖她,不过是想骗那财主家点儿钱就是了。可是,万一那康财主家中的人正在那儿,把我揪住……"

曹锦茹摇头,说:"不能!不能!康家离着她们那个村太远,不能够常派人去。再说,我听说,因为她的脾气那么拧,昨天娶的时候,半路又被马撞着了,康家认为不大吉祥;即使娶过去,恐怕也是得带着丧气进门,人家现在都灰了心啦!花了那点儿钱,人家也不在乎。你放心,绝不至于有什么事!"

秦飞还不住地摇头,曹锦茹可有点儿急了,就说:"你这个人真没胆子!真不愿意帮人的忙!不像个出门的人,我想还是托你那个主人吧,叫他去一趟!"

秦飞心说:嗬!你可真有眼不识王爷!我家的爷,能够管你这些又琐碎又没味儿的事?于是他就说:"我的爷他是个大掌柜的,他绝不能管这事,还是我去替你跑一趟吧!我可还得先问问我的爷,人家让我去我才能够去,因为我是吃他的饭。"

曹锦茹又大声地说:"你那主人,连我爹都夸他很慷慨,说他一定有点儿来历，他还能够连这点儿忙都不叫你帮吗？"

秦飞说："你在这儿等等，我进屋去问问。"

当下他就进到屋里，悄悄向允贞说："爷！您都听见了吧？这件事您说我倒应当管不应当管呀？我可也真不愿意出这庙门，可是我又想出去一趟，顺便打听打听您那个小常随的下落。"

允贞这时盘膝坐在炕席上，窗外曹锦茹说的这半天的话，他全都听见了。他十分惊喜，原来前天所遇的那拉"呼呼儿"的痨病鬼，那个又老又穷的人，来就是"要不贫，问周浔"的那个大侠周浔！谅那人一定能够找得着曹仁虎，看他们二人见面，也是一件有趣的事，同时还可以跟他们二人结交。不过，他们都像有故国之思，心怀着前明，不甘心做大清的子民，而我却是一位贝勒，这倒暂时更不可叫他们看出来！曹仁虎是要回江南，我正好同他一起走，由他再结识甘凤池、路民胆等人，我总有办法叫他们都到我的掌握之内。可是，曹仁虎有一个女儿跟着他，已经很令人厌烦了，若再带上个民家女子蝴蝶儿，岂不更是累赘？虽不是我的累赘，但究竟耽误事情，使他不能够同着我即刻去晤见群侠。京里，现在还不知道允异那些人闹成了什么样子，我在外面岂可再多耽误时日？他想了一想，也没有别的法子，就点头向秦飞说："你去吧！"

秦飞又出了屋，告诉曹锦茹说："我爷已经答应我了！天下人管天下事，我帮你们这个忙儿也不要紧。好啦！你回那菜园子里去等着我的回话吧！"

这时允贞也走出屋来，向曹锦茹说："令尊曹老侠客现在起来了没有？我要再见他去谈一谈。"曹锦茹笑着说："我带着您去吧！我爹也很喜欢跟您谈话。"当下，秦飞到井院里牵出来马，就替曹锦茹办事去了。曹锦茹便很喜欢地忸忸怩怩地在前头走，领着允贞穿过了这古庙清静的院落，又进了那菜园子里。

此时，勇静和尚正同另一个和尚在摘取菜蔬，曹仁虎在旁边看着，一见他的女儿把允贞领来了，他就微笑着，大声地说："黄君！怎么样，你愿意同我到江南去走走吗？"允贞说："我来正是此意！"

当下，曹仁虎把允贞让到了屋内，曹锦茹殷勤地给沏来了茶。曹仁虎就问说："黄君，我看你人才出众，武艺超群，不像是平常做什么买卖的人！"允贞却微叹不语，表示也有很重的心事似的，但还不说明。曹仁虎也没有往下去问，然而他对允贞仿佛更成了莫逆之交。

谈到往南去的事，曹仁虎也愿带着允贞前去。他并且说："那几位侠客之中，现今唯有路民胆和他的交谊最笃，但路民胆是河南光州人，近两年未见他在江湖之间行走，也许是回到家中隐居去了。所以最好是由此一直南去，先往河南会着路民胆，再与他一同先到金陵，后往杭州，还许上一趟仙霞岭，那样就可以与那些侠客尽皆会了面。有路民胆在一起，也容易见得着他们！不然，他们都晓得我做了几年官，与他们并非一类人了，他们心中对我难免不存着芥蒂。"说着他叹了口气，仿佛是很后悔那几年他曾在清朝为官似的。

允贞也不便说什么，更唯恐被他认出来自己是个贝勒，心想：那样一来，恐怕这老头当时就得跟我绝交！所以允贞跟这曹仁虎说话时时留着心。

曹仁虎对他也是并不全都推心置腹，仿佛仍然怀疑他的来历，尤其是他要带着允贞去找路民胆等人，也仿佛是有一点儿别的用意，可又不说出来。允贞也看出点儿来了，自己是将计就计，反正是跟着他去，不怕他把那些侠客都凑在一起来收拾我，反正我是自有办法的！他在心里暗笑，一点儿也不狐疑，而且一点儿也不着急。

此时，曹锦茹的心里却惦记着她的朋友蝴蝶儿，一会儿就跑出去看一看，她也跟她的爹说明白了。曹仁虎先前还向允贞说："只有我女儿跟着咱们，倒还没有什么，因为她会骑马，也常跟着我出来走路；若是再带上那个女子，岂不有些累赘？"允贞听了，只是微笑不语，想着：反正这些事都跟我不相干，由着你办。曹仁虎寻思了半天，后来又自言自语地说："其实也没什么的，多带一个人，也费不了多少盘缠，再说救了一个不愿屈身妾媵的女子，送她去就一个美满的姻缘，也是咱们应当做的事。我已老了，这些成全人家小儿女的好事，也多做几件才对，何况她还可以在路上跟我女儿做伴；省得净叫锦茹伺候我，她却连一个谈闲话的人也没有。"

允贞顺口说:"老夫子,你实在是好福气! 你的这位姑娘,我看既孝顺,武艺又好! "

曹仁虎摇头,说:"不行! 不行! 比吕家的四娘可差得太多了! 连我,带路民胆,再加上甘凤池,谁也不如吕四娘! "

允贞又觉着很惊讶,赶紧问说:"吕四娘? 莫非是一位女侠吗? 我愿意老夫子把她的详细事情也跟我说一说。"

曹仁虎说:"因为不是一言半语所能说尽, 我只好慢慢再跟你说吧! 好在你我既已相识,又是一路同行,将来细谈的日子正多。你是否到了江南以后,拜访完了那几位侠客,就还要回北京去呢? "

允贞点点头,说:"那是自然,因为我的妻子都在北京,还在那里开着几个大生意,我不回去能行吗? 我这次出来不过是遨游江湖,结交朋友,并没有什么志愿。"

曹仁虎喜欢得笑着,说:"很好! 很好! 也许我们到了江南,我把我这女儿送到她的婆家,我也要跟着你一同再到北京去一趟呢! 别看我早先在那里做过官,我再去时,恐怕已没有人认识我了,那时还得仰仗你帮我一点儿忙。"

允贞说:"老夫子你不必客气,遇着事我自必相助。"曹仁虎点点头,说:"好! 好! "如此又谈了多时,允贞是始终也不明白曹仁虎将来想往北京去,又有什么事,但也不好问。所以两个人虽不断谈着,但其间仿佛有很多的隔阂。

又待了一时,就听见窗外有两个妇人说话的声音,原来是那名叫蝴蝶儿的姑娘来了,曹锦茹也不管房里有客没有客,就把她带到了屋里。允贞一看,这个"蝴蝶儿"年岁也在二十上下,生得倒很秀丽,有两只大眼睛,不过头上贴了一块很大的膏药,使她的美丽减去了几分,这就是昨天在轿子里摔伤的。蝴蝶儿穿着红缎的裤、红缎鞋,还是新娘子的打扮,上身却穿了一件半新不旧的蓝布褂。她把新嫁娘的发髻又改成了一条长辫子,大概是因为她没有嫁成,而且她也不想嫁了,想立刻就离开家;所以她现在胳臂上挂着一只包袱,里边大概都是她自己随身用的东西。

看样子她是见过曹仁虎的，所以今天一见面，她就大声叫着："曹伯伯！"

曹锦茹又指着允贞，笑着说："这就是刚才我跟你说的那位！多亏人家，才救了你。"

蝴蝶儿当时就向允贞道了个"万福"，并说："我也听曹家三姐跟我说啦，您是黄四爷！昨天您的马撞了我，真是救了我，我要叫他们娶过去，我就准活不了。在这儿，可也不许我活，卖我的银子也叫我的表叔逼了去啦，我非得离开家，现在就求着黄四爷跟曹伯父带着我走吧！"说着，她咕咚一声就冲着两个人跪下了，把包袱扔在地下，眼泪也流了下来。

允贞觉着这个女子真奇怪，怎么一点儿也没有闺秀气，又泼辣，还能够拉得下脸，当下自己就将身子向旁一躲，不理她。

曹仁虎赶紧叫曹锦茹拉她起来。不想蝴蝶儿就跪着不起，并且哭得更厉害了，她一边抽搐着，一边说："曹伯伯要是救我，就得现在赶紧带着我走！我来的时候我表叔知道，他拦不住我，可是他一定不敢不去告诉康财主家。今天早晨听人说康财主有个亲戚，名叫飞锤庞五，是才从外边保镖回来的，那个人又厉害又凶，他能够帮助康家来抢亲！"

允贞听了，心中不禁有些愕然，但仍不显出慌张，也不说什么话。

这时候，秦飞也在门外听了这话，就走进屋来。他可是十分着急，显出来他很怕那飞锤庞五，他急急地说："我想也是，既要走，不如咱们就都立刻走！要是等着飞锤庞五和康财主的人来，还许有官人呢，他们一找到庙里，那可就糟了糕啦！且不用说别的，这庙里有两个小媳妇，人家也不管是怎么回事，就能够叫这儿的和尚师父蒙受不白之冤，是洗也洗不清！"

曹仁虎一想，觉着这话也对，于是就向允贞问说："黄君，你觉得怎样？"允贞说："我也是愿意立时就走。"曹仁虎就点头，说："好！那么，锦茹你就去把咱们的行李收拾好。可是既然带着这位姑娘，她又不会骑马，似乎应当给她去雇一辆车？"

这时，蝴蝶儿也已站起身来了，她赶紧摆着双手，说："不用不用！

不用给我雇车！那天三姐找我去的时候，我在家门前试着骑了一回马，我能够骑。我听三姐说，这儿还有一匹富余的马……"

曹仁虎说："那匹马是这庙里的，不过也可以借来用一用，骑到江南，将来有人往北来，再顺便给带回来，不过得先去问一问勇静。"这时，那勇静和尚还在院子里拔菜，锦茹就出屋向他问了问，他根本没把那匹马当做什么必需的东西，当下就答应了。

这时，秦飞却在心里盘算着：好嘛！我跟爷自北京出来，本来还带着个小常随，现在那小常随已是踪影全无，找也找不着了，再找也许倒把那飞锤庞五和那几位捉拿凶犯的官人老爷们给招了来！走倒对，可是小常随没有了，却换成了白胡子老头儿跟两个小媳妇，还都骑着马，倒像是耍戏的。对！真像是耍马戏的，那蝴蝶儿脸上还贴着膏药，正好像是由高处失足掉下来摔伤的样子，这倒不必叫人看了起疑心，只怕有人真拦住叫我们耍马戏！

他这样想着，又很高兴，他是实在的高兴，因为起初见着曹锦茹，他觉着有点儿胆怯，现在不但不胆怯了，还十分地喜欢，因为锦茹是那么和气，同时这蝴蝶儿人更风流。好啦！这一次走江湖可真有点儿意思，我生平还真没享过这福呢！当下，他兴高采烈地跑去收拾行李，其实现在他们真是一点儿行李也没有了。

允贞又回到前院，那黎保贵又急忙着做饭，大家吃了一顿就算是早餐。五匹马全已齐备，勇静和尚就将曹氏父女送出来，珍重着说是将来到江南再见面，并向允贞打了打"问讯"。

允贞也拱手还礼，本想要取出一点儿香资，可是见秦飞暗中向他摆了摆手。他也想着：这座庙是僧少寺富，绝不短少钱花，再说勇静虽是出家人，却也是一位江湖侠客；若是给他香资，倒显得是瞧不起他了，他倒许要恼怒了。因此允贞便不做什么表示，几个人一同牵马，离开了这座庙，就见两个女的已先扳鞍上马，在前面走去了。

允贞是与曹仁虎并辔而行，且行还且谈一些江湖之事，并且论及了诗文。允贞是学问渊博，曹仁虎更是才高识广，随口能作诗，并且诗皆佳妙；因此，允贞就觉着不但是访着了一位侠客，简直是遇着老师了，他就连声唤着"老夫子"。

　　但是在最后边骑着马跟随的那九条腿秦飞却不大尊敬这位老夫子，而是专门注意前面走的那两个小媳妇。那蝴蝶儿骑马骑得很稳，因为她是个胆子大的女人，所以虽没有怎么骑过马，居然也能够不落后，而且从容不迫地与曹锦茹并马而行，一路谈笑；她倒是十分的开心，好像忘了她是为什么事才出来的。蝴蝶儿身段儿美，神态美，连说话的声音都特别好听，只是她脑门上贴着一块大膏药，这真丑死了，所以使得秦飞都没把她看上眼，觉得不如曹锦茹。可是，曹锦茹又是个有夫之妇，并且武艺"不离"，那口永远随身带着的短剑还会飞，因此，秦飞虽然有点儿胡思乱想，可也不敢怎样露出形迹来而自找钉子去碰。

第十回　访旧友联辔走光州
换新妆一笑夸倾国

　　由这里往南,因为曹仁虎仍然躲着周浔,秦飞也不愿太在路上招摇,所以他们所走的不是那通衢大道,而是僻静的路。这样一来,所遇见的人就不多,可是吃饭、住店也休想找着一个好地方;好在如今,允贞已经渐渐习惯于艰苦,也许是因为在他的眼前、脑里,时时晃动着许多位侠士,许多位可以帮助他得到帝位的侠士,所以他心急,精神兴奋,已无暇讲究路上的住处和饮食了。

　　曹仁虎也是不管什么好吃的不好吃的,只要吃饱了就行。他只是爱喝茶,每到店房里,他跟他的女儿和蝴蝶儿必是同住一间屋子,必要把随身带着的好茶叶沏上一小壶,把允贞请过来,二人相对而饮,谈些闲话,谈的总是诗文经史。曹仁虎倒算是交上了一个文友了,武艺及江湖之事,他是绝口不提,尤其是他也没再当着允贞看过那本《维止录》。

　　他们两人,连秦飞算上,在路上都不招人注目,招人注目的还是曹锦茹跟蝴蝶儿,尤其是蝴蝶儿脑门子上的那贴膏药。

　　这两个女人,也可以说是一文一武。"武"的是曹锦茹——曹三姐,她那婀娜的腰间,永远带着短剑,连鞘也不套,就让它那么闪闪地发着吓人的光芒。可是她很温柔,红润微胖的脸儿常带着笑意,说话的声儿更是动人,她倒是很安娴,像是个文雅的大家妇女。至于那所谓"文"的,就是蝴蝶儿了。其实她不认识字,但她倒唧唧喳喳的,很能说,跟秦飞也很熟，跟允贞更时常地说话，可是允贞不大理她。她是他们路上的一只画眉鸟，走一路叫一路；又像是个母猴子，精神非常之大。

这蝴蝶儿在店房里时常也待不住，总要站在院中看热闹，或是倚在门首"卖呆儿"，跟谁都熟。以她的身段来说，她长得是实在比曹锦茹更美，不过脑门子上贴着一块大膏药，无论怎么样美也是"白搭"，也难看；大概她还不能揭那膏药，揭了露出在轿子里磕碰的伤，一定更难看了。她为此一定很伤心，所以气性不好，刚到店里不大会儿，就能为什么脸水没打来，或是面汤里有苍蝇，就跟店伙儿大吵。她也没有法子打扮，因为她没有好衣裳，她那只包袱里只有些破旧衣物，她更没有一个钱。

还有，连秦飞都看出来了，她对于允贞实在是特别的巴结；这不为别的，一定是为允贞的仪表雄伟，同时也是因为允贞有钱。原来，允贞真有钱，曾从身边掏出来一个金元宝，叫秦飞换成了碎银，零碎支付路上的开销。秦飞心说：怪不得他的小常随走失了，他一点儿也不着急，原来他的腰里有货。这大概被蝴蝶儿看见了，所以蝴蝶儿就对他更加殷勤了。秦飞又好笑，又生气，暗想：看来蝴蝶儿并不是个好姑娘！早知道这样，就不救她了。她也是白做梦，我们爷的眼中能够有你？皇上的儿子的眼能够看得上你？冲你那块膏药，就完了！

入河南省境，过考城，经杞县，行约数日，这一天就到了周家口。这个地方又名为"周口"，是在颍河与贾鲁河的汇合之处，南通汝南、新蔡，北达陈州、新梁，是个水旱码头；虽只是个镇，却比一般府县更为繁华，一条大街买卖拥挤，河畔停泊着无数的货船。因为曹仁虎说，路民胆在这里开设有一家粮行，所以他现在也许就在这里了；如果能于这里会着他，就不必往光州去了。

他们来到这里的时候，才将将过午，天气又很热，尤其是允贞身上还穿着夹衣，他真热得有点儿受不了，必需在这里减换几件衣裳。他们找的是一家很宽大的店房，允贞就又拿出一个金元宝来，叫秦飞出去给他备办衣裳。

秦飞刚出这屋，从另一个房间走出来的蝴蝶儿就问说："秦大哥！

你要上哪儿去呀？"

秦飞故意把手里的金元宝叫她看了看，说："我要给我们的爷买两身衣裳去！因为我们这次出来带着的衣裳倒是不少，可是没想到我们爷的一个小常随跟我们走岔了路，我还疑惑他是故意跑了的。因此我们的衣裳一件不剩，都叫他给拐去了！"

蝴蝶儿说："我也是！你瞧我，从家里倒是带出来几件衣裳，可是那都是乡下穿的衣裳，还有就是我陪嫁的衣裳，简直走到大地方真不能穿。你等一等，我也拿点儿钱，我也出去买两身衣裳去。"秦飞心说：你哪儿来的钱呀？可是就见蝴蝶儿回往屋里去了，大概她是跟曹锦茹借钱去了。待了一会儿，她果然笑吟吟地又走出来，手里拿着几块碎银子，看来是把钱借到手里了。她跑过来就说："秦大哥！咱们走吧！一块儿走吧！"

这时店里的人都直看她，秦飞倒觉着十分的难为情，心说：我跟她一块儿出去，算是怎么回事呢？冲她脑门子上头的那块膏药，就比我还难看，要叫人疑惑她是我的太太，那才太给我丢人呢！可是他也不好意思拒绝，心想：究竟蝴蝶儿是个女人，人家也坐过花红轿——可是要不因为坐花红轿子，脑门上还不致贴这块膏药呢；究竟人家没拿我当作外人，冲这一口一声'秦大哥'，我也应当带着她出去走一趟呀！于是他就在前，蝴蝶儿在后，出了这店房的大门，往大街去走。

周家口这里的街上真热闹，人真拥挤，可是差不多没有不看蝴蝶儿的，还有的在笑，有的彼此谈论着，真弄得秦飞不禁脸上发烧。他直躲着蝴蝶儿，蝴蝶儿却偏直追他，挨着他很近，并着肩走路，一边走，还是一边滔滔不断地大声谈话。

蝴蝶儿谈的话没别的，她就是问秦飞的主人——那位爷，为什么这样的阔？秦飞说："我家的爷在北京开着好几家大买卖，他还能够不阔吗？"蝴蝶儿却摇头，说："不像！你不用瞒着我，我看你们那位爷绝不是做买卖的，他必是一位大官！"

秦飞一听，倒不由得暗暗地惊佩，因为看曹仁虎父女，都把允贞真当作了一位商人。这蝴蝶儿虽还没猜出允贞是一位"凤子龙孙"，可是她竟能识出他不是普通的人，这就可以说是有点儿眼力了；这女人别看生在乡间小家，可是她认得出来真货！

秦飞当时没有答言，蝴蝶儿却问个没完，连允贞有几房太太她都问过了。秦飞就替允贞吹了一吹，说："我家的爷，除了原配跟侧福晋之外……"蝴蝶儿就赶紧问说："什么叫侧福晋呀？"秦飞知道说漏了嘴，就赶紧改口，说："我说的就是我家爷的二太太呀！他除了二太太、三太太、四太太之外，还有五太太没收房呢！"蝴蝶儿笑着说："嗬！你们的爷只一个，太太可真不少，我还是没猜错吧？他绝不是一个平常的买卖人！"秦飞也没替他的爷加以辩白，又往前走。

忽然蝴蝶儿又说："我有一件事，求你回店里，得便跟你那位爷去说一说，行不行？"秦飞就问说："是什么事呀？"蝴蝶儿说："是我的一件心事……"

秦飞扭头一看，见她的脸都红了，红脸配上黑膏药，越发显着难看。秦飞是个干什么的？难道女人的这句话，他还能够听不明白吗？可是他故意装傻，故意装作没听见，心里却想：这女人好厚的脸！可是她也不照镜子自己看看？她简直是做梦了，比做梦还没边儿！我们的爷，这时纵有天仙出来，他也未必睬一睬，能够要她？她倒是想得不错！

蝴蝶儿毕竟还是一位少女，不是不知道羞涩，这种话，她也没有完全说出来，秦飞可就更躲着她了。

好容易才找着了卖衣服的铺子，这里卖衣服的铺子共有三家，都相挨着开设；里边有新衣，有估衣，还有冠袍带履，连唱戏用的雉鸡翎这里都卖。可是，秦飞为他的爷挑选了半天，连走了三家铺子，也没有找到一件合适的。原来，这地方虽说是个大镇市，可是买现成衣裳穿的，都是些小生意人和卖力气的，铺子里根本就不预备什么绸缎的衣裳；有几件，也都是些由当铺里来的"估衣"。允贞在外边穿衣虽不大讲究，可是也不能穿旧衣裳呀？所以弄得秦飞非常为难。

蝴蝶儿挑选了半天女衣裳，结果也没有一件中意的，她就说："还不如到绸缎店里买材料自己做呢！"

秦飞觉着这个主意倒也不错，可是又想，现在爷还在店里受着热，还等着衣裳呢，不买两件也不行。所以他就先挑选了两身白细布的裤褂买了，然后又同着蝴蝶儿到一家很大的绸缎店里，进去挑选了许多纺绸、官纱、洋绉等等夏季的衣料。

那蝴蝶儿也挑来挑去，仿佛什么她都爱，只是发愁她手里的钱太有限。她似乎是希望秦飞能够把金子借给她一点儿，所以她直说："哎呀！我的钱不够可怎么办呀？这个倒不错，那个我也喜欢，就是我出来把钱带得太少了，这可怎么办呀？"秦飞却早就躲闪在一边，心说：你想沾点儿便宜呀？那可没那么容易，除非你的脑袋上没有那贴膏药，还得再漂亮一点儿，那时我九条腿也许掏出一点儿腰包来。结果是可怜的，蝴蝶儿只撕了十几尺粉红的绸子，还买了两幅缎子的鞋面，就跟秦飞出了这绸缎店。

秦飞还要去找成衣铺，蝴蝶儿却把他拦住，说："找裁缝要多么费钱呀？还至少得在这地方住几天，才能够做好。咱们不是今天来到这儿，明天就许走，跟浮萍草一样嘛，哪有工夫等着慢慢地做衣裳呀？我想还都交给我吧，反正我在店里也没有一点儿事，我跟曹三姐说话，也觉着没什么可说的啦，我真烦闷得慌。这点儿活交给我，真不算什么，我可以在路上随走随做，不出三天，我管保什么都做好了！"

秦飞一听，这也不离，本来，女人家想找一点儿活做，想找点儿零钱花，这还好意思拒绝她吗？这跟她脑门子上的那块膏药又没什么关系了，所以秦飞就答应了。蝴蝶儿很是高兴，她就顺便在街上又买了针线，还买了尺；剪子她大概是有，没有买，于是就回到店房里。

秦飞把那两身细布衣裤交给了允贞，并将允贞的一身衣服给蝴蝶儿送去做样子。那蝴蝶儿当时就连吃饭也不顾得啦，并且叫曹锦茹向旁边躲一躲，让出炕来，她就忙着给允贞裁衣裳，手脚不停闲；秦飞却看见曹锦茹直向她冷笑。

秦飞回到屋里，见允贞已换上了衣服，更像个大掌柜的了；可是这位大掌柜的样子还是那样严肃，还是心里有事，大概还是在想着他那些个侠士、豪杰。

曹仁虎大概也出去了一趟，晚饭后，屋里点上了灯，他才又来见允贞。他的手里拿着一个大轴,大概是幅字画。他先不打开,却胡须乱动着高兴地说:"咱们来得真巧!我刚才到了街上的粮店里,见了路民胆的一个表兄,是那里的掌柜的。他说民胆是几天前走的,往陈州去给朋友贺喜去了,大概两三日内必能够回来。我已告诉了咱们现住的这家店房的字号,叫他回来时,就急速来找咱们;我说现在有自京都来的一位侠士,特地慕名来拜访他。"允贞听了,也现出高兴的样子。

曹仁虎又说:"我从他的柜上拿了一幅画来,这就是民胆的手笔,新近才裱成的,很难得!你来看看他的画,就可以想见他的为人了。"当下,就叫秦飞帮着把这轴画展开。

允贞一看,就见是用工笔绘的一只大鹰,真是羽毛如生、神采奕奕;上题几个隶体的字,是"英雄得路",下款署的是"民胆手绘"。允贞不由得非常钦佩,因为这幅画不但可称得起是一幅名画,而且别致、新奇,画得雄壮,题款也英气勃勃,就连说:"很好!很好!可见他是专喜于绘画花鸟了?"

曹仁虎摇头,说:"不!他不会画花,我也没见他画过别的禽鸟,他只是专画鹰,专写'英雄得路'四字;因为他姓路,他自命是一位英雄,只可惜没遇见过识主,落得'英雄失路',也许是借此发泄他的牢骚,表达出他的志愿吧。还有一件事,我要跟你说出,一定又得使你感到后悔了。你在大名府那镇市上遇见的那卖唱的父女,那似乎有痨病的男子就是周浔!你别看他那么穷困潦倒,其实他是赈贫济困、仗义疏财,生平做过很多次'千金散尽还复来'之事。他也会画,画的是墨龙,可称前无古人、后无来者,与民胆画的鹰称为双绝。不过他早先就不喜欢常画,无论怎样求他,也很难得到他的一幅。近两年来他遭逢不幸,命运多舛,父女曾流落到秦中过,在那里倒学会了拉呼呼儿,我想他也许是喜欢那悲凉的声音,或是以为可以借着卖唱,浪迹江湖,并且找我,可是他那墨龙的大笔,恐怕要绝传了!"允贞听了,真是心里更为惆怅,而且懊悔。曹仁虎卷起了那幅画,就拿着又出屋去了。

他们在这里住着,一连过了三天,允贞跟曹仁虎是天天盼着路民胆找了来,可总是不见来到。秦飞在这儿倒很是逍遥,他跟店家、跟门外的一些个人整天聊天，这地方已成了熟地方了。曹锦茹仿佛焦急些，因为她是既不爱到门外去玩，在这儿住着又没有一点儿事，太寂寞。蝴蝶儿是整天针线不离手地做衣裳，三天的工夫，竟然把允贞的一件蓝绸子的大褂、两身纺绸的裤褂全都做得啦。

秦飞一看，这活计真是精细，想不到这女人原是一把好手。当下秦飞去交给允贞，并说："是那个跟咱们一路同行的蝴蝶儿给您做的。"允贞只点了点头，把衣裳都放在一边，仿佛就没大注意。这还不要紧，可是应当给人家手工钱呀。而允贞没有提，秦飞也不敢催。

秦飞原想自己先垫上几个钱去给蝴蝶儿零花，可是因为少了拿不出手去，多了自己可又觉着心疼，而且这种"冤钱"，他九条腿是不能出的。但又觉着蝴蝶儿有点儿可怜，他就特意去到她的屋里看看。这时候蝴蝶儿又正赶做她自己的衣裳了，秦飞望了望她头上那贴膏药，觉着太恶心，赶紧往后退了退，就笑着悄声地说："那个手工钱，我慢慢地再跟我们爷要！"

蝴蝶儿却连连地摆着两只纤纤的玉手，说："我不要钱！我怎么好意思要钱呢？可千万别送来，送来我倒要恼啦！我本来是一个苦命的人，离家背井的，到了金陵还不知能不能找得到我的表哥；路上承你们这样的照应，我感激还感激不过来，做点儿活儿要是还给我钱，那可真要逼着我哭了！"说着，当时就真流下了眼泪。秦飞倒不知说什么话好了，曹锦茹却在旁边直笑。

次日，允贞为凉爽就换上了新做的纺绸裤褂。这经过蝴蝶儿一针一线所做的衣裳，穿在他那魁伟的身躯上，是十分的合适而潇洒，可是他连问也不问是谁做的。蝴蝶儿隔着窗看见了，却很是喜欢，仿佛这就足已安慰了她的芳心。

又等了两天，蝴蝶儿不但把她自己的衣裳也已做得，并且连一双绿缎子的小鞋也绣毕，而且绱好了。她将新衣裳穿上了身，鞋也换上。尤其是脑门子上的那块伤业已痊愈，她就揭下了膏药，而且洗干净了，又在脸上擦上了些细粉和胭脂，嘴唇也染了红，并把头发重新梳挽，比曹三姐还别致地挽了一个头髻。

蝴蝶儿穿着一身粉红的纺绸小裤袄和绿色的小鞋,袅袅娜娜地走出屋来。秦飞先看见了,当时就两眼发直,心说:哎呀!这是蝴蝶儿吗?我怎么不认识啦!那块膏药一揭,立即就变成了这么漂亮的大美人儿?他真不相信现在的他这两只眼睛,又更恨早先的那两只眼睛,早先怎么就看不出来?

这时,允贞也适由外边回来,看见了蝴蝶儿,仿佛也不由得一怔。蝴蝶儿向他又嫣然的一笑,允贞却不再看她,依然态度严正地走往屋里。

第十一回　痴女子客中倾错爱
猛侠士庭院战长枪

　　蝴蝶儿现在就成了这店里的一个美人儿了，昨天她还是个丑丫头，今天成了杨贵妃了。店里的人全都惊讶地看她，都仿佛不认识她了，也不敢再跟她随随便便地说话了。并且因为她卖弄风流地出门站了一会儿，这么一来不要紧，可闹得附近的人没有不知道的了。因为像她这样美貌风流的人，不用说本地没有，这地方每天来来往往不知有多少人，客商的眷属也很多，还有专跑码头的烟花姊妹呢，可是像她这样标致的，据说是从来也没有见过。

　　蝴蝶儿美艳非凡，超过了曹锦茹十倍，可是曹锦茹并不嫉妒她，也不劝阻她，只是仿佛有点儿不大喜欢跟她接近了。

　　又过了一天，听说路民胆已从陈州回来了。曹仁虎高高兴兴地出去了一趟，不知是见着路民胆没有，回来却非常的懊丧，只是不住地连声长叹，也没去见允贞，晚饭也没有怎么吃；愈愁烦，愈显出他是年老衰弱了。曹锦茹就非常关心她的父亲，屋里又热，简直跟炎夏差不多了，她就想到河坝上去凉快凉快，并且使她的父亲散一散心，所以就向曹仁虎说了去河坝的想法。曹仁虎也愿意出去走走，遂就点头答应，并问蝴蝶儿去不去。蝴蝶儿却摇头，脸微红地笑着，说："我不去，我在这儿给您看房子吧！"

　　曹仁虎将要出屋的时候，忽然站着发了会儿怔。他白髯下垂，神情呆板，似乎很费寻思。他把他女儿的那口短剑带上，这才走了。

这时店门口儿热闹极了，坐着许多的人乘凉，秦飞在那儿大谈大讲，说什么"……北京城的天坛、白塔……城门比山还高，皇宫里的瓦都是金瓦……"他正在这儿夸北京城呢，把一些个没上北京去过的伙计，说得两眼都直了。

因为店里的人不是出去玩去了，就是在门口乘凉，所以店里倒显得十分清静，天色虽已薄暮，各屋中全都没有灯光。这时，蝴蝶儿忽然急急地在屋里又打扮了打扮，就赶紧悄悄儿地溜到允贞住的房里去了。

允贞正独自在屋中躺卧着，摇着一柄大芭蕉扇子。听见了门响，他才转眼看了看，在昏暗的光线之下，看见进来了一个窈窕的女人，他就问说："什么事儿？"蝴蝶儿却笑声说："是我！来看看您，您怎么不点上灯呀？"说着，她就要去给点那桌上的一支蜡。她腰肢袅娜地扭着，并且还发出微微的笑声。允贞却坐起身来，说："你不用管点灯！有事儿没事儿？有事儿快说，没事儿快出去！"

蝴蝶儿又噗哧一笑，用娇细的声儿说："我有事儿！我早就有一件心事，只是没法子向您说，今儿这里没有人……"她说话时，就如风摆杨柳一般向着床那边走去。允贞说："你站住！有什么事儿就站在这里说吧！"蝴蝶儿说："哟！您干吗说话这么不和气呀？冲您这么不和气，这么大的架子，可也不像是个大掌柜！您一定是位贵人，是一位大官，现在是出来私访来了……"

允贞倒不由觉得惊异，心说：这个女子似乎不同凡俗，她真好眼力！连曹仁虎都被我瞒过去了，居然这一女子把我看出来了？遂就不加否认，然而更正色地问说："你跟我还有什么话？"

蝴蝶儿就低声的，以忧郁的声调儿说："我也没有别的事，就是有一件事，这是我好些日子以来的……心事……"接着就委委屈屈地说："我……我虽是命苦，没有了亲爹亲娘，我可早就有个志气！因为早先在家里的时候，我表哥常给我说：'樊梨花嫁的是薛丁山，王宝钏跟的是薛平贵……'我不像曹三姐，像她，才能比樊梨花呢！我要求她教给我点儿武艺，她可一点儿也不教；她说我年纪大了，不能学了，其实我今年才十九。我也不是要当樊梨花，可是我能像王宝钏那么受苦，只要……真的有个薛平贵！我有这个心，我不愿意嫁给人家当二房，才跑出来。我往金陵去，也不是想找我的表哥，我就是想找一个人；不管他是穷是富，只要他是有志气的，我就跟他，我……我看你就像是一个薛平贵……"

允贞更觉着奇异，自己览遍了"二十四史"，也没看见书上有过什么薛平贵，她把我竟比做薛平贵是什么道理？

蝴蝶儿近前两步来，擦擦眼泪，又说："你可别恼！我并不是说你像薛平贵那样，是个叫花子的出身，我知道你很有钱，不过你现在一定又很不得意；你的家一定有人逼你，不然你也不能跑出来……"

允贞惊讶得站起身来了，暗想：她怎么会猜出我是跑出来的呢？真是奇怪！

蝴蝶儿又说："你现在是'蛟龙困在沙滩上，虎落平原被犬欺'，我看出你现在一定有为难的事。可是无论你走在哪儿，无论你到了什么地步，我也能够跟着你受苦，哪怕十八年呢！我知道你将来一定能够'得地'，往小了说你要挂印封侯，大了你就是皇上！"

这正说中了允贞的心事，允贞不禁欢喜，然而蝴蝶儿现在的意思已经很明白了，这可不行！我出来是为访豪杰，不是为找美人；我将来做了帝王，也绝不做那种风流天子，更不能像宠褒姒的周幽王，不能像隋炀帝与陈后主。于是他怒喝了一声："走开吧！"吓得蝴蝶儿哟了一声，几乎摔倒。允贞却又态度平和了一些，说："快走，快走，你看错了人！我不是那种荒淫好色的人，我是正人君子、烈烈丈夫，走开！不要在这屋里，不要说这些话！"

蝴蝶儿说："哎呀！难道你就不可怜可怜我的这点儿心……"说着她伸出双手拉住了允贞的胳膊。允贞却将臂一抡，当时就把她摔出了两步，蝴蝶儿咕咚一声跌到地下，并撞在了桌子上，她就低声哭泣，不住地抽搐呜咽起来。

这女人的悲泣之声，确实使人的心里发软，可是允贞刚觉着有点儿可怜她，却又立时横住了心：这就如同落了遍地的娇丽桃花，他宁愿用脚去狠狠地踏；美玉也可以把它摔碎，锦禽也可用弯弓去打，反正是不能叫她销磨了胸中的志气！于是他就又厉声说："走！走！"蝴蝶儿却只是惨声哭着。

这时窗外忽然有人大声叫着说："曹仁虎！曹仁虎住在哪屋？"允贞怔住了，可也没有还言，蝴蝶儿却仍是在啜泣。

这时，窗外的人似乎已经听见了妇人的哭泣之声，他就怔拉开了这屋门。一看屋中这般情景，他就问说："是什么事？"他向允贞看了看，虽没有看清楚允贞的模样，可也看见了他昂健的身躯；他一扭头，又看见了蝴蝶儿那绰约的美人，他就又愤愤地说："你是干什么的？住在店里为什么打这女人？这女人是你的什么人？"

此时，蝴蝶儿已经自己爬起来了，并且取火点上了灯，灯光当时照亮了全屋，并照着她那娇艳而楚楚可怜的身影。蝴蝶儿不住地拍打着衣裤上粘着的土，又掠头发又擦眼泪。进屋来的这个人一看，就不由得有些销魂了；允贞宁愿把这一朵美艳的花踏碎，他可有心要珍惜地拾起来。

允贞看这个人是一个英俊的少年，穿着纺绸的裤褂，手提着一口光闪的单刀。此人进屋来的时候，似乎是很气愤，如今只顾了看蝴蝶儿，倒不显着怎么生气了。允贞就瞪起眼来，问说："我并不认识你，你为什么怔闯进我的屋里来？"

这个人又将允贞打量了一番，就傲然地说："我不是找你的！我是来找在这里住的一个姓曹的。"

允贞说："你找的是曹仁虎吗？我们是一块儿来的，他是我的朋友。你提着宝剑来找他，是有什么用意？"

这人听了这话，似乎一阵惊讶，他把允贞又仔细地打量一番，就哈哈一阵狂笑，说："曹仁虎说，他同来的有一位豪杰，是北京城著名的豪杰，我还以为是怎样了不起的一位呢？北京城我知道只有一位年羹尧，哪里又出来你这么一个无名的小辈！"这等于是骂了允贞，可是允贞当时也忘了生气，他只是惊讶地想着：什么？年羹尧？听此人一说，年羹尧的名气似乎很大……此人又说："我从陈州回来，知道曹仁虎去找了我好几次。今天白天他去找我，说是这里有一位豪杰，请我来见见，我当时不但付之一笑，还将曹仁虎推出了门去！"

允贞惊问说："你叫什么名字？"此人说："我叫路民胆，'英雄得路'路民胆，那便是我！"允贞把他又打量了一番，心想：原来是这么一个年轻的人……

路民胆又说："曹仁虎做了几年的官，已经与我们绝了交，但现在他的官职丢了，又踏到江湖上来，并带着他的女儿。我们原不想再理他，八侠之中没有了他，也不算少，可是刚才我又听说他带着女儿，并带着短剑，又到柜上去找我了。虽因我没在柜上，他们就走了，可确为可疑，莫非他是恼羞成怒，要挟着短剑前去找我拼命吗？因此我一怒便带刀前来找他，不意倒先见了你！原来是你，不是年羹尧，也不是什么英雄好汉，不过是一个酒色之徒，是一个欺凌妇人的匹夫！"

允贞厉声说："你不可骂人！"

蝴蝶儿也杏眼圆睁地说："你这个人怔进人家的屋里，就够冒失的了！你还说话这么横，开口就骂人，你怎么这么不讲理呀？"

路民胆又看了看她，便冷笑着，把刀往上一举，向允贞说："我看你与曹仁虎勾结着前来找我，必定是不怀好意！你随行还有这么一个妇人，多半不是你抢来的，便是你拐来的，可见你也不是个好人！"

允贞怒道："你胡说！你这是当面来恶意伤人！我的屋里你凭什么进来？出去！"说时一脚踹去。路民胆的钢刀斜着就向他的腿砍来，蝴蝶儿吓得尖声叫着："哎哟……"赶紧拿手捂住了两眼，不敢去看。没想到路民胆的刀并没有砍着允贞的腿，反被允贞以手托住了他的腕子，两人就夺起刀来。蝴蝶儿顺手抄起了桌上的一只茶碗，向路民胆就飞着打去，就听稀里哗啦一阵乱响，原来窗子上镶着一块玻璃，这茶碗也没打着路民胆，却连碗带玻璃全都碎了。

路民胆大惊，用力将他的刀抽了回去，回身就退出了屋，又怒声喝道："你出来！弄个妇人帮助你，你算什么豪杰？滚出来！我今天来此，就为的是要耍一会儿你这北京城来的出名人物！"

他在院中跳着，暴躁地大喊大骂，这时店门口的人，连秦飞都跑了进来。秦飞就忙上前说："不要骂！朋友，有话咱们好说，全是一家人！"却有两个店伙把他的胳膊拉住，劝他说："你可不要往前去！这是光州的路民胆路大爷！他可不是好惹的。"秦飞吓得一哆嗦，当时就不敢上前了。

而此时只见允贞手挺着扎枪出了屋，那袅娜多姿的蝴蝶儿也跟着出来了。秦飞心里诧异，暗想：怪！她是什么时候跑到我爷的屋里去了？还许就是为她才打的架吧？

只见允贞来势甚猛，抖起长枪向路民胆就刺，枪如恶蟒，直攒前胸。路民胆疾闪身向右躲避，允贞的枪也追着向右去扎。路民胆却将身一伏，连行几步躲远了枪，随着就刀光腾起，映着微茫的月色，闪烁惊人。他先以刀背向枪磕去，喀的一声将枪撩开，随之轻身疾进几步，让过了枪头，他的刀就如秋风扫落叶，嚓的一声，刀刃顺着枪杆削去，身也飞向前逼。

此刻，除非允贞快些退步跑开，稍一迟缓，便立能被刀将十指削断。可是允贞并不退步，却将枪一抬，他的力气浑厚，阻得刀便不能前进。而路民胆毫不松缓，此招未达，另换刀法，寒光紧飞，披削砍戮。允贞却枪握中间，亦刺亦击，吧吧、铛铛，两个人就紧杀在一起。使刀的步步紧逼，使枪的理应后退，让开了地方，才能够施展开长枪，但允贞却连半步也不肯退，他就与路民胆肉搏起来了。

那边的蝴蝶儿却由地下拾起来破碗、碎玻璃，向着路民胆就打；她还恐怕打错了，特地不避刀枪地奔到近前，看准了路民胆，才往脸上去扔。这可叫路民胆生气，而且难防，所以他只好不住地向旁去躲。

允贞却向蝴蝶儿大喝一声："走开！"他的枪此刻已施展开了，又以"凤凰乱点"之式，抖动着去刺路民胆的咽喉。路民胆身躯轻敏，哪里许他刺得着，同时他刀法精熟，飞舞旋转，往来两个回合，就又逼进了允贞。此时允贞不用枪刺扎，却将枪当棍来运用，吧吧地只管来击，这样，路民胆虽已近前，却又须防他打来。刀枪往返，又是五六回合，依然势均力敌，各不能得手，亦各不示弱。

旁边看着的秦飞虽直乱喊，但他哪敢近前？店伙们更都反倒跑往前院去了。蝴蝶儿也直尖声地喊着:"别打啦!别打啦!再打可就要出人命啦……"秦飞一听更着了急,心说:得!倘若再出人命,难道爷还仗着那串珍珠的念珠儿脱身吗?不过,看这路民胆可也不是好惹的,真要出了人命,还不定死的是谁呢?这可怎么好……

现在允贞跟路民胆打得更加紧张,秦飞也不敢跑过去;不跑过去,也就不能到屋里去拿他的那口刀,帮助爷去打。他正在着急,忽见曹仁虎跟曹锦茹回来了,他就赶紧说:"曹老爷!你快去给劝劝架吧!"

曹仁虎在外院本已听人说了,知道这里已经交起手来了,所以他的神情十分焦急。他向曹锦茹要过短剑,护着身,直向二人冲了去,就见他白髯飘洒,大声喊道:"不要打!我来了!听我细讲!"

此时允贞挺枪一扎,路民胆却向旁一闪。他手挺钢刀,侧目一看,见曹仁虎手持光芒似雪的锋利短剑一只,当时他就又错会了意,遂冷笑道:"好!你就也来吧!多年的交情,今日一刀两断!来,我不怕你曹仁虎!"说着抢刀又向着他来了。

这时曹锦茹赶忙徒手上前,以身护住她的父亲,摆着手说:"路叔父!不要动手!"

曹仁虎反倒掀髯大笑,说:"周浔找不着我,叫他来找我更好!我这样的年纪,死在别人的手里又冤枉,死在我的朋友手里,却一点儿也不冤枉!"他走近了两步,伸手拿着短剑,说:"民胆,要杀我,何必用你的刀?刚才我带着这剑去找你,就是请你用我的剑将我刺死,省得污了你的刀,可是没找着你;现在这里也一样,就请你动手吧!"一听这话,路民胆反倒往后退了一步。

这时允贞却叫过来秦飞,替他拿着扎枪,他走过去也向路民胆拱手,说:"路兄!我们来到此地,等了几天,也就是为见你。如今一见,你果然名不虚传,实是一位豪杰,我想寻访的就是你这样的人。刚才多有得罪,现在我们在一起聚谈一番怎样?"

路民胆发了发怔,便冷笑着说:"可以!"

当下曹仁虎也喜欢了,立即叫来店伙儿,吩咐在没有客人住的大间屋子里,点上两盏明亮的灯,摆上方桌,擦抹得干净了,又命人去叫酒菜，遂请允贞和路民胆全都进来落座。曹仁虎就说："这位黄兄是北京的富商，并且擅长武艺，如今是慕名专来访你！"

路民胆又向允贞打量了一番，便又冷笑，但仍刀不离手。忽然看见那蝴蝶儿倚在门外，正向屋里来看他们，这路民胆不禁又呆呆地向蝴蝶儿看，蝴蝶儿也拿眼睛瞪了他一下。

曹仁虎这时很是兴奋，也不管旁边有没有别人，他就又说："论起武艺，我们原可称为师兄弟，都算是出于独臂圣尼慈慧老佛的门下……"

允贞一听，就赶紧问说："这个圣尼老佛，又是怎样的一位人物？"

曹仁虎长叹道："这话也一时难讲！只因为我在宦海里浮沉了几年，我的朋友便都对我不谅，以为我已经违反了师尊的教条，而成了一个世俗的人了。"

允贞听了这话，愈觉着疑惑，因为曹仁虎的这话，说得十分的暧昧，令人不明白。再说，他既做过多年的官，而路民胆的年纪至多也不过三十岁，他们怎会又算是师兄弟，而且又是朋友呢？这颇有可疑之处。不过大概可以料想到，他们必是有国家兴亡的隐痛、江湖离散的衷情，于是允贞也就故意不往下问。

曹仁虎又向路民胆说："这位黄兄武艺超群，将来再会上年羹尧，再加上龙蛟二僧，我们整整是十二个人，然后我们再报答慈慧老佛。"

允贞至此，可忍不住地又问说："慈慧老佛到底是怎样的一个人？你们为什么不跟我说明呢？"

曹仁虎便回身将蝴蝶儿驱走，然后才向允贞说："跟你说明也不要紧！慈慧老佛即是独臂圣尼，当前明甲申年间，崇祯皇帝……"说到这里，连路民胆也当时正色起敬。曹仁虎又说："崇祯先皇帝殉国之前，曾一手掩面，一手挥剑，向长公主说，'你为何生于我家？'剑落之下，斩断公主一臂。公主幸而未死，被人救出，隐于深山古寺之中为尼，法号慈慧。经过了数十寒暑，她学会了湛深的武艺，传授了八个弟子：第一是周浔，第二是我，第三是了因，第四是甘凤池，第五是白泰官之父白梦申，第六是民胆。民胆艺未学成之时，我们几人便俱已下山，志复先明，周浔、甘凤池往投延平王郑成功；白梦申并将武艺传授给他的儿子泰官。

最后慈慧老佛又收了两个徒弟,一是金陵张云如,一是石门吕四娘。"

此时,允贞惊得已通体出汗,但面上仍神色不改,又急问:"那年羹尧呢? 也是你们的师兄弟吗?"

曹仁虎摇头,说:"不是! 不是! 年羹尧的武艺是跟随顾肯堂老先生学来的,不过我们都是莫逆之交!"

允贞又问:"现在那位先明崇祯帝的公主,那个老尼姑,还活着没有?"曹仁虎悲痛地说道:"前年秋季才圆寂于仙霞岭上,我也未得再见一面。"允贞也故意地叹息,心里却暗想:我为将来继承帝位才出外访找豪杰,不想找到的这些豪杰,原来都是先明的孤臣,志复大明江山的壮士。我却是个清朝的贝勒呀! 怎么能够跟他们弄到一块儿呀? 这样一想,他身上不禁打了个寒噤,但面上却做出一种慷慨激昂的样子。

这半天,只是曹仁虎的话说得多,路民胆几乎不大说话,只是气昂昂的,仿佛仍没忘了刚才与允贞互相厮杀的事,并且仿佛是要再杀个高低,方能甘心。他的炯炯有光的双目不住地向允贞来看,似对允贞绝不信任。

曹仁虎又对民胆说允贞的为人怎样的豪爽,而且在京师有很大的名声,有买卖财产,并且告诉他:将来我们若到京师去,他必能够关照咱们。他现在就要一同往江南去,因为听说甘凤池现已回到金陵,想与他见一面;并再往仙霞岭去看看了因禅师……

路民胆却说:"你们要找了因,何用去仙霞岭? 到了金陵就能够遇见他。"

曹仁虎似乎有点惊讶,就问说:"怎么? 他离开了庙,也到金陵去了吗?"

路民胆说:"现在的了因,却与昔日的了因不同。他的武艺在我们当中可称为首屈一指。有慈慧老佛在世时,他终日在山上除了念经,便是习武,并由他传授出来了龙蛟二僧,也都颇守清规。但自从前年慈慧老佛圆寂,他便没有了约束。他本来是个江湖大盗出身,旧性不改,所以常常离山,在西湖、在金陵秦淮河挟妓纵酒,交结了一些江湖强盗,无恶不作,甚至抢掠良家的妇女。"

曹仁虎摇头，说："我想了因为人虽是性情残暴，不似能守清规的人，但还不至于如此之甚吧？因为我是才从大名府来的，在柳荫寺的下院法轮寺，我们父女住在那庙里，与蛟僧勇静和尚盘桓了多日，我见勇静的为人还很好！"

路民胆说："我倒没听说勇静有什么的恶名，只是了因近年确实作恶多端，江湖之人，凡是认识他的，无不为之侧目。我此次到陈州，是到中原镖行中著名的英雄黑虎星岳震亮的家中去贺喜，因为他娶儿媳。他那里去了不少的人，其中就有自江南来的，谈说起了因在那里所做的种种恶行，令人听了十分气愤，并又十分的惭愧。因为我们学艺的时期虽有先后，但究竟是一门所出，如今他的这些行为，不独违背了师训，还足以败坏了咱们的名声，并且也是人间一害。他那样的本领，谁能够制服得了他？难道就看着他任意横行？"

曹仁虎说："我现在正想要回江南去，我想去见着甘凤池，然后再一同去找着他，先劝一劝他。"

路民胆点头，说："这也好！我是决定如果劝他他不听，我就要与他反目，不再顾什么同师之情；我要与他拼一生死，以为世间除害！"

曹仁虎摆手，说："也不要这样性急，我们到那里看看再说，同时有这位黄兄，也可以助我们一臂之力。"

路民胆却冷笑着说："我们自往江南，何必还要跟他姓黄的同行？他又与我们素昧平生。"

曹仁虎却说："这位黄兄实在是个很好的人，我敢作保。我是想要会着甘凤池，将来还要一同北往，去访年羹尧。因为在北京，如今的康熙已经年老，他的太子因癫狂被废，许多的贝勒正想要争夺东宫太子之位，将来好做皇帝，已经闹得乱纷纷；许多的豪杰都去了，投奔到各贝勒府中……"

路民胆说："你还想借此进身，再做官儿吗？"

曹仁虎却摇头，说："不是，不是，我是想趁此时机，重整大明的山河，以报答我们的慈慧恩师！"

第十二回　侠少年风尘矜英俊
美女子湖畔恨相思

　　允贞听到这里，益发胆颤心惊，心想：真没想到曹仁虎竟也知道诸王竞位之事，他可就是不知道，我也是其中的一王，一位贝勒呀！好！这可不能叫他们知道。他们都是反叛者，都是我的对头冤家，此中最可恨最可怕的，大概就是年羹尧了，那个人我倒非得会一会他不可！这样一想，他又恨不得立时就回北京去。

　　但又想：那甘凤池恐怕也不是好惹的，并且还有个吕四娘——听这人的名字，多半是个女的，武艺一定比曹锦茹要好，我要遇着那人，也不可将她放过。最好我先将他们一个一个尽皆剪除，然后再将年羹尧也除掉，不然我将来即使得到了帝位，恐怕也坐不稳。可是若将这些人尽皆杀死，恐怕天下已再没有豪杰了，我这次也就白白地出来了，回去还是无法对付允禩和司马雄那些人……因此，他又不禁犯起愁来了。

　　店里的伙计从外面叫来了几样菜，还有酒。曹仁虎就给他们斟着，他的意思是极力要叫允贞和路民胆两人拉拢上交情。其实允贞是没什么的，只是路民胆依然愤愤，仿佛对允贞绝看不起。他同曹仁虎倒是谈了半天，可是没有跟允贞说话，结果他是也要随着往江南去，并决定明天就起身。

　　曹仁虎还问他是不是需要把这里柜上的事情再料理料理，然后再回光州把家中的事也安顿安顿。路民胆却骄傲地微微笑着,说:"我在周家口这地方虽开设着生意,可是向来就不用我亲自照料,一向我都是在各处遨游;家中虽有田庄,有妻子,可是我一年也不回几次家。现在说走咱们就走,我是毫无牵赘的!"当下就大杯地饮酒,他的酒量很大。

曹仁虎又把曹锦茹叫了来,又见了"路叔父"。蝴蝶儿没有人叫她,她可也跟着来了,曹仁虎也把她的事情向路民胆说了说。路民胆一听,这个蝴蝶儿原来不但不是允贞的妾,并且跟允贞毫不相干;可是,刚才她为什么在允贞的屋里?好像允贞还打了她?路民胆对此又不禁生疑。他并没有细问,可是对允贞更看不起了,他疑惑允贞是个好色之徒,不由得对允贞更为愤恨。他又细细地看了看蝴蝶儿,见蝴蝶儿真如同是一只蝴蝶儿,又风流又美丽。路民胆本是一位画鹰的英雄,但如今竟被这只蝴蝶儿摄去了魂魄,那口光芒似雪的钢刀仍然放在手边,他却停杯呆呆地向蝴蝶儿来看。

蝴蝶儿可是并不看他,仍是看着允贞,刚才的事情虽没有人提,她可还没有忘;她的明丽的眼波时时看着允贞,也不知她的心里是爱是恨。允贞却还是没把她放在眼里,就和她没在身边似的,连刚才的事也都忘了。他的心绪本已很庞杂,哪里还顾得理这个女人?他眼前虽有酒,可也饮不下去。

曹仁虎又与路民胆谈了一会儿,便把路民胆送走了,各自回屋。允贞在自己的屋里却是精神兴奋,他一阵愁一阵惧,忽地又一阵嘿嘿地冷笑。秦飞是早就睡熟了,他可半夜也未能安眠。

次日清晨,他们就忙着要动身。路民胆那里早就收拾好了行李,派了人来这店里催他们。他们这里因为有两个女人,所以又磨烦了一会儿,才算一切停当。店钱都由允贞开付,他的怀里原来真有金子。开发了店钱,余下的都交给秦飞拿着,所以秦飞也很快乐:往江南玩去了!跟着爷访侠客去了!于是他牵着他和允贞的马,就先走出了店门。

曹仁虎父女和蝴蝶儿骑的马,也都由店伙儿给牵了出去,在店门外与路民胆聚齐。路民胆骑的是一匹紫骝马,行李不多,只有钢刀随身佩带。他看见了蝴蝶儿,就又发痴地看着,尤其使他惊讶的是,蝴蝶儿居然会骑马,骑得还很利落!他就转头向秦飞问说:"这个姑娘也会武艺吗?"秦飞摇头,说:"她不会,她会什么?马她也不大会骑!不过是因为她的胆子大,就恁敢骑,现在骑了这些日,也就算是骑熟了。"路民胆一听,立时就像是很艳羡似的,更向蝴蝶儿看个不止,然而蝴蝶儿却是不大看他。

当下一共是六匹马,就离开了周家口这个地方,齐往东南走去。骑马的是四男两女,有老有少,最令人注意的还是路民胆,因为他年轻,相貌英俊,穿的衣服也特别的阔,在路上所遇见的尽是他的熟人。先是遇见了一帮客商,都停住了车马,向他亲热地问说:"路大官人!您上哪儿去呀?"路民胆只用马鞭一指,就说:"往那边去!办一点儿事情。"他并不细说,拱拱手就走了。又遇见了一队镖车,车上都插着招展的镖旗,数名镖师骑着大马,意态昂然。但一见了他,就一齐下马,恭谨地称呼着"路大官人",并问说:"您到哪儿去呀?"他又把鞭子摇了摇,说了声:"往南去!"他对这些保镖的,更摆出很大的架子,就像连多一句话也懒得说似的。

走到了中午,他们就到一个镇市去"打尖儿"。这个镇市很小,饭铺都很脏,可是路民胆根本用不着上饭馆。这里有一家银钱庄,门面虽也不大,里面却极讲究,柜房里布置得简直就跟个阔人家的客厅似的。路民胆来到这里,就好像到了自己的柜上一样,十分随便,叫这柜上的厨房给做菜备酒。允贞等人都随着饱餐了一顿,他觉着菜饭真好,不亚于京都的名厨。饭后,路民胆一个钱也不给,就带着他们走了。一出门,就见围了一大群的人,其中最多的是少妇长女,这都是本地的居户。秦飞还以为这些人是争着看蝴蝶儿呢,没想到并不是。只听那些少妇长女都悄悄地说:"看!这个就是路大官人!"原来路民胆在这一带竟有这么大的名声,真可称是妇孺咸知了。

离了这个镇又往南去,到晚间找店房去投宿,不用人介绍店主也认识他,赶紧找那最干净的屋子请他住下,简直把他奉若天神。因为路民胆有这样的面子,所以允贞跟曹仁虎等人也都跟着沾了光,而且受到特别殷勤地招待,这绝不是花钱能够得到的。

次日再往南去,过光州,这里是路民胆的故里,认识他的人更多。他却也不顺便回家去看看,就"过门不入"而加紧地挥鞭赶路。走到二更时分,到了一个地方名叫双桥堡。这里的一家大户,姓萧,听说是在京里做大官的,庄园广大,奴仆成群。路民胆来到这里,又被人称为"大官人",待他有如贵宾;他便穿房入户,十分的厮熟,可见他跟这里的交谊匪浅。允贞等人是被让在一个偏院里,那院子有二十多个护院的庄丁,个个都精悍绝伦,在院里抡刀弄枪,巡更打锣,上房查贼,足足的一夜不休。次日用毕早餐才走,还有好几个人送他们出庄走了很远,才与路民胆拱手作别。

路民胆精神潇洒,意态自得,熏风摇动着路旁的杨柳,吹动着他大草帽上的两根飘带,吹动着他的衫袖。他的俊秀的面孔被阳光晒得有点儿发黑,更显得英气勃勃;而他骑马的姿势、扬鞭的样子,以及他清朗的谈话声音和豪迈的性情,无一不表现出他是一位出色的少年英雄。

连曹锦茹都钦佩他,不过因为他跟曹仁虎是平辈,锦茹得管他叫叔父,使她的芳心不能有什么幻想。可是她也想过,如果自己的丈夫能像路民胆这样,该有多么好呀!想到这些,她不禁有些暗自伤感。她曾悄悄地问蝴蝶儿,说:"你看这路民胆为人怎么样?"出乎意料的是,蝴蝶儿却哼了一声,说:"我看他很讨厌!怪可气的!"若有人说"自古嫦娥爱少年",那可是错了,像嫦娥一般美丽的蝴蝶儿,她竟一点儿也没有把路民胆看上眼。路民胆愈追着,她愈躲;路民胆愈卖弄本领,她愈觉着难看,她跟路民胆同行三日,从来也没交过一言。

曹三姐曹锦茹本来早先跟蝴蝶儿有如姊妹一般的亲热,现在可完全变了,她对蝴蝶儿已很冷淡,有时候连瞧也不瞧一眼。这都得怪蝴蝶儿自己把自己的名声弄坏了,不叫人可怜她了。依着曹锦茹,就要把她抛下了不管,她跟她的父亲说:"咱们本来是好好地走路,其实带着她也不要紧,不过她得规矩呀!像她这样的不守本分,跟姓黄的那样,跟我的叔父又这样,算是怎么回事呀? 走一路出一路的事,将来到了金陵,还不定要出什么笑话呢! 她也未必有个表哥,将来也还得住在咱们家里,这可更不好了……"

曹仁虎却说:"一个乡村的姑娘,自幼又没有父母管教,第一次走出了这么远,见黄四那样有钱,又见路民胆那样年轻,她自然眼底子是浅的,举止也不大对,可是绝不至于有什么事! "

锦茹也点头,说:"黄四那个人倒是不错,我看我的路叔父可不行……"

曹仁虎笑着说:"民胆早先也不是这样的人,这次他见了蝴蝶儿,也许是觉着特别的有缘。好了,我们也不用管他们了,既然带了蝴蝶儿出来,就索性给她找一个着落。至于半路把她抛弃,那非仁人之所忍为,尤其我们,既负侠义之名,到处以拯人急难为怀,怎可以这样的办法对一孤弱的女子呢? 不可! 不可! "

他父女说这些话的时候,是背着蝴蝶儿,但是蝴蝶儿已感觉到曹锦茹对她嫌弃了。蝴蝶儿因为爱慕允贞,而反倒招了允贞一场侮辱,大家都知道了,她实觉着无颜;她变得很忧郁,一天也不说一句话,也不笑一笑。她还希望允贞能够回心转意,可是渐渐的,允贞对她益为漠视,连秦飞也躲她远了,她心中反生了怨恨,一点儿好气儿也没有。

她一个人儿跟谁也说不到一块儿,每逢投到店房,屋子里又热,她简直就待不住,所以总要出屋,在院子里的石阶上坐一坐;她看着出来进去的人,人家也都看她。渐渐的,就有老婆儿们来跟她攀话闲谈,因此就在路上结识了一个五十多岁的老婆儿,也是往金陵去的,带着三个大姑娘,据说都是她的孙女;她自称姓金,如今是带着孙女们找她的儿子去。

这老婆儿非常精细强干,三个孙女也都花枝招展的。蝴蝶儿曾到她们的屋里谈了半天,那老婆儿跟那三个孙女都邀她一路同行。蝴蝶儿也愿意,但是她对她原来同行的那几个伴儿仿佛还有点儿留恋似的,所以她就没有决定,没有干脆地答应。第二天是一同出店门上的路,可是因为那金老婆儿跟三个孙女都是坐着车,极慢,而她和允贞等人却都骑着马,很快,这样就走岔开了,蝴蝶儿为此很是怅然。

他们是由路民胆领着路走,一直往东,这天就来到了瓦埠湖畔。湖西又住有路民胆的朋友,此人姓余,江湖上称为"白龙余九"。曹仁虎也久闻其名,秦飞却说:"我也认识。"于是就一同前去拜访。

这白龙余九的庄子就在湖畔,房屋很多,他原也是这里的一家小财主。这人身材细长,胡须发黄,一脸水锈,见了路民胆就亲热地说:"路大官人,你怎么来啦?"

路民胆给他向曹仁虎介绍,他拱手连称"久仰"。曹仁虎又给他向允贞介绍,他却发着呆。因为允贞的神气呆板,架子很大,就与一般久走江湖的人不同,尤其他听说允贞是"姓黄行四,名叫黄君志",这名字实在生疏得很,并且连个绰号也没有,可见不是什么有名的人,所以他只漫然地拱了拱手。

他忽然看见了这"黄四爷"的听差的——九条腿秦飞,他就惊喜得几乎要跳起来,说:"哎呀!你这小子怎么会到这儿来啦?新近还有人从北京来,说是你在什么王爷府里护院,外带陪着那王爷玩,很是得脸。你这个小子不去陪着王爷发财,又上这儿干什么来啦?"

这时连曹锦茹跟蝴蝶儿全都在旁边了,他把"王爷"连说了几遍,这真使允贞大为吃惊;面上虽未显露,心中却是突突地乱跳,暗道:瞒不住了!被这个人把我的来历说破了!曹仁虎、路民胆一定得跟我翻脸,我就准备着和他们厮杀吧……

此时秦飞倒是有两下子,便也笑着说:"余九爷原来不但认得我,这些日子还惦记着我?当年我倒霉的时候,连饭都混不上,溜到这个地方偷了船上的鱼,被渔夫把我捉住了;要不是余九爷搭救,我早就被他们扔到湖里,喂了鱼了!后来我混到北京,竟就混住了。先在王爷府里混了两年,后来因为王爷的脾气咱伺候不来,我就投到这位黄四爷的柜上做买卖了。"

白龙余九笑着说:"你做了买卖,一定更发财了,倒还认得我?"

秦飞说:"我现在虽是跟着我们掌柜的,和他这几位朋友上金陵,可是我特地路过这里,专来看您,看看我的救命恩人。"

白龙余九说:"看我来,给我带来了什么礼物?"秦飞说:"什么也没有带来,就是带了个脑袋来。"白龙余九摆手,说:"我是不要你的脑袋!你的脑袋不好吃。"

秦飞却说:"我是预备给您叩头来了!因为当初您救了我的命,我还没有给您叩头呢!今天我就是特来给您叩头,因为若没有余九爷,我九条腿便没有今日!"

白龙余九又哈哈大笑,说:"算了吧!老朋友啦!还客气什么?多少日子也没个人来看我,今天一来,就来了这么些位好朋友!"说着,他望着曹锦茹跟蝴蝶儿,也不住地作揖。于是就命他的儿子们给备酒做菜,并与这些位朋友开怀畅饮。

这白龙余九与秦飞很好,所以他就跟秦飞谈上没有完,并叫秦飞到他的屋里,抵足共眠,以叙故旧。因此反而对路民胆,尤其是对曹仁虎和允贞,虽不怠慢,却很忽略,只由他的儿子们给分让到各屋里。他的老伴已经故去了,女儿也都出阁了,现在只有六个儿子,全都是强健的小伙子,全都有一脸的水锈,都替他管着产业。他有五十多只渔船、两家大渔店。他的儿子们不但个个是水性精通,兼会武艺,能照料买卖,还会做菜做饭,可是只有一个儿子娶了媳妇,其余的五个全是光棍,这不知是什么缘故。

他的这个庄院,房屋都是草搭的,没有一间大房子,可是间数很多,有的住着他的伙计,有的里面堆放鱼篓,有的就空着。所以今天来了这些朋友,倒不愁没有房住,并且每人能住一间屋。

现在允贞是独住在一间屋里,这屋里十分的潮湿,并且有很大的腥气味。屋里支着一份铺板,上面铺着一张芦席,也很湿,好像都是刚放过鱼的。屋里很闷热,一盏灯旁围绕着许多的飞虫。允贞实在待不住,他就走出屋来。

允贞见院子很是宽大,又很平坦,大概是为晒鱼用的,也许是为打拳练武用的。前门已经关闭,可是有个后门儿,仍然大开着,皎洁的月色照着那门外,一片白茫茫的。他信步走出了那后门,一看,原来眼前就是汪洋无边的湖水,在月光下滚荡着。近处有一段小坝,栽着许多系船的桩子,并有一根长竿,上面挂着一只红纸的灯笼,很亮;这是"引路灯",大概是为引渔船泊到这里来的。可是现在这里连一只船也没有,远处湖面上却有不少忽明忽暗的灯光,就跟星光一样,允贞看出那里都是船,他想不到渔船原来在夜里还打鱼。

眼望着浩荡的湖波,朦胧的月色,允贞不禁触景生情,就想道:此时的京城、紫禁城、太液池,及他自己的那贝勒府,也必定被这月光照着,但是几时才能够回去呀?今日与这些人在一起,真可以说是"沦落江湖"而"所交非类",到几时才能遂心如意?他不禁仰天长叹。

忽然他一低头,看见偏右侧的一根系船的桩子旁边,有一个东西直动;仔细一看,原来那桩子旁坐着一个人,正是蝴蝶儿。她手拿着一把小折扇,一扇一扇的,正好像是蝴蝶的翅子一样。蝴蝶儿大概也是因为屋子里热,所以来这儿凉快。她是先来的,没想到允贞竟也来此,她就故意扇动这把跟曹锦茹借来的小折扇,引逗允贞的目光;她胸中满怀着怨恨,并不理允贞。

这里寂静无人,只有蝴蝶儿,允贞就想着应当赶紧走开,可是又想:我何必怕她?她不过是一个民间的女子,我不愿理她,不理她就是了,她何足以使我介于怀,我何至于为她就躲避,就抛弃了这云月、湖风?于是允贞便将目光又移注在湖面上、天空上,而站在此处不走了。

不料蝴蝶儿却扶着木桩子,柔弱无力地站起身来,拿着小折扇吧吧地拍打着裤腿上沾的土。允贞不由得又看了一眼,她的身影娉婷而袅娜,她的云鬟和脸儿在一层纱似的月光下愈是曼美如仙。她见允贞仍是不理,就哼的一声冷笑,说:"真是的!怪不得架子这么大,原来是一个王爷!"

允贞听了这话,便不由得大吃一惊,赶紧问道:"你说什么?"

蝴蝶儿摇着小折扇,如风摆杨柳似的向前走近了两步,又冷笑着说:"说什么?我说的就是,我早看出来了,你是一个王爷!也不用今天余九说,更不用秦飞不认账。你们蒙那几个傻子可以,蒙我可蒙不了……"

允贞一听,想自己在北京装疯魔,在江湖上改姓名,所严密隐瞒的真实来历,不料竟为这女子一眼看穿!这还行?这以后我将什么事也做不了了,那曹仁虎、路民胆等一些侠客都得与我立时为敌!所以他真想斩草除根、杀人灭口,将蝴蝶儿一脚踢到湖里去,淹死她。

第十三回　深湖暗月豪杰对刀
暴雨狂风桃花逐水

　　但是，允贞还不忍得这样去做，因为蝴蝶儿实在太美丽了，他还不至于如此无情。他就正色地说："你不要胡说！无论你猜得对不对，以后不许你再说这种话；你如若向别人说了，我就能够杀了你！"

　　蝴蝶儿反向前走了半步，她手背叉着腰，摇晃着娇躯，昂然地说："我不怕你杀，你也别吓唬人，可是我绝不能给你向别人说去就是啦！"允贞点了点头，说："这就行！以后我可以给你一些金子，或是珍珠。"蝴蝶儿摇头，说："金子我也不要，珍珠我也不要，只是你以后理一理我，别拿我不当人，别永远跟我摆王爷的大架子！"

　　允贞又厉声说："不许你再这样说，不许你再提'王爷'两个字！"蝴蝶儿噗哧一笑，又摇着小折扇，说："我嘴里虽不提，心里可永远记着，谁叫你被我看出来啦？"允贞真觉得没有办法，这女子实在太厉害。

　　这时，月色更显着昏暗，湖水也更黑。允贞觉得在这里跟一个女子纠缠，实在不对，而且也失自己的身份，所以就想索性跟她说明几句话，然后就走。于是就说："你的意思我明白！我也并不是不把你当人，我只是用不着理你，一来我现在是有事，顾不得别的；二来是男女有别。"

　　蝴蝶儿却尖声地说："你把话再说清楚一点儿，我怎么没听明白呀？什么叫顾不得别的？什么叫男女有别呢？"

允贞真生了气，心想这女子是故意刁缠，要不给她个厉害的手段，以后还真不好办；于是又想将她一掌推下湖去。但是他总是不忍，也觉着不对：自己是一个意图登基将来要做皇帝的人，这蝴蝶儿不过是一个民间的荡女，也没做多大的恶过，我何必就要她的命呢？因此又不禁踌躇着、思虑着。他握着拳头，站立着不动，好像是发了呆。

蝴蝶儿却忽然声音变哀，说："我想你不理我，将来还会有人理我，天下的王爷也不只是你一个……"

允贞一听这话，不由得既惊且妒，心说：怎么她竟也晓得王爷很多？她若是遇着允异那些人，她也会跟司马雄一样，离开我而去就他们，那可真是豪侠、美人我一个也没得到！这样一想，他却又有些舍不得蝴蝶儿了，便说："你别哭！别哭！"他的话里并没含着什么温柔的情意，但蝴蝶儿听了却觉着允贞还算关心她，因此她就益发抽搭娇啼，并用小折扇掩住了脸。允贞真觉得没办法了，眼望着万顷湖波、一轮暗月和眼前哭泣着的千娇百媚的美人，他的雄心和柔情杂乱地充满了胸怀，真难啊！这可比什么都难！

就在这个时候，忽听身后有人哈哈大笑，允贞吃了一惊，赶紧回头去看，就见从那门里来了一个身穿绸裤褂、手擎钢刀的人，虽看不清楚模样来，可是能断定就是路民胆。允贞当时就回身要进门里，不料路民胆一纵身就跃到门前，手横着钢刀，把这后门儿拦住了。他怒说："姓黄的！你这大名鼎鼎的京都来的英雄，原来是这样的人物呀？现在可叫我撞见了吧！哈哈，看你现在还有什么话说？"

允贞沉着脸，昂然地说："你不要污辱人！你把事情要问明白，你问问她……"扭头一看，见蝴蝶儿又躲到远远的那系船的桩子旁边去了，她站在那里，还战战兢兢地向这边看着。

路民胆冷笑着说："曹仁虎受了你的骗，还真信你是个什么豪杰义士，还把我们的来历出身全都告诉了你，他为人太过忠厚了。我却早就看出来了，你绝不是什么好人，你不过个酒色之徒！假使此番同行，若没曹锦茹和这女人，你大概也不能跟着；如今还把她叫到这里私会，你好风流啊！你倒真是一个花花太岁！可是你得问一问，我路民胆的刀下杀过多少淫妇奸夫？我不但行侠仗义，打世间的不平，我还专看不过像你们这样的丧德无品的男女！"

允贞怒声说道："休要胡说！"他原来早已准备好了招数，随着他的喊喝之声猛跃上前，劈手就要夺刀。路民胆却也提防着了，当时就将身子一闪，钢刀唰的一声，自允贞的左肩削下，把那边的蝴蝶儿吓得哎呀一声尖叫。此时，允贞倒是已将刀闪过，而吧的一声，就将对方的右腕托住，但路民胆也毫不放松，拳挥脚起，允贞更以拳还击。

二人在这地面狭小的湖坝上互相扭打着，再走两步，就能够一同掉在湖水里。允贞所怕的就是这一样，因为他不会水，可是见路民胆也没有往湖里拖他，大概路民胆即使会水，水性也不见得高明。允贞终是爱惜他的武艺，便道："不用再动手了！我们本无冤无仇，我还要跟你们这几位慈慧老尼的弟子们都要结交结交呢，何必如此？"

路民胆却恨恨地说："我就看你不像好人！尤其因为蝴蝶儿，她本来是一个可怜的女子，你却对她如此的恶意引诱！"

允贞真是有口难辩，但见路民胆这样急、这样凶、这样不讲理，他也不由得气急了。于是他一面夺刀，一面说道："放开……"路民胆不如他的力大，当时便将刀放了手，而被他抢了过去，同时他又一脚踹得路民胆退后一步。可也只是退后一步，路民胆并没有掉在湖里，反倒扬臂踢脚向他扑来，他又将刀向路民胆削去，白刃挟风，其势极速；但路民胆敏捷地闪开，就往门里去跑。允贞却又横刀将他拦住，说道："你别走，我们索性把话说明！"

路民胆却一手当胸，双足稳立，迎着他又冷笑着说："也不用说了，反正我看你不是好人！你绝不是北京的什么商人……"

此时，那边蝴蝶儿却尖声地喊叫，说："他怎么不是北京的商人呀？我认识他，我们俩早就认识！"

路民胆一听，不由得更是诧异，同时也更是生气，心说：好！你还护着他，可见你们一定有点儿事儿！于是就还想回去取家伙，再来跟允贞拼，他不能服这口气。可是允贞也绝不放他走，非得要当面解释明白，或者是二人决一生死。

这时湖风更大，湖水更黑，天边的月色也更昏暗。正在二人相持不下之际，突然由院里又跑出来了几个人，都是光着脊梁的年轻小伙子，有一个就说："路叔父，给你家伙！"说着，把一口刀扔了过来。

路民胆一伸手接住了刀柄，立时勇气倍增，抢刀就去扑允贞；允贞以刀相迎，两道寒刀，闪烁往来。那边的蝴蝶儿，又尖声儿地喊叫着："别打了！别打了！"她紧紧地抱着一根系船的桩子，仿佛就要掉到湖里去了。

这时候，那几个光着脊背的小伙子，这多半都是白龙余九的儿子，他们有的拿着家伙，可倒是不上前帮忙；有的拦住了门，仿佛是故意要看允贞跟路民胆较量；还有的爬上了墙，站在墙上嘶嘶地吹口哨。这口哨之声，十分地尖锐响亮，直冲破了云月，直穿透了湖水。先是一个人吹了，后来三个人同时吹，那湖面的船上就有人听见了，当时就有一只小船凌波而来。

这里允贞和路民胆的两口刀却杀得更紧，刀光翻飞，映着月影；雄躯辗转，震动了湖风。这个扑来，那个跃去，双刀分闪，有如鹤翅；两刀相接触时，便立刻铿然一声响亮，同时迸起了火星。允贞还说："你慈慧老尼的弟子原来是强徒恶棍！"路民胆也仍然说："旁的不讲，你绝不是个好东西，非得叫你死在这湖水里！"允贞不禁嘿嘿地狂笑，这里地面虽窄，但他却展开了刀法，刀进之时，急猛而有力；路民胆却是刀法轻妙，处处都能够抵住。

两个人正在杀得紧急，这时那只小舟已经来到了。不料，余家的三四个儿子，有的从墙上跳下来，有的自门内跑出，他们并不给劝架，却一齐扑到蝴蝶儿那里。蝴蝶儿在那边更尖声的叫唤，并破口大骂。但余家的这几个儿子也不管，却先由一个人跳到那小船上，然后由上边的两个人抱起了蝴蝶儿，就往那船上一扔，就像扔一袋米似的，船上那人当时就把她接住了。蝴蝶儿在船上大哭着，大骂着，要将身向湖里去投，却被那个人给抱住了。上面有二人也都飞跃到船上，见蝴蝶儿哭闹，却大声笑了起来。

此时允贞更惊且怒，用刀抵住了路民胆的刀，同时向下面那船上去望,并且怒喝着道:"你们是要抢掠民女吗?原来你们这一伙都是强盗啊!"他真恨自己不会水,否则立时就跳到那船上去杀那几个人,去救蝴蝶儿。

但这时那船上的三四个余家弟兄,还有两个渔夫,齐都向上面大笑,并说:"反正你们两个打架也就是为这女的!不如我们先把她带走,叫她到湖里去玩玩,这也算是给你们劝架了!"当时且笑且歌,少时船又走往湖里去了,那蝴蝶儿的哭喊声也渐渐地隐没。

天空的月已完全钻入了云里,湖水黑沉沉的,连远处渔船上的灯光全都看不见了。这时路民胆又抢刀向着允贞来砍,允贞却用刀架住了他的刀,摆着手,说:"不要打了,你们竟是这样的人!我胜了你,也不算英雄,何况我们并无仇无恨。如今,那女子已被你们抢去了,我已经认识你们就是了!"说着又嘿嘿地不住冷笑。

这时,路民胆见蝴蝶儿已被余九的儿子用船抢去,这倒出乎他的意料之外,所以他也怔住了,而失掉了与允贞拼命的那股怒气。墙头上还趴着几个人,大约不是余九的儿子,就是他的伙计,还在笑嚷着,说:"怎么不打啦?打吧打吧!没有了娘儿们就不打了,那可叫人笑话!"这时曹仁虎跟曹锦茹才来到,就向路民胆劝解,路民胆依然向允贞怒目而视。

待了会儿,白龙余九跟秦飞也来了,墙头上的那几个才赶忙溜跑了。白龙余九听说跟着曹仁虎来的那个女子是被他的儿子们给用船抢跑了,他并不生气,也不着急,反倒直笑,并说:"不要紧!你们放心,我那几个孩子们全都极靠得住!要说别的坏事儿,他们倒许能够做得出,唯独对妇女,他们一点儿没有别的。因为我那几个孩子,都是好小子,都还没有娶媳妇,不是我不给他们娶,是他们不要;他们都是专心练功夫的人,眼里看不上妇人。这也许是他们一时好玩,把那姑娘架到船上,在湖里游一游,待一会儿还能够给送回来。我信他们,绝不能做出什么非礼之事!"他又向允贞跟路民胆二人笑着说:"你们来到这里,大家是因为太疏忽了,接待的不好,才致你们气得打了起来……"曹锦茹听了这话,不禁掩着口直笑。

白龙余九又说:"今夜是群雄聚义,我看大家反正也都睡不着觉了,不如我再叫人给热上酒,把新打上来的鱼烧几尾,咱们就痛饮一宵。等一会儿,我那几个孩子也就把那个姑娘给送回来了,就此给路兄弟和那位黄四兄弟解一解和,诸位觉得怎么样?"

曹仁虎先连声说好,路民胆也点了点头,却依然冷笑着,说:"我路民胆交朋友交遍天下,绝不是无理欺人的人;不过若是不吐真情,隐名埋姓,跟人混着一路走,还要调戏妇女,这种人绝不能饶他!"简直说明白了,路民胆之所以跟允贞这样作对,还是不信他是什么北京的商人、豪杰,觉得他来历不明,这倒不禁又使允贞吃惊。

白龙余九又哈哈大笑,说:"何必要这么说呢? 反正这位黄四兄,我也看出来了,在江湖上虽是初次闻名,可是若到北京去打听打听,还许名盖北京城、声震金銮殿呢!"

他或许是无意地这样说着,但允贞听了,又不禁吓了一跳,以为是这白龙余九也看透了他。他可觉着实在不妙,若是被人都知晓了王府的贝勒走到江湖,不但大事难成,传到北京城里,还得叫我家中的人也都得受累呢! 因此,他愈发忧虑。本来这半天他就只是手擎钢刀,呆呆地发着怔,如今更是连一句话也不说了。秦飞虽是白龙余九的老朋友,这时他可也不敢多说一句话了,只时时望着他的爷,发着呆。

众人又到了白龙余九的客厅里。这里的设备很简单,只有些桌子和长条板凳,连灯里点的都是鱼油,用的是砂酒壶、粗瓷的酒碗。这时又送上鱼来,一盘一盘的,热气腾腾,闻着也很香。路民胆不但大口吃着,而且高声地谈笑,话里不是矜夸他的武艺和名声,就是讽刺允贞,轻视允贞。曹仁虎倒还像是个忠厚长者,直在中间劝解;曹锦茹也跟着吃鱼吃酒,也笑着谈话,蝴蝶儿到了什么地步,此时是作何情景,也没有人提及了。

允贞却仍然是发呆地坐着,酒肉一点儿也不用,他心里想着:我真跟这些人弄不来,这也许才是江湖豪杰的本色? 但是这样的豪杰实在有点儿不说理,我跟着他们,恐怕没有什么好处,他们不会帮助我的。因此又想到他们同门之中,还有甘凤池和张云如,那两个人不知道怎么样,或者还许是具有肝胆的豪杰?又听说他们之中有个僧人叫了因,那人的武艺似乎比他们全都高超。但据路民胆说,那人的行为不好,可是路民胆自己就不是个好人,他的话哪里能信?那三个人大概都在金陵,我倒应当去访访他们。访过他们之后,还有一个什么吕四娘,却是个妇人,我倒不用去见她;我应当赶忙回北京去找那年羹尧,他大概才是一个真正的豪杰……

允贞心里这样想着,就想要离开这些人。虽然曹仁虎仍直跟他解释,白龙余九还亲自给他敬酒,他勉强地应酬着,心中却对这些人都已冷淡;认为这些人不过是些江湖人,与盗贼差不多,并不是什么真正豪杰。

饮了半天酒,已经到了四更,可也不见那蝴蝶儿回来,看来余九的那几个儿子可真有点儿靠不住了。大概是因为全都没娶媳妇,所以更甚靠不住。白龙余九说出的话没有作脸,他就也不提了。路民胆却显出着急的样子,他拿着那口刀又出屋去了,也许是要找去。曹仁虎也不放心,就说:"那女子不要有什么舛错吧?其实她也不是我的女儿,但是我既带她出来,就应得把她送去找她的表兄,半途若是出了事,总令人心里不安!"

他的女儿曹锦茹却说:"爸爸就是瞎替人操心!我看她要是不愿意跟那几个人去,她为什么不投水?大概她还许正愿意跟人家在湖里玩呢!还许永不愿回来呢!这归根来说,全是我的错,当初我没看出她是这么个人,还以为她不过是个乡下姑娘,很可怜的,哪知道她竟是这么张狂呀?咱们才走了有多少路,可净为她出事了!"说话时,又斜眼看了看允贞。

其实允贞现在还是没把蝴蝶儿放在心上,她爱怎样就怎样,允贞就决定连打听也不打听,不过只是有一点儿忧虑。这些人对他虽都已起了疑惑,可究竟还都没把他猜出来,独有蝴蝶儿,可真把他猜对了。他所怕的就是蝴蝶儿对那几个余九的儿子说出来他是个王爷、贝勒,那可就要出事端,弄得江南江北都知道京里有个贝勒私自出外,结交江湖。即使自己将来做了皇帝,也给民间留下个话柄。他这样想着,心里确实不大痛快，但也无法将蝴蝶儿找回，就只好由着她去吧！不过，他心里已坚决地拿定了主意，明天就离开这里！

允贞见旁边的人全都困得直打呵欠，鱼油燃的灯也越来越昏暗，便起身离席，回到他刚才住的那间屋，手里还提着一口从路民胆手里夺过来的刀。他很是警惕，因为他觉得这些人里，除了曹仁虎一人之外，全都靠不住。当下他就刀不离手，将门关严。不想才关上门，外面就有人来推，他赶紧问："是谁？"门外却说："是我，爷！您开门吧！"允贞听明白了是秦飞的声音，才将门开了。

九条腿秦飞惊惊慌慌地走进了屋，就问说："爷！刚才到底是怎么回事呀？蝴蝶儿是怎么叫人给抢跑了？"

允贞却说："管她做甚。"

秦飞说："咱们也不能见人受难不救呀？我跟白龙余九的交情还行，我想劝他叫他那几个儿子把蝴蝶儿给送回来！"

允贞摇头，说："不用管！明天咱们就离开这里，不跟他们一起走路了。"

秦飞说："不跟他们一起走路，倒是个好主意，可就是怕事到如今，咱们想单独走也是不成了！"

允贞惊问着说："为什么？"

秦飞说："为什么？爷您还不明白，他们已经把咱们的来历都大概看出来了！刚才白龙余九在他的屋里直向我盘问，他们就不信您是个大掌柜的！"

允贞说："那么你对他实说了没有？"秦飞说："我自然没对他们实说，可是他们也弄得八九不离十了。"允贞又赶紧问："他们当我是怎样的一个人？"

秦飞说："白龙余九猜您不是异贝勒的大管家，也得是个护院的。此番出来是专为异贝勒聘请豪杰，他好做太子，将来……"

允贞一听，不由得发怔，想不到京里诸王争位之事，连这么一个湖边的渔户都尽皆知道了，这如何了得？如果在外面访不到真正的豪杰，也得不到贤人的辅助，将来有何面目再回北京？这样一想，他不等秦飞把话说完，就问说："你既然同这白龙余九很熟，你可知道他有多大的本领？比北京的那个司马雄如何？"

秦飞说："我跟余九并不太熟，只不知他这次见了我，为什么竟这样热识，简直叫我有点儿疑心啦！他并没跟我交手对打过，我也不知道他拳脚刀棒的功夫到底怎样，由他的外号和他住的这地方来看，可知是水性精通。您要是想当龙王爷，大概非他不行，当别的就用不着他了。"

允贞又问："你说明天还能够有什么事情？"

秦飞说："这我哪能知道呀？反正只要跟路民胆在一块儿，就绝不能够消停。他跟别人也未必都这样儿，不过就是跟爷，索性成了死对头了！"

允贞微笑着说："我明白，他是为那个名叫蝴蝶儿的女子，还有就是他见我的武艺好，他不服气，以为我绝不是一个商人。"

秦飞说："您的模样儿也一点儿不像！现在只有两个主意，一个是跟他们把话说明，他们还有不愿意巴结贝勒爷的？正好把他们全都请到北京……"

允贞摇头，说："这事暂且还办不到，白龙余九或者可以，那曹仁虎、路民胆绝对不行，因为你到现在还不知道他们是何等人。"

秦飞说："要不，就跟他们干！先逼着他们找回蝴蝶儿，他们若不给找回来，就跟他们拼。反正我也看出来了，除路民胆还能与爷打个平手，他们别人全都不行；我再施展施展夜行术，包管个个取下来他们的首级！"

不知现在秦飞为什么这样豁得出去，大概不是因为喝多了酒，就是因为蝴蝶儿被抢走，他急了。可是允贞仍然摇头，说："这也不必，我们明天只要离开这里就是了。"秦飞一听，原来爷又想"溜之乎也"了。他实在看不起他的爷，但不能不连声地答应。他可是没说"嗻"，他的态度已不再那样恭谨，转身就走了。

室中无人，鼻子里充满了鱼腥气，允贞不禁微微笑着。

第十四回　长湖万顷力却追舟
　　　　薄命千劫终归落涸

　　纸窗渐渐发白,也不知是月光,还是已经天亮了。秦飞走后,允贞将屋门重又关好,躺在铺板上合眼睡了一会儿,便被鸡声吵醒。他立即起来,开门出屋看看,天色果已发晓。

　　白龙余九正跟他的三个儿子在院中练习功夫,看见了允贞,他就赶紧收住了拳势,走过来,说:"黄四兄怎么样? 一夜也没得睡觉吧? "

　　允贞摇摇头,说:"没有,我向来是这样,每夜只睡一会儿,便已精神充足。"白龙余九又惊讶地向他打量了一番,允贞就说:"你把秦飞叫起来吧! 告诉他,我们要走了! "

　　白龙余九说:"昨夜秦飞已经跟我说了,可是我想,何必这样忙? 莫非你们觉着我慢怠了吗? "

　　允贞笑着说:"不是! 素不相识,冒昧前来,蒙你诚恳相待,我们半夜里又搅了你,你也不怪罪,似你这样的好朋友已属少有。"白龙余九忙说:"不敢当! "允贞又说:"我们哪能倒说你慢怠? 只是我自己现在还有急事情……"

　　白龙余九忽然脸上一红,说:"你也不必去找蝴蝶儿,不等到吃早饭的时候,我准能够把她找回来! 若是找不回来,我就不认我那三个儿子了,我见着他们的面,就割下他们的头给你。"

　　允贞哈哈大笑,说:"你把事情弄错了! 那女子与我毫不相干,我一点儿也没把她放在心上;她回来不回来,我也不管。我只是要去办我自己的事,不愿再跟他们同行了,将来咱们全都后会有期!"

白龙余九想了一想,就点头说:"既是这样,我也不强留你。我也明白你是个怎样的人啦,我知道你跟路民胆那些人也绝弄不到一块儿,可是我要问黄四兄,你要往哪儿去?"

允贞说:"要往江南去。"

白龙余九就说:"我告诉你几个人物,到江南莫惹甘凤池,必须提防了因僧!"

允贞点头,说:"我知道这两个人。"

白龙余九又说:"可是有一个人,你必定不晓得,就是石门女子吕四娘。这女子可与蝴蝶儿不同,天下豪杰见了她,都得吓得伏地拜倒!"

允贞不禁一惊,但又笑着说:"这我也知道!我不是去找她,绝不能和她见面。你的这番忠言,使我十分感激。"

白龙余九说:"其实你要把吕四娘请到手,那将来的江山,准是异贝勒的!"这话更使允贞惊讶。白龙余九又说:"可是她绝不干!除非你请年羹尧跟她去说,或许还能行。"

允贞一听,这白龙余九竟知道这许多的事,就又不想走了,想要听他说个详细。却听余九长叹一声,说:"只是我老了!不然也还能陪着你去闯一闯。好啦!后会有期啦!将来我或是我的儿子到京城里去,请你多照应照应就是了。"

允贞微笑说:"这没什么话说,你的这番盛情,我永不能忘。"

这时,秦飞也从余九的屋里出来了,睡眼蒙眬的,允贞说是要走,他也点了点头。当时白龙余九就命他的儿子去给备那两匹马,现在这里的是三个小儿子,倒全都很规矩。他那三个大儿子是自用船把蝴蝶儿抢走,直到现在,也没有他们的影儿,并且路民胆也不知往哪儿去了。允贞就托付白龙余九说:"那屋里有一口刀,是路民胆的,他回来的时候请你给他。还有曹仁虎,这时还都没醒,也不用去叫他;等他醒来时,请你转告,说我们将来在金陵再见面吧!"白龙余九也点头答应。

他对允贞倒没什么话可说,跟秦飞却又谈上了没完,并要叫他这三个儿子用一只船把他们连人带马渡过湖去。秦飞却赶紧摆手，说："不用！不用！"顷刻之间，马已备好，允贞与秦飞遂向白龙余九拱手作别，离开了这庄院，顺着湖岸策马直往南去。

这时湖上晓烟未散，茫茫无际，越往南去，好像越走不到湖的尽头。允贞就勒住了马，问说："得走到什么地方才能够绕过湖去呢？"

秦飞说："这个瓦埠湖我知道，宽倒不宽，可是挺长。要想绕湖而过，那可远了，往南至少得走一百里，除非是乘船渡过去，才算近便。"

允贞说："那么咱们就在此处叫船吧？"秦飞却摇头，说："我可不敢叫船！因为这湖里的船都靠不住，都是白龙余九手下的伙计。"允贞却说："他的伙计又能怎样？难道都是水贼吗？"

秦飞赶紧摆手，说："爷您怎么可以在这里说这个话，叫他们听见了还了得？白龙余九就是这湖上的王！"

允贞说："我见白龙余九人倒还好，除了昨夜把人抢了去的他那三个大儿子，其余的，我看倒还都老实。"

秦飞又说："我怕的也就是那三位大少爷。不过我想，他们把那么漂亮的一个女人给抢走了，那哥儿仨不定得乐成什么样了，说不定他们还得互相的争风吃醋咧！这时绝顾不得找咱们的麻烦，咱们趁此过湖，也是个办法；不过得找大一点儿的船，因为咱们这两匹马也得上船呀！可真累赘！"

允贞说："南方本来多水，咱们将来还要往江南去，怕水如何能成！"秦飞说："对！其实我倒还略通水性，只是爷……"允贞摇头，说："我也不怕，你就叫船去吧！"

当下他下了马，倚马而立，眼望着茫茫的湖水，秦飞便找船去了。允贞其实也有点儿怕水，但既到了这里，为免得绕很远的路，就只好找船。同时，他现在手里有件比较合适的家伙，就是他的长扎枪，有这杆长家伙，他就不怕水贼。

秦飞往南去找了一会儿，就看见了两只船，这也都是渔船，没有帆篷，只有两三个人摇着橹；其中的一只还不算太小，可以容得下两匹马和两个人。秦飞就点手叫着："船！船！驶船的大哥，往近来！往近来！

咱们商量点儿事！"

等到那只比较大的船靠近了湖岸的时候，秦飞就求他们给渡过去。他们本来不答应，说："我们还得打鱼呢，没有工夫。"但秦飞一边求，一边还出了很大的价钱。他因为见这船上的三个渔人一老两少，还都长得很忠厚，他要赶时间，赶快过湖，所以把渡资给到了两串钱。这个数目真不算小，他说出来都觉着有点儿心痛。那船上的两个年轻的渔人倒没答应，可是那年老的答应了，并叫秦飞先给了钱，遂就搭上了跳板。

秦飞点手把允贞叫过来，他先把两匹马牵到船上。允贞也上来了，到底他是坐惯了车轿的人，坐船实在不习惯，觉着晃晃悠悠的，头都有点儿发晕；他就极力地镇定精神，并瞪大了眼看这湖中的烟景。此时，湖面上的晓烟已渐散去，现出来清澈的浩荡波涛。有许多鹭鸶、野鸭和种种的水鸟，脊背上染着紫色的阳光，在湖面上回翔着，飞叫着，有时又落到水里。鹭鸶是呆呆地伸着长喙，在等着水里的鱼；野鸭们成群的游戏着，清洗它们的羽翅，时而又噗噜噜地一阵儿惊飞。

这只船已驶向湖心，东岸的树林和人家屋舍，已都看得很清楚了。南北的湖面很长，一望无边，船影也越来越多。秦飞本来自上船之后就没跟允贞说一句话，这时候，忽然他惊慌起来，神色都变了。他赶紧走过来揪了揪允贞的衣袖，说："爷快瞧！快瞧！"

允贞也早已看见了，是由北边箭似的飞驶来了两只小舟，到底是小舟，伶俐而轻快。这里秦飞慌张了，便急急地向渔夫们说："快点儿！快点儿摇呀！快点儿送我们过湖，再多出一串钱也不要紧，朋友们！加点儿力！"他简直要去帮助摇橹了。老渔夫倒觉着不明白，说："为什么要这样慌呀？船又没有腿，得让我们慢慢拨呀！"秦飞却惊慌地说："那两只小船，船上多半是强盗！"

此时，两只小舟俱将来到近前，小舟上几个人的模样都已能够看得清楚。老渔夫就笑着说："哪里会有强盗？我在这瓦埠湖上天天驶船，活了也五十多岁了，就没听说有过强盗！你这个外乡来的人，说话真不小心，幸亏是跟我说，要叫来的船上的那三个听见了，他们一生气，就可能把你们扔在水里！你看见了没有？前面船上那两个光膀子的，那耳朵上长满黑毛的是水骆驼余大楞，小脑袋的是水鹦哥余二聊；后面船上的那个硬棒小子是叫水牛余三撞，他们都是这湖上的老英雄，白龙余九的少爷！"说着，他又向那两只小船上高声叫道："三位老兄弟！来找我吗？有事儿吗？"

那边的两只小船，就如两只轻盈的燕子，说话之间已到了临近。小船上，除了昨夜抢去了蝴蝶儿的哥儿三个，另外还有两个，也都是年轻小伙子；周身上下，都只是一条短裤，此外什么也不穿，小船上可都放着家伙。那水骆驼余大楞只飞身一跃，当时就蹿到了这只大船上；他手使着一把"蛾眉刺"，这种兵器不过一尺来长，好像个圆铁棍，可是头儿非常之尖锐。允贞却早就将扎枪自鞍旁摘下来了，迎着他突地扎去，水骆驼向旁一闪就躲开了。

这时三个渔夫把船也不摇了，老渔夫就说："原来是这么回事呀！怪不得你们肯出大价钱，赶着忙着要过湖呢？你们一定是在余九老爷的家里惹了祸了！"他们齐都来了个袖手旁观，一任这大船在水上乱摆。

秦飞很是着急，他赶紧护住了两匹马，并大嚷着说："别打！别打！爷别打，你们三位老兄弟也都别急，有什么话好说呀！莫非还是为那个蝴蝶儿吗？"

这时余二聊、余三撞也跳到大船上来了，每个人也是一把蛾眉刺，这种家伙好凶，全都用双手握着。这余三撞很胖，个子又小，气哼哼的，真像个水牛；余二聊水鹦哥，虽然瘦得跟秦飞差不多，他可是能说，就见他冷冷地笑着，说："姓秦的，这不干你的事儿！你跟我家老子有交情，'兔子还不吃窝边草，网里也不打放生鱼'，只要你不多事，我们绝伤不着你。什么蝴蝶儿、蜜蜂儿的都说不着，我们只要这姓黄的！小子，你别装孙子了，把金钱财宝都快点儿献出来吧！"

余大楞双手握着蛾眉刺向允贞就扎，但允贞以枪将他的家伙一挑，就给挑开了，紧接着'梨花乱点头'，抖枪猛刺。水骆驼余大楞向后一退，扑通一声就堕到水里去了。余三撞也将刺来猛扎，允贞沉稳地又用枪去挑。这时水鹦哥就赶紧从中拦住,说:"先别忙!"他已看出允贞的武艺来了,就说:"你有两下子,不错,可是你在这儿使不开了!不瞒你说,我们听蝴蝶儿说你很有钱,说你是在北京做大买卖的,现在你带着的金银财宝就不计其数!"

秦飞却急说:"这是那丫头胡说!你看我们哪有行李呀?"

水鹦哥又说:"用不着再装着玩儿!有钱快拿出来,当时就放你们走!我们可也不是强盗,实在是因为要办喜事,没钱雇轿子。"

秦飞说:"我明白啦!一定是你们哪位想娶那蝴蝶儿。可是,她还想坐轿子呀?别再叫脑门子贴膏药就得啦!这是件好事,我也知道你们没钱;余九爷好交朋友,他更没有钱,但这事可以跟我说,我可以送给你们十两!"

水骆驼余大楞这时又从水里爬到船上来了,耳毛都往下滴水。这回大概是他要娶媳妇,所以他特别的急,就怒声喊说:"不行!十两银子不行!姓黄的,你脱光了衣裳,留下行李跟马,我们放你活命;要不然,不叫你死于蛾眉刺下,也得把你扔在湖里去喂鱼!"

允贞却嘿嘿一笑,说:"我因为初次来到这里,不愿意得罪江湖人,也有点儿看在白龙余九的面上,才不愿伤你们。现在你们这样的不讲理,简直是要杀人越货,那就与强盗无别!"

水骆驼瞪眼说:"谁听你来抟文?你就看刺吧!"突然又把蛾眉刺刺来。允贞以枪相迎,同时那水鹦哥余二聊、水牛余三撞也一齐以蛾眉刺扎来。

使这种蛾眉刺,都得用双手,只是扎刺。这也是一种软功夫,仗着身躯灵敏,手脚都得像猿猴一样地快,令人防不胜防。水骆驼跟水鹦哥的身手都很灵巧,只是水牛儿有些怔,可是他力大无穷;他的蛾眉刺碰在允贞的枪上,连允贞都觉着震得手颤。

允贞的枪又抖动起来,就如一条巨蟒,嗖嗖地向这哥儿三个蹿去。这哥儿三个的三杆家伙都像是毒蛇,分左右一齐来咬他,就只恨船面狭窄,施展不开。这船上的三个渔人都扑通扑通地跳到水里了,他们一齐用力推这只船,像推磨似的,推得船乱转。秦飞惊喊着:"哎呀,我的眼花了！"那两匹马也都卧倒了。

这时允贞一枪就整个儿将水驼骆余大楞挑下船去，当时浪花溅起来很高，流出的血立时就给冲没有了。余二聊、余三撞两人一见大哥死了，就越发凶狠，他们的蛾眉刺使得更为毒恶，但究竟敌不过允贞的枪，逼得他两人自动翻身下水。那两只小船上的伙计也都不管船了，也一齐跳到水里。

这时，水中一共是七个人，就像是七个水怪似的，掀波逐浪的都来推这只船，他们是想把船给掀翻了；可是这船又很大，而且上面有两匹马，分量太重，他们掀不动，翻不了。两个使蛾眉刺的就用刺嘟嘟地向着船上猛扎，想把船扎漏了。秦飞又连声惊喊，允贞却用长枪向下扎水里的人；只两枪，就又扎死了两个，吓得余二聊跟余三撞急忙踩着水逃跑，其余的几个也都像鱼似的溜了。

这时船才略略地稳定些，秦飞却蹲在马旁边直喊叫头晕眼花，允贞叫他快去摇橹，他可哪里站得起来呀？允贞真生气，遂就将枪扔在船板上，自己去摇橹。他哪里干过这种行当？而且也觉得有些昏晕，幸亏他力大，于是他用力地一下接着一下地摇动了橹，船就很迅速地无目的地开走了。

后面那余二聊等人又都上了小船，仍然追来，兄弟两个手握蛾眉刺，齐声大喊着："姓黄的，你别跑！今儿绝不能叫你跑了！我们非得为我们的大哥报仇，连秦飞你小子也休想活命！"两只小船又如飞箭似的追来了。

秦飞吓得赶紧站了起来，在船上走了几步，眼还发花，几乎要跌下水去。他赶紧去坐到船尾去掌舵，允贞把橹越发紧紧地摇着，秦飞的两只花眼也大概认清楚了方向，于是转而向东，凌波疾驰。后面两只小船又急追，眼看快追上了，秦飞又大声喊嚷，允贞更加用力地摇橹，波退船进，蓦然间就听咕咚一声，船就撞在岸上了。原来这就是湖的东岸，可是秦飞还站不起来，两匹马也都起不来，那两艘小舟却飞似的追到。而这只大船大概是刚才被蛾眉刺凿了个小洞，已经渐渐地浸进了水，船帮都有些倾斜了。

这时允贞又提起枪来，向那边一声大喊，吓得两只小舟都不敢再近前。允贞就说："今天这事是怪你们，不怪我，你们回去对白龙余九说吧！还告诉那路民胆，我这就要往金陵去了，他们谁若不服气，就叫他们快去找我！"

这时，秦飞赶紧挣扎着站起来，将两匹马死拉活拽地牵到了岸上，船已斜在湖边，不能驶了。允贞提枪跳到岸上，回首仍怒目而视，就见那小舟的老渔人已经大哭起来，允贞也不再去管了，就同秦飞慢慢地牵着马，离远了湖岸。

两匹马渐渐精神起来，秦飞这时头也不晕了，他却叹息着说："这可怎么好？这一下子可真结下了仇了！咱们在陆上结下的仇人是飞锤庞五和神枪小二郎，水上又与白龙余九结了仇，将来连我也休想再在江湖上混了！爷！您出来是为寻豪杰请豪杰，怎么倒把豪杰都给得罪了？"

允贞却说："他们都不配称为豪杰，真正的豪杰是年羹尧与甘凤池！"

秦飞说："那两个不见面便罢，见了面，您也得跟人家打呀！"允贞说："不要说废话！快上马走！"秦飞又嘟嘟地答应着，同时仍然叹气。二人这才上了马，就直往正东，往金陵去访甘凤池等诸侠。

那边小船上的老渔人仍在痛哭，他倒不是哭他这只船，这只船不过是被凿伤了一点儿，修补修补，照旧可以用；他是哭他的儿子，此次被允贞用枪扎死在水里三个人，其中的一个就是他的儿子。他有两个儿子，如今竟死了一个，这是湖上很少发生的惨剧；尤其是水骆驼余大楞和一个伙计也死了，这更是一件大事情，三十年来白龙余九从没受过这样的欺负，当然现在他还不知道。余二聊跟他的兄弟余三撞，这时是既恨走去的允贞，又悲伤他们的哥哥，更不敢回去见他们的爸爸了，见了面可怎么说呢？这都是为一个蝴蝶儿给惹出来的事！

原来那天晚上，允贞与路民胆为蝴蝶儿在余家后门外的湖坝上互相拼杀，那先吹口哨把船叫来的，就是现已身死的水骆驼余大楞。他们一共兄弟六个人，大爷是他，二爷是水鹦哥，三爷是水牛儿，他父亲的家业就是他们给帮起来的,可是他们都长得很难看,人又粗野,有了钱就博就喝。早先他们没把娶媳妇的事放在心上,现在想娶,可又没人肯给了。只有老四水豹子娶了个媳妇,老五水螃蟹、老六水蛤蟆也都是光棍。他们倒都还认识土娟,还有的有姘头,娶不娶是一样,根本他们活着都没什么打算。白龙余九是说"非得儿子自己都发了财,才能够娶……"他不愿意家里有六个媳妇,再来一群孙子,都吃着他。他还说"好汉子就不应当娶妻!"他拿这话勉励他的儿子,也骗他的儿子。

可是余大楞受不了,他时时想弄个老婆,还想得是个美人儿。这回遇着了蝴蝶儿,他可就起了心,他唤来小船将蝴蝶儿抢走,运到了湖的东岸偏北的蚌儿店他的赌友赛铁头的家里。老二跟老三本来是跟着哥哥瞎胡闹,他们原不敢抢路民胆所喜欢的女人;本想等着允贞走了,还是把蝴蝶儿送还给路民胆,没想到弄假成真。

一到了赛铁头的家里,余大楞就叫预备洞房,老二跟老三都还说:"这件事对不起路民胆,路民胆不但是咱爸爸的朋友,还是个著名的好汉,惹不起他。"水骆驼余大楞却不管这一套,两个兄弟也只好不说什么了。怎奈洞房也没入成,因为蝴蝶儿是撒泼打滚,直想寻死,足足闹了半夜,连赛铁头一家人都没有睡好觉。

后来,蝴蝶儿倒像是有点儿答应了,却叫水骆驼得先去弄钱,她说:"你得打来金镯子、金首饰,买来凤冠霞帔,挑好日子拜天地,我才能够嫁你!你这样跟水贼似的可不行,你非得十子披红,头戴金花,得像个官儿……"

水骆驼余大楞说:"我没有钱啊!我爸爸有钱也不给我!"

蝴蝶儿说:"你不会去抢吗?"余大楞说:"我抢谁去呀?"蝴蝶儿说:"你爱抢谁就去抢谁!"余大楞想了半天,说:"我们这湖边,可没有什么像样儿的财主。"蝴蝶儿说:"你真是个傻东西!眼前放着那么大的一位财主爷,你竟会不知道?得啦,你还想娶媳妇啦?你不配!快点走吧!"

余大楞说:"财主爷是谁呀?你得告诉我呀?"他越发地迷糊了,更感到娶媳妇的必要和有趣了。蝴蝶儿却说:"你真是个睁眼大瞎子!眼前放着财主爷,你会不认识?"余大楞直眉瞪眼的,真想不起来谁是财主爷。

蝴蝶儿就说："跟我们一块儿的那个黄四爷，就是刚才跟路民胆打仗的那个，他不但是顶阔顶阔的大商人，还是……哼! 我也用不着跟你说了，看你这一脸水锈，跟你说，你也是不懂得。反正我在路上是看见了，他的行李卷里，满满的全是金银，他的身上裹的都是银票，你不用说全都抢来，你就是能够借一点儿来，也就够你……"

她紧咬着牙，一句钉着一句地说："痛痛快快地跟你说吧! 你这样儿不行! 你把人家抢来，杀了人家也是不能嫁你。你没找个镜子看看你的模样，可是也应当低头看看你身上穿的衣裳呀? 穿着草鞋破裤子，还想娶媳妇? 可真是做梦啦! 不是我的脸厚，你把元宝、银票都拿来，拿在我的眼前晃一晃，再换上一身干净的衣服，给我打点儿首饰，也不用跟我说什么，我也就没什么不愿意了! "说到这里，她又现出一种娇羞的样子。

余大楞一想，觉着也对，没有钱确实娶不了媳妇。他在湖边长大，如今已三十多岁了。可是因为他爸爸白龙余九定下的规矩，凡是在湖里，无论是打鱼或是渡人的，一概不准有盗贼的行为，否则被他知道了，他就有严厉的惩罚对付；因此谁都不敢有一点儿妄为，他们当儿子的更是不敢。当下他迟疑了半天，又出去跟他那两个兄弟余二聊与余三撞商量了多时。

那两个起初也是不敢干，后来听他们的大哥说"有钱就能够娶媳妇"，因此他们也就急着想弄一笔钱。又因为本来就看着唯独那允贞带着个听差的，可知是个阔人；蝴蝶儿是跟着他一块儿来的，说是看见他有钱，这还能错吗? 虽然早先他们的爸爸对他们管得那么严，可是近年来因为他年老了，管理也有些松懈了，所以今天他们为利所诱，当时就都决定了去抢劫。

他们又乘船赶回了家中，可是那时天色已经亮了，秦飞和允贞已经走了。他们兄弟三个就背着他们的爸爸，带着两个伙计，乘着两只小舟，就在湖中寻。倒是被他们把允贞追着了，可怎奈允贞的力大，武艺又高，他们兄弟的三把蛾眉刺全都施展不开；结果弄得那老渔人的儿子死了不算，水骆驼余大楞媳妇没娶成，钱财没到手，也落得一命呜呼！并且，这时候蝴蝶儿早已跑了。

蝴蝶儿本来就是故意把余家兄弟三人支走的，叫他们去找允贞碰钉子，她便趁着赛铁头家里的人都熟睡了，就悄悄地溜了出来。这时天色才亮，她就顺着湖岸不辨方向地走着。忽然看见对面来了一个人，正是路民胆，在薄薄的晨雾里正在东寻西找，像一只猎犬似的，可是并没看见她。她就躲在一棵大柳树的后面，等到路民胆走过去以后，她才又半走半跑起来；居然就被她找到了一条大道，于是她又走，跟一只鹰爪下逃出来的兔儿一般。

其实，她这时并不害怕。她本来自幼就没有爹妈，没有一点儿管束，跟她的表哥，跟村里的一些野孩子，时常打架打破了脑袋。但是后来她渐渐长大，长得也像是个识体面的姑娘了，她可听了不少的像王宝钏和薛平贵、柳迎春跟薛礼白袍那一类，因受苦而后来一步登天的故事，她便中了迷了。她永远想要将来成一个贵妇人，所以康财主娶她做二房，她不干，并逃了出来。虽然她看出允贞不是个平常的人，想要嫁允贞，但允贞不要她，她很失意，可是她仍然想，非允贞那样的人，她绝不嫁。路民胆对她是时时刻刻不放松，她也明白，但她也没把路民胆那样的一个土财主、江湖略略有名的人看上眼；而水骆驼更是个癞蛤蟆，吃不了天鹅肉。虽然现在她是一文无有、漂流无所，可是她还要走；她讨着饭吃，在旷野里睡，她并不想为找个吃饭的地方随便去嫁一个人。

她就这样在路上一直漂泊了四五天。自然她走得很慢，连后面本来离着他们很远的车辆，全都把她赶上了。后来，她就恰巧又遇着了，前些日在河南地面店中相识的那金老婆儿。金老婆儿带着她那三个"孙女"，坐着车，一见蝴蝶儿这种样子，简直已经成了个要饭的了，就把她叫上车来，要带着她往金陵去。蝴蝶儿当然也很愿意，于是就跟她们一路同行。

金老婆儿的三个"孙女"，一个叫嫣香，一个叫媚绿，一个叫喜宝，全都比蝴蝶儿大两岁；她们是什么话都说，有些话蝴蝶儿都不能够说，她们可能说得出来。后来，金老婆儿渐渐说了实话，原来她是在金陵秦淮河边开设妓院的，这三个"孙女"实际就是她买来的，已经教得差不多了，现在就要送去卖笑。她劝蝴蝶儿说："干这个好！穿着绸缎，天天还能够吃好吃的。陪着那些阔少大佬们玩，还不就是自己玩吗？将来，或是自己积蓄些钱养老，或是跟人从良。像你这么好的模样，到了秦淮河一定得成状元！不定得有多少做官的、为宦的、开大买卖的、有钱的公子哥儿们，去争着抢着的送你元宝，送好东西；这个也要娶你，那个也要聘你，到时随你自己挑！"

这些话自然使得蝴蝶儿也不禁害羞，心里更有点儿难受，不过金老婆儿最后的几句话又实在吸引着她。本来，她说想到金陵去找她的表哥，那是瞎话，她虽是有个表哥在金陵为商，可是恐怕早就成了家啦，再说她也不想嫁个商人。如今，像允贞那样的，她既是嫁不成，她只好先当着妓女再去慢慢地找，将来还许找着比允贞更好的，真许能够找着"真龙天子"呢？于是，她就擦了擦眼泪答应了。

金老婆儿自然是十分的喜欢，所以在路上就给她打扮好了，也说是金老婆儿的"孙女"。四个姑娘排在一块儿，真像四位小姐似的，其中自然以蝴蝶儿为最美丽。她可也没觉出路上有多少人注意她，争着看她，她只梦想着她的将来，她要先坠泥而后登天。

在路上行了几日，这天，便渡过了扬子江，而来到了金陵江宁府。

第十五回　甘凤池卖艺夫子庙
蝴蝶儿初会年羹尧

　　金陵城里的秦淮河，是六朝烟水胜地。虽说在这时候最繁华的地方是扬州，可是扬州不过是个商埠，江南的高官显贵、士绅世家还都住在金陵。这时的秦淮河依然是日夜笙歌，每一处妓馆都装设得跑迷楼似的。不过，秦淮河的妓女自古有名，有才有貌的人不计其数，但在这时候却是不多，使一般走马的王孙和挥霍的阔佬常有"找不出来一个出色的"之叹，如今秦淮河边的一家名叫"艳春楼"的妓院，却新出了一个名妓蝴蝶儿。

　　蝴蝶儿才一来到的时候，是一点儿也不出名。因为她是跟金老婆儿的那三个"孙女"一块儿来的，照着规矩，她们虽然年岁都在二十上下了，可依然属于雏妓。因为是新入院的，还在学习期间，每晚至多了陪客人谈几句话，其余别的事一概不做。大部分的时间是学习唱曲、吹笙，认识字的人还要学作诗、绘画，因为有了这些特别的才艺，方能够一跃而为名妓，能够得到高雅人士的青睐，方能够挣大钱。所以，这一带有专教这些技艺的师傅，其中教曲的柳玉笙、教画的翁彩笔都是极有名的。

　　像蝴蝶儿这样美丽聪明的，他们就想要用心来教，不料，蝴蝶儿却什么都不学。金老婆儿的那三个"孙女"都学会了些本事，嫣香是只用了两三天，就将几折《牡丹亭还魂记》唱得很好了；喜宝也能用笙吹一点《梅花三弄》了;媚绿居然会画一朵芙蓉了;只有蝴蝶儿是什么也不会。

蝴蝶儿来到这儿,倒好像不是来学做这种卖笑生涯的,她不跟人争妍赛艳,却只好看热闹。一到晚上,她就凭着楼栏,看那灯光里出入的一个个的"走马王孙",有老的,有少的,有的是财大气粗,有的是轻薄可鄙,她简直一个都看不上眼。人家也都不注意她,因为谁愿意来把钱花给她呢?她既不出名,又什么也不会。

虽然也有人发现了她的貌美,要招呼她。金老婆儿赶紧给她借屋子,因为她自己还没有一个屋子;金老婆儿又给她引见,说这是什么"王老爷""庞老爷""唐老爷""常老爷"……反正只要是来到这儿的,就算是个十来岁的"小荒唐鬼儿",也得呼为"老爷"。可是蝴蝶儿却一点儿应酬也不会,更不会作笑装憨。她高兴了,就也跟人家大谈大笑;她厌烦了,就把人抛下,她走了,又到楼栏杆旁边看热闹去了。有时她还又笑又嚷的,并指着说:"哎哟!快来看呀,那人原来是个瘌痢头,哎呀!我可不理他!"

她似乎不明白她现在做的是什么事,也不想想这是个什么地方,也许她是装糊涂,可是就把掌班的"花胳臂老六"给招恼了。他说:"这是怎么回事?弄来这么一个,算是干什么的?说她是干的,她又不干;说她不是干的,她可又吃这儿的饭,这还行?干脆把她关起来打一顿,饿她几天吧!"

金老婆儿是花胳膊老六的干妈,又是这艳春楼的半个老板,幸亏她给讲情,这才使得蝴蝶儿免去了"吃亏"。但她依然是一点儿眼色也不懂,依然是贪热闹,好吃喝,不学着伺候人。金老婆儿虽然护着她,可也没法子往起来提她了,只好叫她去跟一些下等的妓女在一块儿去混。

艳春楼中的妓女有二十余人,可是却分为上中下三等。上等的就是能诗会画的,伺候的都是一些富绅和富家的公子;中等的是必须会弹唱歌曲,至少也得会猜拳行令,善谈吐,能应酬,她们交接的多半是一些巨贾富商;等而下之,属于最末的,就是几个姿色既不行又没有擅长的,其中也有的是过去颇有艳名,如今却已是"人老珠黄不值钱"了。譬如这里有个叫"雅娥"的,还有一个年虽已近四十,可还叫"小玲宝"的,她们就是属于这种下等、末流的,住着楼下的小房子,吃的是粗饭。

跟她们交往的不过是一些跟班的、镖头或江湖术士,即使是这些人,也很少自动前来,她们必须常常地出外招引;她们几乎每天都要打扮得花枝招展,借名是出外游玩,实际是招徕"顾客"。蝴蝶儿既不肯往上流去学,金老婆儿只好就叫她天天跟着小玲宝出去,也是想:她一个生在乡间的女子,没怎么见过世面,不如叫她多出去玩玩;她见的世物多了,自然能够增加她的虚荣和欲望,以后也就顺手了。金老婆儿半辈子养了不知有多少成名的干姑娘和干孙女,她很有自信心,相信凭着蝴蝶儿的绝世容貌,别看现在还没有什么人注意,将来是金堆银垛、珠箱宝库,一定都能够给她挣回来,不用着急。

秦淮河里,画舫昼夜不断地往来,河岸上的一些阔佬、大少也不计其数。蝴蝶儿还嫌这里不热闹,她几乎天天要跟着雅娥和小玲宝去游夫子庙。夫子庙在这康熙年间就已经是一座热闹的场馆,铺子也是一家挨着一家,并且也有不少卖艺的江湖人,有的是相面、打卦,有的在卖膏药、捉牙虫,有的讲评书、唱花鼓,有的是打棒抡拳。这些人大多是流浪的人,然而他们各有各的技艺,各有各的顾主,各有各的朋友,各自也都能够空着肚皮来,而饱着肚皮走。

这些人里就有小玲宝的"客",她叹着气对雅娥说:"相面的章铁口,已有半个月没上我那儿去啦。前几天遇着他,他说他近几日生意不好,其实他是这儿看相最有名的,一天也不知有多少人找他,他哪能够就没有钱? 他一定是发了财啦,又在别处另有了新相好的,把我给抛啦! 今儿我倒得看看他……"雅娥也是前天来这里的时候,看见了一个穿得很阔、像是很有钱的人,那人直看她。她希望再遇见那个人,今天别把那个人放过,一定得叫他跟着到艳春楼,那么以后他就是个花钱的客了;有这么一两个,就不愁能置几套夏天穿的衣裳了。

这时的天气,已经很热了,蝴蝶儿现在穿的是金老婆儿新给她做的、一身豆青色绸子的长裤、小袄儿，鞋也是豆青色的，大辫子上还系着一块豆青色的绸子。她摇着一柄新买的洒着金面儿的白骨头上嵌着蚌壳的小折扇，不住地一下一下地往人丛里扇她那脂粉的香气。忽然看见围着一大圈子人，各个都拥挤着，探头翘足的，不知是向那里面看什么，蝴蝶儿就好奇心盛，不住地往里去挤。小玲宝就拉她，说："你看什么呀？这一定没有什么可看的。"她可是不听。

凭她的力气，哪能够挤得进这密不透风的圈子呀？可是因为她是一个妇人，这里的这些人全都是些莽男子，见她来了，不由得全都扭扭头、动动身，向她来看，这么一来，她就趁势挤进去了；挤进去她可又后悔了，再想出去，也不能够了。

四周围一层层的都是些个男子，只听这卖艺人大喊了一声："开！"真跟霹雳似的，把蝴蝶儿吓了一大跳；同时就见他用单掌，将一块西瓜大的青石劈成了好几瓣，石屑飞溅，几乎溅到了蝴蝶儿的脸上，可是这卖艺的巨掌一点儿也没受伤。他又由旁边拿起了一只锡酒壶，放在掌里一捏，这锡壶就如同面做的似的，当时就被捏扁了，并且团成一个球儿，再用手一捏，"锡拉"就从他五个手指缝儿流出。这时，四围的人有的惊吓得不住地咋舌，有的大声叫好，还有的在窃窃地说："这真是神力！到底是甘凤池，名不虚传！"可是看的人虽都称赞，给钱的人却也很少。

"甘凤池"这个名字，蝴蝶儿觉得似乎是听谁说过，她就不禁去细看这个人。咳！这个人的模样可是真怪，他的身材不算高，可是十分的雄健，双肩尤其宽厚，两只胳臂如同铁棒子一般，两条腿却像石头桩子那般结实而有力。他的年纪也不过四十，眉目十分的端正而英爽，但却须髯如戟，乱蓬蓬的，头发是挽成了个髻，像是个道士。他穿的只是背心似的一件衣裳，短裤，光着腿赤着脚，连鞋也没有穿，可见这人虽有这样大的本事，但现在是很落魄。不过他这本事也没有多大的用，因为练了半天，把石头拍碎了，还赔了一只锡酒壶，结果，地上扔着的钱还不到二十文。他这个大力英雄，还得猫着腰，一个一个地去捡。

蝴蝶儿看着，不由动了一点儿怜悯的心，就回身向小玲宝问说：

"你有钱吗?借给我一点儿!"小玲宝随手从身边掏出约莫三十文,蝴蝶儿伸手就全都拿过来了,随之向甘凤池尽数一抛,哗啦啦地洒了一地,有的还撞到了甘凤池的腿上。甘凤池这个力大而潦倒的卖艺人,就惊讶地向扬钱的人瞪目去看。这时小玲宝正在抱怨蝴蝶儿,说:"怎么?你把我的钱一下子全都给了他啦?我就有那点儿钱,我还想买东西呢,并没有想全都借给你呀!"蝴蝶儿却说:"得啦!以后我还你一块银子,这钱你就别心疼了。给人家的也不算多,人家这么大的力气,这样的一位英雄,咱们还不应当帮助人这点儿钱吗?"说着,她微笑着,就跟小玲宝、雅娥两个人拉着手,一同走了。

甘凤池刚才跟大家要钱的时候,一大半是早就溜走得很远了,这时这个场子的四周围,却还留着十几个人,都是等着看甘凤池再练的。蝴蝶儿扔钱的时候,他们看了也特别惊异,虽不认识蝴蝶儿,可有的人认识小玲宝和雅娥,就笑着说:"这是秦淮河边的!"又一个说:"对啦,是金老婆儿那儿的,她们天天在这儿乱串,也为的是拉买卖。"又有一个就叹惜地说:"你别看她们,她们挣钱有多难呀!可还真慷慨,肯帮助人!"

甘凤池拾起来地下的钱,耳边听了这些话,他就更是发怔,两只炯炯有神的大眼睛也显出来一种忧郁。他用手摸着乱蓬蓬的胡子,神情懈怠,仿佛也无心再卖艺了,待了一会儿,他就收了场子。

蝴蝶儿跟小玲宝、雅娥在夫子庙闲逛了一天,结果倒是遇着了雅娥的一个熟客。那人带着两个朋友,请她们到一家小饭馆里吃了晚饭,然后一同回了艳春楼,都到了雅娥的屋里。这个客本想把他的一个朋友和蝴蝶儿拉拢到一起,那个朋友自然也是求之不得;金老婆儿虽然见那人并不是太有钱的人,未必能对蝴蝶儿怎样的报效,可是觉得也不妨叫蝴蝶儿借此练习,陪一陪人家,学着说点儿话儿。可不想蝴蝶儿当着人就沉下脸来,说:"我也没屋子,没地方让人,再说我也没那兴致!你们玩吧,我可走了!"说了这话,她一摔手就走出了屋子。

金老婆儿追着她,用手指头点着她的脸,说:"你陪不陪人倒不要紧,耍这脸子给谁看?你是个干什么的?这是个什么地方?你吃的是谁?

你都知道吗?你要是当千金小姐,为什么不在你家里当去呀?你既没有那个命,就得在这儿乖乖儿地听说,想法儿得给我去挣元宝!"

蝴蝶儿说:"妈妈!妈妈!您听我把话说明白了,我也不是不愿意给你老人家挣元宝呀!可是您看那三个人,他们有元宝吗?他们那穷样子,大概倒是个'现世宝',我才把他们看不上眼呢!妈妈您待我不错,我将来一定报答您,可是既要给您挣元宝,就得挣那顶大顶重的元宝,小一点儿的我都不屑去挣。"

金老婆儿说:"你净说,你快给我去挣啊!连个屁也给我挣不来!"

蝴蝶儿倚着楼栏,拭着眼泪,说:"您不用忙,早晚我能够找几个有钱的!就像早先跟我们在一路上走的那个黄四爷那样有钱。"

金老婆跺着脚,说:"哪儿找他去呀?他到底上哪儿去了,你也不知道。"

蝴蝶儿说:"天下难道就是他一个人有钱吗?比他有钱的可多啦!金陵城这么大的地方,更有的是。我一定能够找得到,那时我挣来的钱全是你的!现在这么个穷鬼,我要理了他们,就是贬了我的身价了!"

金老婆儿一听,觉着她说的这话也颇有点儿道理,但是还不愿意承认,还不能够夸奖她,所以就用手指头戳了她一下,说:"你不用哄我,等你找着有钱的主儿,大概我也就……哼!也就死了!"说着可就走开了。蝴蝶儿觉得脸上被戳得生疼,可是并不怎么伤心,她拭了拭眼泪,就依然倚着楼栏杆站着。

这时灯都点上了,楼上楼下各屋里的姑娘们全都梳好了头,含颦蓄笑地等待着顾客;那些走马王孙、风流阔少也都是三五成群,摇扇摆头,嘻嘻哈哈地来到了。掌班跟伙计们就忙了起来,一边高喝着:"打帘子呀!"一边叫着姑娘们一个个的芳名。有的客人来此是初结新欢,有的是来寻旧识,其中就以蝴蝶儿的那三个干姐姐的人缘最好;各个的屋里都有很高贵的客,而且还弹唱了起来,所以金老婆儿这时更是一点儿工夫也没有了。

蝴蝶儿在这儿倒没有人管她了,并且她所站的这个地方也不妨碍别人的事,因为是二层楼上靠边的一个角落。她的眼前是这些浮华的景象，身后却是敞开着的一面窗，那窗外就是烟波浩荡、月色迷茫的秦淮河，那里现在还有画舫、游船，还有笙歌处处，还有未散的绮筵、未尽的华灯。蝴蝶儿在此时颇有一些感慨，她想：我是已经堕落到这环境里了，也挣扎不出去了，但谁是赏识我而又怜悯我的人呀？恐怕一些有钱的、有身份的，不是像姓黄的那样无情，就是像路民胆那样轻浮、鲁莽，哪能找到一个像我所想的那样一个人呢？恐怕永远也找不到吧……想到了这里，这才真真的使她伤了心，不觉眼睛就被泪水模糊了。

她并没有听见旁边有什么声音，却突然察觉出来身后有一个很大的身影，并且好像已经站立了半天了。这是一条高大的头发蓬乱的影子。这可使她害了怕，心想：这莫非是个鬼吗？为什么一点儿也不喘气儿呀？这个想法就像有一只黑手捂住了她的脸，使得她很恐惧，不知该怎么办。她就蓦然一回身，惊叫着："哎哟！你是谁呀？"突然，她看出来了，这人原来就是今天在夫子庙看见的那个卖艺的，那满脸都是胡子的甘凤池！她更是大声惊叫着，说："你……你在这儿干吗呀？"

甘凤池却一伸手就把她的胳膊揪住了，这就仿佛是老虎捉住了一只耗子，真是一点儿也不费力。蝴蝶儿是一丝也不能挣扎，可是她仍尖声地喊叫道："你这是干吗呀？啊呀！你也配？你一个穷卖艺的，还要到这儿来……"

甘凤池却压着声音，沉挚而恳切地说："你不要混嚷！我来是想带着你走，因为我看见你是一个好女子，不应当在这地方！"

蝴蝶儿依然嚷道："我愿意在这儿，你管不着！你叫我上哪儿去呀？"甘凤池仿佛要用手捂她的嘴，又急急地说："你别错认为我是有坏心，我是江南有名的侠客，我专拯救孤弱，抱打不平。你是一个好女子，不该在这里，你跟我到我家里去……"蝴蝶儿却要往地下去坐，她依然大喊道："凭什么……我到你家里去？哼！你也配！你死了心吧！"

甘凤池急急地辩说："我不是恶意，我是要救你，跟我走！到时候你自然知道……"他弯身就将蝴蝶儿抱了起来，但是蝴蝶儿依然哭着、嚷着，要往地下躺。

这时候，她的嚷嚷声早被楼下听见了，当时掌班的花胳臂老六，还同着几个伙计,就咚咚地跑上了楼。他怒气冲冲,捋胳膊挽袖子地说:"你是怎么回事?你这小子是哪儿来的?好嘛,你竟敢欺负我们这儿的姑娘!"

花胳膊老六颇有些蛮力,而且也学过几手拳脚,当下他就向甘凤池扑来,却被一个伙计拦住了;因为这个伙计已看出来,抱住蝴蝶儿的这个人正是甘凤池。这个伙计见过甘凤池在夫子庙卖艺,也听人说过他的大名,所以赶紧就把他的掌班拦住,悄声说:"这就是甘凤池,比牛的力气还大,可惹不得!"

花胳臂老六却不听这一套,骂着说:"什么他妈的甘凤池?我就没听说过!小子!我看你这个长相,就像个强盗。这个地方是花钱的大爷来的,不是你这样儿的人来的,你快点儿把我们蝴蝶儿姑娘撒了手,要不然,你可认得我?"说时一拳打来。

甘凤池却用手将他挡住,说道:"你不要这样!我不是不讲理的,你听我说!"

花胳臂又一脚踢来,然而虽然踢中了甘凤池,可竟像是踢到铁柱子上一样;不但甘凤池的身躯不动,他的脚丫儿反倒生痛。但他仍然不服气,说:"你还有什么说的吧?跑到我们这儿来怔揪住姑娘,你小子有钱吗?有钱你也得先回家去换一身衣裳,还有你这胡子,也得剃一剃……"

甘凤池却正色说:"听我说!我甘某向来不到这种地方。今天我是看见她真是一个好女子,不该在你们这里,所以才来的,想把她带到我的家中……"

花胳膊说:"嗬!凭你这长相,还想由这儿接人从良呢?可是你想接人,也得先掏出银子来!"甘凤池慷慨地说:"银子我想法子借来给你,你要多少我给多少。我接她出去,不是想做别的,是想叫她做我的妹子,在家里伺候我的母亲。"花胳膊把嘴一撇,说:"看不出来,你倒是个孝子!干脆叫你的娘也上我们这儿来吧!"

他这句话,可真招恼了甘凤池,就如同是触了虎须一样,当时甘凤池大怒,眼睛瞪起,大喊一声:"胡说!"这就像空中响了一声霹雳,同时他就一只手抓住了花胳臂老六的后腰；花胳膊还要抡胳臂打他，却被他一掼，就整个给从楼上扔到了楼底下。

这时，有很多的人都齐声惊叫，蝴蝶儿依然挣扎着嚷道："快放开我吧！你把人都摔死啦，还不快点儿跑！"甘凤池却把她的身子高举起来，就往肩膀上扛，蝴蝶儿依然手脚乱动地挣扎着。

那几个伙计都跑了，喊人去了，金老婆儿也直叫唤："这还了得！这不是没有王法了吗？宝贝儿们，你们可都千万别出屋子！各位老爷们别看热闹了，快点儿进屋里去吧！哎呀！甘凤池！难道一个穷卖艺的，有点名姓的甘凤池，就没人敢惹，也没人敢管吗？"她由楼上跑到了楼下，张着两只手这样嚷嚷着。这时候，楼下的人倒是不少，连外面的人也都挤进来看热闹。那掌班的花胳臂已经摔得半死，被人扶起来，还不住地呻吟着，说："快去报衙门！快去报衙门！"

金老婆儿当时就要叫人去报官，可突然被一个人给挡住了。这个人是才进的门，长身子，穿的是闪闪的绸缎，有些胡子，年纪有四十余岁，一看这模样就来历不小；身后边还带着四名小厮，全都是青衣小帽，一样的打扮。这个人就摆手，说："你们都要安静些！我认识甘凤池，我到楼上去看看他。"说着就一直朝楼上走去。

金老婆儿战战兢兢的，心说：这是一位官老爷呀！官职还一定不小。于是她赶紧跟在后面，又上了楼梯，并说："哎哟！老爷您还是请到那屋子里去坐吧！别惹那个姓甘的，他有力气，又不讲理……"这位老爷却一言不发，脚步轻快而有力。

他先上了楼，就叫着说："凤池！"

那甘凤池因为楼下的人太多，他肩扛着蝴蝶儿，正要由那楼窗跳出去，也许是想一下跳到秦淮河里，浮着水再走；蓦然听得这人一叫，他当时就怔住了。这人又说："你这件事儿办的不对，快把人家放下！"甘凤池一听，当时就把蝴蝶儿放下了。

蝴蝶儿这时头上的钗环都掉了，她哭泣着，头发晕，脚发软，她就斜卧在楼栏杆旁，仰着满是眼泪的脸儿去看这人。她感觉非常惊讶，因为这个人说的也是北京的"官话"，跟那黄四爷几乎是一样，不过，这人说话的声音比允贞更显得有威风。她赶紧用袖子擦擦眼泪,借着灯光去细看,见这人的鼻子很高,而且是钩形,双目有棱,炯炯放光,真和一只神鹰相似,而他的胡须也衬托出他的威仪。

这人只用了几句话,就把那力大无比的甘凤池,完全给震慑住了。甘凤池一声也不语,就像他的仆人似的,那样听从他。他又说:"你走吧!今天的这事我也不怪你,明天你到我那里去,有什么话再对我说。"甘凤池答应了一声,就垂着胡须低着头,既懊丧又畏惧似的下楼去了。

他一下楼,许多的人都赶紧躲开,他又瞪起眼来,愤愤地说:"这回事儿,不许你们胡乱批评。我甘凤池也是个好汉子,今天来到这里是为救那个女子,可是她不明白,她想错了。只有年二爷知道我,冲着他,我现在先走,明天我还要来!"说着,他就昂然地、抑郁地走出去了。

这时,楼上的金老婆儿赶紧向那位老爷道谢,并笑着问道:"老爷贵姓呀?"那四个小厮之中,有一个就代替他回答,说:"这是年二老爷!"金老婆儿就赶紧拜了拜,说:"哎呀!年二老爷,我眼真拙,大概您早就来过吧?您认识的是我的哪一个宝贝呀?"

小厮在旁边说:"我们老爷儿时到你们这儿来过?你别混说!今天我们老爷是从这门口儿过,要不是听见这儿嚷'甘凤池',我们还不进来呢!"

金老婆儿说:"哎哟!敢情那姓甘的也是老爷手下用的人呀!我们可真没得罪过他。他那个人,今天做的事太怔了!我这个宝贝儿叫蝴蝶儿,她本来是个小孩……"

这时蝴蝶儿已经扶着楼栏杆站起来了,她掠掠鬓发,又擦擦眼泪,不住地看这位老爷,而这位年二老爷也不住地看她。金老婆儿聪明,赶紧就说:"我给您找间屋子吧?请年老爷坐着歇一会儿,让我们蝴蝶儿姑娘服侍年老爷喝一碗茶,给老爷道谢!"年二爷没表示不愿意,于是金老婆儿就赶紧给找屋。

蝴蝶儿本来自己没有屋子,金老婆儿就临时给借的嫣香的屋子,嫣香的客早就吓走了,此时嫣香就先陪着。她是一个新出名的名妓,艳丽得跟一朵儿花似的,她这屋子也漂亮像一座花房,然而这位年二老爷却一切不看,一切不理,坐在椅子上似乎还很发急。等了一会儿,那洗干净了脸、重搽好了粉、再梳好了头的玲珑娇小的蝴蝶儿才穿着嫣香的一身衣裳,又姗姗走来。

此时,金老婆儿不单殷勤地伺候着年二老爷,还抓个空儿出去要招待招待那四个跟来的小厮。小厮们却都站在屋门外等着,其中的一个说:"你不用应酬我们,你只好好地伺候着我们老爷吧!可要小心一点儿,我们老爷的脾气可暴!"金老婆儿一听这话,不由得很害怕,同时她又仔细一看,几乎吓掉了她的魂;原来这四个一样打扮的小厮,在青坎肩下面,都系着一条青丝带,每一个人的带子上都带着"小刀子"一把(其实就是锋利的匕首)。

金老婆儿不由得身上打哆嗦,赶紧又进了屋。就见嫣香往里间去了,蝴蝶儿正陪着年二老爷说笑,这位老爷也直笑,好像一点儿也没有脾气。见金老婆儿进来,他就从怀里掏出一块至少有二两重的黄澄澄的金锭,向桌上一放,说:"老婆儿!你把这个拿去,给那个刚才被甘凤池打伤的人吧!"

金老婆儿心里喜欢,手可又连连地摆着,悄声地说:"哪用得了这么些个?就是把那花胳臂摔死了,他也不值这些金子呀!"

旁边的蝴蝶儿却皱着眉,不耐烦地说:"妈妈你就收起来吧!"

金老婆儿又连声地答应着,两只手哆哆嗦嗦地把金子拿起。她又到了里间,把那因为人家不理她,还在直生气的嫣香给叫走,把整个的屋子都让给了蝴蝶儿,心说:随她去吧!反正我已有了这锭金子,什么我都不管了!这位老爷,真还不知是一位什么老爷呢?

第十六回　结新欢美人舒巨眼
　　　　述往事老儒授奇才

　　此时的屋里,灯光灼灼,照着蝴蝶儿和这位颇有威仪的年二老爷。但这位老爷对她却是十分的和蔼可亲,先笑着细语问她的年岁和家世,然后又问说:"你的家离着这里有一千多里地,你为什么到了这种地方呢?是谁把你卖的呢?"他问了这几句话,蝴蝶儿却不回答,小脸儿上突然现出一种悲哀的神色,因此年二老爷也就不能再向下问了。

　　蝴蝶儿又给他斟了杯茶,转悲为笑,说:"我今儿在这儿遇见了年老爷,这可不是生拉硬碰上的,我想您就想了不知有多少个日子啦!"

　　年二老爷听了这话,不禁感到有些诧异,就问道:"莫非你认识我吗?"

　　蝴蝶儿微笑着摇头,说:"我倒是不认识,可是我早就想到了,将来我一定能遇到像您这样的人,不然我也不能甘心在这儿。我每天扒着楼栏杆看来来往往的人,我时时留心着有没有我想着的那人;有时候我因为找不到,我都要灰心了,不想还是老天爷有眼,终于叫我遇见了您!"

　　年二老爷既是惊讶,又是纳闷,他细细地看着蝴蝶儿,半天才说:"你不错!像你这样的人,漫说在烟花之中,就是在闺阁之中也很难找,你可谓为'巨眼识英雄'!"

　　蝴蝶儿又把这年二老爷打量了一番,就又笑着,悄声地问道:"我知道老爷的尊姓是姓年，一定是'瑞雪兆丰年'的那个年字了，可是老爷您的大号呢？"

这位年二老爷却说："现在我只能告诉你，不可向别人去说。"蝴蝶儿倒一惊，当时面色就变了，就听这年二老爷自己称名道姓，说："我就是年羹尧。"

"年羹尧"这三个字灌到蝴蝶儿的耳朵里，她似乎觉得非常的熟，当时她的神色就显得更为惊讶，说："哎哟！原来，您就是年羹尧呀！"

年羹尧问说："怎么？你知道我的名字吗？"蝴蝶儿又微微地笑着，说："年老爷的大名我是早就听人说啦，我不但知道，简直可以说认识您！"年羹尧说："奇怪！你怎么会认识我？"

蝴蝶儿摇晃着头，抿着嘴笑着，又说："我虽然不认识年老爷，可是我认识您的好朋友！我们还在一块儿走了许多的路，后来要不是遇着了事，我们至今也不能够分手。"

年羹尧说："我的朋友本来很多，你说说是哪一个吧？"

蝴蝶儿伸出一个手指头来，说："我先说出一个来吧！曹锦茹曹三姐，您认识不认识？"年羹尧摇头，说："我不认识！除了我家里的人，只是今天认识了你这么一个女子。"蝴蝶儿一笑，说："好啦！您不认识她，可是她的爸爸曹仁虎……"

年羹尧诧异着说："怎么？你竟认识曹仁虎？"

蝴蝶儿说："我不但认识他，还认识一个路民胆呢！"

年羹尧点点头，说："曹仁虎我仅见过一面，路民胆倒与我熟些，他们与刚才那个甘凤池全是好朋友，我跟他们也就算是朋友吧！"

蝴蝶儿说："有一个人，您更认识了！这个人他是北京人，他的名字我可不知道，人都称他为黄四爷；他带着一个听差的，名叫九条腿秦飞。"

年羹尧摇摇头，说："不认识此人，北京人？他可会武艺吗？"

蝴蝶儿说："不但会武艺，武艺还比曹仁虎、路民胆全都好；他的长相也好，腰里带着的尽是黄金。他说他是在北京开着大买卖的，这次出外是为寻访什么豪杰侠客，不久还要往金陵来。我可是把他点破了，因为我看他那气派、样子，一点儿也不像是寻常的人，当面我就说他必是个大官，还许是个……"由此，蝴蝶儿就滔滔不绝的，把她怎样认识的曹氏父女，又怎样认识的允贞，然后一同往河南，见了路民胆……一路之事，差不多她全都说了，尤其是把允贞的气度、豪侠、多财、善武及生性耿直都说得很是详细。

只见年羹尧愈听愈惊诧，愈惊诧就愈显得有精神，等到蝴蝶儿把话说完，他却哈哈大笑，说："真妙！真妙！今天真是奇遇，我不但遇见了你这样的一个奇女子，还听说了这样一位不久就要到金陵的奇人；这个人绝对不同凡俗，我非见见他不可。好了！既有这事，我更不能够即刻北返了，倒要在此地再多盘桓几日了！"

蝴蝶儿至此时忽然又落下眼泪，哽咽着说："我把什么话都跟您说了，可是我……"她的脸红了红，话更说不出来了。她对于年羹尧，还不能像对允贞那样的能够直说。她现在是十分的担心，十分的恐惧，因为天地间大概只有这年羹尧，是允贞以外的她心目中所想望的人。她生怕年羹尧也像允贞那样的脾气，给她一个钉子碰，那就完全无望了，她的一切梦想也就完全丧失了，所以她不敢一下子把话就全都说出口去。

年羹尧却似乎已经明白了她的意思，就点点头，说："你放心！你的事，我一定能够给你想法子。"但是说完了这话，也没再往下说。

停了一会儿，金老婆儿拿来一大盘子水果，笑着说："请年二老爷随便用点儿吧！"

年羹尧却摇头，说："我不吃。"又说："来！我对你们说，给你……"说着，又从他的身边掏出来一锭黄金。金老婆儿惊喜着说："哎呀！年老爷这是干什么呀？今天可真应了我这宝贝儿蝴蝶儿的话了，财神老爷真是进了门啦！"

年羹尧说："这金子不是全给你的，是叫你赶快给她预备出一间屋子来。"

金老婆儿点头，说："年老爷不必吩咐啦！由现在起，这屋子就是我这个宝贝儿的啦！那嫣香住这么好的房子她也不配，我再给她另找房子。哪地方陈设得不好，我赶紧就给改样子，要不然明天我就给再添置点儿东西。"

年羹尧说："这就行！可是叫蝴蝶儿在这屋里住，却不能再叫她见别的客人！"

金老婆儿笑着说："这还用您嘱咐吗？别的人，就是沈万三抬着聚宝盆来，我也给他一概挡驾，就是……"她不由得皱着两道苍白的眉毛，说："那姓甘的要是再来可怎么办？挡他也挡不住呀？我刚才又听人说啦，他拿铁锤子能够当核桃那样咬着吃；连根拔一棵树，就像别人拔一根草似的；他还会上房，简直是个老虎精……"

年羹尧说："不要紧，他听我的话，我保证他绝不能再来！可是，你知道我是个什么人吗？"

金老婆儿笑着说："我老了，我的眼睛可还没花。别说您还在我们这儿坐了半天啦，就是我一见着年老爷的时候，我就断定了您是一品大老爷，至少也跟总督平肩膀儿。"

年羹尧说："不许向外多说。"他说这六个字的时候，双目直射出威严的光芒，像刀光那样森森可怕，金老婆儿不禁浑身打哆嗦。年羹尧又微微笑了笑，就站起身来，说："我要走了，明天再来。"说着，他向外就走。

金老婆儿跟着往屋外送，并说："年二老爷明天可想着再来啊！"又暗暗地推蝴蝶儿，悄声地说："你倒是往外送一送啊！也说一声呀！"

平常能说会道，而且在屋里连坐都坐不住的蝴蝶儿，此刻不知为了什么，不知是什么事情压住了她的心，她竟不会说什么话了，腿也仿佛迈不出门槛儿。她只掀着一角帘子，斜倚着屋门，含娇地笑了笑，说："明天可一准儿……"她忽然又一阵儿悲戚，眼角迸出来眼泪，被檐下的灯照着，莹莹的，如同珠子一般。

年羹尧出了屋，回首说了声："你回去吧！"他遂就带着四个健仆，走下楼去。这时各屋依然有丝竹弦管之声，细细地奏着，有纤柔的歌声袅袅飘着。

年羹尧走出了艳春楼，天已昏黑，当空一钩新月，发着淡淡的光。

附近倒还热闹,停着的车轿不少,还有点着个小灯儿卖吃食的。几家妓院,人还不断地出入,街上的梆锣却已敲了三下。年羹尧就在前面大踏步地走,身后四个健仆紧紧地跟着,但他们主仆彼此却都不说一句话,就这样,过了两条街,就回到他们住的旅店门前。

这原是一家很大的旅店,里面住的多是些官宦阔客和往来的富商。店里的人,此时多半还在秦淮河那一带游玩欢乐,还都没有回来,所以店门也还没关。门前挂着一只大灯笼,红纸剪贴的几个扁体的大字,是:"江安老店""仕宦行台"。

年羹尧才走到这里,突然就看见在门的右侧站立着一条黑影。当时他略略止步,但他身后的四个健仆立时就全都从坎肩下面抽出匕首来了;刀光与天空上的星月相映,一闪一闪的,可是那条黑影竟一点儿也不挪动。年羹尧定睛仔细地看了看,就上前拉了拉他的手,说:"好!好!你就同我进来吧!"他遂就拉着那人,与他一同进了店门;后面的四个健仆也一齐收起了匕首,随之走入。

这人正是甘凤池,他对于年羹尧似乎是非常的敬服,而年羹尧对他也很是尊重,两个人便一同走到屋里。这屋是三大间,两明一暗。他们进到暗间里,这里还有一个守屋子的老仆,见他们进来,赶紧就把烛花剪了剪,等到他的主人和甘凤池对面落了座,他就回避出屋去了。

这屋里堆积着许多的行李,多半都卷捆着,可知他们是准备着上路,不想在这里多留。行李之中以书卷为最多,足见年羹尧是一位饱学之士,是一个文人;可是壁间又悬挂着一口装在鲨鱼皮鞘之中的宝剑,墙角还竖着一张已卸下弦的硬弓,更有箭弧,这可就令人怀疑到这位主人,莫非他也近于一种侠客?

甘凤池将两只粗胳臂放在几上,弯着腰,胡须也几乎都摊在几上,像一堆沾了泥的面条似的。他的样子很怪,两眼萌出来一种诚恳的光,说着很痛切的话。他说:"刚才我到那里,真是因见那女子很好,不该叫她在那里。我想拉她到我家去做我的妹子,因为我的母亲腿脚不能走动,我想叫她去伺候我的母亲!"

年羹尧微微地笑着,说:"甘兄弟!你的人是很好,既是个孝子,且是个侠士,可是你想,你由青楼中就硬拉一个人到你家去,这事情办得到吗?而且那女子,无论如何也不能跟着你们去受苦。甘兄弟,这件事你办得未免鲁莽,可是也不要紧,我是知道你的。不过,关于伯母无人服侍的事,前天我也曾给了你一锭金子,叫你去雇个人服侍伯母,兄弟,我看你是马马虎虎的,大概你是把那金子又弄丢了吧?"

甘凤池摇头,说:"没有!我原想雇一个人在我家里服侍我母亲,并代做饭。我出城想去找我认识的樵夫施阿大,不料施阿大正给邻家办丧事;那办丧的人家连一口棺材也没有,阿大就满村里求钱,也没求来,只好拿一领破席来卷死尸,死的人还有孤儿寡妇。我看他们可怜,就把那锭金子给了他们了。"

年羹尧点头,说:"这事做得对。"

甘凤池又说:"我怕给他们的钱还不够,所以我今天才在夫子庙卖艺,本想挣些钱再给他们送去,可是不想没什么人给钱。只有那个女子,她给的钱不少,因此我才觉出她是一个好心的人,我才想去救她。"

年羹尧说:"那些事情不必提了,你也不必卖艺,我的钱还带着很多。"

甘凤池却站起身来,摇摆着两只粗大的手掌,说:"我不能够再要你的钱!咱们虽是好朋友,可是你的钱不是你的,是你父亲年遐龄做湖北巡抚挣来的,是你中了翰林当了差挣来的,都是清朝的钱;我是大明的百姓,我不要你的钱。"

年羹尧的脸上微微发红,说:"我们相交多年,你说这话,我不能恼你;若换个别的人在我眼前说这话,我立时就抽出剑来,与他拼一生死!"

他叹了口气,又说:"我这次自广州办完了试差回来,本想急回北京,因为那里允异、允贞等诸王正在竞位,我正要在他们中间搅起风云,以便恢复大明的江山。因为我现在虽说是一个汉军旗人,但我原籍是怀远县,我实在也是大明的百姓,这你们都是知道的。不过我来到这里,就耽误下了,使得我不能去了;这倒不是我为和你与张云如,我们想盘桓些日子,而是听说了因僧现在胡作非为、不听师训。他现在金陵奸淫妇人、霸占妓女、勾结着地痞盗贼，却避着不与你我见面。今天我到秦淮河去，就为的是去找他，可仍然是找不着他，没想到却在那里遇着了你，并遇着了那妓女蝴蝶儿；由蝴蝶儿的口中我又知道了曹仁虎、路民胆和周浔他们，不久就都要来了……"

甘凤池听到这里，就不由得大喜，说："真的吗？好！他们若是都来了可好！我们要一同把了因捉住，问他为什么要违反慈慧老佛的教训！"

年羹尧又冷冷地笑着，说："除了他们几个人将要来到这里，另外还有一个，我为等着此人前来，更不能离开金陵了！这个人还是自北京来的……"于是他又把刚才自蝴蝶儿口中听来的关于允贞的那些事情以及允贞的年貌、性情，及武艺如何如何，全都向甘凤池述说了一番。

甘凤池一听便发了呆了，连连地说："北方我虽没有去过，可是也常有朋友自那边来，没听说过有这么一个姓黄的，本事竟这样高？"

年羹尧依然冷笑着，说："他的本事如何，那须待见了面，才能够知道，不过据我猜想，这个人的来历却是大为可疑。"

甘凤池瞪眼问说："他有什么可疑？莫非他是哪一处的强盗？是自北京来专为和我们作对的吗？我去找他，打他……"

年羹尧摆了摆手，说："现在还未见此人，不能断定，不过如果真是有这么一个人，我倒还许认识他。这些日子你就先出去找一找吧，第一要找着此人，赶快就来告诉我，至于了因，倒在其次。"又说："你见着了张云如，也这样告诉他。"甘凤池听了，点了点头，又坐了一会儿他就走了，年羹尧也没向外去送。

年羹尧独自在屋中，自向自地冷笑了半天，然后叫仆人沏茶来。这时已快到四更，他的这个年迈的老仆已经困极了，厨房里的火也快要灭了，所以过了许多时，这老仆才慢慢地手捧着茶盘进了屋；两只眼迷迷糊糊的，连茶盘都不知往哪里放才好。年羹尧不由得生了气，怒声道："你是怎么了！"其实这也是不要紧的一句话，但老仆当时吓得一哆嗦，啪嚓一声，瓷的茶盘、茶壶和茶碗就全都掉在地下，摔了个粉碎。

这些茶具还都是这次路过江西的时候，在景德镇买的，上面都画的是不同样式的龙。此时,热茶烫了老仆的脚还不说,却把这老仆的魂魄都吓丢了,他赶紧就咕咚一声跪在了地下。这要是在家中,年羹尧必定要施以极严的惩罚。但现在因是在店中,他住在这里,连他的真实来历都不叫别人知道,更因他现在有很多要办的事,所以不能够发脾气。他只将眼睛瞪了瞪,这两眼中射出来的森厉目光,就能把知道他脾气的人吓死,他可是没有再说什么。

从外屋进来了两个健仆,一个把老仆人揪起来推走,一个弯腰在地下拾那些碎瓷。年羹尧却呆呆地望着烛光,这时他的面目反倒非常的和善,因为他忽又忆起了蝴蝶儿,仿佛那娇容媚态、楚楚可怜之姿全都在灯影里显现出来了似的,使他觉得心醉,感到安慰,他觉得自己几十年来也没有过今天这样的感觉。

年羹尧幼时,他的父亲是一位巡抚,官高势大。他是最小的一位少爷,很得他父亲的宠爱,因此把他娇惯得异常顽劣,但是他还是很慷慨、有慈心。一天他到外面去玩,遇见一个老妇人在路旁痛哭,他就细问情由;知道他家里的人,有人在外边放账,以致把这老妇人的儿子给逼得病了。他就发了慈心,回家去,硬把一些"借据"要出来,当着那老妇人的面,全都扯碎。像这样的侠义之事,他在六七岁时就做了很多。

可是后来,因为他的生身母亲突然死去而使他的脾气转为暴戾。他在小的时候还不大觉得,他的父亲待他虽然宠爱,但待他的生身母亲却实在不好。他并非正夫人所出,他的生身母亲却是一个丫鬟,而且直到被虐而死,依然还是一个丫鬟;他是听女仆们私下里议论,他才知道,原来那才是自己的生身母亲。他可又不能向别人去说,无法给他那可怜的亲娘报仇,怨气结在心里,脾气就更为顽劣暴戾。他的父亲连给他请了三个老师,都是名儒,但都被他给打走了。他的父亲对他也无法可办,他八岁的时候手中就永远拿着刀剑。

这时就有一个顾肯堂先生,自荐前来,愿做他的老师。不过顾先生先跟他的父亲订下了契约,他说:"无论我用什么方法教你这个儿子,你都不要管,三年以后,保管教他文武全才。"他的父亲在那时候只求有个人来管管他顽劣的孩子也就行了,所以,一切的条件全都答应,遂就叫顾肯堂做他的老师。但是,他那时哪里听话?他的小心眼儿里会生出许多诡计,用种种的恶毒手段想毁了顾肯堂这位新老师,但始终不成功,而终于使他俯首帖耳地拜服了。

第一年,顾肯堂教给他练武及兵法,使得他武艺精通,韬略熟练;第二年教他读书,一切的经史,尽皆读过;第三年却什么也不教了,只跟他在楼上,整天的师生二人对面坐着,彼此一句话也不说,一点儿事也不做。如此半年有余,永不下楼。

这时他的父亲忽然染了重病,只剩了奄奄一息,临死时说是要见他一面,他这才不得不下楼来。然而他的师傅顾肯堂当日便即辞去,临走时叹息着说:"这个孩子,文武俱已学成,只是气还没有养好,将来必要因此杀身!"说毕走去,永远也不再与年羹尧见面了。

年羹尧自父死师去之后,对于文章及武艺连年地自己研究,自己锻炼。直到十八岁时,他便结了婚,但婚后不到两月,他便出去了,不知去向。在外约有五载,这五载之中,大江南北就出现了一个武艺超群的少年侠客;他最为精妙的就是弓箭,有许多强盗暴徒,全都是被他用箭射死的。此人就是年羹尧,他在江湖之间不独做了无数慷慨侠义之事,并且结交了些肝胆相照的义气朋友,这些人就是甘凤池、周浔、曹仁虎、路民胆、白梦申及白泰官等人。这些人又都是满怀孤忠、光复大明的义士,他与他们相交,因此在他的心里,也含蓄着民族的思想;他的才气比那些人都大,他的韬略比那些人都深,所以便被甘凤池那些人所敬服。

然而他是另有一种去向。他想,若凭单身只手推翻清朝,恢复大明,恐怕甚难,所以他才极力地想做一高官,把握住了权势,然后再图大事;先恢复了汉家的衣冠,再寻找一位明朝的宗室姓朱的即位,那样,他才觉得不辜负他这一身文武的才艺,才算遂了他的壮志,才能够对得起恩师顾肯堂老先生。

所以,他又学习制艺,屡次进场应试,于康熙三十九年赐翰林出身。从此一帆风顺,做过四川的学差,如今又是才从广州办毕试差北返。他现在虽做了官,可是未忘武艺,脾气犹然暴烈,并且身旁除了这多年服侍他的老仆年忠之外，永远有数名健仆相随。现在随从着他而护卫他的这几个小厮，一名年英、一名年俊、一名年豪、一名年杰，原是亲兄弟四个，全都会武艺，并且武艺全是他教出来的，所以对他极为忠心。

他虽做着试差，然而沿路上依然做了几件侠义之事，并且仍不断地与他相识的那些豪侠来往。在那些豪侠之中，他最敬重的就是这甘凤池，因为甘凤池不但力大惊人，武艺出众，而且最忠最孝。甘凤池曾漂洋过海，在台湾辅佐延平王郑成功的后裔，及至台湾郑氏完全被灭，他才逃回来；回到故乡金陵，家居事母，只以卖艺为生。除了他的师弟张云如，及现今来到金陵的年羹尧之外，很少有人晓得他的来历。

今天，尤其今晚，在年羹尧半生奇特而壮阔的生活中，仿佛是新发现了一种境界。这境界一方面是花柔柳媚，这是因为遇着了蝴蝶儿；一方面却预感到必定要有些石破天惊、云腾涛起之事，因为曹仁虎和那姓黄的人来到此地而发生。他的心中柔情与壮志交迸，亦喜亦怒，又想到刚才向那老仆暴怒之事，觉得有些不该，那是脾气使然；而那脾气，也就是老师顾肯堂所说"养气之功未至"所致，他不禁又慨然长叹。

少顷就寝，不觉就到了次日天明。年羹尧就仿佛心里悬着许多的事，他稍稍地用了一些早点，便又往秦淮河边的艳春楼去了。

第十七回　银灯耀耀艳妓谈奇
大江茫茫豪僧劫妇

　　自此，艳春楼就是这位年二老爷常去的地方了，蝴蝶儿也终于遇着了她理想中的人。年羹尧有许多的金子银子，拿出来给了她，她就交给了金老婆儿，给她打了簪环首饰，做了绫罗衣被。她终日脸上擦着宫粉胭脂，整天地对镜打扮，把屋子陈设得更加华丽；她也不再常去倚着楼栏杆了，不过有时还掀着帘缝向外去望，因为她等待年羹尧，是时时心急。

　　金老婆儿把蝴蝶儿当作了宝贝，简直是摇钱树；她很庆幸自己有眼力，在路上因为看见蝴蝶儿是个俊人才，就把她带了来，可以说是一个钱也没有花，居然就白得了一棵摇钱树。所以她处处顺从着蝴蝶儿，百般勤地侍候年二老爷。这位老爷可真肯花钱，金老婆儿在烟花巷里可以说是活了多半辈子了，阔客人见过多少，但是还真没有看见过像这位老爷这么慷慨的，他的金银可也不知道怎么这么多，真叫人害怕。

　　他像是财神爷，可又像阎王爷，尤其是他每次前来，至少也得带着两个健仆。让他们进别的屋里去歇着，他们都不干，须得在"香巢"之前守候。这样，可就叫人注意了，并且，蝴蝶儿这么一个不出名的"雏妓"，居然一步登了天，包下她的，又是这样的一位阔人，因此，蝴蝶儿之名就传播起来了。不但秦淮河边的一些班主和姑娘们都时时地谈论着，有的羡慕,有的妒忌;有人又猜疑这姓年的,大概不是个强盗,就是个马贼,不然一个过路的客商,哪能够有那么多的钱?因此,又都恨不得艳春楼中出一场祸事。

而许多的"花花大少"也都来到艳春楼中,想要看看蝴蝶儿是如何的一只蝴蝶儿。可是,无论是谁一见了她,也莫不惊之为天仙而垂涎三尺;不过没有法子,人家蝴蝶儿绝不接见别的客,凭你是谁!这样一来,"花花大少"们可就更都赌起气来,有的亮出来了大元宝,说:"我也有钱!我也能包!怎么?看不起我?觉着我花不起吗?"有的却要动拳头,动势力。这可急坏了金老婆儿和那已经摔折了胳臂的"花胳臂",他们这里求那里劝,求得一些"大少"才暂时饶了他们;"大少"们大概也是看出那姓年的和他带着的健仆们,有点儿不好惹。

然而事情可还没有完,这才不过一两天,金老婆儿可就发愁了,难道因此就得罪许多人?为了一个财神,就得罪许多福神、贵神和喜神?所以,金老婆儿得了空儿,就去跟蝴蝶儿一提,打算是在年二老爷没有来的时候,也偷偷地应酬别的客。

不想蝴蝶儿当时就翻了脸,说:"快别提啦!这事情办不到。别说年二老爷现在天天来,就是年二老爷永远不来了,我也不见别的客。'好马不配双鞍辔,烈女不嫁二夫郎',我认识了年二爷,就算是嫁了他啦,他不接我从良,我也得誓死守节。别的话都别说,别的人有什么想头儿,都叫他快别做梦!"

金老婆儿一听,这可又难办了,莫非这棵钱树子,只开一次花?本来想跟她说说,教训教训她:咱们烟花巷里的人还讲什么贞节?然而她知道这时说也没用,也不敢太逼,因为年二老爷实在是太有钱,叫人爱,又太叫人怕;何况在外还有甘凤池,虽是这两天没有来,可是只要姓年的一句话,他又能来这捣乱。

但是,这秦淮河边整天的车马纷纷,寻花问柳的一些人之中,什么样的人没有?年二老爷并不整天在这儿,而且他与蝴蝶儿结识至今,已经三日,虽然花钱不少,两个人情意缠绵,可是他并没提到要给蝴蝶儿梳拢,也从来没有在这儿住过;蝴蝶儿是小孩子一样,更仿佛没有这个心。

这一天夜里已经三更多,各姊妹的屋中多半熄了灯,弦管歌唱是早就停止了,唯有楼上蝴蝶儿的房中依旧灯光艳艳。金老婆儿就借着送茶为名,到那房里去看了看。只见蝴蝶儿跟那位年二老爷隔着一张八仙桌坐着,真好像是相敬如宾。他们两人大概已经谈了好久,可是话仿佛还没说到要紧之处,金老婆儿就故意慢慢地洗茶碗、倒茶,偷听他们两人的谈话。

他们谈话的声音都不大,只听年羹尧追问着说:"你快告诉我,这姓黄的到底是什么人?"

蝴蝶儿说:"他都许已经来到金陵了,您不会找着他,自己去问? 可是要留心,他的本事大……"

年羹尧冷笑,说:"我不怕有本事的! 不过我着急,等不得……他现在一定还没有来,因为他若是跟曹仁虎、路民胆一同来此,我绝不能够不晓得。我听你说了这个人之后,我心上就永久想着他,恨不能当时跟他见面,看看他到底是谁? 我不信北京城还有这么一个豪侠,还是个做买卖的……"

蝴蝶儿说:"本来那人就不是做买卖的嘛! "

年羹尧说:"你一定知道他的来历,你快对我说……"

蝴蝶儿却笑了,说:"年老爷,您越是这样的逼着我,我可越不能够说了,因为我就是有这么一个别扭脾气。我还有好些话要问您呢,我就是不明白,您为什么偏留心这个人? 当初我不过顺口说出来有那么一个人,跟我们一同走过路,可是您当时就追问,仿佛您认识了我,就为的是要认识这个人;您给我花的钱,不过为买出来我的话,您刚才说'心里永久想着他',您为什么不永久想着我呢? "

年羹尧说:"他是一位豪杰,你是一位女人,如何能够相比? "蝴蝶儿点头,说:"是,假使他也是一个女人,那可更吃醋了! 我就不明白,您为什么偏急着要知道他? "年羹尧说:"这话现时不能够跟你说,将来你嫁我之后,看我能做出什么样的事来,那时你才能够知道。"

蝴蝶儿说:"既是这样,我可也得等到嫁了您之后,才能够跟您说了！您非得再拿出些钱给我，虽不是赎身，可是也还有不少的用项。您的这个官职，比……比王爷大，还是比王爷小？"

年羹尧说："王爷就是皇上的儿子，无论多大的官，哪能比得上王爷？"蝴蝶儿似乎很惊讶，又问："那么王爷，将来能够做皇上吗？"年羹尧沉吟了一会儿，就说："这可说不定！"

蝴蝶儿又问说："那么，年老爷，您将来能够做皇上吗？"

年羹尧却摆手，说："不要再说，这话怎可说得？"

金老婆儿这时候吓得也不禁手颤，几乎把茶碗都弄倒了，同时她也不明白，为什么他们的嘴里不是说王爷，就是说皇上呀？是做梦了，还是发疯了？这才真糟！

这时却见年羹尧呆呆地发着怔，金老婆儿把茶杯送到他的眼前，还笑着说了声："年老爷您请喝茶吧！"他却依然呆呆的，仿佛一点儿也没听到。

年羹尧在这儿呆了半天，他好像是已有所悟，就不再向蝴蝶儿究问了；好像是已经问出来了，用不着再说了。他微微地冷笑着，又呆坐了会儿，便又向蝴蝶儿笑着，说："不必再提了！我就是把你接出去，也不再向你问这些话了。"

蝴蝶儿却过去拉住了他，说："您今天先别走，我还有些话要跟您说呢！"

年羹尧说："说话的日子还很长，何必急在这一时？我要赶紧回去，因为店里大概还有人等我。"说着把手夺过来，他就走出屋去了。

金老婆儿说："刚给老爷倒上的茶，老爷怎么就要走呀？"她这样说着，可是去往外送，并且还说："宝贝儿，快送送老爷！"蝴蝶儿神情嗒然地向外送了送，在楼梯旁昏暗的灯光里，就见年羹尧带着四个健仆，脚步咚咚地一阵乱响，就下楼走去了。

蝴蝶儿回身进了屋，金老婆儿随着进来，蝴蝶儿就拿出刚才年羹尧的一张庄票给了金老婆儿。金老婆儿虽不认识字，可是专能够认识票子上的字，就近着烛光细看了看，她就认出是本城内有名的大银庄开出来的银票，数目是二十两。一天来一次，连茶都不怎么喝，就给二十两银子,这还不是财神爷吗? 可是这仍然让她有点儿担心,她就向蝴蝶儿说:"宝贝,咱们娘儿俩可真算走了运,我还没遇见过这样花钱的呢! 可是,你得小心他点儿,他不一定是个干什么的呢? 再说,我看他也没有接你出去的意思,咱们就把别人都得罪了,可也合不着!"

蝴蝶儿急躁地跺脚,说:"您不要再说啦!"

昨天蝴蝶儿就独宿在这间屋里,今夜,金老婆儿似乎心里有点儿什么感觉,有点儿不放心,心里也不住突突地跳,她就故意地说:"今儿各姑娘的屋里都留着客,我可在哪儿睡呀? 我来陪着我的宝贝吧!"蝴蝶儿没有言语。于是她就叫来了一个伙计,给她在这外屋支了一份铺板,她并切切实实地问这伙计,说:"大门都关好了没有?"伙计说:"已经关好了。"金老婆儿又问:"锁上了吗?"伙计回答说:"锁得结结实实的。"

金老婆儿就自己叨念着说:"不是我胆小,是现在这种买卖不好做了,什么人都来了! 你不接吧,可哪儿去挣钱? 接了这个客,可又得罪了那个客,真难! 花钱的老爷们真难对付!"

伙计把铺板支好,就出屋去了。金老婆儿把屋门又关得严了又严,窗户闭得是紧了又紧,并把一幅幅的窗帷全都放下。可是屋子外依然有灯光,屋里吹灭了灯之后,窗上的光影可更显著,是那楼栏杆上挂着的灯照进来的;一盆栀子花的影子都印在玻璃上,而浮在窗帷上,隐隐约约的,仿佛还有点儿动,可能是被风吹的,倒好像是有人在那里站着。

金老婆儿真不敢用眼睛去瞧,她又走进里屋,就见灯还点着,床上的被褥铺得很整齐,蝴蝶儿连簪环也不卸,仍然坐着发怒。金老婆儿就笑着说:"我的宝贝,你怎么还不睡呀? 累了这么一天半宵的啦,再不歇着可就累瘦了! 你的心事也不必这么多,没有什么不好办的事。只要那位年二老爷能够娶你,我就也不拉着你,可是,求他多少赏我几个,因为我为你也垫了不少的钱,操过不少的心啦。他也不用多赏,只要能赏我一百两银子,我就心足。"蝴蝶儿听了她这些话,却一句也没回答,一翻身倒向了床里,盖上被就睡了。

　　金老婆儿更觉着忧心，真恨不得得一笔钱就把她放手，因为她已经感觉出来了，这不是一只好养活的鸟儿；笼子里既关不住她，她还得把什么鹰呀、鸡呀、老雕呀都招来，真许连夜猫子都能给招来，谁跟她操这份心？早晚一定得出事儿。

　　金老婆儿将这屋里的灯压了一压，然后转身走到外屋。她叹息着，慢慢走近了铺板，刚要脱鞋，忽见眼前有一条巨大的黑影；是一个人，不知是什么时候进来的。她不禁喊道"哎……"刚喊出半句来，就见眼前寒光一闪，这人的手里还拿着刀，吓得她立时就全身哆嗦，喊也喊不出来了。

　　只见这个人真如一只巨大的黑鹰似的，悠然间就扑向了里屋，一准是攫取那只小鸟——蝴蝶儿去了。金老婆儿以为还是那天的甘凤池，她的双腿虽然抖着，可是心里太着急，所以急急忙忙地就走向里屋，说："姓甘的，你这可不能莽撞，我们的姑娘已经是年二老爷的人啦，你惹得起他吗？"

　　那人手握尖刀，把脸一扭，说了声："你少说话！"金老婆儿一看，吓得更哆嗦了，原来这不是甘凤池，更不是跟年二爷的人！此人全身穿着黑衣，头上也包着黑布，身体浑实，面貌极生，而脸上没有一根胡子，那两只眼却瞪得又凶又大。

　　此时，蝴蝶儿本来还没有睡，她正在悲痛地想着：年羹尧的脾气也令人捉摸不定，不知他是否有真心娶我，更不知道他是哪一种人。总之，他就是和甘凤池、黄四爷、曹仁虎、路民胆他们，还有白龙余九的那几个儿子是一类的人，咳！怎么我遇见的全是这些人……

　　忽然听到有种异样的声音，她赶紧一翻身，就见了这个面生的突来的暴客，惊得她哎呀一声尖叫。这个生客将腰间系着的一块黑布褡包一抖就解了下来，同时也展开了，扑住了蝴蝶儿的脸；蝴蝶儿就觉得一阵儿发凉，仿佛是无法形容的一阵儿冷风，立时她的身体颤抖，而知觉又仿佛尽皆丧失。

　　这人就将蝴蝶儿挟起，向金老婆儿说："我带她去陪一陪酒，因为那里现在来了客人；年羹尧若是不服，叫他到江边去找我们！"吓得金老婆儿腿一软，就瘫坐在地下了，哪里还敢喊叫？眼见此人比那甘凤池还悍猛，他真像鹰攫小鸟似的，就把蝴蝶儿给攫走了，简直不知道是怎样飞去的。

此时，蝴蝶儿被挟在那只有力的膀臂之下，被黑布褡包蒙着头，并且这黑布褡包还有种浓烈的凉药味。她的知觉已经清醒，就极力地挣扎，但是一点儿也不管用。她又喊叫说："难道你们不怕年羹尧？"可是也不知喊出声儿了没有，只隐隐觉得似乎随着这人由高处而堕下，惊得她又将双目紧闭，但结果是一点儿也没摔着。

现在仿佛是离开艳春楼了，因为外面有些夜风，吹进了她的裤腿、衣管。她仍然被这个人挟着走，忽而爬到高处，忽而又堕下来了，这种种的感觉都跟那次在湖里被劫于船上的情形完全两样，倒也似乎很有趣。她心里渐渐坦然了，暗想：我倒要看看你把我弄到哪里去？莫非又是白龙余九的那几个儿子来找我？上一回我都跑开了，这一回我更得跑；不但跑，我还得把年羹尧、甘凤池全都找了来，那时看你们斗得过斗不过？

所以，现在她也不挣扎了，并且一点儿也不害怕，她就来个听天由命；她相信她的命大，无论到哪里，绝吃不了亏。

然而，这个挟着她的人胳臂用力极重，好像一根粗粗的铁箍似的，箍得她的身子很痛，她不由得叫喊了一声。但她也不敢再喊叫了，因为恐怕这个人一发怒，会把她扔到河里去，她不能够吃眼前亏；连高处把她扔下去再摔伤，她也怕，因为过去她曾为了脑门上有一块伤而受尽了人的白眼。现在她不愿意再损伤她的容貌，她认为只要是容貌无损，她就不怕一切强敌，她都能够用美艳的容貌去折服他们。

当下，她紧紧地闭上了眼睛，就觉得这个人如风一般地疾行，忽而仿佛是爬到了城上，忽而仿佛又跃落在城下，耳畔的风也呼呼地直响，风更寒，也更大。不觉得就到了一个地方，然而这个地方好像极为低狭，连这个人也是弯着腰进来的，好像是个穴。她不由得浑身打颤，心说：我许是遇见妖怪了吧？现在被妖怪给拉到洞里来了吧？她不由得就又喊了声："哎哟！"

这人却已将她放下,并随手将蒙在她头上的黑布褡包揭开。她这才长长地出了一口气,睁眼一看,原来这是一间极矮极狭的小屋,壁上也没有窗户,地下连砖石也没有,只是木板钉成;更没有床铺,只放着一张小炕桌,上面一盏昏暗的油灯。这个强壮的汉子站在她的眼前,手里还拿着明晃晃的那口尖刀,望望她,可也不说话。

蝴蝶儿坐着喘了喘气,手撩着鬓发,就问说:"你们这是什么地方儿呀?干吗抢了我来呀?告诉你们,你们千万别打错了主意,我可不是好欺负的!快点儿把我送回去,要不然……"说到这里,她忽然越发的惊诧起来。原来这个全身黑的汉子,现在揭下了头上罩的黑布,正在擦汗;大概是因为刚才跑了半天,太累了,累了他一头的汗。蝴蝶儿借着灯光一看,原来这人的头上不但没有辫子,连根头发也没有,敢则是个和尚!

蝴蝶儿当时仿佛有了理似的,胆子也壮起来,她就蓦地站起了身;可是这"房子"太低了,对面的这个和尚弯着腰不算,她这么玲珑娇小的身子竟也抬不起头来。但她指着这个和尚,就说:"好啊!你还是个出家的人哪?你从艳春楼把我抢来,你安的是什么心呀?"

这和尚却摆手,正色地说:"你不可胡说!我是正经的出家人,并且我们还都是有名的侠僧。我名叫龙僧勇能,我们的庙是在仙霞岭上的柳荫寺,下庙是直隶大名府的法轮寺,那都是天下有名的大禅林;不信你将来可以去打听打听,我们都是好和尚!"

蝴蝶儿想了一想,很是惊喜,她就更不怕了,说:"好嘛!你这么一说,咱们还是熟人,你刚才说的什么直隶大名府?我的娘家就在那儿,我就是从那儿来的。不但是从大名府来的,我还是从法轮寺来的,那儿有一位师傅,人家那才是真正的好和尚,人家比你好……"于是,蝴蝶儿就把法轮寺的庙址、建筑的形式详细地说了一说,又细细地说了那勇静禅师的容貌。

这个龙僧勇能就不禁大惊,说:"啊呀!你说的那正是我的师兄蛟僧勇静呀!你怎么会到那庙里去过呢?你快告诉我!"

蝴蝶儿冷笑着,说:"我不能告诉你,反正咱们是熟人。今儿你把我抢来正对,将来我还要见见他,见见我们那里的人,说一说:法轮寺的和尚在庙里好,出了庙原来就……"

龙僧勇能摆着手,说:"你不要嚷嚷!"蝴蝶儿却更大声地说:"我不但要嚷嚷,我还得喊叫呢!我得喊来人看看,和尚抢来了小媳妇!我还得喊来年羹尧,我问你,你惹得起他吗?"勇能说:"不是为年羹尧,我还不能把你送到这里呢!哼!"他说着又不禁冷笑。

蝴蝶儿诧异地问说:"为什么?"

勇能先回头看了看,他的身后是一扇小板门,可不知是通着外面,还是另连着一间"屋"。这龙僧勇能似乎也怀着畏惧,就又摆了摆手,悄声地说:"你千万不要嚷嚷'年羹尧',他是我师父的仇人!我师父了因,在天下数起来是第一位侠客,他的武艺无人能敌。"

蝴蝶儿又说:"你们可还得小心点儿,年羹尧他可有一个朋友,叫甘凤池,比你的力气还大。"勇能点头,说:"我知道,我们都认识,他是我的师叔。"蝴蝶儿又摇头,说:"不对!他不是和尚,他有很多胡子。"

勇能说:"我今天还遇见他了,他可没看见我。跟你说你也许不明白,我们出家为僧是一件事,在江湖为侠客,却又是另一件事。我的师父了因比他们都高,与那些人都是师兄弟,可是被年羹尧教得他们师兄弟竟失了和气。"

蝴蝶儿又尖声地问:"这跟我有什么相干?我又没教唆他们师兄弟!"

勇能又摆手,说:"你小声点!不要让我师父听见。我师父为人最厉害,脾气暴,他是因为你被年羹尧抬起了身价,不叫你见别的人。可是今天他可又看见你了……"

蝴蝶儿说:"怎么,他今儿也到艳春楼去了?他一个出家人竟也到那个地方去?还吃年羹尧的醋?"

勇能显出很惭愧的样子,又连连地摆手,说:"这我可不知道,我只是奉我师父之命把你带到这里来,旁的我都不管;可是因为你既见过我蛟僧师兄,我能够关照你一些。"蝴蝶儿虽然还沉着脸,可是不再言语了。就见这龙僧勇能又用黑布擦了擦头上的汗,便提着那口刀,退身出去了。

蝴蝶儿惊惶四望，因为她想趁着空儿逃走，她感到现在是遇着了真正的危险。"了因"这个和尚的名字，她觉得很熟，似乎是在路上听曹仁虎他们说过，好像是一个本事特别大而又特别凶恶的人。她就想：了因跟年羹尧作对，而年羹尧又特别对我好，这也难怪他把我抢了来；大概他是想要我的命，好叫年羹尧的心痛，他好出气。虽然那个龙僧还讲点儿理，可是到时恐怕他也救不了我，我得赶紧地走，赶紧地逃！

她想要推开门去跑，但这扇小板门大概是自外面锁了，真结实，无论怎样推，也是推不动；她急得弯着腰，在这窄小的"屋"里乱转。最令她着急的就是四壁没个窗户洞，可是这墙壁，并不是砖石的，仿佛是木板做的。于是，她就自头上拔下来了一根金簪，去划那墙壁，却觉着金簪太软。忽又想起头上还有一支别头发的叉子，却是铜的，包金的，于是她也取了下来；这样，她的头发可就散了，她就一手握着长长的乌云一般的头发，一手拿着这发叉子，顺着那壁间的缝隙，用力地去扎、去划。却不料这墙壁比木板还不坚固，大概是竹板子钉成的，半天的工夫，竟被她给掏了一个长长的窄缝；灯光自然立时透出去了，可是外面也好像是有光。

她扒着这个缝儿，用一只眼睛向外面细细地一看，几乎又要惊叫出来，原来外面竟是茫茫的大江，现在自己却是在船上。她知道外面是扬子江，因为江水浩荡，水势比那瓦埠湖的水势更大。她现时所在的这只船，一定是一只大船，而且系得很牢固，所以还不觉得怎样的摇动；然而她已感觉到头晕，立时就颓然地坐下了，头发盖住了她的脸，泪水也流了下来，她觉出现今已是一点儿办法也没有了。

她曾经被白龙余九的几个儿子抢过一次，那也是把她架在船上，但那夜没有多大的工夫她就被送到岸上了，而且那余九的几个儿子并不太凶，还仿佛有点儿开玩笑似的。现在却不然，这是大江，纵不是江心，也必是江干荒旷之处；了因和尚也不像那几个傻小子，他不定是怎么一个凶煞一样的恶僧！并且以前余家的儿子是想娶我，心并不太坏，这了因是个和尚，他当然不能娶我，那么，他把我抢来，可为的什么呢？

为的是杀我报仇吗？这样一想，她立时全身战栗，恨不得撞出墙壁，而投于江中自杀。

因为壁上掏了一个缝儿，所以由江上袭进来的夜风非常的寒冷，好像跟冬天一样；江波汹涌之声也如虎啸一般，令人害怕。夜，已不知是什么时候了，她既悲伤又困倦，想起来这江湖实在险恶，所遇见的都是这样一些人，连年羹尧也是这样的人，那王爷（允祯）也不是一个好王爷，他们都不知在哪里了？怎么没有一个人来救我？

她就像死了一般，斜着身靠壁卧着，她的头发不觉着就沾在桌上那盏油灯的上面了，立时发出嗤嗤的响声；她吃了一惊，赶紧直起腰来，头发都差点儿被灯给烧着了。她这么一惊，精神倒陡增。忽然见那小板门开了，她真想蓦然地奔出去，但是她看见了一个巨大的身影将这小门整个儿给堵住了。她看见了一个身穿紫色僧衣的肥胖大和尚，因为身子是蹲着的，不知道站起来有多高多大；那脸上满堆黑色的肉，眼睛却是细长的，满布着笑容，只是向她来看，品评似的玩赏似的不住地看。

蝴蝶儿稍稍沉下点儿气，就也瞪着他，问说："你是干什么的？你来看我干什么？"

这和尚说："我就是了因，大概你也闻听过我的名字。我想找你这么一个人，几年也没找着。你阅历过江湖，见过世面；你见了人也不害羞，这就是难得。这么难得的人叫年羹尧给得到，可是叫我发恨！"说着他咬着牙，表示他真是气得了不得。

蝴蝶儿却严厉地质问他，说："你怎么能够跟年羹尧比？他是个平常的人，他可以娶媳妇、嫖妓女，你却是出了家的，难道你没受过戒吗？"

了因一听说"受戒"这两个字，脸色忽然现出一种愁黯，他就摇头，说："你不要再提！这幸亏是你，若换个别的人来向我提说这两个字，我就要把他弄死！"

蝴蝶儿吓得身子又一阵儿哆嗦，说："这是为什么呀？难道你不是个出家人？出家人应当做好事，你把我抢到这个地方来，你不对，你不该,趁早把我好好送回去!"

了因笑着说:"你暂时在这里待着,将来我一定送你到一个很好的地方。那里有山有水,一到春天,有遍地的野花,还有叫得好听的各种鸟儿;那里也有你几个姊妹,有好吃的,有好喝的,整天什么事也不用做,就陪着我游玩……"

蝴蝶儿啐着说:"呸!你一个和尚,叫许多女的陪着你游玩干什么!你一定不是个好和尚,快点儿放我走!要不然,我想你不能够不怕年羹尧跟甘凤池吧,他们可全能够来救我!"

了因哈哈大笑,说:"你若提些别的,还许叫我想一想,为难为难,提起他们两个人来,却只有叫我发恨!我更不能够放你了,我就等着他们找来,我要叫他们全都葬身于江中!"

蝴蝶儿说:"还有一个比他们更厉害的人呢,那人姓黄……"了因说:"你说的是那自北京来的人吗?"蝴蝶儿点头,说:"你知道他就得啦!你可提防着他一点儿,他也能够来救我。"

了因又哈哈大笑,说:"你再多提出几个人来才好,叫我多认识他们几个!你这个好看的姑娘儿,不愧阅历过江湖,见过些世面,只可惜你认识的人还少;叫他们都来,叫他们敌一敌我,看他们可能敌得过我这'八宝钢环'!"说时便将他的袍袖一拂,伸出他的巨大的右掌。就见他那粗壮的五指,每一个指头上都套着两个钢打的环子,就仿佛是戒指一样,但比那沉重;他张着五指一摇手,钢环哗啷啷作响。

蝴蝶儿也不知道他是要做什么,只见他愤愤地说:"实同你说,我自被我师父所收,在山上整整的十年,真把我改了一半;我师父死后,我才渐渐地又活过来,我才弄到了几个妇人。可是我的杀戒至今没开,我就等着年羹尧了!你不要再护着他,否则招恼我,我可就先拿你开杀戒!"

蝴蝶儿本想再顶撞他两句,可是实在是不敢,因为了因这时的相貌变得更为凶恶。他的笑容全失,紫黑的脸上满腾起了怒焰,两道细长的眼睛也发出了凶光,真不晓得他跟年羹尧是有多大的仇恨。只听他说:"没有年羹尧,我的师弟师兄全都不能够跟我反目;没有他,我这时也早就脱去了袈裟,做了高官,多少妻妾都得陪着我,我非得用我这八宝钢环致他于死命!"

蝴蝶儿知道他手指上戴的环子一定都是非常厉害的兵器,因此真为年羹尧着急,而心里更难过。了因又说:"你到前舱来陪着我喝几盅酒!"蝴蝶儿却摇着头,把身子直向后退,哭着,怒着说:"我不能够陪,我可是当妓女的,你得给钱!"

了因笑着说:"钱很多,告诉你,我在十年前,闯江湖发的大财,连我师父都不知道,我都把它交给了人替我存着,那人连一丝也没敢动,如今又都给了我,多得很,比年羹尧的金银可多得多!"

蝴蝶儿依然向后躲,说:"那我也不陪着你喝酒,你出家人本来就不应当喝酒,菩萨能够降你的罪!"

了因又笑着摇头,说:"菩萨我不怕,菩萨是泥做的,连话也不会说。我一生,普天下,我只怕一个人,那就是我的师父!"蝴蝶儿当时就向空中指着说:"你师父来啦……"

了因一听当时就神色惨变,刚才还像一只怒狮,现在竟畏缩得如同老鼠一般,他立时就趴在那里,动也不敢动。但只是一会儿,他就明白了,便更愤怒地说:"你为什么拿我打要?我的师父已经死了,你竟敢拿她来吓唬我?不用看……"他又笑了,说:"若不是看你是一个长得好看的姑娘,我立时就将你劈死!走!"他这一声大喊,真好像响了个霹雳。

他伸着大手一攫,这才如苍鹰攫兔,揪着蝴蝶儿就出了这小小的后舱,到了外面。蝴蝶儿哎哟哎哟地喊叫,可是那站立在船旁,手握尖刀,似乎正在观望什么的龙僧勇能,竟连管也不管;这浩浩的大江中,旁无邻舟,她的呼救声音更无人听见,她极力地挣扎也是无用,就被了因给硬拉到前舱之中。

这前舱却十分的宽绰,设置得如同一间古雅幽静的房间似的,也供着佛龛,然而旁边却有两个人,都身旁放着刀,正在饮酒,也有菜和鱼肉。了因就把蝴蝶儿一推,那两人一个就搬了个凳儿,说:"大嫂你坐吧,我们今天给你来贺喜!"另一个亮出来寒光森森的一只匕首,说:

"大嫂你听点儿话！好生侍候我们大哥，要不然，我们大哥他开不了杀戒，我们可能够替他动手，这江里、岸上可全都是埋人的地方！"

蝴蝶儿此时只有战战兢兢，她一点儿也不敢嚷嚷什么了，只有拿胳膊捂着眼睛痛哭。可是了因又将她的胳膊挪开，说："不要挡着脸！我要细细地看你！"当下她只得流着泪坐着，一任这肥大的和尚斟酒狂饮，含着笑，借着灯光来看她的娇容，和旁边那两个呼他为"大哥"的人谈话。

了因旁边那两个人，一个名叫江里豹，一个名叫铁背鼍，全都是江洋大盗，十年前都是了因的伙计。那时了因还没有出家，他天生有奇大的膂力，并且武艺超群，自幼就当强盗，作恶多端；官人既对他莫能捕捉，一般侠客又都敌不过他，所以就一任他横行。他尤其贪花好色，许多的良家女子都为他所污，他简直是一个恶魔。

事被仙霞岭上的独臂圣尼慈慧老佛闻知，特地下山，走遍了数省，方才把他寻到。他虽然顽横，却敌不住。独臂圣尼以降龙伏虎之力，很容易地就把他制服了。以他过去的作恶多端，本来应当叫他遭受报应，致他于死命，但是老尼以慈悲为怀，不能动杀机、开杀戒，所以就想感化他，把他带到了仙霞岭上的柳荫寺。

这座庙在高峰幽谷处，原是一座古刹，在宋末即有人在此削发为僧，现在这寺里的和尚，也多半是前明遗老。独臂圣尼是另有一座草庵，在更高之处，她在那里就以武艺教授了几位志士，如周浔、曹仁虎等人；但是她所收的弟子，都不令削发，依旧都是俗家，原不是为人修行，而是为叫他们艺成下山，以便光复明室的社稷。

但她待了因却不同，一上了仙霞岭，立时就令他削发为僧，给他借寺名"柳荫"二字的谐音而起了"了因"这名字，叫他随那寺里的诸僧，终日的礼佛听经；这原因就是知道他的恶性难除，不放心叫他将来下山，怕他不做好事，倒许做出来恶事。老尼一面思以佛法禅理度化他，使他消灭恶性；一面还特别教练出来了一个甘凤池，以便日后对付他。

总之，独臂圣尼之意，倒是想叫他做一个护山的尊者，将来还可以由他转授人武艺。所以他在山上选了两个年轻力壮的和尚，向他学武，并给起了绰号，称为龙蛟二僧；独臂圣尼对此并不干涉他，只是不允许他下山，叫他绝对要遵守戒杀、戒淫、戒酒、戒愤怒，戒背信等等严格的戒条。了因因为惧怕老尼，他就一一地谨慎遵守，不敢稍违。

其实他是真受不了寺中的那种清苦，他听不下去经，时时还回忆着他的过去。当强盗的时候，他虽没有杀人的瘾，可是杀个把人他也没当作一回事。他还梦想那些如花似玉的"女多娇"，可惜岭上一个也看不见；有个吕四娘是他的师妹，本事学得比他还精，他一点儿非分的念头也不敢想。他又时时惦记着他存在铁背鼍之处的那些金银财宝，也不晓得那小子替他好生看着没有，他想大概早就没了，就非常的心痛。他虽在修行，却盗心屡起，几次都想偷点儿什么做路费，趁个空儿逃下山去。但是他实在惧怕老尼，他觉得他一定逃不出去，所以也就不敢那样做。

他受着苦，抑制着私欲，在仙霞岭上整整装了十年好人。他又从老尼之处学会了不少的真传武艺，他自觉得越发无敌，除了甘凤池，他把他的那几个师兄弟简直就没看在眼里。

第十八回　了因僧猖狂违戒律
聚英楼龙虎起风云

　　十年来了，了因这家伙可真受够苦了，好不容易才盼得独臂圣尼慈慧老佛圆寂，给他去了唯一管主，他可就恶性复发，为所欲为了。他先下了岭，在江湖上找着了那些旧伙伴，出乎他的意料之外，那些人还都混得很好。尤其是铁背鼍，居然成了一个大财主，在金陵城，在苏杭，都开设着很大的店铺；早先替他保存的那些财物，一股脑儿拿出来都交给了他，并且还想与他再做江湖绿林的"买卖"。

　　本来了因的财产已经比十年前增进了数倍，可是他还想着非得再显一显不可，并且想把他的那几个师兄弟，连师妹也拉入伙；谁管什么师父的训诫和什么大明江山，他要快快活活地做一个"绿林之尊"、酒肉财色的大王爷，于是他就先胡闹了一大阵儿。但后来却使他吃了一惊，原来是这几年来，比他早下岭的周浔、曹仁虎、路民胆等人全都在江南负有盛名，人咸称之为侠义，专门剪除一些强霸，憎恨淫杀之辈；他可觉出有点儿不对头，尤其听铁背鼍说，张云如和甘凤池，全都住在金陵，他因此更有所顾忌。近来，又由北方来了他的老朋友江里豹向他述说了北京的情形，说有许多的贝勒正在争位，有为的英豪正都出头。江里豹又说，这几年来南北第一的侠士，就是曾做过湖北巡抚的年遐龄的小公子年羹尧，别号"双峰"，天下的英雄，尤其是甘凤池等位侠士，全都听他的指使。所以，了因对于年羹尧，不但是惊讶，而且加倍的嫉恨。

　　了因自下岭之后，现在将近两年。他也知道，由于他恶性重发，弄得他那些师兄师弟师妹全都晓得了，全要找他，质问他，也许想把他赶回岭上，或许就得跟他拼命。但他实在也有点儿委屈，他也没做太多的恶事。他用他早先积蓄的钱将柳荫寺重修了，可是他为他自己另筑了几间密室。他先由岭上附近连抢带买，弄到几个女人，他可也没敢享受，因为老尼虽死，而余威犹在，他的心被吓怕了，至今仍然有点儿不敢；所以他把妇女抢到手，只是看着，或令陪酒，他不敢破淫戒。他也没有再杀伤过人，也因为他的两个徒弟龙蛟二僧，蛟僧勇静是早就在柳荫寺的下院法轮寺当住持，远在北方，听说为人颇守清规，所以了因倒怕跟那个徒弟见面；这龙僧勇能也是一个古板的人，不过却是对他极为忠心，他吩咐什么，便给他做什么，大概也是因为怕他。

　　他本来船行在江畔，假作是来购办什物的外县来的僧船，他在船上终日会着江里豹等盗贼，采听江湖上的一些事。而有时他也化装成为俗人的样子进城去，有时住在铁背鼍的家中，有时就通宵在妓楼之中取乐。年羹尧现今也在此地，以及其住所和每日的行事，都是铁背鼍派人打听来告诉他，他在此，准备的就是要与年羹尧一决雌雄。只因为年羹尧的名声太大，他猜想着武艺也必特别高超，所以不得不稍加考虑。

　　就在这时，他闻听了年羹尧结识了蝴蝶儿，使得蝴蝶儿顿时身价百倍忽为名妓之事。他今天特地去看了看，那时他是俗家的打扮，站在艳春楼的院中，装作嫖客。蝴蝶儿正好出了屋子，向下叫人给她买什么东西，就被了因一眼看见了。了因立时就魂销于九霄云外，他就更恨年羹尧了，心说：好啊！你又有钱又有名，我的师兄师弟也都钦佩你，如今有这样的绝世美人，竟也被你包下了，我不能由着你享受！依着他，当时就要把蝴蝶儿抢走，可惜那是白天，他还没有那么大的胆子。于是了因等到了今夜，派了比他身躯伶便、行走敏捷的龙僧，利用铁背鼍所制的"冰雪迷魂袋"，便把蝴蝶儿抢到了船上。

　　现在，蝴蝶儿哭了一会儿，也不哭了。了因虽然跟江里豹、铁背鼍商谈着如何对付年羹尧的事，眼睛可仍然时时看着蝴蝶儿，他越看越喜欢，还不住地笑。蝴蝶儿真觉着他讨厌，可是没有法子，因为要跑也不能够跑，还怕把他们招恼了；他们都是强盗，就许把她给扔在江里，那不是什么都完了吗？苦也白受了，美梦也做不成了。所以现在蝴蝶儿只是忍着，了因叫她喝酒，她也轻轻地向嘴唇沾了一点儿，并且她也羼在里面说话。她说的话完全是讥讽他们，并且极力地夸甘凤池的力气如何如何的大，那位黄四爷的武艺又是如何如何的高，还说："就是路民胆来了，你们也绝跑不了！"

江里豹是不服气，铁背鼋是听着有点儿发愁，唯独了因只是笑，他毫不在意地说："甘凤池、路民胆的武艺怎样，我岂能够不知道？至于那姓黄的，大概也不能怎样的高，他来了倒好，我都得会一会他们！"

蝴蝶儿就盼着他去碰钉子，最好能叫甘凤池一掌拍碎了他的脑袋，或是叫允贞一枪扎破了他的肚子。可是她绝没有提年羹尧，因为她虽然相信年羹尧的武艺高，且有四个健仆保护着，可是看了因也实在不是个好惹的，也许年羹尧真敌不过他；这是使她很提着心的，而且感觉着害怕、忧愁。

天色都快要拂晓了，江风愈寒愈大，连这只船都直摇晃。蝴蝶儿困得两眼直往一块儿闭，眼边还挂着眼泪，了因大概也看着她可怜，就将她又挟着送回到那后舱里，依然把那舱门紧紧地锁上。蝴蝶儿此时是什么也不顾了，躺在舱板上就睡着了，也不知睡到了什么时候。了因在黎明之时，就将铁背鼋送到岸上，他跟江里豹同在前舱睡的觉。那龙僧勇能，还有六个船夫——这全是铁背鼋手下的伙计，都是大江一带的著名水贼，他们是在船上彻夜地巡更。

次日，是个阴霾的天气，似是要下雨。约至中午，了因方才醒来，他什么也不顾得，就先换上了俗家的衣裳；里衣扎束得很利落，外面却罩着一件灰色的绸子大褂，头戴一顶青纱瓜皮小帽。这小帽的四边可有假头发，还垂着一条假辫子，扣在他这光光的秃头之上，不大能够看得出来是假的。他也不带什么刀剑，只在手指上套着几个"八宝钢环"，就一跃而离船登岸。

他们船泊的这地方本来十分的僻静，附近没有别的船，也没有人家屋舍。大江上波浪滔滔，烟云迷茫，更看不见别的什么东西，天也像在急怒。了因的心里却燃烧着炉火、急火，他决定今天就去杀死年羹尧。他又想：或者不杀死他，只用我的八宝钢环将他打成重伤，把他也挟到这里来；叫他看看他的蝴蝶儿，业已成了我的蝴蝶儿了！任他在江湖上有多大的名头儿，也叫他丧在我的手里，那我才能够出气。心里这样一想，便又想到蝴蝶儿了，昨夜那么一细看她，实在是天底下最美丽的一个女人！这样的美女，竟到了我的手中，实是侥幸。我就应当乐一乐，来一个蓄发还俗，将来也跟铁背鼍似的置些房屋田地，做一个大员外，最好是做个官，那蝴蝶儿也就成了我的"夫人""太太"了……

他这样的一想，真觉着乐不可支。然而突然又想起独臂圣尼的那些威严的戒条，他不由得又打了一个冷战；虽然独臂圣尼是早就死了，可是昔日的威严和教诫至今依然能够慑服着他。他满腔的希望，一脑子的胡思乱想，至此忽又完全变为冰冷，就像这时天空中的乌云和四周围愁闷的雨气，又都把他压住了。他想：不行！抢来蝴蝶儿，看着可以，要把她收为老婆，大概是不行。我这辈子恐怕不能再有老婆了，否则，倘若被独臂圣尼知晓了……她虽然久已死去，可是谁知道她老人家能不能够还魂？她既有神鬼莫测的高深武艺，恐怕也就有还阳之术。不行！什么都可以做，娶老婆的事是实在不可以做；我要不当和尚，没受了戒，那还不要紧，我要像年羹尧也不要紧……一想起年羹尧，他又不禁肝头火起，心中暗骂道：好啊！年羹尧，你既有名，别人又都佩服你，还可以娶老婆！好啊！我一定要把你碎尸万段！

他一生气，脚步就特别快，不多一会儿便来到了城门。他可立时又胆小起来了，赶紧把背驼了下去，又将小帽在头上按得牢固了一些，两只眼贼似的不住地看着这来来往往的行人，为的是让人家看不透他。

进了城，他就一直到了夫子庙，因为这里有一家茶馆，字号叫"聚英楼"，是金陵城一般有名的人唯一的聚会场所。因为它的地方很大，楼虽仅有两层，而上下可容一百多座位，并且自成部落。高尚的人都是棋友，象棋、围棋这里都有，一个个长袍折扇的老夫子、小名士，整天在这里摔那棋子儿，为一个黑白棋子，能够发愁半天；为几个"车""马""相""仕"，有时也能瞪着眼睛吵起来。更有的人在这里作诗，研究"八股"。靠着楼窗的那几排桌，坐的大半是些保镖的、护院的，他们有时在这里讲吃茶，有时在这里谈他们的"买卖"。总之，这里是文武双全，什么人都有。这有种种原因，不独因为地方宽绰，历史悠久，同时还因为这里的茶香茶好，掌柜的更是一个八面圆通、专会应酬人的人，外号叫"万事和"。但万事和的这家茶楼，今天却因为真的群英相聚，而起了莫大的纠纷。

了因知道来到这里，至少能够听见许多的人谈论"蝴蝶儿失踪"的事，那么就可看情形行事了。如果艳春楼的班主报了官，这里的督抚、藩臬各衙门全都追捉得甚紧，那就等到晚上再去找年羹尧；但如果蝴蝶儿的事没多少人知道，也不大有人理，那就立时去找年羹尧。还是白天去找他好，因为他是个过路的学差，是个官，他也得做出文绉绉的架子来，绝不敢施展身手；到了晚上可就不然了，他会蹿房越脊，他的武艺未必比我低得太多，何况，到夜里我这"八宝钢环"也未必能打得十分准确。

他走进了茶楼，一看下面乱哄哄的，还有女人，大概也是秦淮河的妓女；他不由得看了看，觉得比蝴蝶儿差得太多。一个堂倌招呼他说："大爷请到楼上去坐！"他这个"大爷"，赶紧又把头低下去了一些，背也更驼了，他的大褂底襟简直就擦着楼梯；因为他怕被人看见，他虽穿的是便鞋，脚上却是一双僧袜。

他上了楼，略略地抬头一看，就见楼上的人实在不少；蓦又吃了一惊，原来他看见甘凤池也在这里。他们虽是师兄弟，但在仙霞岭上见面的次数并不多。又因寺中的僧人太众，了因羼在里面不大能够显得出来；俗人却只是几个，所以容易认，而能够记住。甘凤池在岭上时原是个白净少年，他自从台湾回来，才留了这满脸的胡须，但了因还能够认识他。

连今天这次，他们在这金陵城里已经见过三四次面了，甘凤池虽然时时寻找了因僧，可是没看出他就是了因，前两次可也是因为他立即躲避开了。今天他已经上了楼，躲避已然不及。他也是有点儿害怕，因为他晓得唯有甘凤池是他的对手，或者比他的武艺还高，而且现在又是年羹尧的臂膀。他心想：不好！怎么一来到这里就碰着了他？还是不要让他看出来为好。于是他就在靠近那些摆棋的文人之处，找了一个座位；旁边还有两个人，倒还不像是武师。

这时，堂倌过来殷勤地问他，说："大爷要泡什么茶？龙井还是贡尖？"他只点了点头，表示随便。堂倌偏又问他："大爷把帽子摘下来叫我挂上吧？"

了因可就吃了一惊，并且大怒，以为这堂倌已经看出他是个和尚；所以真的，假若这里没有甘凤池，他就许一掌将这堂倌打死。然而，他旋即知道是错会了意，因为好几个帽架子上都满满的挂着各种各样的帽子，都是客人的，这楼上也没有戴帽子的。不过，虽然天这么热，这和蒸笼一样的茶馆里，唯独他的帽子可是不能摘。他就把头摇了一摇，心里更是气，暗道：假若年羹尧在这里，他就一定能够摘帽子，我竟连这一点也不如他，他可是真真的可恨了！

这时，突然听到那边甘凤池在喊着说："金陵城这样大的地方，竟敢有人半夜抢去妇女，还有人疑到是我，这是欺负我甘凤池！"

旁边就有人劝他，说："甘大爷！谁也不能够赖你。你是著名的好汉，疑惑一千个人，也绝疑惑不到你头上，你就不要再说了，还是吃茶吧！"

甘凤池却又擂着他的胸膛，这幸亏是他自己的胸膛，若是别人的，一定得给擂碎了。他的蓬蓬如乱箭似的连鬓胡子气得都扎竖起来，他又愤愤地说："今天我要在这里待一天，叫人都知道我甘某！不错，有一次我是想将那蝴蝶儿抢到我家……"了因听到这里，不禁扭头去看，他也愤怒起来，也不怎么怕甘凤池了。

却听那边又说："是因为我家中有瘫在床上不能起来的老母，我早就想找个人去服侍她老人家，只是找不到好人。我那天看着蝴蝶儿的心还好，在那地方是屈辱了她，不如叫她到我家里去……"了因一听，更是大怒，心说：你倒想得不错，你莫非是想白白弄个老婆吧？但凭你那脸胡子,蝴蝶儿也未必乐意,还许不如喜欢我这出家人呢!

又听甘凤池说:"只要她能在家服侍我母亲,我就可以放心走了,我甘凤池一生绝不娶妻,我绝无别意。后来我的一位朋友劝阻住我……"了因暗自冷笑,心说:你的那位朋友一定就是年羹尧了!他把你推开了,他却去占据了那个妇人,这就是你的好朋友……

当下他的心里又笑又恨,正想要走过去,准备跟甘凤池说:"师弟你还认识我吗?年羹尧既是这样的贪色忘友,咱们就一同去打他……"他可是还没有站起来,却见有一个人早已走到了甘凤池的近前,向着甘凤池一拱手。了因不由得注目去看,就见这个人的身躯颇为雄伟,方面细目,身边还带着一个瘦小的仆人;主仆所穿的衣履都很讲究,不像是俗常的人,了因就更加惊疑。

这时,那堂倌已然把一壶茶和一盘佐茶的豆腐干丝给端来了,了因就说:"这边来!这边来!"他起座另找了一个坐的地方,这个地方离着甘凤池更近些;他也顾不得倒茶,只把眼睛盯着那两个人。

只见甘凤池也似乎是很诧异的样子,问说:"你是谁?"

这人却说:"我姓黄名君志,排行第四,现自北京来,跟曹仁虎、路民胆,我们全是好友。"甘凤池的态度越发地惊异。

只听这人又说:"我久仰甘侠士的大名,如今是特来拜访。我来到金陵已经三天了,到处寻访,俱都无人知道甘侠士的住处,幸喜今天在这里相遇!"他又拱了拱手。甘凤池却仍然惊异着,不发一语。

了因此时也是惊讶,暗想:此人莫非就是蝴蝶儿说的那个很有本领的姓黄的吗?江里豹也向我说起过此人,说在北京颇有威名,现在北方的江湖豪杰全都时常提他,他已经是年羹尧以外的又一个有名的人了。今天遇着也好,在这里遇着他更好,我们倒要会一会,大家比较比较武艺!想到这里,他兴奋得坐也坐不住。

就见那两个人也都不落座,甘凤池说:"我也听到朋友谈你!曹仁虎和路民胆确实都是我的同门兄弟,不过,我却与他们不一样;我这个人的脾气是除了至交旧交,新的江湖朋友,我全一概疏远!"

允贞听了这话,不由得显露出来异常失望的样子。他怔了怔,又说："甘侠士！你可以同我到别处去谈一谈吗？因为……"他还没有说出来是因为什么，甘凤池便摆手，说："我不认识你，我可跟你去谈什么？我还要在这里向凡是认识我的人都要表白表白！"

允贞却说："你也不必表白，你甘凤池的侠义之名，远近谁不知晓？昨夜在什么妓院之中所发生的妓女蝴蝶儿被人抢走之事，那一定是极下流的江湖强盗所为。"了因一听这话，不由得胸头火起，因为这简直是当面骂了他。

却听允贞又说："谁也不能疑惑是你甘凤池，我看你用不着表白。我远路来访你，既见了面，你虽不愿与我结交，但我们也应当谈一谈，然后我再走，也算不虚此行；你如叫我帮助你去找那抢妇女的恶贼，我也尽力！"了因听到这里，不由得打了一个冷战，因为他不知道这个人到底有多大的本事。甘凤池却仍然摇头，说："用不着！"

此时，整个酒楼上的人差不多无不注目于这两个人，无不对甘凤池表示钦敬，而对允贞表示出一种惊异。甘凤池又说："那抢去妇女的恶贼，我也晓得。我不但认识他，他还是与我同师学艺……"这里的了因更是大惊。

却听允贞微笑着说："你既说出来了，我也可以告诉你，抢走蝴蝶儿的，必定是路民胆！"

甘凤池却连连摇头，说："不是！不是！"又向允贞瞪眼，说："你可不要污蔑我的师兄弟！我的师兄弟尽是英雄，路民胆他也是个磊落的丈夫，只有一个人，我们早已不认他是同门！今天我来到这茶馆，就是要对大家说：第一，那抢走蝴蝶儿的事，不是我干的；第二，我要在三天之内，找出来那个恶贼！别管他是我的什么人，我也要把他绑到这里来，当着大家，我亲手要他的命，以为我门中雪耻，为人间除恶！"

他的话才说到此处，了因便不由得发出了一声冷笑。他这一笑不要紧，很多的人都把目光转移到他的身上，这了因就没法子再隐藏了。同时，跟着允贞的那个人，那瘦子秦飞，忽然走过来向他说："你笑什么？莫非你是知道吗？"

秦飞这时也是多事，他也是仗着他的爷和甘凤池的威风，同时他要在这许多人面前显一显,他并不是个"跟班的",而也是一名"侠客"。却不料了因不容分说,吧的就是一掌,打得秦飞哎哟了一声,立时就晕倒在楼板上。

甘凤池蓦地跳了过来,一把揪住了他的脖领,怒喊道:"你是谁?"

了因这时忽然后悔了,他见甘凤池大概没认出他,就故作笑容地说:"我是来这里喝茶的,我只是随便的一笑,不想这个人就来问我;我一时失手,误打了他,这可不怪我……"

他正说着,忽觉脑后有人把他的帽子一挠,连他的假辫子也掉了,他的和尚头立时就显了出来。他当时大怒,赶紧回首,就见新上楼来一个人,仿佛是官员的打扮,有黑胡子,眼睛带棱,鼻如鹰隼,并带着四名健仆。了因于前天夜间,曾在街上偷看过此人一次,此人就是那最可恨的年羹尧!自己的帽子和辫子都在一个健仆的手里,这必是年羹尧叫他挠的;挠下我的帽子,显出我的原形,手段好辣!

这时满茶楼上的人全都大为惊讶,有的就笑说:"哎呀,原来是个和尚!"了因不由得又羞又气,胖脸涨得发紫。

甘凤池虽然把他揪得更紧,脸上却显露出一些惊奇,说:"原来是你!真给咱们的门中添羞,你如何对得起慈慧老佛?"

了因却翻了脸,大骂说:"什么老佛?我不认得她,我也不认得你,你们都做了年羹尧的奴才……"

甘凤池将他一揪,了因扬手就打,甘凤池以拳相迎;两个拳头碰在一起,虽不似铁锤相击一般地迸出火星,发出巨响,然而这种力量,却比铁锤碰铁锤还要沉重而猛烈,当时震得楼板楼壁都乱动,桌子、椅子,连坐着的人都震得要跳起来。一些人乱纷纷四散逃避,胆小的早跑下了楼,还有摔下楼去的。允贞刚上前说"不要打……"年羹尧却指挥四名健仆,说:"杀!"健仆们一齐亮出来匕首。

甘凤池又说:"你将蝴蝶儿送回那艳春楼,便可饶你!"了因却不住地哈哈哈大笑,说:"那蝴蝶儿早已做了我的老婆了!"甘凤池大怒,用力地来扯他,这一扯就将他的衣领完全撕断了,了因趁势将自己的外衣剥去,却回身向年羹尧来打。不料年羹尧早已无踪,不知是什么时候下楼走了，只留下了两名健仆。

此时甘凤池依然来抓他，他却翻身又打。甘凤池又与他相扭，他也扭着甘凤池，两人就如两头雄狮，齐扭到了那楼窗附近。两人都想把对方推下楼去，这样一用力，只听咔嚓、哗啦楼窗全断。急得那掌柜的万事和直嚷："这可怎么办呀？我的爷！"他被许多人挤在一个墙根儿，连出来劝都不可能。

这时甘凤池就向了因说："咱们出去再说！"了因狠狠地冷笑着，说："好！"当时两人依旧死死相扭，同时将身齐向上耸去，就一齐跃出了楼窗，而跳到了街心。

幸亏楼上动武，外面的人皆已知晓，刚才折断的窗户又都掉到外面，外面的人都不敢由楼下走过了。这繁华的大街上，看热闹的人全都躲在两旁，忽见狮子一般的甘凤池同一个鲁莽而凶恶的大和尚自高处相扭着飞下，外面的人就都齐声惊喊："好啊……"

甘凤池与了因二人相扭相持，不分上下。突然两人又一齐撒开了手，展开了拳法，只见铁拳相击，健脚对踹，往来四五合。这时年羹尧已命人牵着几匹马来了，向他二人说："城外去比武！"他二人就都各自收住了拳势，彼此看了看。

了因先冷笑着点头，说："好！"那边，年羹尧便放过一匹马来，让他先骑上，随之甘凤池、年羹尧及年羹尧的两名健仆也齐都上了马。了因在前高声喊道："随着我走！"年羹尧说："今天你想逃也不行了！"当时了因骑马在前如飞，年羹尧、甘凤池等人催马紧追，在许多看热闹的人高声喊嚷之下，他们就闯出了城，绕过了莫愁湖岸，直趋夹江江口。

这个地方名叫"三汊河"，此时，众人才都勒住了缰绳。然而年羹尧一回首，就见后面也有一匹马紧紧地跟来，他就问甘凤池，说："这人是谁？"甘凤池说："我不认识他，他自称姓黄，他跟路民胆全都认识。"年羹尧就更为惊讶。

了因却在马上捋着袖子，大笑着说："等他来吧！我听蝴蝶儿说这姓黄的本事颇大；我有自北方来的朋友也说，他很了不得。叫他来看着咱们比武也好，他是行家，省得谁欺负谁！"

年羹尧此时已顾不得看了因与甘凤池比武，他却特别注意这追来的允贞。允贞也不管他那被击伤晕倒的仆人秦飞，急急地回到他的寓所，骑了马赶来的。年羹尧也是听蝴蝶儿说过此人颇有来头，见他的马越来越近，那魁伟的相貌也越看越真，年羹尧竟觉得好像在北京见过他似的，然而他是谁呢？却一时想不起来。他只觉得惊讶，而不敢轻视，便转首向了因说："了因，你是慈慧老佛的弟子，与甘凤池，你们全是同门，何必自相拼杀？我劝你及早改行向善，咱们得留心这个人；恐怕这人才是你我等人的敌手，我们得小心着他，他的来意可疑。了因，我们本来无仇，你把蝴蝶儿安然地送回，也就完了。"

了因却看出年羹尧是怕这个姓黄的，他就越发地骄傲、胆壮，大笑着说："这个人我倒不恐惧他，他绝不是为我来的，你们，尤其你姓年的，可倒真得小心一点儿！年羹尧，你这几年在江南江北的名头可也太大了，为这个，我了因就先不服气。你是一个文官，你可结交侠客，我的师兄弟尽为你所收罗，叫他们反倒都恨我……"

年羹尧立时斥道："那是因为你行为不正，我却是专奉慈慧老佛、独臂圣尼的意旨。"

了因狠狠地说："你几时又见过老尼？也竟来耍她的招牌！告诉你，姓年的，今天我也不跟别人斗，只是咱们两个得分出来生死，见个娘的雌雄！"甘凤池见他这样的凶横无理，便要上前再跟他扭打，而此刻，允贞却已催马来到了。

允贞来到近前，便下了马，拱手说："你们诸位先不要争持，听我说几句话如何？"甘凤池说："你说！"年羹尧却不住地仔细打量着允贞。

允贞也看了年羹尧一眼，然而似是不甚注意，他仍是对着了因与甘凤池说话，他就说："我此次离京南来，寻访天下豪杰。在大名府我遇见了曹仁虎和蛟僧勇静，在周口镇认识了路民胆，他们都说江南的侠客最著名的便是了因禅师与甘凤池；如今我一见你们之面，果然是名不虚传。语云：二虎相斗，必有一伤，何况你们原是师兄弟，据我看应当就算了。我们还是找一个地方去谈谈吧！因为我有许多的事，俱要向你们请教！"

甘凤池说："你自北京来,谁晓得你是干什么的?你不用来和我们说话,我们这是自己的事,也用不着你来管,你快些闪开!"

允贞又说："甘侠士,你也不可以绝人太甚!我来江南,便是为寻找你们,因为我是久仰你们的大名,我也晓得你们全是何等人物。在北京,我结交了司马申、司马雄父子;在直隶省我并见了周浔父女,我立志要交天下英雄,并能为天下英雄指点明路。你们想要飞黄腾达,我可以荐你们到北京去做高官;你们若必继独臂圣尼的遗志,那我也可助你们一臂之力!"

他说出了这话,使得年羹尧更为惊讶,了因听了却是非常喜欢。只有甘凤池,无论允贞怎样说,他也不为所动;他就先将马系在道旁的一棵树上,然后径向允贞走来,把允贞打量了一番,便问道:"你有多大的本领,敢到江南来,还敢发这样的大话?"

此时允贞见甘凤池的来意,似是要向他动武,他就赶紧将身往后去退。他的马鞍旁本来挂着他的那杆扎枪,此时他就要取下来以防不测。但是,他又斟酌着,因为知道甘凤池实是力大无比,恐怕不是这杆扎枪所能胜得了他的;若是取下枪来,就必和他动手,倘若胜不了,反倒要为他们所笑。他心中迟疑着,面上还带着诚恳的笑容,手上已准备着招架的姿势。

而甘凤池原想要试探试探允贞的武艺,却忽见年羹尧在马上向他一努嘴,同时脸上浮现出凶煞之气,双目露出森厉的光芒。甘凤池便立时明白了,这必是年羹尧已经看出,此人的来历不但可疑,而且还必定于他们不利,所以才示意给他,叫他趁早结果了此人的性命。于是,甘凤池便将全身的力量尽运到右掌之上,想要一掌即将允贞击死。不过他又想着:允贞千里前来,慕名访他,总也是个朋友,而且态度又如此的谦恭,何忍便即下手?何况,打死了人是要打官司的,不然就得逃跑,现在我还没找到人侍候我的老母,我若跑了,岂不是不孝?他心里辗转寻思,双目虽狠瞪着允贞,手却下不去。

这时,那边的年羹尧却等不及了,又向随他来的那两名健仆也一努嘴,两名健仆就同时下了马,各擎匕首齐奔允贞。允贞便蓦然取下了长枪,呼呼地一抖,显出他的枪法精绝。二健仆不敢上前,甘凤池却要夺他的枪,不料了因和尚却飞跃下马,横奔了过去,就将身护住了允贞。同时把他指上的钢环哗啷啷地一抖,说:"年羹尧!你不要凌辱外来的朋友。这几年来,你在江湖之间得下来一点儿名声,你就骄横自大,欺负他人,今天可到了你栽跟头的时候了,你来看……"说时,就将他手指上套着的八宝钢环取下了一只,猛向年羹尧打去。这东西极为厉害,它是专打人的眼睛,百发百中。然而钢环才经打去,年羹尧便伸手接住了,并向他冷笑着。

此时允贞一听,原来这人便是大名鼎鼎的年羹尧,当时就不禁惊讶地注目去看。这时,由身后又来了两个骑马的,就是年羹尧的那另两个健仆,他们是给送家伙来了;送给了年羹尧一口青锋宝剑,四名健仆每人是一口单刀。甘凤池是一对紫铜锤,他却扔给了因一只,说:"来!你来!"

这时允贞却将枪一抖,站在垓心,说:"你们诸位暂且住手,我想还是不要拼斗,有什么话请到城里,我请你们饮酒细谈;谈得实在不能相投,再拼我也就不管了。"

甘凤池说:"这件事原与你不相干,了因是我们同门中人,他败坏了我门中的戒律,我要替我们的师父管教他!"

年羹尧却说:"如若不打也可,先叫他把蝴蝶儿送回来!"了因依然狂笑着,说:"蝴蝶儿?你还问她哩,我没告诉你么,她早已成了我的老婆了!"年羹尧一听,催马奔过来,拧剑向他就刺,了因却晃起来那只铜锤相迎;甘凤池也抢锤过来,帮助年羹尧与了因厮杀。一剑翻飞,双锤并舞,往来四五合。

允贞闪在一旁细细地观察,他就觉得年羹尧的剑法实在新奇而高超,真是他生平所仅见,不由得敬佩。而甘凤池与了因二人将一对铜锤分用,往来相击,处处可见他们的招数精熟,力气浑厚,而且身躯健捷,诚然不是寻常的江湖豪侠,乃是天下之俊杰。尤可异者是,甘凤池与了因原是同门,竟愿为年羹尧而效死命,可知这年羹尧不但是有过人之勇,而必有超人的韬略了。允贞就想:这样的人才,我若看他们互相厮杀而不将他们收为己用，那我的志向恐怕永不能达成。于是，他便紧抖长枪夹在中间，枪花如疾风闪电，拦住了两方。他就说："请你们住手！第一，我劝了因改行与甘侠士恢复旧好；第二，我包管了因将那蝴蝶儿送出。"

他说的这话，按说了因听了是先得用锤来砸他，因为他和了因不过今日才相见，并无交情，他如何能替这凶恶猛悍、并未服输的莽和尚硬作主张？连年羹尧都觉着他是白说。却不料了因当时就抛锤跳到了一旁，点头说："好！好！我冲你姓黄的面子，把那蝴蝶儿送回去就是！"

年羹尧在马上依然握剑发怒，说："我叫你立时就将她送回！"

了因却说："立时可办不到！"他用手一指，西边和北边尽是茫茫的江水，他说："我告诉你们实话，我把那蝴蝶儿送到江里的一只船上了！那船现在漂到了哪儿，我也不知道；须到夜晚，那船上的人到城里去找我，我才能够告诉他，叫他把你那蝴蝶儿送回。"

允贞又说："我为他担保，他如若失信，你们可以找我。我辛辛苦苦来到此地，绝不能立时就走，而且我若走了，你们还可以到北京去找我，我在京中是略略有名的。"

甘凤池依然不相信，他还不肯便将了因放走。年羹尧却又向允贞打量了一番，就点点头，说："好！那么就由你作保，我倒不怕你逃走，因为我已猜出你是谁了！"

允贞听了这话，不禁神色微变，但也没有说什么，只微微笑了笑。

第十九回　小常随良缘婚侠女
莫愁湖暮雨访群雄

　　当下,一场将起的恶斗便已停止,风息云散,但这几只虎豹似的英雄,依然都瞪着大眼睛。了因毫无惧色,他把手中的锤又扔还给甘凤池,说:"给你!师弟,你拿什么来,我也不怕;师父死了,我就谁也不怕了,哈哈哈!"说完,他不住地狂笑。

　　甘凤池接过来那只锤,怒犹未息,因为了因提起了他们的师父独臂圣尼,这却使他的心中更为难受。他难受的是师父圆寂之后,留下了这个祸害。了因的恶性复发,无人能制,想老尼生前一定没有料到,否则,她死也是不能瞑目的。

　　此时,允贞已将长枪收回,挂在鞍旁,他的神态从容,气魄宏大,更使年羹尧惊讶。了因又说:"姓年的,今晚我把蝴蝶儿给你送回,可是明天晚上,我就一定去要你的命;这江湖,绝不能让给你!"年羹尧冷笑着,一句话也不说,却仍然直眼望着允贞。

　　允贞走上前来,说:"年兄!你的英名确已震于遐迩,我想你们都是天下的豪杰,而我是专为寻访豪杰来的,我们理应成为一家人。今天的事不必再提了,了因禅师为人这样的豪爽,他也必不能失信,必能将蝴蝶儿送还原处。说到蝴蝶儿,我在路上就曾认识她,她不过是一个极寻常的女子,若为她,而使你们尽皆失了和气,实在是不值。我现在住在城内鸿兴客店,那里的房屋很是宽敞,今晚我在那里备酒,请诸位一同赏光前去,我们痛饮畅谈一番,如何?"

了因便说:"我这就同你去!晚间喝完了酒,我也就将蝴蝶儿送回去了。我的心里是什么也没有,我说得开,可是我也不怕硬的。"

允贞又问年羹尧,年羹尧却说:"我不一定去,反正我在今天或明天必然去拜访你,因为……"他微微地笑了笑,说:"你既自北京前来,想必有事,那事情,我们确实可以谈一谈。"说着,他向甘凤池招招手。甘凤池就将一对紫铜锤插在腰带上,也上了马,与年羹尧且行且谈,后面跟着那四名健仆,往莫愁湖那边去了。

而这里的了因却对允贞十分的恭维,并为打伤了秦飞的事情道歉。允贞是喜爱他的武艺,并劝他千万要守信用,无论如何,要在今晚把蝴蝶儿送回去。了因是没有不答应的,他并且直笑,说:"我也晓得你是京中的一位贵人,可是你若是交了了因僧我这个朋友,保管你贵上加贵,贵比皇侯。"

允贞没有言语,心里盘算着是不是应当将自己的来历都跟这些人说明,他想着:不说明是不行,而说明之后,恐怕他们就全要翻脸!相打起来,自己倒是不怕,可是那又为了什么来这一趟江南呢?此时,北京我的府中不知要有多么冷落,而允异的家中不定又招聘了多少豪杰……

他心中思虑多端,感到十分作难,策马走去,也不觉来到了莫愁湖畔。只见沿湖杨柳成行,远近重楼叠翠,多半是富贵人家的别墅。而湖波荡漾,虽比不得瓦埠湖那样浩大,却是十分清澈;湖上的画舫往来,有如仙境。了因僧骑着一匹马跟着他,又笑指着那些画舫,说:"你看,那船上也有不少美貌的妓女,咱们叫一只船来玩玩好不好?"允贞却正色地摇头。

了因又说:"那么就改日吧!改日再玩也好,反正秦淮河上有的是美貌的娘儿们,真的,很多很多,比蝴蝶儿长得美貌的多着呢!我要那么一个蝴蝶儿干什么?她又不是一个真蝴蝶儿,反倒招年羹尧恨我,招甘凤池也恨我,合不着!我一定把她送回去,然后再跟姓年的算账。"允贞听了他这话,也很相信。

同时，允贞还是想着年羹尧。他想：若能于这湖边再将年羹尧寻着，那么就索性告诉他自己是谁！他是个朝廷任命的官员，虽然也是一位侠客，可是绝不能像甘凤池那样不通情理。所以，允贞就在这湖畔又走了半天，但是却没看见年羹尧的影子，倒听见随着湖上的清风传来了一缕笛声，其声袅袅，令人闻之，心回肠断。他不禁想起了十个口郑仙，更想起了北京，恨不得即时就将这些豪杰尽皆收入网罗，带回北京，以图大业。不过，他现在也明白，这不是一件容易办得到的事情。

回到城里，了因就跟着他直回到店房。允贞先命店里的人将了因骑来的这匹马给送还到年羹尧住的那"江安店"里去，并且吩咐店里的厨房备酒席，然后他才去看那被人由那酒楼抬回来的"九条腿"秦飞。秦飞倒是早就苏醒过来了，可是连现有的两条腿也不能够走路了；他躺在一间屋里的板床上，忍不住地哎哟哎哟地直叫，他恨死那个大和尚了。

忽然看见他的爷来看他，还把那个大和尚也带了来，他就更气更惊，说："大和尚，你不该猛孤丁地就拿手打人！不错，你有力气，可是我秦飞也不是无名的小辈；你打听打听去吧，白龙余九都是我的好朋友，我早就闯过江湖，走遍天下了！"

了因却说："不打不相识，今晚我先把蝴蝶儿送回来……"

秦飞说："啊哟！你还提蝴蝶儿呀，什么事情还不是为她？我真愿意你打我的这一掌打在她头上，叫她再贴上膏药，那就许什么事儿也没有了！"

了因哪里知道他说的这些是什么，只点头笑着，说："你要贴膏药，我可以给你买去！你好了我一定请你喝酒，咱们到秦淮河的花船上，叫十个妓女陪着你，钱我有的是，这样吧！待一会儿我命人给你送一百两银子来，作为我打你一掌的钱！"

秦飞听说有钱，这才有点儿欢喜。看这大和尚，真许是个财主，反正打是已经挨了，得点儿钱，还不算冤。跟爷出来这些日，也一个钱儿没有呀！挨一掌，有一百两银子，还不算少。他遂就说："嗬！你这个大和尚，可别拿我也当作秦淮河的妓女，有钱就行，我'九条腿'可见过钱,我更花过大把的钱。不过,你要赔我银子,别净空口说,送来我还得看看成色,称称分量够不够,还得问问你是怎么得来的……"

允贞觉得秦飞说得太不像话了,他遂就让了因又到他住的屋里。了因又对他表现出很英雄的样子,说:"黄四兄!我已听蝴蝶儿说你是自北京来的,你的武艺颇强。我的武艺今天你也看见了,这不是吹,也瞒不得行家。我的好友江里豹新自北方来,他知道现在京中的许多位贝勒全都正在招请英雄,不用说,你就是他们派的;我已看出来了,大概年羹尧、甘凤池他们也看出来了。

"现在不妨打开窗子说亮话!我了因本来不是和尚,二十年前在江湖上大大的有名。细话不提,我只告诉你,我想还俗,我想做高官、博前程,将来还封妻荫子。这里还有我的江湖好友江里豹、铁背鼍和龙蛟二僧,你若把我们荐到北京,那准保是你的一番功劳。年羹尧不行,他是徒有其名;甘凤池更不行,他是一个假孝子!他妈是一个瘫婆,在西城根儿的小巷里受着穷,吃不饱饭,他却不知拿本事多得些钱,供他的母亲享福,却要以打拳卖艺吃饭;上次,还想白抢去那个蝴蝶儿去服侍他的妈,这个人有多么呆?多么笨?多么无用?"

了因如此的讥笑甘凤池,然而允贞听了,却不由得对甘凤池益为敬重,想着:求忠臣必于孝子之门,甘凤池是这样侠义仁孝之人,倘若收到手下,何患他不能尽忠?

又听了因说:"更可笑的是,他甘心做年羹尧的奴仆!其实年羹尧不但不给他钱,反把他要收作义妹的蝴蝶儿给夺了去,他竟不生气,还那样听年羹尧的话,不知姓年的用的是什么手段?我却不平,我将蝴蝶儿抢去,也是为出这口气!这件事你顶好不用管,也不用再想结交他们,他们不行;只要有我,真的,姓黄的,你想要坐江山都不难!"

允贞一听,不由得又一阵惊异,他觉得这个了因,虽然品行不端,可是心机太大,也不可轻视,更不晓得他的那几个朋友都是何等人物,遂就微笑着说:"你既已看出,我也不能够瞒你,那么今晚,你把你的朋友江里豹、铁背鼍也都给请来吧!连同年羹尧、甘凤池,咱们一同聚会,详叙一番,你以为怎么样?"

了因却连连摇头,说:"不行! 不行! 他们跟甘凤池、年羹尧全都是冤家对头,如何能在一起饮酒?干脆我告诉你一句话,你如若要跟我交朋友,就不要再理他们那些人;若是理他们,咱们便断绝来往,将来你可别后悔!"说话时,他嘿嘿地冷笑,两眼露着凶恶的光。

允贞就觉出这大和尚实在不大好斗,遂也笑了笑,说:"你也太量狭了! 四海之内皆兄弟也,我们应当结交天下的英俊,哪可以便拒他们于千里之外,还与他们为仇?"

了因愤愤地跺脚,说:"我的仇人就是一个年羹尧! 今天我用八宝钢环,没有将他打着,可是不要忙,早晚我要把他打死。他只仗着甘凤池帮助他,若没有甘凤池,我更不怕他!"

允贞说:"那么,今晚你是否准能够将那蝴蝶儿送回?"

了因又不住地冷笑,说:"君子一言既出,驷马难追,我说是将她送回,哪能又失信?何况有你作保,我也不能够连累你。不过,你跟他们若再结交,我可不但不能去帮你,也怕将来为了江湖的义气,说不定还要得罪你,你自己斟酌着吧!"

允贞说:"我已经命人预备菜饭了,今晚无论如何也得请他们来,我不管你们有何嫌隙;我得品评品评他们,才能够决定主意。你怎样?你一定要在这里喝酒!"

了因摇头,说:"我不怕他们,今晚我自然要搅你的,我的酒还得比他们喝得多,凭什么那一只胳臂的老尼姑,就叫他们酒色都任意而为,叫我却什么也不能够干? 我与他们誓不两立! 今晚你要请客,我一定来,可是说不定我们就得打起来,我不怕他们。"说着,他的胖脸都气紫了,下巴上的胡子茬儿根根在颤动,眼睛更似冒出火星。

就在这时,忽然有个店伙儿走进来,向允贞问道:"您是姓黄吗?外边来了一位客人,找黄四爷!"

允贞推开了屋门一看,见院中站的是一位精神矍铄的白髯老人,原来是曹仁虎,他就赶紧含笑迎了出去。了因却立时变色,转身就溜进了里屋曹仁虎必是因为年迈,所以没看见他,只向允贞拱手。允贞说:"那日我在瓦埠湖畔白龙余九的家中,没有向你辞别我就走了,实是抱歉！"曹仁虎摆手，说："不要提了！"二人遂就进到屋里。

允贞见了因没有了踪影，便晓得他是藏躲起来了，便也没将曹仁虎向里间去让。曹仁虎也不落座，只说："你猜我们为什么今天才到金陵？"允贞说："我也来到这里不久。"曹仁虎说："我们因在路上遇着了周浔，你还记得他们吗？就是在大名府小镇上拉呼呼儿的那父女，他的女儿周小绯还曾用竹镖救了你……"

允贞一听，心里甚是欢喜，想不到又遇着了那父女两位奇侠，然而曹仁虎所说的这个"救"字，却使他不大高兴。又听曹仁虎说："你的那个小常随，现已成了他的招赘女婿了。"允贞微笑着说："我早知道我那小常随，是随他们去了，但周浔能将女儿配他，我也十分欢喜。"

曹仁虎说："我们是一同来的，还有路民胆；他的脾气向来是那样，你不要跟他计较。还有白龙余九也来了，因为他的长子是死在你的手里，他自然很难过，你要向他赔个罪才好。"

允贞当时面现怫然之色，但旋即又心平气和地将头点了点，淡淡地说："那也没有什么。"

曹仁虎说："我们今天来到，尚没有找着店房，就听说甘凤池与了因在'聚英楼'大闹，还有你在内，后来你们又闹出城去了。"允贞微微一笑，曹仁虎又说："了因早已不是我们的师兄弟了，因他不守清规，不遵师训！"允贞这时倒很替他担心，恐怕了因立时出来与他相打，但里屋却一点儿动静也没有。

又听曹仁虎说："我打听出你的住所才特来访你，他们还都不知道，你现在打算怎么办吧？"

允贞问道："你们现在什么地方歇脚？"

曹仁虎说："在东边，乌衣巷口陈举人的家中，因为陈举人是我的同年，在那里住，我的女儿比较方便些。我想叫她从此就住在那里，我与路民胆、周浔，再会上甘凤池，就要同往北京去了。"

允贞吓了一大跳，面上却依然镇定，说："既然全都来了，那正好，正好！请你带我去拜会一下周浔，我再见见路民胆和白龙余九；无论他们对我如何，我也要对他们客客气气。这里我已命人今晚预备筵席，正好将你们全部请上，我这次能够交结许多位豪杰，总算不虚此行！"

他的态度这样慷慨，曹仁虎也对他愈为钦佩。于是，允贞也不管了因在这里怎样，就立时同曹仁虎出了这店，步行着到了乌衣巷口。他一看这陈举人家，很是豪富，大门前悬挂着康熙御赐的匾额，允贞赶紧就肃然起敬。随着曹仁虎进门，到了一所偏院内的北房里，就见路民胆在这里了，见了允贞，他依旧傲然不理。

周浔也正在这屋里，曹仁虎给介绍，允贞一看，这正是昔日在那小镇上小饭铺门前拉呼呼儿的那个痨病鬼似的穷汉，但现在的衣着还整齐。这个人的性情并不古怪，还相当的和蔼，当时亲自叫来了他的女儿周小绯，就是那会唱梆子腔也会打竹镖的小姑娘；周小绯这时也穿了一身花袄花裤，见了允贞直笑。跟着又进来了她的未婚女婿，就是允贞的那个小常随。

小常随当时跪倒叩头，允贞却将他拉起，笑着说："你不要这样了！如今你已是周侠士的快婿，这我知道了，很是喜欢。你在京中的家里，还有人吗？"小常随说："我还有哥哥嫂嫂。"允贞说："不要紧，以后我能够照顾他们。"

小常随又嗫嗫地说："爷的包袱跟里面的东西和钱，我一点儿也没动，全带来了！"允贞说："我早就知道那全都丢不了，可是，难道你还想给我吗？哈哈！你不要再提了，那就算是我给你跟周小姑娘的喜事送的贺礼吧，不管多少，全送给你们小夫妇了！"小常随一听，惊喜万分，又要叩头道谢，却被他的未婚的小媳妇周小绯一斜眼，把他给拦住了。

周浔说："黄四兄！我把我的女儿给了你的常随，可不是图那些财物；却是因为我听说他跟着你已有数载，既不学徒，又不做手艺，只在你的柜上吃闲饭，这样岂不把一个聪明的孩子给耽误了？因此我才把他带走，想安置他们一个地方，叫他们完婚，过日子。如今有了你这些钱财，可以叫他做买卖了，倒是你们的本行。"

允贞一听，心中十分惊讶，而且喜欢这小常随的嘴严，他想着：他跟着我好几年了，是在府里随身侍候，我的事情他全知道；尤其是这次让百只手胡奇假充作我，在府里装疯魔，我却微服出来寻访侠士，他是尽皆知晓的。可是他至今还不同周浔父女透露一字，真是可爱……当下不由得又向他的小常随看了看，心中有些惋惜，然而见小常随跟那长得并不好看的周小绯两人倒是很亲爱的。

周浔又说："我的事情，想仁虎兄必定告诉过你了。我破家浪迹江湖上，只为结交天下豪杰，恢复大明的山河……"允贞一惊，几乎变色，又见路民胆噔地站了起来，神色严肃，那曹仁虎也低下了头，显出来感慨、悲戚。

周浔又说："我们父女流浪秦中，也没寻着什么仗义的朋友，倒学会了唱梆子腔乞食。回往江南，在路上就遇见了你。我们还没有想到你是北京有名的侠客，我只觉着这小常随很好，我把女儿给了他，就完了我的心事了；因为她虽也会武艺，擅打镖，但究竟是个女孩子，不可常年跟我在外漂流。我与仁虎原也有些误会，现在也全已说开了；路民胆也是我们自己兄弟，如今，我与你也是一见如故，不久我想我们应当齐往京中，趁着允禩、允禟、允禵、允贞等诸王正在争位，咱们给他搅一搅！"允贞一听，身上都吓出了汗，但是面上仍然一点儿不露。

路民胆也走过来，说："姓黄的，本来我是至今仍不服气，不知为什么，我就看你的来历可疑……"允贞听了，更为吃惊，听路民胆又说："可是现在，我晓得你也是一条好汉，我也不再跟你说什么了，到北京后，我看你能帮我们什么忙；帮得好了，我再跟你倾心结交。"允贞笑着，点点头。

这时，忽然白龙余九走了进来，允贞想着他必定要为他的儿子报仇。不料他见了允贞，并未显出什么恨怒，只是哈哈笑着，说："黄四爷！我原猜着你是京中的财主，还许是什么官。我想叫我的儿子们将来到了北京，还得求你多多照拂，给他们大小找个事儿，也省得永远在湖边打鱼。不想，好一位黄英雄！你竟把我那连媳妇还没娶上的大儿子一枪扎死在湖里！"说到这里，又不禁老泪纵横。

允贞赶紧向他解释、道歉，他却连摆双手，说："你不用介意，我不是找你给我儿子报仇来了！我的儿子还多，死上一个不要紧，再说既在江湖厮混，早晚命归阴曹，我不心疼他。我是来见见你，然后还要跟着他们一起都到北京玩玩;崇祯爷是煤山吊死的,咱们最不济也得去向他老人家吊祭一番。"

允贞心中局促不安,表面却十分坦然,他把这些话抛开,并不答复,只说:"年羹尧也在此处,你们晓得吗?"

他是随便说出这句话的,不想曹仁虎、周浔、白龙余九,尤其是素来最骄傲的路民胆,一闻年羹尧之名,他们就像听了一声响雷似的,齐都非常吃惊;又如欣见甘霖下降,齐都不胜喜悦。路民胆简直高兴得要跳起来,周小绯也说:"我得见见年二爷去,我还没见过他呢!哎呀,这回可算是能够见着他了!"她喜欢得直拍手。

当时他们都向允贞问年羹尧现住在什么地方,允贞说:"我听说他住在什么江安店。"周浔赶紧说:"走!"拉着他的女儿就出门了。路民胆匆匆地又洗脸又换鞋;曹仁虎也梳了梳他的白髯,整衣戴帽,并赶紧叫人到里院去叫他的女儿曹锦茹。少时,这些人就匆匆地全都走了,只把允贞扔在这里。允贞不由得面色惨白,发了半天的怔。他的那小常随倒是赶过来跟他谈话,要细叙别后之事,他也无心去听。他微微地叹着气,独自毫无精神地离开了这里,又回到了店房。

他的店里冷冷清清,秦飞在那里哼哼咳咳的,好像痛得要死。了因却早已走了,留下一张字柬,歪七扭八地写着核桃大的字,是:

某已去,曹老头既来,恐无好意,但某不怕他。今晚我虽将蝴蝶儿送回,却仍不能叫年羹尧得意,必定大斗一场,以决雌雄。某是侠客第一名,你若帮他们,惹恼我,恐无好结果,某剑下不容情,望你三思之!

允贞看了,不禁一笑,但赶紧拿着这字柬,走到院中。他本想出门找了因去,却又听见厨房里的刀勺直响,蓦忆起今晚自己还要请客!如今了因虽已走了,曹仁虎等人却又都来了,更得多预备些酒菜。他今天连午饭也没有吃,因为这些事使他太费心思了,他简直忘了饥渴。这时不过下午四时,天阴云黑,却有如薄暮。他赶紧命人预备座位,并命店中的伙计持请帖迅速分途去请曹仁虎、周浔、路民胆、白龙余九、甘凤池与年羹尧。

店里两个伙计分途去后,他一个人在屋中咄咄书空,"年羹尧!年羹尧!"他自言自语地不住地念叨着这几个字,想着:年羹尧只是个本朝进士、学差,然而江湖上的这般义士豪杰,除了一个坏人了因,无不向他拜倒,他究竟有什么雄奇的能力,竟收拢了这无数的兄弟?他又不禁哈哈哈地大笑,心喜,暗道:我若把他一人得到手内,何愁帝位不归我允贞所有?

当下允贞又喜欢了。窗外,雷起云腾,好像神龙将要飞起,风雨欲来。佐命的贤臣,齐在手下,虽然他们还都怀念着"先明",什么"崇祯皇帝",然而我自有办法,我允贞就是皇帝!他傲然地扬起了他的方面,直瞪着两只细眼睛。至于了因,允贞并不愿与他为仇为敌,而且还想使他改去恶行,也与甘凤池一样的留为己用。那和尚还不要紧,虽凶猛,却还不难对付;而蝴蝶儿回来,他更没放在心上;他只是嫉妒,而且有些畏惧年羹尧。

天就要下雨,却又不沛然而下,只是闷热;雷空响,云还在积。他这神龙似是尚难腾空而起,使他真急躁。厨房已将筵席备好,将他这屋子的隔壁也打开了,将里外两间通成了一大间,摆上两桌筵席;每桌上四个"冷荤",也都摆好了,就是客人还一个也没有来到。

又待了些时,前往江安店送请柬的那个伙计回来了,说:"那里的二老爷还没在家,说是往莫愁湖吃饭去了。"

允贞就说:"难道他那里连一个人也没有吗?"伙计就摇头,说:"倒还是留着三个人,一个是个老管家,问他什么,他也是说不知。再有两个也是听差的,好横!青坎肩下的腰带上,都别着小刀子,说话是一点儿理也不讲;只说年二老爷出去啦,连请帖也不收,就仿佛是要拿小刀子劈我两下子似的!"允贞不由有点儿气,心里更恨年羹尧的骄恣自大、目中无人,实在令人难以忍受。可是当时他的脸上依然一点儿声色儿也不露,就把头点了点,什么话也没有说。

而这时那去陈举人家给曹仁虎等人送请帖的店伙也回来了。这个人倒能办事,他手里的帖子虽然也都没有送到,因为没有人收,可是他给带来了一个人，却是小常随。这小常随见了允贞的面，依然是奴才见了王爷的样子，唯恭唯谨。

允贞叫店伙儿全都走开，独自与他谈话。小常随就悄声地说："爷！我劝您还是走吧！别跟他们来往了。他们因为不知道爷是怎样一个人，还算好；背地里说话，除了路民胆，倒还佩服您，只是因为他们不知道呀！若是您带着他们到了北京，他们知道了您的来历，立时就都得翻脸无情。他们还说了，将来要叫我跟着小绯一块儿上什么石门去，那里住着个姓吕的侠女，叫小绯跟她再学武艺，叫我做买卖。我是实在没有法子，一来我是怕他们，二来小绯对我不错……"

允贞就不叫他往下再说了，只说："你跟他们在一块儿也好，因为我无暇顾你。那姓吕的侠女名叫吕四娘，总不至于是个女强盗，我也不想去见她。我只问你，莫非曹仁虎他们去找年羹尧，直到现在还都没有回去吗？"

小常随说："我现在就为这事情来的。他们一个也没回去，都跟年羹尧赴宴去了。在莫愁湖边，陈举人在那里有一所楼，那里也有厨子……"允贞赶紧问道："莫不是那陈举人请客？陈举人跟他们那些人也都很好？"小常随摇摇头。

这时外面的雷声更沉，哗哗地已经落下雨来了，屋中更觉昏暗；苍蝇也从帘缝里飞了进来，去吃那为客所设的各样菜。小常随把话又往下说，因为他的声儿不大，而窗外的雨声却十分嘈杂，雷声也屡响不止，因此允贞须要侧耳细细地听。

他略略地听出，大概是年羹尧在莫愁湖边，不知是干什么了，根本就没进城，只叫两个健仆先回到江安店。曹仁虎等人到江安店去找，是那两个健仆告诉他们说，年羹尧和甘凤池全都在莫愁湖边上；曹仁虎等人又立即出城去找，他们就都在那湖边见了面，因就想要在那里设宴。陈举人的湖边别墅，地点甚为清幽，他虽跟年羹尧并不相识，可是跟曹仁虎却是最好，两人一块儿在京里做过官。曹仁虎来到他家，就好像是半个主人，所以现在能够把年羹尧等人全都让到陈家的那别墅里去临湖开筵。他刚才叫曹锦茹回到陈家，原以为是允贞还在那里，大概是要请允贞也去。可是曹锦茹看了看允贞已经走了，她才把话向小常随说明。小常随可又不知允贞住在哪家店里，直到这里的伙计去送请帖，小常随这才跟了来……

允贞听了这些话，立时就要走，小常随却说："外边的雨太大啦！街上大概都成了河啦，您可怎么走呀？再说曹锦茹进到城里来是还有别的事，她说她还要到年羹尧的店里，等着什么和尚给送回蝴蝶儿，人家并不是诚心敬意地来请爷，爷去不去不要紧。"他又说："爷这儿预备的菜饭是要请他们吗？我看不必了，他们现在一定都喝上吃上了；他们都跟年羹尧才是自己人，把咱们看作外人。"

允贞也不听他的，心里十分的着急，他先叫来店里的厨子，吩咐其余的菜都不必预备了，这些就先摆在这里；又叫店伙儿给他借来了一份蓑衣、草帽，披戴好了，自己就去备马。小常随却还在这屋里，听厨子说是还有一个被和尚打伤的，是在另一间屋子里躺着了，他就猜出来是秦飞，遂就往那屋里看去了。

在这沉雷剑雨之下，城内郊外，到处都是雨水急流，却无行人踪迹。可是允贞骑着他的马，也没带着兵刃，只是一蓑一帽，冲破烟雾，又出了城，重来到了莫愁湖畔。此时，这里的杨柳全都垂着头，顺着枝条向下流水；湖面上雾气腾腾，再也看不见一只游船，楼阁房舍更都如被厚纱遮住，他哪里认得何处是那陈举人的别墅？

允贞在雨中挥鞭，鞭都挥不开，马也走不动，他就顺着湖岸去走。正在走着，忽听见吧的一声，不知是什么东西，竟打在他的草帽之上。

第二十回　暴雨惊雷一现蝴蝶
　　　　　江波夜雾遁走蛟龙

这个东西倒不是什么"八宝钢环"，所以并没有把草帽打坏，大概只是个木头块，或是碎酒杯，不过使他一惊。他一抬头，原来身旁就是一堵高墙，墙里筑着高楼，楼栏里正是小常随的媳妇周小绯。她向下点着手，急急地招呼着说："黄四爷你快来吧！我们全都在这儿啦……"

这座楼平日登临，正好可看湖中的风景。现在下着大雨，湖景没什么可看，但是楼的窗里却耀耀地摇闪着灯光，由里面散出些高声谈话的声音，与天上的雷声、檐下的雨声和墙外的马蹄溅水之声羼混在一起。

周小绯由楼上打着一把披伞下来，给允贞开了门。到底她是因为跟小常随定了亲，所以对待允贞就像是对他们的至亲长辈似的，她说："我叫了您两声，您都没听见，我才用那刚才曹伯父失手砸碎了的酒杯，扔出去，故意碰了您的草帽一下，好叫您知道我们是在这儿。您可千万别生气……您把马交给我吧！"

允贞这时是什么也不顾，望见了楼梯，向上就走；上了楼，他就蓦然摘下了草帽，手中的皮鞭和蓑衣还都直往下流水。这里燃烧着数十支巨烛，衬以四壁的富丽陈设，好似王廷。俊杰多人，围桌而坐，那年羹尧就高踞在上座；旁边是一群豪杰，如众星捧月一样，他倒好像是一位王者。

大家正在饮酒谈话，见允贞来了，并没有人停住谈话，或放下酒杯。只有曹仁虎一人站了起来，白髯飘飘，笑着说："我们想不到你能够来，很好，这里坐！这里坐！"

白龙余九喝得脸已经红了，嚷嚷着说："黄四爷！你快来吧！就等着你啦！在这地方喝酒可是阔多了，这是陈举人的宅子，若没有曹老哥的面子，咱们连这门也不能进。你来看！这菜有多好呀！这儿的厨房大司务，听说是北京来的，大概是御厨，伺候过皇上老儿的。可是这鱼不大新鲜，莫愁湖、扬子江里的鱼，原来比我们瓦埠湖里的鱼差得太远，不行！还是瓦埠湖的鱼肥，滋味又好吃。只是以后我也不能吃了，我的大儿子死在那湖里，鱼都喝过我儿子的血，我吃鱼就是吃我的儿子了……"说着，眼泪就像外面的雨似的直往下流。

甘凤池突然将拳头向桌上一擂，咚的一声巨响，震得杯子和酒壶全都跳起来多高；那尾还没有动筷子的醋熘鱼，也像活了似的，又在空中打了一个挺儿，幸亏桌子是硬木的，不然必得塌架。他满脸的胡须乱动，眼瞪得比灯还亮，说："不要紧！我跟年二爷必定给你报仇！"旁的人，连路民胆的脸色都显出来不安，都侧目向允贞来看，独有当中坐着的年羹尧却安然地饮酒，恍若无事。

允贞也没露出惊慌，就将草帽、蓑衣和皮鞭都放在旁边的一把空闲椅子上。曹仁虎又拉凳儿向他让座，并将旁边一个中年的道士装束的人给他引见着说："这就是外号人称为野鹤道人的张云如。"允贞晓得此人也是独臂圣尼的弟子，奇侠之一，当时就拱了拱手，但张云如却连座也没起。此人实有点儿性情孤僻，沉默寡言，半天他也没说一句话，然而腰间的宝剑却永不离身。路民胆只是吃菜，他也带着兵器了，只一口钢刀，在他眼前的酒杯旁放着。

周浔一边咳嗽一边说："锦茹大概在江安店等着了因，不回来了。"他见他的女儿回到楼上来了，就说："小绯！这全是你的长辈，这里没有你的座位，你给一个个斟酒吧！"周小绯就持着锡壶一位一位地给斟酒，她先给斟的就是年羹尧，其次是曹仁虎，第三张云如，第四路民胆，第五才斟到了允贞的眼前。

允贞并不看这晶莹的绿酒，却远远地望着那钩鼻、棱目，面上永无丝毫笑容的年羹尧。只听他说："烦云如去一趟吧！他是一个道士模样的人，到了京中还方便；快些把白泰官找来，他的爸爸来不来倒不要紧……"张云如这时才出了声，他答应了一声，说："明天雨纵是不住，我也一定走。"

路民胆忽然说："我看了因今晚绝不能把蝴蝶儿送回！他也不能给送到艳春楼，更不会送到江安店，白去派人等着他，他那人毫无信义。本来他就是大盗出身，慈慧老佛一点儿也没将他度化好，倒叫他添了些作恶为非的本领……"

张云如听到这里就要哭，他悲戚地说："我听说当师父圆寂之时，她老人家对此事还很懊悔；那时，了因就已经打伤了平时爱管教他、劝阻他的监寺僧人，闯下山去了。"

甘凤池未搉桌子，却是跺脚，说："不把他除了，我们门中的名声，都得被他一人弄坏，做什么事也不叫人信服了；见了谁，我们也得面上带羞。依着我，今天就把他打死！"他跺得楼板都直摇动，一些人被震得都坐不安。楼外的雷声也重击着，雨也咆哮着，灯烛都摇摇欲灭。

年羹尧又说："饮酒吧！我断定待一会儿，了因一定会来。"

好多人都对他这句话很怀疑，曹仁虎头一个摇头，微笑说："他一定不敢来了！"

允贞却忽然高声说："我担保着叫他把蝴蝶儿送回，他也应了，我想他为人虽恶，可是这口气他说要赌一赌。"

一听说"蝴蝶儿"这三个字，路民胆又瞪大了眼睛看着他，仿佛是又要来一场瓦埠湖边的恶斗。但究竟他是与允贞已经说开了，同时当着年羹尧，他也得顾点儿面子，所以并没有怎么样。而这时甘凤池依然愤愤地说："我愿意他这时就来，我再跟他讲！"

年羹尧说："今天我们在这里聚会，我为的就是盼他来到此地。他如改悔，我举杯与他结交；他若不改悔，我们齐力将他剪除，无论他将蝴蝶儿送回来不送回来！"说话之时，他的眼睛里萌出来煞气，但提到了蝴蝶儿，他又显得十分的急躁。外面的雨下得更大了。

周浔说:"我没见过蝴蝶儿那女子,不知她长得是怎样天仙一般,可是,咱们江湖的英雄,最忌的是财、色。我周浔,人都说,'要不贫,问周浔',其实我自己倒真是一贫如洗,把家财都早已挥尽;有时取来一些不义之财,也都周济了贫寒。财的事我对它如此,色字我更是愤恨,多少的好朋友都因为好色,我与他们绝交。我的兄弟们之中,以凤池最使我钦佩,但我听说前两天,他也要抢走蝴蝶儿……"

甘凤池立时就大声地辩白,说话的声音真比雷声还大,他擦拳摩掌,脸都气得发紫。年羹尧也大声地说:"蝴蝶儿的事与甘兄弟无关,他原是想叫那女子去服侍他的老母,他不晓得那绝办不到,因为蝴蝶儿并不是一个安分的女子。所以,我已于昨日为他雇了两个仆妇现在他家中伺候甘老伯母,这件事是已完了。不过蝴蝶儿一个落溷的女子也很可怜,我已答应救她,不能出言无信。她被了因抢走……"

这时一阵风将窗户吹开了,乱雨袭入,灯烛便灭了一半,楼上忽然显着黑了。年羹尧又接着说:"我如不令了因将她送回,我誓不为人。我并非好色,但因为蝴蝶儿非是一般女子可比,我定要叫她终身跟着我,帮助我成立功业!"他这话据允贞听来,可有点儿不讲理,但座间的诸侠也都没说什么话,一阵儿黯然。

在旁伺候的两名健仆和几个大概是这别墅里原有的仆人,正在拿着火去点那一支支被风吹灭的蜡烛。有个仆人去关那窗户,却忽然哎呀一声跌倒在地,不知是中了什么暗器;同时窗户又都开了,外面的风雨一齐吹了进来。外面的天色是黑沉沉的、雾茫茫的,忽然又有尖细的声音喊着说:"哟……"竟是女子之声,发自窗外,离得并且很近。

这时灯烛是全灭了,连刚点上的也都又灭了。众侠大惊,一齐倏然纷纷地离了座位,黑乎乎中,各人早将兵刃抄在手中。突然一道闪电射进屋里,神秘的闪光照着各人不同的相貌,惊愕愤怒的表情却是相同的,都是极为紧张。闪光逝去之后,楼上益为昏黑,然而陡然间,在傍近窗户之处,突突地冒起来一股火光。众人益发惊讶地去看,就见一个人手抖着油纸的火折子;这可比灯更亮,立时照出来这个肥胖魁伟、面貌奇凶的人,原来正是了因和尚,不知他是什么时候进到楼上来的。

了因身上穿着短衣，发着光亮，好像是油布做的，头上也蒙着一块油布；赤腿赤臂，一手握着一口厚背薄锋的扑刀，一手戴着钢环，同时就抖动着火折。在火光中，不但照出来他那凶狠的正在狞笑着的相貌，同时还照到了那敞开的窗户；窗外的闪电仍在一阵儿一阵儿地抖动，就见楼栏杆里也站着一个凶僧，头上却连个遮挡的东西也没有，这正是龙僧勇能。只见他一手擎着一把尖刀，另一手却抱着一个年轻的女人。这女人穿着一身浅红色的裤袄，早就被雨淋得贴在身上了，她的头发贴在脸前，正在娇啼："哎哟……"这正是蝴蝶儿，在这大雨和雷声中，在这闪电和火光的映照下，她真像快死了一般，真像一朵娇花被蹂躏得就要萎落了。

年羹尧此时已经将弓上弦，而取箭瞄准，他心痛极了，这一箭若是发出，准能将那龙僧射死。但是他可放不出这支箭，因为龙僧现在是抱着蝴蝶儿，射出这箭，虽可不伤蝴蝶儿，然而龙僧若死，是一定得连她一同摔下楼去，她还不一样得非死即伤吗？旁边甘凤池也已举起了两只铜锤，暴躁得立时就要扑过去砸。张云如亮出了宝剑，路民胆晃动着钢刀。周浔尤为急烈，由怀中解下来十三节的连环梢子棍，就要向了因去打，他的女儿周小绯已取出镖来。白龙余九也抄起来一把椅子。只有白髯飘飘的曹仁虎摆手，说："别打！别打！说过几句话再打不迟！"

允贞也挡在众人与了因之间，他手无兵刃，而态度从容，说："你们原是师兄弟，何必这样为仇？请你们且住手，了因也将那女子送进来；闭上窗户，将灯点上，我们重新细叙，这样为仇，都无好结果。你们都是当代的侠客豪杰，何必要这样？若是你们都肯听我的话，我愿指你们一条明路，使你们都不负这身武艺，奔向远大的前程！"

了因依然一面抖着火折子，一面冷笑着说："姓黄的，你就别说了！你说了也是无用！我干这些事不为别人，只是为年羹尧。年羹尧！你来看看，俺了因绝不失信，说把蝴蝶儿今晚送回，当时就送回，叫你看看你这个心上人。可是，哈哈！我还得把她带走，归你？那你是休想……"

话未说完，年羹尧一箭向他射来，嗖的一声，射得极准，正中了因的前胸。可是却听得铛的一声，这支箭当时就掉在楼板上了，原来了因早将扑刀当胸横握,这支箭其实是射在刀上了;了因依然手抖火折,发着狂笑。甘凤池与周浔二人便都忍耐不住,他们锤抢棍舞,越过了曹仁虎,而扑向了了因;了因以刀相迎,毫无畏惧,楼板咕咚咚地乱响,比天边的雷声更为惊人。

路民胆却抢刀奔向了龙僧,喊道:"快把她交给我!"蝴蝶儿又惨呼着:"哎哟……"龙僧以尖刀向路民胆抵挡了两下,立即抱着蝴蝶儿一跃下楼,跳出墙外去了。周小绯借着闪电的光,一镖打去,可也打空了。龙僧背着蝴蝶儿向北就跑,路民胆、周小绯、张云如扔了椅子,和抄起了一根棍子的白龙余九同时跳下了楼去,追赶龙僧。

这时楼上的了因突然把火折向窗上一扔,当时火光大起,楼上愈乱;幸仗窗外雨淋,周浔又疾忙将洗手用的那盆水泼去,这才灭了。然而了因却又狂笑一声,借此时机,越窗而逃走了。

甘凤池急抢双锤飞跃追去,了因回手以八宝钢环打来,被甘凤池的锤给碰开。这时雨也大,雷也响,甘凤池大喊道:"我非将你这违背师训的强盗打死不可!"了因依然冷笑,说:"别的师兄弟我还都可认得,只是再也不认你了!"扑刀削来抵住了双锤。二人死搏,头上雨水直流,地下泥水飞溅,空中电光一照一照的,似增助着他们的杀气。这时周浔也由楼上跃下,可惜他的十三节连环梢子棍在雨中不能如意抖动,但他向前来打了因,也奋不顾身。了因又哈哈大笑着,回身便逃,二人又紧紧追赶。允贞与年羹尧也一同下了楼,齐上坐骑,策马冒雨追去。

此时烟云迷漫,雨气连天,电光裂地,沉雷震撼着宇宙。深夜的莫愁湖边,竟成了群侠生死争逐之场。但究竟雨大夜深,阻碍了他们不少的力量,所以又拼杀了一阵儿,结果了因还是带着龙僧向北逃了。

只可怜蝴蝶儿,她被雨淋得已垂毙,龙僧将她抢来抢去,她的头都昏了。但她的心里还明白,她就扯开嗓子叫着:"快扔下我吧……""哎哟!年二爷快来救我吧!"她的声音虽然凄厉而尖锐,可以穿破那雷声,可是谁管她呢?

龙僧用肩扛着她,向北又跑。路民胆忽然追了过来,与龙僧杀了两合,刀都几乎误伤在蝴蝶儿腿上;但是了因过来救了龙僧,龙僧扛着她又跑。地下虽有很深的雨水,可是龙僧真像一条龙,跑得还是飞快。蝴蝶儿喘了一喘,又嚷嚷着说:"龙僧大哥!这有你什么事儿呀?你又不想娶我,你又跟年羹尧没有仇,你把我放下不就完了吗?"龙僧却不听,依然扛着蝴蝶儿飞跑,他倒真是了因的一个忠实的徒弟。

但龙僧忽然略一止步,回过头去,借着闪闪的电光一望,就见他的师父了因已经被许多人围住了。那些人大概是使双锤的甘凤池、抢梢子棍的周浔、持单剑的张云如、使飞镖的周小绯,拿着一根大木棍的白龙余九,后面还有两匹马追来。龙僧更忿然,正要翻回身去救他的师父,却见了因在那里刀光乱舞,冷笑时发,蓦然就破围而出,还随跑随笑着,说:"哈哈哈!你们来!你们来!请你们到江边去……"雷声掩住了他的狂笑声。

龙僧就扛着蝴蝶儿跟着他又跑,很快就跑到大江的江边了,这里就泊着他们的船。然而大江之上,雨雾迷漫,夜色深沉,船上虽有两盏发着黄光的小灯笼,但在闪电之下,忽现忽没。

这时甘凤池等诸侠又紧紧追来,年羹尧更是破雨凌烟,催马追到。借着闪光,他望见了蝴蝶儿的凄惨娇娆的身躯,但不过是一闪,然而他的箭早已搭在弦上,马遂蹚水向前跑。他拉饱了弓,待得天上的闪电又一亮,他的箭当时就射了出去;这下可射得更为准确,正中了龙僧的后腰,龙僧连着蝴蝶儿就一齐跌倒在泥水里了。

了因赶紧去拉龙僧,但是已经拉不起来了,他急忙亲自扛起了蝴蝶儿。斯时年羹尧的马已逼近,他大吼一声,抢刀就去砍马上的年羹尧;甘凤池却自侧面以双锤击来,幸亏他躲得快,不然蝴蝶儿先要脑浆迸裂。蝴蝶儿现已浑身是泥,她仍尖声地喊叫着。了因却急怒地说:"你喊什么?再喊,我可就要把你送回娘家去了!"他一面说,一面仍然奋力与甘凤池厮杀。

周浔此时已结果了那受了箭伤的龙僧的性命,他得了龙僧的刀,追来杀了因;他这又病又老的人在此大雨下竟精神百倍,连驱马跟来的允贞,都已看出他是分外的英勇,可惊可敬。他的女儿趁空就向了因打镖,虽未打着,可是真叫了因害怕。张云如的剑法也极为精熟,追住了因不放，那甘凤池更是了因的死敌。年羹尧是又拉饱了弓，又要借闪电的光亮，认准了了因，而躲避着蝴蝶儿去射。真是万山齐崩，千江共涌，四面压来，而最可惊的是了因，他不但扛着蝴蝶儿，还能够一手挥刀，从容应付。

允贞可真惊喜了，心说：这些绝世的豪杰都在眼前，若一齐力佐我夺位登基，谁能够抵得过？他们若伤一死半，也是我的损失，我既在这里，岂可还任他们乱打！于是他就高声喊叫："不要打了！听我的……听我说……"他真要说出他就是贝勒允贞，但他尚未说出，那了因却又抢刀杀出了重围，扛着蝴蝶儿向北飞奔。

了因背着蝴蝶儿沿江而奔，甘凤池等人一齐紧追，了因忽然看见了他的船，他就如飞一般地跳到了船上。他以刀割缆，将蝴蝶儿扔向船板，并喝叫他船上的人跑出舱来，急速地一齐摇橹。他高声喊着："快走！快走……"这时年羹尧又从岸上射了一箭，当时就把一个摇橹的人射死，跌倒江里去了。了因更喊着："快走！快走……"船便移动了。

甘凤池扔下双锤，换了周浔手中的刀，同着白龙余九，跳下江来追船。周小绯也跳入水中来追，岸上的年羹尧又以箭向船来射，但船已凌破了大江的波涛，冲风冒雨，直往江心去驶。江心波急浪恶，雨大烟浓，白龙余九头一个就抓住了船尾，他本想要扒上船去，夺刀厮杀，却不料先被了因发现，一刀将他劈死在江中。

这时雨更大，雷声几乎将船震翻，闪电接连不断，像是天上起了火。了因恐怕蝴蝶儿在那里被雨淋死，他就疾忙跑去，将蝴蝶儿抱进舱里。却不料这时甘凤池已由波中如水怪一般一跃而登上了船，了因扔下了蝴蝶儿又去与他厮杀，扑刀对利刃，恶虎搏雄狮，结果两人扑通一声相扭着一同落入江中；一个浪头打来，才把他二人冲开。

了因却不敢再斗，急忙蹚水去追他的船。这时他的那船被他手下的那些水贼出身的船夫们拨着、摇着，仍在往江心的深处驶去，蝴蝶儿的尖锐呼救声还在那里飘荡着。了因浮着水急追，水淋淋地爬上了船，连头上的油布帽子也没有了。他就光着头，大喊："走走走！快走！"船立时急进。

此时他又想起徒弟龙僧已死，更恨年羹尧，遂就迁怒到蝴蝶儿。他于是手提扑刀，进到舱中，抓住了蝴蝶儿。借着舱中的灯光一看，蝴蝶儿简直是更为娇媚了，连刚才跌倒时沾着的泥，也都被雨水冲洗得一点儿也没有了。她真是一朵出水芙蓉，娇娆的，鲜艳的，真是好看。

蝴蝶儿见他拿着刀，凶狠狠地进来了，就瞪眼问他，说："你要怎么样？"了因说："都是为你！"蝴蝶儿说："我也没让你为我！告诉你，了因和尚！冲着你今天对我这样，差点儿没把我害死，更休想让我把你看得上眼。我还是惦记着年羹尧，还是年羹尧好，你不配！冲你今儿把我叫雨淋了，你更不配！你不当和尚也不配，永远不配……"

了因的脸色都紫了，他又举起扑刀，照定了蝴蝶儿的脖根儿，但他真是下不去手。他恨自己的手软，不由得就把扑刀扔了，蹲下身子，对着蝴蝶儿一笑。蝴蝶儿就又抡巴掌打他，他赶紧一缩脖，不料蝴蝶儿看见了他这怪样子，也不禁噗哧一笑。这笑其实是讥笑他，他却错会了意，当时心花怒放。

但才这么一喜欢，忽然天空中打了个极亮的大闪电，接着舱外响了个大霹雷，他不由吓了一大跳，身上乱打哆嗦。这半天，他肆意地凶杀恶拼，也没有打过一个哆嗦，如今可真要趴下磕头。他想起他的师父独臂圣尼来了：她可真许是没死，她要是来帮助甘凤池他们惩戒我，那我可真不敢，不敢。我开气戒，但绝不敢开色戒，因为开色戒是出了家的人最不该的；我没有开，我只是看了看蝴蝶儿，我只是拿着蝴蝶儿跟年羹尧赌赌气罢了……

当时，这个水中陆上腾跃如飞、搏龙斗虎、勇猛无敌的大和尚了因竟自发呆，面色苍白。而蝴蝶儿就坐在船板上，慢慢地用纤手理着乱发。这时舱外的雷雨愈大，船只东倒西倾，江波滔天；夜色无边，闪闪的电光，像要燃烧这混浊的宇宙。

第二十一回　寻仇救艳众侠长征
射弩扬弓双舟遇盗

　　此时甘凤池因为不能再追上这船，便踏浪返回了南岸。那周小绯虽然会水，却因力气单薄，江浪太大，所以她也没游多远便回去了。允贞、年羹尧、周浔、张云如都仍在岸上，大雨还依然在下，只是不见了白龙余九，允贞不由得长叹了一声。年羹尧也怅然了一会儿，见甘凤池回来了，他就说："咱们回去吧！"于是，甘凤池等人在前边走，年羹尧与允贞的两匹马在后面跟着，都彼此不说一句话，借着天上的闪光，便又回到了莫愁湖边那陈家别墅之前。

　　这时那楼窗已闭得牢固，窗里有明亮的灯光。年羹尧弃马上了楼，却又不禁吃了一惊，因为看见曹仁虎曹锦茹父女同在这楼上。曹仁虎是根本没有参与和了因拼斗，自然是还在这里，但曹锦茹却是才来到的；她穿着的青衣裤上，不但满是雨水，还有血迹。曹锦茹坐在一把椅子上，不住地呻吟、哭泣，曹仁虎是满面的怒气和愁容。年羹尧一看，立时神色惊异，并且那尚未平息的愤怒，突又猛烈地燃起，他就上前问道："莫非刚才在城里，那了因也做出了什么凶恶的事情了吗？"

　　曹仁虎摆手，说："你且先去更换衣裳，容我慢慢告诉你！反正了因已把恶事做过了，锦茹只是左臂受了一点儿刀伤，还不算重，凤池的家中也没受什么搅扰。"

　　甘凤池在旁听了这句话，不由立时就瞪眼，问说："什么？"曹仁虎仍然摆手，说："你不要着急！"甘凤池却忿然说："怎能不着急？了因若是曾到我家里去搅闹，我立时就得回家去看看！"曹仁虎点头，说："你回家看看，倒是可以。"甘凤池就又提起他的双锤来，把两只铜锤铛地对磕了一下，震得楼板、楼梯全都响动，他怒声说："我绝与那了因誓不两立！他坐着船逃走了，我也要去追上他！"

曹仁虎说："当然要去找他，但事情不能太急。"他又叹了口气，说："这总怪师父独臂圣尼，她老人家不该留下这个祸害！也怨咱们师兄弟，虽在同门之中学习武艺，可是并非同时，这就与别的门中的师兄弟不同，以致如今不但不顾道义，反倒成了仇家，成这样……"

甘凤池催着他，说："你快说！"

曹仁虎遂就接着说："今天的事，还怨年羹尧把了因看得平平了，以为他把蝴蝶儿或送回江安店，或送到这里，也就完了，不知他却是如此的凶恶！因为想到他也许会将蝴蝶儿送回江安店，所以叫锦茹在那里等着，我们却在这里饮酒，这就不对……"

年羹尧说："我是想锦茹是一个女子，她在那里等着送去的蝴蝶儿，总较为相宜。"

曹仁虎说："我原就知道，我这女儿的武艺绝不能与了因相比，并且那了因既抢去了蝴蝶儿，他还有什么事不能够做出来？刚才锦茹在江安店等候蝴蝶儿，了因带着几个凶恶的人就去了，那时可不知道他们是把蝴蝶儿放在哪里；他们去了，就说是要杀年羹尧，当时与年英、年俊就杀斗起来。锦茹也出去与他们交手，他们却还要将锦茹也抢去，这就幸亏锦茹会些武艺，使他们未能得手；又因店里住着的人太多，大家一嚷嚷，才把他们吓走了。锦茹便与年英、年俊尾随着他们，想要看他们到底将蝴蝶儿藏在哪里，以便救出，不料却见那了因带着那几个人，竟往凤池的家中去了。他们的意思当然不善，幸亏锦茹追去，在雨中与他们厮杀，年英、年俊也相助，巡街的官人也去了，他们才又逃走，锦茹就在那时受伤。由那里，了因大概才又到这里来，这才引起刚才那一场恶斗。我真没想到了因这和尚竟是这样的凶狠，并且他手下的人恐怕也不少。"

张云如说:"我知道,这城里的铁背鼋就与他勾结。那铁背鼋面虽良善,在各处经商,在此地颇有财产,其实他是绿林出身,与了因早就相识;还有一个江里豹,也是个江湖大盗。"甘凤池便说:"我现在就得进城回家去看看!"当时众人也都不能拦他,就眼望着他手提双锤,忧郁而又愤恨地走了。

曹锦茹是负伤冒雨爬出城来的,此时确已疲惫不堪,就仍然卧在椅上呻吟。众人在这个地方,本是借地方宴会,主人又不住在这里,如今衣服全都淋湿了,尤其周小绯还在江里浮了半天的水,哪里有一件可换的衣裳? 年羹尧遂就叫这里的仆人给烧了两个大炭盆,大家围着,一面烤衣,一面取暖。灯烛将尽,又都重复点上,酒也重热了,大家饮着。

窗外的雨还在下,雷还在响,闪光仍然一下一下地舔着窗。允贞不住地看着年羹尧,心想:年羹尧今天可以说是大大地失败了,不但没把蝴蝶儿得回来,反倒死了白龙余九,伤了曹锦茹,看这里还伤了一个仆人。虽然他射死了龙僧,但究竟放了因走了,而没有一点儿办法……年羹尧这时应当是懊悔的、气恼的,可是他并不如此,也不以酒解愁,只是凝定着眼神,似乎是想了多半天,便忽然把目光转到允贞的脸上,注视了良久,允贞倒是故意做出不介意的样子。

旁边路民胆等人都愤愤地谈着,明天还要再去找了因,绝不能将他放走,又说:他一定要回仙霞岭,听说他在那里藏着几个女人,还盖着房子,俨然他是那里的"王爷"了。这时年羹尧却又嘱咐张云如,说:"明天你不要管这里的事,你赶紧往北京去,叫白泰官回到江南来,因为我要借助他,以铲除了因。"路民胆还说:"怎么,非他不行吗?"年羹尧却不言语,又向允贞笑了笑,说:"黄君! 你来得是很巧,你也愿意同我们到仙霞岭去走走吗?"

允贞听了这话,不假思索地就点头,说:"我愿随去看看! 因我自己略会武艺,所以也爱看你们诸位豪杰,到时各自施展武艺!"路民胆忽然回过头来,说:"你不能够白去,你得到时帮助我们!"允贞说:"那是自然,不过,我还是愿意留下了因的一条性命,因他实在太勇猛! 倘若能够使他改去恶行,帮助我们,也是一个有用之才。"

他的话才说完，年羹尧突然问道："叫他帮助我们，可做什么呢？"

允贞从容地说："帮助你们往北京去。"

年羹尧微笑着说："我知道了！我早就看出了你的来意，并看出了你的来历，只不知你叫我们到北京去帮助哪一个称帝登基？干脆你就说你是哪一个贝勒派遣出来的吧！"说话时，他那带棱角的一双眼睛，射出来两道严厉的目光，真仿佛比那闪电更亮，而更能够探到人心。

允贞却面不变色，只摇摇头，说："这真是岂有此理！我哪里认识什么贝勒？我也没听说有什么人思图称帝登基。"

他微微笑了笑，心里此时并无畏惧，只是犯愁，因为他原想着倒是说出实话，可是这些个人实在不容他说。他知道，倘若说出了实话，这些人不但不能帮助他去往北京，反能立时就与他翻脸，能够像刚才与了因拼斗似的一齐来与他拼，还许更厉害。论武艺，倘若争斗起来，他纵不能取胜，也不致便遭这些人杀害，不过却与这些人成了仇；那这次来江南就是白辛苦了，一无所得，徒然又结了许多的仇家。尤其是年羹尧，他因我已知道了他的底细，必定不肯甘休，他就许反倒去帮助允异，或是别的贝勒，以便保障他，而与我作对……

这样细一想，允贞就决定暂时还是不可说明来历，由着他们疑惑吧！只好仍旧装作个与他们一样的人，而随着他们往仙霞岭去走走。这时周浔斟了一大杯酒给他，他就一饮而尽。

当夜，众人就都在这楼上住宿。次日雨虽微细了，却还没有停止，莫愁湖上依然弥漫着烟雾。张云如就先走了，他要冒雨渡江，赶赴北京。周浔父女依然回城内陈举人的家中去住，并雇来轿子，把曹锦茹也抬回去调养；曹仁虎跟着也回去了。路民胆是气愤愤地要往各处去找了因，允贞与年羹尧也各自进城回店。

下午雨方停止，街上的人渐渐多了。就有人说：江边发现了一具死尸，像是个和尚！这就是龙僧的尸身，已经被人发现了。由此又有人说：那江岸上，前几天还停泊着一只大船，上面是有两个和尚，可是今天那只船已经看不见了。有人还说：城里有名的铁背鼍，这两天就常往那船上去。今天铁背鼍也离开家了，据他家里人传出消息，说是他往仙霞岭进香去了，可不知道这话是真是假。更有人在窃窃地谈论着艳春楼的妓女蝴蝶儿失踪之事，并谈到江安店住的年二老爷。而甘凤池今天却气愤愤地在街上走了一天，仿佛找对头似的，他见人就打听，问看见了一个相貌凶恶而又胖大的和尚没有，因此惹得衙门的班头都对他留上心了。

尤是聚英楼那些顾客，乱纷纷地谈得最为起劲的这些话，都由人听去了，转报到年羹尧的耳里，年羹尧就更觉着在这里不能再待了。所以这一天没再得到关于了因的消息，他就断定，那凶僧确实是乘船逃走了，不然他绝不能不露面，而且他一定是挟着蝴蝶儿回往仙霞岭了。因此，年羹尧就愈加紧地催着众侠，同他去追赶了因僧，齐往仙霞岭。

众侠因为出于义愤，绝不能容门中有这样的败类出现，甘凤池尤其气愤，曹仁虎也愿意为女儿报仇，更兼他们都愿重往仙霞岭去看看，并思展拜独臂圣尼慈慧老佛之墓，所以都愿即日动身。并商定由年羹尧加雇两名女佣，去服侍甘凤池的母亲，并由年英、年俊两名健仆去保护。曹锦茹是还在陈举人的家中养伤，伤愈之后，叫她暂归她的婆家。周小绯跟那个小常随是往石门去投吕四娘，并带去了年羹尧的一封信；那小常随又去给允贞磕了头，方才分别的。

最难办的只有秦飞，他的脸其实还没消肿；他又明知道，跟着这几个豪杰侠客去往什么岭，绝不会有好事，一定捣麻烦，而且图的是什么呀？人家都并不对爷怎样尊重，爷可偏还要跟着人家。

允贞本也不想带他同往，想要叫他搬到江安店与年羹尧的那老仆住在一起，去看守着年羹尧的那些行李。但是秦飞却想：我为什么要替他看行李呢？我也不是无名之辈！我又不像那小常随，既发了财，又有了媳妇，他索性离开了爷，过好日子去了。我这次跟爷出来，却是什么也没落着，差一点儿还把贴己赔了进去。我不想得到利，还不想得名吗？不然，倘若寸功皆无，将来回到北京，也不能蒙爷重用，就得永远把我当作一个饭桶。不行，挣扎着我也得跟着走，何况我是被了因打的，我也得去找找那和尚；我又跟蝴蝶儿有过交情，归根说，她还是我给带出来的呢。我们俩又一块儿买过布，她现在身受大难，我若不随身去救，她将来一定得说，"好嘛！秦大哥，你可是真狠心呀……"

想到这里，他九条腿秦飞就两腿跳起，说："好！我也跟着爷去！"他预备好了他的单刀，允贞并叫他到街上出名的兵刃铺子里，买了一口青锋宝剑。

他们一共是九个人，年羹尧、曹仁虎、周浔、路民胆、甘凤池、允贞、秦飞，还有年豪、年杰两名健仆，一律骑着马，就于这天的次日，雨尚未霁，就离开了金陵；向南，出了秣陵关，过溧阳、宜兴，走进浙江省界。

这天刚到崇德地面，忽然间，除了允贞、秦飞，他们齐都下了马；尤其使允贞惊奇的是，这些人一齐向东叩首，年羹尧虽未跪拜，却也向东肃然地打了三躬。那曹仁虎等人莫不恭谨，而且面现出悲痛，但拜完了又一齐上马，向南走去。允贞就向他们询问，他们都不肯说。只是曹仁虎告诉了他，原来那个地方往东不远，就是名儒吕留良晚村先生之墓，因为崇拜他生前的为人，所以他们才一齐望墓行礼。

允贞由此又想起昔日在法轮寺里，见曹仁虎看过的一本书，名曰《维止录》，那就是吕留良手著的。他也渐渐地明白了，那吕留良必定是一位前明的遗民，而且是思复明室的志士，虽已死了，可是还受这些人的思念。这些人都思念他还不要要紧，只是年羹尧也竟如此，这实在使允贞的心中不胜妒恨，而表面上却依然做出并不关心也不细问的样子。

到了杭州，见年羹尧在这里虽没有什么熟人，但是曹仁虎在西湖畔有一家故旧，也是官宦之家；他们便将马匹全都寄存在那里，而改乘官船，逆江流而南去。他们乘的是两只船，前面的船上是周浔、甘凤池、路民胆，后面的船上是允贞、年羹尧、曹仁虎；秦飞算是仆从，自然跟着他的主人。

那曹仁虎，也许是因为年纪太老了，又因他也是做过几年官的，他是特别地谨慎而且过虑。他说："我们现在是要去找了因拼命，他也不是个糊涂人，如何能猜想不到？他必定要多方防备。江里豹、铁背鼋那两个人都跟他一块儿走了，可知必是帮助他去了！"

年羹尧微笑着说："那两个都是无名之人，算得什么？"

曹仁虎摇头，说："可不然，他们无名，不过是在咱们这些人的耳边无名，其实他们在江湖道上、绿林丛中之名，实在都比咱们大得多。江里豹能够呼啸水旱两路的盗贼，铁背鼋不但有钱，到处还都有他的伙计；我早就听说过他们并不好惹，这江的两岸此时恐怕就有他们的埋伏。"

年羹尧笑着摇头，说："哪里！哪里！我是才从这条道上走来的，夜晚行舟也不要紧，绝无半个盗贼。你别看京城的众贝勒，现在闹得乱嘈嘈，天下却正在太平无事！"他说着话看了允贞一眼，允贞也没有言语。

年羹尧是绝不信曹仁虎的话，走过了一个小码头，他特意命停了一停，叫年豪上岸备办鱼肉菜蔬，并买来了一坛好酒；他约定今晚要与同行的众侠共赏明月。

其实，这时天色还不过正午，富春江的江水澄清，如美人的眼波；两岸俊秀的远山，又如女子的秀发。这真是好风景，只可惜天气太热，都不愿意走出船舱观览；虽敞着船窗，可是那风景是一块儿一块儿的，不能窥得全幅。允贞对此并不细看，他的心里好像觉得这些山川，反正将来都是他手中的东西。曹仁虎是不顾得观看风景，却专注意两岸上和往来的船只上有没有形迹可疑的人。年羹尧却在后舱午睡，并令健仆年杰为他扇着扇子，他在梦中还长吁着发恨，也许是梦见蝴蝶儿了。

年羹尧醒来时，天已傍晚，只见彩霞遮空，印于江面，真是美丽，好像蝴蝶的翅子，又像蝴蝶儿那美貌佳人的芳颊。他惆怅、郁闷，百般无聊。到了晚间，菜已备齐，天又不作美，彩霞变为乌云，遮住了明月。他不由得气了，真仿佛找个小事就想杀人，但因有允贞在旁，他又不得不做出有涵养气度的样子。

他总想要胜过允贞，虽然在他的猜测之中，允贞不过是北京那些贝勒之中，某一贝勒府中的门客，至多了他是一个闲散的官员，没什么了不得的，然而，他总觉得允贞就有一种气派；这气派也不是官派，说他是巨商，也不像，他就仿佛是十分的威严，这不是可以模仿的。因此在年羹尧心里，总有一些惊异，而时时表露出来怏怏不快。

允贞矗在他们这群人里算是一个客，又算是一个旁观者，是想看他们到底怎样去斗了因，怎样去找蝴蝶儿。年羹尧叫他跟着，也就为的是让他看看；因为在金陵遭了因的愚弄侮辱，心爱的蝴蝶儿虽看见了却不能夺回，实在是颜面上太难看的事，真叫允贞笑话，现在，就是为一雪此耻。

船里点上了灯，允贞与曹仁虎对面坐着饮酒谈话，年羹尧却心事万端地走出了船舱。他仰天看着，乌云把月遮得一点儿也没有，又仿佛要下雨似的。天空上有白的东西悠悠地飞过，大概是失巢的水鸟。江风清爽，送来岸上草木的香气。岸上有人家、灯火，都是十分恬静的。前面行的那只船，只有一盏灯，甘凤池等人多半都已睡了。静静的，江山如在梦里。他回想那两天在艳春楼中更像是一场梦，如今美人已无踪影，了因那凶恶的和尚，真是可恨……

年羹尧在船头徘徊了半天，恨这两只船都走得太慢，简直还不如拿腿走呢！尤其前面那条船，越走越歪斜，如像要靠岸停泊似的。他不由得叹气，心说：甘凤池等人武艺是好，心也忠，只是办事颟顸，这样还能图什么大事？于是他就向前面的船高声叫道："凤池！凤池！甘老弟！"他一连叫了好几声，前面也没人听见，周浔、路民胆也都不答应。

九条腿秦飞由舱里钻了出来，也帮着喊，也许他是向年羹尧献殷勤，不然就是为卖弄他的嗓子。他的嗓子还真不错，只嚷嚷了一声："喂！喂！前边的船，听着点呀！"前边船上的两个摇橹的人，就齐都回首，向这里来问："什么事呀？"年羹尧使着气说："快些走！"前边的船夫也不知好歹，唠叨着说："怎么还得快走？天都什么时候啦，还不许找地方泊住，这个买卖，真的才叫倒了霉呢！"

年羹尧吩咐秦飞，说："过去打他，催他快驶船！"

秦飞暗中一撇嘴，心说：你别指使我呀！我不是侍候你的呀！他可是笑了笑，说："年二爷不用跟他们生气，叫他们快一点儿拨船就得了，天可也实在不早了！"

年羹尧摇头，说："不行！今天要叫他们走一夜，绝不准停，多出钱可以；明天只许船上多雇人，却绝不准歇，务须在三天之内赶到仙霞岭，快……"

他正要叫他的健仆，前往那船上去打船夫，催着快走，然而这时忽听嗖嗖几声，秦飞喊道："哎哟，不好！是弩箭！"赶紧躲进舱里去了。舱里的允贞与曹仁虎也全都惊讶。

待了一会儿，年羹尧才回到舱里，他一点儿也没受伤，手里倒接了一大把半尺多长、矢锋锐利的弩箭，有七八支。他微微地傲笑着，便叫年豪取来他的弩矢。此时秦飞已赶紧闭上了窗户，曹仁虎急忙拦阻，说："外面既有人使用暗器，羹尧，你就不要再出舱了！"允贞也说："外面天黑，弩箭实在不易提防！"年豪与年杰两人只是着急，可不敢劝阻，年羹尧却手提弓箭又出了舱。

前边那只船上的甘凤池已经出来了，大喊着问说："什么事？"

而东岸上有几个贼人的黑影还在跑着追船，望准了年羹尧，两三只弩弓就同时往这里来射，一支接连着一支。年羹尧就用手中的长弓拨箭，只见弩箭纷纷落下，不是掉在船上，就是落在江里了。

岸上那几个贼，大概是把弩箭全都射完了，不但不再追船，反倒一齐回身逃去。这里，年羹尧却拉饱了弓，嗖嗖两支长箭射去，那边岸上便发出叫声："哎哟！妈哟！痛死我了……"听声音可知，被射中的至少有两个人。甘凤池手举双锤要往岸上去追打，年豪、年杰也全提着刀出来了，允贞也站到了年羹尧的身旁。年羹尧却嘿嘿地笑着，吩咐两船上的人照旧催船快走，不要管岸上的事，他说："这不过是鸡鸣狗盗而已！"

回到舱中，年羹尧又饮起酒来，只是傲气虽增，但没有蝴蝶儿在身畔，依然是十分抑郁寡欢，并且不由得又发出了一声长叹。

曹仁虎说："这必是什么江里豹、铁背鼋向你行使的暗算手段，绝不是了因；他只是凶狠，倒还不致这样险恶。"

年羹尧冷冷笑着，说："若是了因，我早就叫船停住了！但……"

他的话没说完，突然又吩咐年豪出舱，令两只船慢走，不要再快了。曹仁虎诧异地问说："这又是为什么？"年羹尧说："我愿了因的本人再来，那时杀完了他之后再往仙霞岭；到了岭上也不过扫一扫独臂圣尼之墓，也就完了！"旁边秦飞忽然多嘴，说："据我想，这岸上既有他们的人，那了因和尚大概也离此不远，说不定蝴蝶儿也在这儿了。"他这话却提醒了年羹尧，当时年羹尧就沉思了一下，遂又命年杰出舱，去吩咐两只船到前面停泊。

第二十二回　枫叶镇偶逢钗裙侠
　　　　　仙霞岭寻斗了因僧

少时,两只船停泊在前面的一个小码头之旁,岸上有稀稀的灯火、隐隐的人家,是一处小市镇。年羹尧坐在船舱里,命人把两只船上的"头儿"全都叫来,他在灯下依然审视着他得来的那几支弩箭,就问:"这附近有强盗没有?"

船夫头儿是一老一少,那老的说:"我在这江上驶船有三十多年了,根本就没遇见过一个强盗。现在若有强盗,那也是由别处跟着你们来的;大概不是你们在旁处得罪了人,就是因为你们几位带着的银子太多,被人跟上了。这个买卖我们也不愿做了,现在你们就都到岸上找店去吧!我们怕惹祸,你们给多少钱,我们也不干了!"

秦飞说:"这是为什么呀?别这样啊,得讲点儿面子呀!"

年羹尧却将面容一沉,抬眼瞪着这两个船夫头儿,说:"我们是要上仙霞岭去办事,才雇你们的船,船钱已经给了一半了;走到这里,你们忽又不干了,你们可晓得,这是不行的!"

年轻的船夫头儿却更是气盛,说:"老爷!我们知道你们有势力,你们都不是好惹的,可是也得讲理呀!就是仙霞岭的了因和尚来了,他也得讲理呀!"

这时甘凤池也到这舱里来了,听了这话,他当时就将这船夫头儿抓住,说:"原来你认识了因?你们一定是一伙儿的!刚才由岸上往船上射箭的，就必定是你们的人！"周浔也来了，也很急怒，说："叫他说实话！"路民胆也闯进舱来，一手揪住一个，说："你们一定是与那射弩箭的强盗有关系！若不说出他们的窝处，我当时可就把你们扔到江里！"

这两个船夫头儿却都一点儿也不怕，说："你们这么不讲理，才是强盗哩！告诉你们，这可不是不讲理的地方，岸上就是枫叶镇，那里住着朱二爷，他可是专打不平；了因和尚在前几个月要在这里闹事，都被他几句话就给吓走了！"

听了这话，当时大家就一齐显露出惊异来。年羹尧叫路民胆把这两人放开，就平和一点儿地问说："你们细说，朱二爷叫什么名字？在这里是干什么的？了因为什么怕他？"

老船夫头儿喘了喘气，便说："了因和尚就是仙霞岭上的，他不守清规。你们现在要往仙霞岭，我也明白，你们一定是跟他交朋友去，因为我看你们都是厉害人，跟他一样……"

年羹尧说："不要多说这些废话，快说这里住的那姓朱的！"

这老船夫头儿说："朱二爷人家可不会武，是开设绸缎店的，平时好行善。今年二月间娶的儿媳妇……"

路民胆瞪眼，说："说这些话干什么？快说了因为什么要怕他！"

老船夫头儿仍然慢慢地说："了因和尚不守清规，在仙霞岭胡闹，常抢良家的妇女，我们这里的人都知道。三月间他从这儿过，在岸上的枫叶镇，他知道朱二爷绸缎店的后院里整天整晚有媳妇姑娘们在那里织绸缎，他就去了，要挑选好看的抢走一两个；不想他没有抢成，反倒赶快地跑了，听说吓得什么似的，他还向人说，再也不敢来了！"

允贞问说："这是为什么？"

老船夫头儿说："当晚的情形没人知道，不过那大和尚慌慌张张地离开这里的时候，有人看见。后来有人问朱二爷，那朱二爷说：他也没跟了因打，只说了几句话，了因就跑了。因此我们都知道朱二爷是有本事的，平常是'真人不露相'，有本事藏着不用，到时候显出一两手儿，那个了因谁不怕他呀？当时就把他吓得屁滚尿流！"

允贞兴奋起来，说："这可是一位豪杰，想必是不出名的侠客，我们应当拜访拜访他去!"周浔、曹仁虎、路民胆齐都诧异,说:"为什么不知道此人? 也没听人说过?"甘凤池说:"我到岸上去找找他! 说不定他原跟了因是朋友,大概跟铁背鼋一样,了因现在就许在他那里!"

年羹尧却摆手,不叫旁人说话,他静心沉思了一下,便微微地冷笑,说:"我看其中必是另有缘故! 现在既是停泊在这里,倒不妨到岸上去看看;不过,去的人不要太多。"周浔等人都不信那姓朱的真是什么了不得的人物,所以都不愿去。甘凤池是要到那姓朱的家里去捉了因,所以他不但要去,还带上了他的锤。

允贞是先出了舱,还叫秦飞跟他去。秦飞却又皱眉,心说:我们这爷在北京就专干这事;只要听说了个人,不管是真侠假侠,当时就去访。如今已经访出这么些个虾(侠)来了,大虾小虾,连螃蟹都快访出来了,又要访什么"朱"? 这一定是上了船夫头儿的当,说不定到了岸上就得遇着弩箭。他怕弩箭,又怕天黑,他可又不能不跟着。

年羹尧也只带了年豪、年杰,就一同出了舱,搭跳板上了岸;叫那老船夫头儿领着路,踏着由云缝中透出的微微月色,就往东去。老船夫头儿还说:"你们见了朱二爷,说话总得讲理。他要问找他有什么事,你们就说是想买绸缎,要不然他可不能见你们。还有,别往人家后院去走,那后院有不少的媳妇、姑娘织绸缎,打夜工;那都是这市镇上的良家妇女,你们可不能不规矩。"年羹尧说:"不用你吩咐。"

秦飞却想着:莫非蝴蝶儿也在这儿织上绸缎啦? 他不由得就说出来了。允贞说:"我们只访一访那姓朱的,或者买他几匹绸缎,绝不到他织作的那院里。"年羹尧却微笑着说:"我倒是非去看看不可!"

少时便走进了市镇,这枫叶镇统共百十来户人家,有很窄很短的一条街,两旁的铺户都已经关上了门。走到这条街的尽东头,老船夫头儿才说:"到了!"遂就上前去敲门板。年羹尧一看,这里是门面两间,由门缝透出灯光来;后面是院落,有轧轧的木机声,还有嗒嗒地接连不断地梭子响。

老船夫头儿隔着门缝儿向里面说:"现在有几位客,是来买绸缎……"等得门开了,他才指着年羹尧、允贞等人,说:"他们还要见见朱二爷,在家了吗？"开门的也是一个老头儿，像是写账的先生，回答说："在后院了！"年羹尧领头，闯进了拦柜，向后院就走。

老船夫头儿嚷嚷着说："别忙进去呀！"他只把允贞、秦飞两人拦住了。甘凤池是拿着双锤站在门首，年羹尧却大踏步地带着两个健仆走进去了，老船夫头儿便也追了进去。这里允贞非常地心急，只得站在这里。秦飞想着，里院不定有多少媳妇、姑娘在那里做夜工，本想也去看看，可是不敢。

年羹尧进去了半天，便叫年豪、年杰二人先出来，又叫甘凤池也进去，并叫他先放下锤。允贞觉着这件事情奇怪，但年羹尧的这两个健仆却都拦住他跟秦飞。允贞不由得气了，并且十分的疑惑，但他还镇定着，忍耐着，反正今天得看看到底是怎么回事。

甘凤池走到里院又有半天，便与年羹尧一同出来了；这两个人的面色全都显出十分的肃穆，可以说是恭恭谨谨的，就仿佛是官员散了朝的那种样子，也没有人送出来。只是那老船夫头儿跟随着走出，他笑着说："见了面一说，都是自家人，那还有什么说的呢？就是不给钱，我们这两只船也得把你们送了去。"允贞更觉惊诧，赶紧问说："见着了那个人没有？"年羹尧却不言语，只微微笑了笑，表示出他的欣喜。他先走出，并向那管账的先生道了声："打搅！打搅！"遂就走了，众人都跟着他。

秦飞可有点儿不服气，心说：这是怎么回事呀？跟着他来了一趟，结果谁也没见着；他们到底见着谁了，也连一句话都不肯说，未免太小瞧人了！难道侠客豪杰就都是这么架子大吗？我们的爷真是自讨没趣！而这时允贞依然是一句话也不多问，只是跟着走；但年羹尧与甘凤池全都走得很快，他们就落在后头了。秦飞就拉着他爷的衣襟，说："咱们还跟着他们走吗？这群东西都不通人性，他们都看不起爷跟我！"允贞摆手，说："你不用管！"当时允贞就还是很高兴地跟着他们。

及至上了船，就见年羹尧、甘凤池进到舱里，跟他们那些人把刚才所见之事全都说完了。允贞只见个个人全都欢喜，并且都是异常的欢喜。秦飞忍不住问说："是怎么回事呀？刚才到底见了谁啦？那朱二爷莫非真是一个大侠客？"却没有人理他。

年羹尧当时就命仆人快去重新做菜换酒，连蜡烛都换了新的点上，把舱里又都收拾干净，好像准备着迎接什么贵客。允贞只是看着他们，却一句话也不问。

待了一会儿，只见曹仁虎走过来，向他笑着说："再待一会儿，有一位朋友要来到这船上，我们都是相识的人，还有许多的话，彼此要商谈。只是黄四兄，你却是个外人，见了有些不方便，所以务请你到前面船上略坐片时，回避回避，谅你也不能见怪！"

允贞还没有答言，秦飞却实在忍不住了，就说："咱们虽是后交的朋友，可是既一同去办事，也就都是自己人啦。你们的朋友，也就是我们的朋友，大家见见面，又有什么不方便呀？"旁边路民胆听了这话，当时就瞪起了眼，仿佛要过来打他的样子。允贞倒微笑着点头，说："既是不方便，我们理应回避回避。"说着，带着秦飞出了这船，就往前面那只船上去了。

秦飞可真气得肚肠子痛，他上了这船，就往船板上一坐，心里说：爷真不行！以他一个凤子龙孙，说出真实的来历，当时就得把那些人都吓得跪倒，他可是偏要瞒着，以致受这样的肮脏气！然而，允贞却一句怨言也没有，他也不进舱，只站在这船上向着岸上，向着那后边的船去望。

那只船上，不独舱里的烛光通明，船头也点起两只很亮的大灯笼。年羹尧、周浔、曹仁虎、路民胆、甘凤池五个人，这时都更换了新衣，在船头恭恭敬敬地站立着，真像是接迎皇上似的。允贞不由得心惊，暗想：岸上的那个人姓朱，莫非是明室的后代子孙吗？

正在猜疑，就见岸上有人来了，来的只是一个人，走路还轻飘飘的；借着朦胧的月光一看，来的人原是一个女子。允贞就越发惊异了，秦飞也立时站了起来，直着两眼向那边去看。只见除了年羹尧、周浔二人，其余的人全到岸上去接迎；待这女子姗姗地走近，他们就互相恭恭敬敬地见礼，见的倒都是平辈的礼。这女子走上船来，灯光照得她更为清楚，就见她是细高身材，腰肢十分的袅娜，穿的是浅绿色的绸子衣裳，却是很长，好像是古装。头上梳着的发型，是梳在前面，所以看不出她是个媳妇，还是处女；但她的年纪不过二十，长得眉清目秀，美丽而又端庄，尤有一种凛然不可侵犯之气，那是一种侠气。她对待年羹尧很恭谨，好像见了长辈一样，年羹尧对她也很恭敬，见礼后他们就都进到那舱里去了。

这里，秦飞就想到那船上去偷着看看，允贞赶紧把他拦住，说："不可以！来的这女子绝不是平常的人，你若去了，被他们杀死，我也不能救你。"秦飞吓得两条腿不住地哆嗦，心说：怎么？难道是又出来了一个女侠客吗？早先我的江湖可都白闯了，没想到天下还有这样的人！这女子可比蝴蝶儿又漂亮得多了！

允贞此时是一言不发，只呆呆地站立，仰望着天际的乌云及那被遮蔽的月光，心中十分的惆怅。而后边那船上的舱里，虽有许多人，却没有一点儿谈话的声音。允贞对于那女子十分的怀疑，并感觉到有一种惊惧，他觉着自己此番出外访侠，可谓如愿以偿，所差的就是跟他们说开了；叫他们不但不提那些志复大明之事，还帮助自己北返而争夺帝位。但遇见了年羹尧，他能够使众侠听命，这本来就很棘手的了，不意现今又出了这么一个女子！看这女子的名望似乎比他们都高，而本领也比他们都大。

他暗暗地着急、叹气，呆了半天，才见那女子走了，年羹尧等人又都往岸上去送。秦飞又直了眼啦，在灯光下，他看见这女子简直赛过天仙，上了岸就袅娜地走去，真飘洒，简直是月里的嫦娥。而允贞也一直看着那女子往东回了枫叶镇，直到影子一点儿也看不见了，他才暗暗地叹了一口气；觉着要想使群侠拜服，尽皆收为己用，大概非得先制服了这个女子不可，然而，难啊！

年羹尧等人依然都回到那舱中，曹仁虎却到这船上来了，见了允贞，不住地拱手道歉。允贞就问说："刚才来的就是那朱二爷吗？"曹仁虎摇头，说："不是！这岸上的朱二爷不过是一个隐士，年纪已很老了，他是大明的后裔。"允贞一听这话，虽然不出所料，可是毕竟感觉着吃惊。

　　曹仁虎又说："那朱二爷两世在此以织绸为业，他的后院雇着许多女子，日夜在织绸子贩卖；他的女儿、媳妇也在里边织绸子，都很勤俭。他一共有三个儿子，都娶了媳妇。三儿媳是今年才娶的，乃石门赵家的姑娘……"

　　允贞问说："刚才来的就是他的三儿媳吗？"

　　曹仁虎又摇头，说："不是！他们一家老少男女，还没有一个会武艺的。但是他那三儿媳，娘家有位表妹，也到了他们家中居住，为的就是也来织绸子学勤俭；这就是刚才来的那位女侠，那非别人，就是我曾跟你说过的'女中更有女丈夫'！她的名字叫吕四娘。"

　　允贞立时神色改变，问说："她也是你们的师兄妹吗？"

　　曹仁虎点点头，又说："我们师兄妹学艺并非同时，我同她也只见过一面，但我知道，她的武艺比我们高强得多。江湖人说，第一人是了因，第二人便是她；因为她是独臂圣尼、慈慧老佛最得意的弟子，也只有这一个女弟子。她是当代著名的女侠，可是她颇为规矩，你看她现在住在亲戚的家里织绸子，就可想见她的为人是多么规矩了；今天若不是遇见羹尧，我们又都在这里，她是绝不会出来见人的！"

　　允贞问："年羹尧并非你们同门，怎么竟也认识她？"

　　曹仁虎说："年羹尧在未中进士、尚没有做官的时候，他已行走江湖数载，到处行侠仗义，专打豪强，神箭是百发百中。他的名声曾震于江湖，我们与他都是在那时就相识的。况又因吕四娘的祖父吕老先生，不但是一位名士，素通程朱之学，兼喜医道。自从大明亡了，他老人家就削发为僧，与顾肯堂老先生是最为友善；那顾老先生又是年羹尧的恩师，算来年羹尧是吕老先生的晚生，又是四娘的叔父了。

　　"并且年羹尧对于吕家曾有过一点儿恩惠，那就是吕老先生一生清贫，不治生产；他死在庙里，不但庙中无人为他治丧，家中也音信不知。那时恰巧年羹尧遨游至该处，由他慷慨出资，将吕老先生备棺盛殓，并亲自送灵至吕家，眼看着将吕老先生安葬了；还奉送了许多银两给吕家，使吕家后人得以读书，并劝吕家的人应守祖训，保持高洁的门风。那时四娘的年龄尚幼，后来四娘才遇到了独臂圣尼，学习了武艺，说来也是受了年羹尧的一点儿启迪。

"年羹尧后来知道四娘艺已学成，他就十分欢喜，他虽骄傲，但对四娘却最为佩服。刚才他到岸上去访那朱二爷，无意中却见着了四娘，才知道原来是这么一回事：所谓朱二爷是位高人，能够吓走了因僧，原来就是四娘把了因吓走的。那次了因路过此地，听说朱二爷的家里有许多的妇女在织绸子，他是怀着不良之心去的；但到那里一看，却有吕四娘，他就是不被吓走，也得被羞走呀！四娘又不愿叫人晓得她会武艺，所以就以讹传讹，倒都以为朱二爷是位侠客了。"

允贞说："那么她对于了因如何？你们现今去找了因拼命，她不觉着是不该吗？"

曹仁虎说："她也素恨了因的恶行，决定与我们一同前往仙霞岭，去制服了因，以为世间除害，为门中雪耻。现在她暂时回去，定的是三天以后与我们在仙霞岭下见面，不过她还想不伤了因的性命，只劝他改悔前非就是。"

允贞说："这对！"又笑了笑，说："仁虎兄，这话我只能对你说，因为你的胸襟比他们旷达。这次我出来，得遇你们诸位，实是不虚此生。我想到仙霞岭上，劝得了因僧改过向善，然后连吕四娘，我们全都前往北京；英雄终不可久沦于江湖，到北京去展一展奇才，遂一遂壮志，那才不愧是你们这些人物！"

曹仁虎想了一想，说："这事，容我慢慢和羹尧商量，他若定了主意，大家必能听从；不过了因他的恶性太深，恐怕不是能够感化的。吕四娘刚才听说，周浔的女儿和你那小常随都到石门找她去了，所以她想在仙霞岭办完事情之后，就要回石门她的乡里去了。她是性好清静、不慕荣华的一个奇女子，至今她还没有夫婿。她平常仍作明代女子的打扮，所以也不常见人。但如有什么不平之事，被她听见，她就能深夜前往助人救困；不过要请她上北京，她多半是不会去的。总之，不是因她是我的师妹我夸她，她这样的人，论才学，古之蔡文姬、谢道韫也不及她；论武艺，她能超过红线、聂隐娘，她又明礼知义，对人谦和。你那小常随真是有福，他不但得了个佳偶，那周小绯也可称为一个侠女，且得到这样一个明师良友;几年之后,你如再见着你那小常随,他一定也是文武全才了。"允贞听了,默然不语。

当时曹仁虎仍请他回到了那后边的船上,允贞只见年羹尧面带喜悦,见了他,关于吕四娘的事却一字也不提。当晚,两只船就停泊在这里,江风云月,除了甘凤池手提双锤,在夜里还防范着贼人之外,一切都很安靖,就度过了这一宵。

次日,天色微明,年羹尧就下了话,催着两只船上的船夫即刻开船。各船夫们知道这些客人都认识那位朱二爷,而且他们不知道吕四娘是谁,只晓得是朱二爷的眷属都已经来过了,他们的交情还不算深厚吗?因此冲着这个面子,大家就不能不努些力。年羹尧又说:船若快点儿到了衢州,就每只船加赏十两银子。这个赏额悬得也不算小,当时众船夫就掌舵的掌舵,摇橹的摇橹,一齐手脚不停;两船虽是逆流而上,却都是飞快。

天气是很炎热的,但一阵阵的江风吹来,也很凉爽。允贞在舱里坐着太无意思,因为他只能跟曹仁虎一人谈话,跟别人谈起来全都格格不入,而且年羹尧的态度骄傲,更令他不能接近。他就带着草笠,常站在船头上。因那甘凤池也常在前边的船头上,帮助摇橹,他的力大,使那只船进得更快;允贞就对这人更是钦佩、喜爱,以为像这样的英雄,而能受年羹尧的役使,实在是令人不解。

路民胆跟周浔仍时常出舱,向岸上张望,大概还是注意岸上有无形迹可疑的人。允贞也想着:那铁背鼍、江里豹等人一定也在暗暗地跟着了。可是直到晚上,并没有什么事情发生。夜间,船夫换着班,使船不停地前进。月光澄洁,江风清朗,年羹尧置酒船头,与周浔、曹仁虎共饮;允贞也厕不上,他就回到舱里去休息,秦飞为此又生了半天的气。

行了两日夜,船抵衢州,大家这才一同舍舟而登岸。他们有的步行,有的坐独轮车,年羹尧却坐的是小轿,允贞也雇了一顶轿子,就向东南去走。在路上,大家都只顾赶路,很少交谈,晚间就找村落人家寄宿。如是又行了两日,便来到了仙霞岭。

这道峻岭,横隔在浙闽两省的中间,主峰是在江山县界;上面还有霞岭关，是一座要隘，也是一条繁华的大道。而他们所来的这一段岭，却十分的冷落、幽僻，山势也特别的高，上面满生着苍翠的树林，横飘着一片一片的浮云。在这里，仿佛连日头也看不见，更没看见什么村舍、人烟，秦飞不由得有点儿发毛了，心说：倘若在这个地方，他们不收拾了因，而倒将我的爷跟我收拾了，那可怎么办呀？因此他不住地腿软，但见他的爷恍若无事，只是那一口宝剑永不离身。

来到此处，年羹尧就命他的仆人年豪自行李中取出钱来，把所有的小车、小轿全都打发了。他们只用步行，由甘凤池手提双锤，在前面领路。顺着山径，越往上走，越觉着山路陡斜，秦飞简直有点儿走不动了，直喘气，他又怕遇到老虎。只见别人全都精神十足，不用说他的爷还跟走平道儿似的，一点儿也不显着累。年羹尧也威风凛凛的，还像是个大老爷，并不慌忙，也不疲倦。连曹仁虎那老头子，周浔那痨病鬼，敢则也都能够爬山，而且这座山岭，好像是他们的熟路。路民胆来到这里更是逞能，他早把宝剑亮出来了，提剑向上飞跑，好像是个猴子，但他还是赶不上甘凤池。甘凤池手提着两把铜锤，已经够沉重的了，他还在最前走得极快，山风吹得他那连鬓胡子直往后飘，倒好像翅膀似的。

他们上山的时候就已经不早了，如今已夕阳西落，林木全黑，云气浓而且发湿，鸟鸣之声已俱停止。又拐过了一个山环，甘凤池忽然高声喊着说："到了！"他这喊声，借着山音，更是洪亮，把秦飞吓得直哆嗦。但见前面忽然现出灯光，往近又走了一会儿，再一细看，原来是一户人家，三两间草房，还有竹编的围墙。门已开了，有人提着纸灯笼出来。允贞见出来的是两个人，这男子倒还像是个岭上的居民，年纪也有五十多了，提着灯笼；灯光照着的另一人，却是古装长袖，袅娜多姿，原来正是吕四娘，不知她怎么倒先到了。

当下，允贞、秦飞随着他们这些人一同进了茅舍。就见屋中的东西非常简单，除了竹榻和一些烧饭的用具之外，只是两杆猎叉和弓矢之属；竹壁上挂着几张兽皮，还有一张皮是金钱豹，眼睛还在瞪着。秦飞就更是害怕，心说：这岭上原来什么猛兽都有！我可绝不往上走啦，我倒是不怕了因，我最怕的是老虎……

第二十三回　雾满悬崖群侠展技
誓盟折箭众虎腾欢

　　屋里点着灯,很低暗的,还有气味,燃烧的大概就是野兽的油。周浔给年羹尧介绍这里的主人,可并没理允贞。然而允贞已听明白了,这里的主人姓许,他们叫他许阿叔,他有一个雄赳赳的儿子,名叫许大立;这父子全都是岭上的猎户,岭上柳荫寺的情况,以及了因僧的事情,他们全都知道。许阿叔还有老妻,又有个儿媳,现在正为他们这些人烧饭。吕四娘是昨天就来到了,她也挽袖操作,跟那婆媳像一家人似的。

　　许阿叔非常恨了因,他说:"要不是独臂老师太活着的时候,就常照应我,没有这一点儿老面子,我早就不在这里住了。我初见了因的时候,他还很规矩,现在了因简直成了魔王,就我眼见的,他已抢到岭上三个女子了……"

　　周浔问说:"他回到岭上来了吗?"

　　许阿叔说:"前天他就回来了,带着二十多个人,都是凶眉恶眼的,还拿着棍。来到我这里借去了一张竹床,倒放着,当作小轿用;我出去一看,原来他们是抬着一个年轻的妇人……"

　　年羹尧此刻非常注意地去听,面上渐渐现出怒容。许阿叔又说:"那妇人妖妖娆娆的,大概不是好东西,一点儿也不哭,不害怕……"秦飞听了,不禁心说:蝴蝶儿行呀!沉得住气,可是她许是早就变了心!她跟着和尚上了山，她倒受用了。

这时只见年羹尧的面色已气得发紫。许阿叔又说："昨天四娘还没有来的时候，就已经又有十多个人，拿着刀枪，还带着弩箭，又都上岭去了，那大概都是了因给勾来的……"又说："岭上寺里的这些和尚，本来都苦极啦，了因走了这些日，他们才好了点儿，才安下一点儿心；不想了因又回来啦，还带了那些恶人来！"

年羹尧听到这里，忽然怒冲冲地说："大家快些吃饭，吃完了，今夜就上岭。谁若愿意去就去，不愿意去的就留在这里！"他说出了这话，没有一个不愿意去的，只有秦飞，连连向他的爷又使眼色又摇头，允贞却不理他。

少时，那婆媳和吕四娘已将饭做好，大家就在一起用饭。饭是精米饭，菜是兔肉脯，并且是凉的，带着土腥味，也没有酒，真是一点儿也不好吃。另外还有一锅煮肉，一大块一大块的，倒真肥，不知道是老虎肉，还是豹子肉，秦飞简直不敢下筷子。再说这里用的筷子，就是新截的竹棍，很笨而且不好使。允贞倒是随着人大口地吃，还像是吃得很香。秦飞觉出他的爷是变了，在外面闯荡了这些日子，变得一点儿也不像贝勒了。

此时吕四娘早已把饭用完，秦飞也没看见她吃肉，人家到底是一位小姐，端秀而又安娴，那模样简直跟月里嫦娥一样。只见她到里间去了一会儿，再出来时就已经更换了装束，长袖的罗衣已经脱去，而现在穿的是一身青，窄身瘦袖，刚健绝伦；头上仍是云髻金钗，胸前后围绕着一条青绸子，背插着冷森森的一口宝剑，下面……秦飞简直不敢看人家的脚。这时连允贞也不禁显出惊愕之状。

甘凤池连嘴也不擦，就又提起他那对铜锤；路民胆抄剑，曹仁虎也是剑，周浔是拿着他那十三节连环梢子棍。年羹尧不独自己拿着剑，还叫年豪、年杰替他拿着箭和弓。允贞也将剑锵然一声出了鞘，秦飞忙赶过去，问说："咱们也去吗？"允贞说："若是不去，为什么要到这里来？"秦飞说："我可不去！这黑天半夜的，上那么高的岭上去？咱们在这地方又不熟！"也没人理他。

当下，除了秦飞跟许阿叔在这里，连那许大立都拿上了一杆钢叉，跟着出去了。依旧是甘凤池在前，吕四娘在第二，年羹尧、曹仁虎、允贞跟在后边。这时虽有月光，然而被山峰遮住，光华露出来的很少；越往上走云越多，风越冷，直如秋天一样。岭势倾斜，山路萦回，处处是怪模怪样的岩石，地下尤其坎坷不平，荆棘绊脚，而甘凤池仍如猛虎一样地勇猛，吕四娘却像仙鹤一样的飘逸。

很快就到了山顶，在这里就可看见月光了，是从云雾里滤下来的，迷迷茫茫。就见眼前的一片平谷中，果然有一座寺院，甘凤池喊着说："了因是在这里吗？我们进去不进去？"吕四娘说："我进去问问！"她的声音十分的柔润而清亮，真如鹤鸣一般，只见她飞身就跳进那庙墙去了，允贞又很惊讶。

旁边的曹仁虎说："这就是柳荫寺，虽不如它的下庙法轮寺那样的宏敞，可是这是一座古寺了。在这里修行的全是义士、高僧，无端地受了因的欺侮，让一个凶僧扰乱了这片净土，所以咱们不能够坐视不管。"允贞也点了点头。

此时，就忽见那吕四娘已自寺中跃身而出，她高声说："了因没在这里，他在思明崖上了！"当时她率先而走，飞一般直奔那更高之处，只有甘凤池还能够跟得上她。这时月色越发低暗，云也越浓厚了，连许大立这个当猎户爬惯了岭的人，现在都不敢往上去，他就留在这里等候。周浔等人却高声喊着说："走！"曹仁虎和允贞也只得跟随着，往上走去。

这思明崖的峰势愈为斜陡，只有一条人工削凿的小路，一磴一磴的；每个磴儿都距离得很高，非得迈着大步，攀着旁边的岩石，才可以走上去，简直就像是上梯子。向上走了有十数丈，忽听忽隆的一声，一块大石头自上面滚将下来，幸亏吕四娘急速地躲开了，又被甘凤池用两只锤把这块石头架住了。甘凤池大声向下面喊说："躲开一点儿！"众人都急忙身靠岩石向旁躲开，他就提开了一只锤，把这块足有水桶大的石头放下，只听咕噜噜的跟响雷一般，就滚下了山岩。

吕四娘尖声喊说："了因一定在上面了，他已知道我们来了！"正在说着，上面忽隆一声，又放下来一块大石头；这比刚才那块更大，幸亏没有打着人。但曹仁虎先有些胆怯了，他喊叫说："大家可都要小心！"他这喊声，苍老而显得发抖。允贞也觉着危险：这峰上不定有了因手下多少人，倘若再用石头往下来砸，恐怕就得有人受伤。

这时就见年羹尧在石磴上站稳，自他的仆人手中取过弓箭，仰面弯弓，也不知看准了岩上的人没有，他就一箭射去。箭穿云中，立时就堕下来一个东西，分明是一个人堕下了山峰；当然是死了，却连一声呼喊也没听见。周浔喊说："死的绝不是了因！咱们还得往上去！"当时众人又一个跟着一个地往上去爬。

而峰上，忽隆忽隆又连着滚落下两块大石头，虽都没砸着人，可是众人都停止住了，不敢向上再迈步了；接着又"轰隆"一声，落下来第五块。甘凤池便抢锤迎着砸去，当时声音响亮，火光四迸，石屑纷飞。曹仁虎喊叫说："这不行，停一停再往上走吧！"到底他是老了，这震声他也受不住；允贞赶紧用手揪住他，他才站稳。年羹尧却又嗖嗖地向上连射了两箭，并没有再射下人来，却引来了上面的弩箭；弩箭嗖嗖地如雨点儿一般地射下，石块忽隆忽隆地不断地向下来砸，众人赶紧又将身贴在岩石上，躲避着。

而此时走在最前面的吕四娘，竟然不避弩箭和飞石，就腾身一跃；谁也没看清楚，她是怎么一下就跃上了山峰。她一到了上面，立时就和上面的人打了起来，所以弩箭飞石也全都停止，甘凤池就抢舞着双锤，紧跟着上去；下面的众人也一起振奋起来，都向上走去。

及至允贞随着曹仁虎走到峰顶，就见云雾迷茫之中，众人已经厮杀起来。那边了因、铁背鼍、江里豹等不下三十多人，个个兵刃齐全，武艺也都精熟。吕四娘、路民胆同时挥剑去戮，甘凤池的双锤乱砸，周浔的十三节梢子棍哗啦哗啦地飞抖；打得那些贼人全都哎呀哎呀地喊叫，可看不清楚都是谁。只听见了因暴躁地说："好！你们全都来了？年羹尧！别人我都能叫活，只叫你死！"

又听吕四娘尖声喊着："了因！你快些听话！我们便饶你，因为咱们是同门中的人……"

了因却狂笑着,说:"好啊!吕四娘,你竟也来帮助年羹尧?以为我真是怕你吗?早先我不过是看那一只胳臂的老尼姑的面子,其实……妈的,到今天我才说真话,我早想收你做我的老婆……"

吕四娘大怒,顺着声音寻着了他,拧剑向他就刺。了因的八宝钢环,吧吧吧连着向她来打,却都被吕四娘用宝剑铛铛铛磕落。了因只好抢剑相迎,吕四娘展剑又戳,就见云雾里双剑翻飞,这莽和尚与婀娜多姿的侠女越杀越紧,相拼起来。

了因一边小心地敌住了他的师妹,一边还狞笑着,说:"师妹呀!你比蝴蝶儿长得还俊,我要了她再要你,一个做我的东宫,一个做我的西宫……"吕四娘跳跃起来,喀喀喀,用剑向他连削;他一边躲闪,一边招架。

三五合之后,甘凤池抢着双锤也奔过来了,了因更是大怒,说:"老子今天不但要开色戒,还得开杀戒!"他的单剑飞舞起来,一股寒气护住了他的身子;武艺绝伦的吕四娘和膂力惊人的甘凤池,竟也不能立时取胜。那边周浔、年豪、年杰,尤其是勇悍的路民胆,已将江里豹手下的贼人杀死了不少;曹仁虎却没上手,年羹尧依旧在弯弓挽箭。

此时允贞却心情甚急,他急急地高呼着说:"全不要打了!了因师父你先住手,凤池也听我一句话!我来是给你们解和的,你们都是同门中的人,千万不可如此,都住手!我指你们一条明路,随我到北京去,那里有富贵荣华!"他说到这里,年羹尧先不住地嘿嘿冷笑。

那边了因一边在奋力拼斗,一面也大笑着,说:"这倒好!有人把娇滴滴的美人吕四娘给我送来,有人还请我去做官。好朋友!姓黄的,你等一等,我杀完了他们,制服了吕四娘,随后就同你到北京去,帮助贝勒做皇帝。"原来他也知道这件事!他若能够辅佐了谁,可真能使群雄慑服,因为他太猛勇了。

这时他的单剑翻飞,不但使得甘凤池的勇力难施,路民胆、周浔更都不能得胜,只有吕四娘的剑就堪堪与他匹敌。但他不只对付吕四娘一人,所以就觉得吃力了,尤其这时,江里豹已率众逃跑,只他一个被困垓心;他就大怒,将手中的十几个八宝钢环噼啪噼啪尽皆打出,这样才使得周浔等人退后了一些。

　　然而吕四娘的剑掠风带雾，扎戳劈刺，一招紧似一招；甘凤池的双锤也越抢越猛，周浔、路民胆，连年豪、年杰也齐都奔扑而来，了因就大喊一声"哎哟……"将身向下一伏。众人以为他已受伤跌倒了，当时不由得就全都收住了兵器。

　　不料了因忽又挺身而起，剑舞如飞，趁空儿回身便逃，且逃且哈哈大笑。吕四娘等人又往前追，但云雾太重，已看不见了因是逃往哪里，同时那边又有无数的弩箭嗖嗖嗖地飞来。吕四娘在前用剑急急地拨着飞来的弩箭，众人就随着她前进，冲破云雾又向上走。

　　走了一会儿，弩箭也都没有了，却又望见眼前是一座乱石垒成的高墙，里面还有隐隐的火光。

　　年羹尧说："了因一定住在这里，我们进去！"

　　云雾迷茫之中，一时找不着门户，甘凤池便抢起两只锤向这墙上一播，顿时轰隆哗啦一阵乱响，墙就倒了一截，真像山崩地裂一般。吕四娘早就跳进墙里去了，甘凤池等人就都由这豁口走了进去。里面又有十多名强盗，各抢兵刃前来厮杀，但哪里禁得住甘凤池的双锤疾舞、周浔的梢子棍狠抢、路民胆的宝剑连斫，结果又有五六个人倒地死伤，另有几个是被曹仁虎放跑了。年豪跟年杰捉住了一个盗首，周浔就要叫路民胆立时将这盗首斩死，却被曹仁虎跟允贞一齐上前给拦住了。

　　年羹尧就近一看，被捉的这人并不是了因，他就冷笑了笑，说："既不是了因，杀他不杀他倒都不要紧，只是得问问他，了因抢的那些妇人都在哪里了？"于是路民胆就将这人绑上了。

　　这人的年纪三十上下，非常凶悍，他说："我就是江里豹，你们不知道我，南北的江湖朋友可都知道我。你们要是把我杀了，也没有什么，将来你们走到江湖上可要小心；我在江南有二十八个盟兄弟，在北京有十二个师兄弟，还有蛟僧勇能、飞锤庞五，也都是我的朋友，他们都能替我报仇！"

　　周浔说："留着他干什么？"路民胆当时抢刀向他就砍，却被允贞举剑铛的一声给挡住了。

　　路民胆当时大惊大怒，仿佛就要跟允贞拼命，允贞赶紧带笑说："我跟他并不相识，我也不是护着他。只是这地方原是佛门净地，独臂圣尼和许多高僧全都在此修行，我们在拼杀时伤几人性命是不得已，但如今把他捉住，岂可又故意将他杀死？我想他也不过是一个小贼，得放他就放了他吧！"曹仁虎的心也很慈善，当时也直劝路民胆。

　　这时，忽听吕四娘在那边高声叫说："快到这里来！这里有几个女的，都是被了因抢来的。"

　　当时年羹尧先急急地往那边去了，其余的人也都不顾这江里豹了，就齐都往那边走去，允贞便趁此时就将江里豹的绑绳割断。江里豹滚身而起，惊讶地问说："朋友，你为什么要救我？你是谁？莫非你就是那姓黄的吗？"

　　允贞悄声对他说："你不要再在这里帮助了因了，他绝斗不过这些人。我是京都贞贝勒府中的人，你赶快下岭去找着蛟僧勇静，再多找些有本领的人更好，一同到京都去找我，我不久便回去。"说这话时，他急急地挥手，令江里豹快些走。江里豹是既惊诧又欢喜，遂抱拳说："那么，后会有期了！"说着，他就走了，这里允贞手提宝剑又赶紧去寻年羹尧等人。

　　原来这座思明崖，就是昔年独臂圣尼结庐修行，并练习武艺之处。近来了因命人在这里建盖了几间石头房子，为他在这里享福；这里有粮有米，还有衣裳绸缎，竟如大户人家一般。他先后抢来的六名妇女，就全住在这里，但是没有蝴蝶儿在内。屋里点着蜡烛，木窗又隔断了外面的云雾，所以人还都能看得清楚。六名妇女中最大的不过三十岁，据说都是山下的良家妇女，被了因抢来之后，也就极少再见他的面；因为他抢到一个，立时又觉着不满意，便就又下岭另去抢别的妇女。她们以为了因是个疯子，人倒还不太坏，因他从来没有玷污了谁；这里倒吃穿俱全，只是这地方荒得叫人害怕，她们又想家。说话的时候，这六个妇人都不住地啼哭，曹仁虎劝她们都不要再哭，应得天明时就把她们都送到岭下，叫她们各自回家去。

　　路民胆又问："还有一个是他新抢来的女人，名叫蝴蝶儿，现在哪里了？"

当时就有一名妇女点头说："他们昨天忽然来了很多的人，并带来了一个女的。那女的比我们都有胆子，对他们又笑又骂，逼着叫他们给送下岭去；还直嚷嚷说：难道你们不怕年什么尧吗？"

另一名妇女说："刚才了因又把她挟走了，她还直挣扎、嚷嚷，后来你们就来了！"

年羹尧气得面如紫肝，当时就说："再追他去！"甘凤池说："在这上面还有一座揽月峰，那里有两座山洞，了因必定是逃往那里去了！"年羹尧又振臂大喊，说："走！我们都再往那里去，非把了因捉住，救回蝴蝶儿，不能甘休！"

甘凤池就要立时去，周浔和路民胆却都显出犹豫的样子，曹仁虎也摇头，说："我们在这里都知道，揽月峰是一座绝峰，轻易上不去的，何况这时夜又深了，云雾又重。"

年羹尧说："为什么了因能够上去，我们就不能？"

周浔说："他在这里的时间比我们长，他的路径又熟。"路民胆也说："明天再说吧！反正他也不能把蝴蝶儿怎么样。他不跑到那峰上去便罢，跑上去，恐怕连他也下不来。"年羹尧凝目发呆，心中犹然急躁，不过他看见吕四娘现在和那六名妇女都很亲热地谈起话来了，一点儿也没有即刻再去追找了因僧的样子；吕四娘如此，他也无法再逼着别人去了。这时允贞却找了个木凳儿坐下，手挎着宝剑看着年羹尧。他见年羹尧对于吕四娘仿佛也有一点儿敬畏，吕四娘不帮他，仿佛只有甘凤池也不够用，旁的人就更不重要了。

年羹尧迟疑了半天，又命年豪、年杰去把那被捉住的江里豹给揪来，问他们在这里还有别的藏躲的地方没有。但是两个健仆出去之后，寻找了半天，方才回来报说："那江里豹不知怎么逃走了！"周浔和路民胆都又抱怨曹仁虎，年羹尧倒像是没有怎么介意。此时，夜愈深，外面的云雾更大，山风也极为寒冷。这里有干柴，他们便拿到屋里来燃烧取暖，有的睡觉，有的还小心地守院，一夜就这样过去了。

次日，天虽发晓，但云雾犹然浓厚，天地上下，完全迷迷茫茫的，什么也看不见。然而吕四娘当时就要带着这六名妇女下岭，允贞惊讶着说："她们怎么走呀？"曹仁虎悄声地告诉他，说："四娘有特殊的武艺！这山岭虽然难行，云雾虽然浓密，但在她并不算什么；她必是一个一个地将六名妇女全都背下岭去，办完事她还回来。"

吕四娘带着六名妇女走了之后，允贞依然惊异不止。年羹尧却更是发愁，十分急躁。他出了屋，引箭拉弓向高处连射两箭，却都没有什么反响，他不禁又长叹了起来。等到过午，室外的云雾才稍稍地散了，大家就盼着吕四娘回来；可是直到年豪、年杰在这里烧好了饭，大家都吃过了，吕四娘依然未归，年羹尧急得直顿脚。

又待了一些时，忽有三个人上这思明崖找他们来了。这三个人，一个就是猎户许大立，另一个是在金陵分别，奉年羹尧之命前往北京，召请白泰官的那个"野鹤道人"张云如；允贞非常诧异，不知他怎么这么快就回来了。而第三个人就是他找来的人，这更使允贞惊讶得立时变色；这是一位极其熟识的少年英雄，就是在北京贝勒府中深夜两次相见，第二次还谈了半天的那个"司马雄"。这时候，允贞方才顿然大悟，原来"司马雄"就是有名的侠客白泰官；他的父亲，现在大概还住在自己府中的老头子"司马申"，当然也就是曹仁虎、周浔他们的同门，那白梦申而无疑了。

现在允贞所惊讶的不是因为知道了这白泰官的来历，而是白泰官知道他是四皇子贞贝勒，并不是什么"黄四爷"！他知道现在是完了，或者说服这众人，或者就与这众人决一生死；却不料白泰官见了他，竟没说一句话。

白泰官先同曹仁虎等叙些别后之事，与年羹尧谈得尤为亲切。他说他的父亲因避仇北往，他在报完了仇之后，也往北京寻父；他的报仇之事，并没有详说，仿佛倒是私人的事情，与明朝和清朝都无关系。允贞听了，才略略放下心去。

白泰官跟那些人说完了话，才过来与允贞笑着说话，他说："我早就知道你是用脱身之计走了出来，所以我也就离开了北京。现在你的府上都甚好，你不必挂念。我是想寻你，却寻不着。我走到江北便遇着了张云如，他正要往北京去寻我，我们遇着了，并知道你们是都往这里来了，所以我才连夜赶来，幸亏来到这里还不算迟。"

这时年羹尧在那边不住向他二人来望，曹仁虎也惊诧着问说："怎么？你们二人早就认识吗？"白泰官微笑着不语，允贞也极力地保持着镇静。

好在这时年羹尧也不容大家多谈闲话，他又急急地说："泰官来了，正好助我一臂之力！我料到剪除了因，非用你不可，才在那时就派云如去找你。现在你既来到，咱们不必再等四娘，现在就上揽月峰，把了因就地杀死，好去再办别的事。"甘凤池便又去抄起他的双锤。

这时允贞就将白泰官一拉，悄悄地说："我们是故旧了，我的事瞒不了你。我出来便是为邀请天下的英雄，这件事望你跟他们说一说，并对了因要手下留情；叫他那样有本领的人，也跟着我们回北京做些大事，谋个前程。"

白泰官露出很作难的样子，说："我们都听年羹尧的，因为我们都佩服他；为什么这样佩服他呢？就因为他为人正直，与我们虽非同门，却是同道。你的来历我自然得告诉他们，可是还不能急，否则你当时就下不了这座岭，而我也没法子护你。至于了因，那恐怕没办法，他太作恶多端了，违背了师训，同门中的人都不能饶他。"允贞听了，默默无语。

此时，甘凤池、周浔、路民胆、年羹尧、曹仁虎等人都已走了，张云如、白泰官全都手提宝剑，也出了屋，允贞只好也跟着他们走了出来。就见在迷离的云雾之中，眼前又是一座高峰，简直如同一座顶天立地的大屏风似的，看不见峰头，更没有草木，也没有山道。向东走了不远，便到了山峰的根底下，仰面去看，更是愁人，连甘凤池都把浓重的眉毛紧拢了起来，说："我还没拿过这么沉重的东西上过这座峰。"说时，就把他手中的双锤放在地下，向曹仁虎讨过来宝剑。曹仁虎跟周浔全都不能上去，只有路民胆、白泰官、张云如、甘凤池这四个人，现在全都手提宝剑，往上去走。

年羹尧手提着弓箭，站着向上去瞧，允贞也在犹豫。倏时间，就见那四个人全都像猿猴似的爬上去了,渐渐地都钻入云雾里,能够不再看见。年羹尧很是着急,大概是担心他的蝴蝶儿能否救得下来。曹仁虎也很忧心,叹着气,说:"他还许没在上面呢,这东边另有一股山路,也许他早已逃走了!"周浔狠狠地摇着头,说:"不能! 他绝没地方逃!"

正说话间,忽见由上面落下一个人来,接着又是一个、两个,众人赶紧上前低头去看,就见摔下来的死人,身上都受有剑伤,是经过厮杀而被砍下来的。周浔认得其中一个有黑胡子的,说:"这就是铁背鼋! 他是了因的臂膀,也是个巨盗,并且很有钱,其余的两个定是他们的伙计。他们这样的人全都在上面了,咱们难道就上不去?"说时,他提着十三节梢子棍,也要向上去走。

而这时,忽见由峰上的云雾之中,又落下来一个人,这人正是了因。他落在地下,不但没摔伤,反倒蓦然跃起,手抡宝剑直扑年羹尧,说:"好个仇人! 你把白泰官也找来杀我!"

年羹尧向他的咽喉就一箭射去,但这支箭正射入他的口中,就被他用牙咬住了箭头;箭杆落地,箭头被他用力地喷出,幸亏年羹尧急忙躲开了。此时周浔的十三节梢子棍哗啦啦地向他的腿部扫去;他一脚就将棍踏住,在石头上一磨,梢棍的前几节就完全粉碎,不能够用了。他挺剑又奔向年羹尧,年豪、年杰上前以刀同时迎杀,但才两三回合,两个健仆便抵挡不住;幸仗年羹尧已扔了弓矢,拔出来宝剑,上前厮杀。允贞提剑闪在一边,他倒要看看这名震江湖、威服众侠的英雄,到底剑法如何?

当时只见了因凶狠地一剑刺来,年羹尧巧妙地闪开,接着他转守为攻,将宝剑挽背花向了因的手腕去斫。了因撤剑避开,年羹尧扭步转身,剑随身进,挽背花一下斫去,疾如闪电一般;了因忙以剑相迎,两剑几乎相撞在一起。年羹尧前后顾盼,身剑合一,了因却也挺剑向前进逼。突然间,年羹尧向右一纵身,势如飞鸟,了因也疾向右旋;年羹尧从上一剑斫下,了因应势去迎,年羹尧却早将剑抽回,又伏身,斜式进攻,剑戳咽喉。了因赶紧退避,剑锋上挑,铛的一声,相震了一下;年羹尧再腾步前进,剑似疾风,真可称精熟、毒辣。了因却很少闪躲,只管迎击,他气力的浑厚,似为年羹尧所不如;而年羹尧的剑法巧妙,又令他难防。

两人一来一往,相杀六七回合。允贞就不禁地惊叹,赶紧又叫着说:"停住吧!停住吧!"此时,年豪、年杰都在旁缓了半天腕力,又要奔过去帮助他们的主人,了因却毫不畏惧,剑法更紧。

这时,由上面的山峰上又嗖嗖跳下来四个人,原来是白泰官、路民胆、张云如、甘凤池全都下来了。他们四个人本是到那峰上,先与铁背鼍及两三个小贼相斗,并将他们用剑给砍了下来。然后又到峰顶最高之处,跟了因恶战一场,结果把了因逼得跳将下来;他们搜索了一番,却一无所获,这才一齐下来。

这几个人就都围住了因,周浔从年豪的手里要过刀来,也奋勇地扑过来。当时刀剑闪闪,虎跃猿蹲,步步迫紧,齐逼了因。曹仁虎也要过来年杰的刀而上前助战,这老英雄的身手敏捷,不在路、甘等人之下。年羹尧却跳出围外,叫两健仆拿过来他的弓,又引箭而拉满了弓,要乘隙去射了因。可是这时了因在急密的刀光剑气之中,他一身往来跳跃,孤剑上下飞腾,将全身的力气和本事完全展开了,好像那些人全都不是他的对手。允贞刚要喊嚷,劝他们住手,突见年羹尧一箭发去,正中了因的右肩;然而了因带着箭,却杀得更猛。

此时曹仁虎很是危殆,张云如也有点儿不敌,周浔更显出来力尽。突见白泰官凌空而起,他这一跃,就如猛禽飞上了天空,约有三丈多高,但其势极快极速,倏地展剑落下,一剑正劈在了因的头顶,立时血花飞溅。了因身犹未倒,剑仍狂抢,甘凤池、路民胆双剑齐戳,白泰官又补一剑,了因的巨大身躯,这才轰隆一声倒下,有如山峰坍塌;他这才一命呜呼,剑也扔在了一旁。白泰官、曹仁虎,连甘凤池全都忽又面现悲哀之色,肃然了良久。

而这时上面山峰忽然又直跃下来一个人,青衣娇躯,身背宝剑,臂挟着一个娇啼宛转的女人,这人正是吕四娘。原来她已将那六名妇人送到山下,安置完毕后,立又回来,并且也上了揽月峰;而于这峰顶的石洞深处,将别人都没有寻到的蝴蝶儿给寻着了,她就用臂夹着,跃下了绝顶。见了因已经身死，她略微皱一皱眉，并将蝴蝶儿放下。

蝴蝶儿一眼看见了年羹尧，她就叫了声："哎哟！"又看见了允贞也在这里，她更是吃惊地叫道："哎呀！"就见她衣服都撕破了，身上还有划碰的伤在微淌着血，鞋也丢了一只；头发十分蓬乱，脸上还沾着泥。她含着眼泪嫣然一笑，就投在年羹尧的怀里。

这时，甘凤池将了因的尸身抛在深涧里，他与吕四娘、张云如、曹仁虎、周浔、路民胆，连白泰官也叫上，就一同向南跪倒；那边茫茫的云海里，就有独臂圣尼慈慧老佛之墓。他们望着那方向一齐叩首，由甘凤池说："现在因为了因僧违背了师训，任意横行，我们才秉承师父的遗训，合力将他剪除，以雪门中之耻。以后我们七人之中，无论是哪一个，若有违背师训，在外胡为，欺寡凌弱，非义苟得；见危不救，遇难不援，背礼忘信，奸盗邪淫，一切不良的行为，那其余的六个人便也合力去剪除他，如斩了因一样！"

众人叩头完毕，一同站起。忽然吕四娘又向年羹尧说："年叔父，我们都已向师父的坟盟誓完了，你可还得向我们几个人发一个誓，与我们一同收回大明的江山！"

允贞见此时的空气是太为紧张了，他自己实在不能在这里待着了，他就转身走开；手携宝剑，下了这座思明崖，独自踽踽地走去。允贞现在不但是极度地失望，而且颇为忧惧，因为他看到甘凤池等人是抱着对明室的忠心，思怀故国；年羹尧所以得他们的崇拜，也就是因为他也是存着那种志愿。这些人在明为遗民，在清却为叛逆，我是清朝的贝勒，他们是死也不能拥护我的；并且有这些豪杰在效忠明室，年羹尧又是一个枭雄，将来大清的江山，恐怕真要摇动，堪是可虑！

他随走随长叹，但雄心却又一阵阵的勃发，暗想：因为有这些与大清作对的豪杰，我才更应当设法利用他们，并得消灭了他们！因为清朝的社稷正在可忧，我才更得做太子，将来更得做皇帝。他思来想去，便挥剑向路旁的山石锵锵连斫，这并不是借以出气，却是坚定他的雄心，振作他的勇气。

少时，他走回猎户许阿叔的家，那许阿叔就惊讶地问说："怎么他们都没回来呀？我的儿子也没回来呀？莫非出了什么差错？"允贞却摇头，说："没有出什么差错，他们在后边了，我先回来等他们。"许阿叔听了，这才放下心去，便叫他的老婆儿给烧茶。

秦飞因为昨夜睡得很好，现在倒是精神百倍，他的那份行李卷儿也早就收拾了。他走过来拉了他的爷的胳臂一下，悄声地说："咱们还不快走？刚才我又见那什么吕四娘上山去了，她那么矫健的身手，我实在是头一回见到。据我瞧，这些人都是狮子、豹子、母大虫，而且他们的性情别扭，跟咱们说不来。咱们若不趁着这个时候快溜，将来他们若一翻脸，那可就……我倒不要紧，爷你是金枝玉叶之身呀！爷，你千万快听我的话，咱们是三十六招第一招，'溜之大吉'就完了！"允贞又微微地笑，不言语。

这时，忽然外面人声喧嚷，有人大喊着说："捉住他！他是允贞，他是清朝皇帝的四儿子！杀了他！"秦飞吓得脸都白了，浑身乱哆嗦，许阿叔瞪大了眼睛好像也要翻脸。

允贞赶紧手提宝剑走出去，就见甘凤池手举双锤，周浔怒目横刀，张云如直挺宝剑；吕四娘蛾眉直竖，似乎一跃身就要来结果他的性命。曹仁虎大笑着，说："原来是这么一回事儿呀！允贞，你可谓大胆！"路民胆是抢刀头一个上前，他狞笑着，说："我早就看出你不是好人，原来还是我们的仇人！"

此时，幸亏白泰官将众人拦住，他连连地说："不要发急！他总算是有胆略的，我们要叫他死，也得叫他死个明白！"而竹墙外，又有许多老和尚都奋臂扬拳，大嚷，说："我们几十年来在那庙里受苦，现在才算把仇人捉住了！捆起他来，抬到岭上去给独臂圣尼祭灵！"当时，群侠众僧，都要一齐上前，声势汹涌，相距允贞不过十步。允贞手横宝剑依然微笑，可是话却说不出一句。

正在此时，便听嗖嗖的两箭发来，全都钉在窗棂之上，又是年羹尧带着两名健仆赶到。他用臂分开众人，急急地赶在前面，抢着弓大声地喊说："你们都听我说！你们都听我说……"当时大家的声音立刻屏息，无数双愤恨的眼睛还都看着允贞。年羹尧就指着允贞，高声地说："他，他是清朝当今皇帝的四儿子贝勒允贞。为要跟他的那些兄弟们夺取太子之位，并要将来做皇帝，他才出来寻访豪杰，想叫我们去帮助他……"

那众人更生气了，齐说："我们保的是大明，恨的就是他们，如何能帮助他？现在杀了他就算了！"

年羹尧摆手，说："不行！不行！你们还得听我说。如今的清朝江山已经根基稳固，明朝想恢复实已很难，凭我们几个人，纵然有本领有忠心，也恐难施展。再说把他杀死也无用，像他这样的贝勒，在北京还有很多；我们杀了他，不但不能恢复明室的江山，反倒能招来他们的官兵，灭掉了咱们这仙霞岭柳荫寺！"

周浔说："他跟随咱们这许多日子，将咱们的底细尽皆晓得了，如何还能放他走呀？"

年羹尧说："这我有办法！"他回首又向允贞说："你的胆量，我们也很是佩服；你的才智、武艺，也并不在我们之下。你若肯诚心跟我们结交，我们便能去帮助你得到帝位，保管是易如反掌之事！"

允贞态度从容，向众人拱手，说："我私自出京，千辛万苦，所为的就是与你们结交；你们这些人倘能随我到北京，得到了帝位，便是你们的！"

年羹尧说："这事得预先言明，第一，我们帮助你做了皇帝，你必须立时就令天下的臣民恢复汉家的衣冠！"允贞说："这很容易，但是须待我登基三年以后，因事急恐怕生变。"年羹尧点头，说："三年也行，我们也能等得。第二是皇帝只许你做十年，十年以后，你须将帝位让出。"允贞思量了一下，便也点头，说："这我也答应。"年羹尧又说："第三，是你必须保护住这仙霞岭、柳荫寺。"

允贞说："我非匹夫，岂能背信？我若不是个慷慨丈夫，也不能单身来到这里。君子一言既出，驷马难追。第一，三年恢复汉家衣冠；第二，十年以后让位；第三，我不但保护柳荫寺，还要修建柳荫寺，供奉独臂圣尼！拿箭来，我折箭为誓！"当时，他就由年羹尧的手中要过一支箭来，立时折断。

年羹尧大喜，紧紧挽住了他的蝴蝶儿，周浔也向允贞拱手，曹仁虎捋着白髯不住地笑。路民胆也高兴了,白泰官又拉住了允贞叙旧。那些老僧也都放了心,回柳荫寺去了。唯有甘凤池、张云如、吕四娘三人,却都立时就不辞而别;年羹尧虽命人去追他们,想把他们劝回,但也没有追着。

第二十四回　运机谋拥允贞登基
从简略述羹尧尽命

　　如今，由于允贞的立誓、年羹尧的撮合，他们已是一家人了。允贞果然遂其所愿，不枉出来经历了江湖，已经得到这些豪杰、侠客相助。他想：甘凤池不过是一勇之夫，吕四娘终归是一女子，张云如又庸庸碌碌，他们帮助不帮助的也不要紧；有一年羹尧这样智勇双全、气魄雄伟、威仪并备的人杰，实在已超出他的愿望之外。所以他十分的欢喜，连九条腿秦飞也都挤着小眼睛直笑。

　　年羹尧时时携着他的蝴蝶儿，当日就一同起身，离开了仙霞岭。两日后到了衢州，年羹尧就在这里住下了，并命人买绸缎，赶做衣裳，他就要在此正式地纳宠。蝴蝶儿欢天喜地地等着做新娘了，周浔、曹仁虎等人也都预备着为他们贺喜。路民胆现在就管蝴蝶儿叫年二夫人了，其实他的心里未尝没有妒意，但是也没有奢望了。他只有想着将来"英雄得路"，辅佐允贞做了皇帝，恢复了汉家的衣冠，那时，自己一定要披戴上白盔白甲，作为五虎上将的赵子龙；赵子龙当然也可以置许多艳姬美妾的。

　　允贞便在此地与众人分别，要带着秦飞先赶回京城。他走到杭州时，因为必须往西湖畔曹仁虎的那个朋友家，取他们的马匹，所以只好在此略作停留。而又听见这里的人说："有一个也是北京人，他向人自称是什么贝勒府里的，来到西湖已好几天啦。那人带着好几件乐器，不是在苏堤上吹笛，就是在孤山上吹笙，只不知道你们认识不认识此人？"

允贞听了，立时就觉着很诧异，赶紧叫秦飞去找。及至秦飞把这个人找到了，两人就一边开着玩笑一边来了，允贞一看，原是他府中的门客十个口郑仙。允贞就听他秘密地述说了京中最近的情形，他说："请爷赶紧回去，要不然百只手胡奇做的那把戏，就快被人弄穿了！他的那些长虫不再能够吓得住人了，允异贝勒就已对此生疑，连日他不断地到府里去探病。我怕他给探出来是假的，所以赶紧出京来找爷，请爷快回去吧！"

允贞说："我即日就赶路返京，只是你还得替我办几件事。就是江南各地，除了甘凤池等人以外，还有许多的豪杰；譬如铁背鼍，他虽然帮助了因，自己惨死在仙霞岭，但他手下还有不少会武艺的人。你可以跟他们说实话，邀他们到北京去，暂时可住在城西我的赐园里，只是千万别见我的面；日后我对他们必有重用，还能够为铁背鼍报仇。"吩咐完了，他就令郑仙走了。

当日他与秦飞就一同骑马北上，路过金陵也不停留，即日就渡江再往北去。一路上真是马蹄如飞，直到北京城，他们才稍微停止。允贞一个人悄悄地进城，回到他的府里，见了他的福晋、侧福晋及子女等。他这才重新更换了衣服，而令他那个这些日来的替身百只手胡奇，拿着那些蛇滚到一边，当日就宣布他的"病"好了。

允异、允唐、允乃、允题等一些贝勒就都来看他，兄弟们彼此假意地问安，心中却激斗得更烈。他还进宫去见了见他的父皇，那康熙老皇帝本来对他是很喜爱的，闻听他的病好了，已经起床，缠了他这些日子的蛇神已经被驱走了，又见他不但强健如恒，面目且更黑了，精神更显得豪爽了，所以也很喜欢，就叫他再去休息。

他回到府中，借着祈福祛邪为名，召集了许多有本领的喇嘛僧。并把他的舅父隆科多，这个在朝中渐有大权的大臣请到府中，连夜秘商。

此时尤有一件惊人的事。就是允贞早先由前门外已经关闭的那个镖店里请到府里来推诚相待的那个老头子"司马申"，也就是白泰宫的父亲白梦申,他也是独臂圣尼的弟子,是周浔那些人的大师哥;他因为感念允贞贝勒的知遇之恩,这些日他也没离开这座府,养尊处优地一个人住在一间屋子里,想要什么东西,这府里的"大管事的"程安就立时命人给他办到。在此期间,他就研究出来了一个东西,是一种兵器:下面是个皮囊,上面是两口月牙形的刀,刀连着个木把,木把上有弹簧;只要用皮囊套上人的脑袋,把木把上的弹簧一动,立时人头就落于囊中。这种狠毒的东西,他给取了个名称,叫作"血滴子"。允贞一回来,他就献出来了。允贞一看,大为赞赏,并命人多多制造,以付周浔等人使用,以便剪灭群王,而得到太子和皇帝之位。

又过了五六天,年羹尧、周浔等人便来到京城。周浔、路民胆、曹仁虎和同来的曹仁虎的女儿曹锦茹,都秘密地住于允贞的府中,练习使用"血滴子"。白泰宫是仍用"司马雄"之名住于允异的府中,其实是帮助允贞做事。年羹尧受到允贞的特别信任,并由允贞介绍,与隆科多结为生死之交,共谋辅佐允贞成立大业。

年羹尧得先造出来地位才行,所以隆科多就向朝中保荐,立时擢升年羹尧为四川巡抚。次年,西藏起了乱事,年羹尧请缨,亲自赴松潘协理军务,以功晋升为四川总督,旋又授为定西将军。年羹尧是一步一步地飞黄腾达起来了。他在京中本来有夫人和几个姬妾,他的长子年斌、次子年富都已长大成人,三子年寿也十八九岁了,但是他在外做官为将,一个也不携带;时时跟随着他的,只有他的一个妾,这就是昔时秦淮河畔艳春楼里的蝴蝶儿。

现在蝴蝶儿可真是遂了心愿,谁还敢再叫她一声"蝴蝶儿"呀?她简直比凤凰还要尊贵。她穿的是绸缎绫罗,浑身是珠围翠绕,吃的是山海的珍肴,睡的是牙床锦被;一声咳嗽,当时就有丫鬟捧金痰盂来。她抓痒痒都不用自己抓,脚疼了也不用自己捏。她的脚可也永远不会疼了,因为每逢出门就坐八抬大轿;这轿子可比她早先嫁人没嫁成的那轿子,坐上要稳得多,不用担心被人用马撞倒,而又在脑门上贴一块膏药。那事绝不会再有了,谁也不会有那样的胆子,现在是出门就放炮,并且打锣净街。谁不知道"年二夫人"?年羹尧更是宠爱,也是因为她较前越发风流娇媚,同时还学会了些"命妇"的派头。

康熙五十九年,清军入拉萨,西藏平定,年羹尧以定西将军之职,入宫召见,他在北京小住。这时,允贞的羽翼已成,周浔、路民胆等人早用"血滴子"将其他贝勒所养的那些谋士、豪杰全已剪除;京中连出无头案,吓得那些贝勒一点儿也不敢活动。同时康熙年老病重,有隆科多、年羹尧里外相应,便把皇帝的位子,很容易地送到了允贞的手里。

关于这段宫闱秘事,传说得甚多,前人笔记之中早有记载,并且也有人演绎成为小说。不过本书不愿细叙,因为本书著者的意思是,虽然利用这些在正史上、稗史上有名的人物和事迹,但绝不抄袭;所以之前所叙的二十几章,其主要者全是别人绝未曾说过的。别人说过的,本书便不必再细描写,以免雷同。不过雍正得位的事,在此也应当简略地述一述,以使故事连贯。

据说,允贞一面是用喇嘛僧造出恐怖神秘的气氛,一面用血滴子行残杀的手段,将允是、允乃、允止、允异、允唐、允我、允题等诸贝勒(读者勿忘,这些贝勒名字的"允"字原为"胤"字,第二个字都有"示"字旁,是因为排印上的方便,并因允贞是本书的重要角色,为读者"醒目"起见改为"允贞",其他一律同此),连帮助那些贝勒的人,一个一个都吓得昏头呆脑,连大气也不敢出了,更不用说和他来争夺。又值康熙皇帝年已六十八岁,重病在宫,奄奄一息。

是日适为冬至节,康熙皇帝自知不起,便召见大臣进宫,以便嘱托后事。这时朝中的大臣虽然不少,可都已于前一夜,在各自的宅中受了血滴子的警告;宁可皇帝降罪,也不敢来进宫。所以进宫者只允贞的舅父、年羹尧的好友隆科多一人。隆科多身带匕首,并有扈从,进宫先将各坛各殿搜查了一阵儿,连桌子底下全都搜到了,说是恐怕有刺客,其实他还是怕允异等人派来什么刺客;又因为允贞恐怕周浔、路民胆、白泰宫等人临时变心,急于恢复明室,所以命他如此做。当时情形之严密可知。

隆科多未入寝宫之前,允贞已经入内;据传他曾向康熙请求由他继位,康熙不唯未允,反用腕上的玉念珠来打他,却被允贞用手接住了。康熙皇帝这时已经处于半昏迷的状态之中,急召大臣,宫灯昏暗之中,隆科多走入。康熙命人取笔墨,允贞急将笔交在康熙的手中,却没有递给龙笺。康熙挣扎着最后的余力,就在隆科多的手中写了"十四子"三个字;原来那皇十四子贝勒允题,是康熙的心中早已决定了的,写完了,当时"驾崩"。而隆科多却将手上的"十"字用舌头舔掉,成了"四子"两个字,而皇四子正是允贞,当时他就转身,走出了宫门。

这时高大壮丽的宫门以外,寒风萧萧,星月稀稀,文武百官尽在等候着宫中的消息,然而哪个敢向前多迈半步?那个敢说一句话?允是、允乃、允异等诸贝勒,此时也均在这里,借着那稀稀的灯光,他们个个偷眼望着那被稀稀的灯光所照着的年羹尧。就见年羹尧身穿黄马褂,紫缎的箭衣,头戴官帽,两只带有棱角的眼睛,发出森厉的光芒。他手按宝剑,昂然站立,两旁站立着二十多个扈从,全都身佩宝剑,面带凶煞;令人一看就知道都是血滴子的行使者,是允贞手下的那些豪侠。

隆科多一走出来,便口称:"万岁爷现已晏驾!"百官及诸贝勒一闻此言,一齐跪倒痛哭。

隆科多接着又宣示着说:"大行皇帝有遗诏,以皇四子继位!"

年羹尧恐怕别人没听清楚,他便以他那高昂森厉的声音,重说了一遍:"皇帝遗诏,以皇四子贝勒允贞继位!"同时令人把灯笼拿过来照着,隆科多高举着手,将手上的两个字给大家去看。其实这时的文武官员及诸贝勒,哪个还敢抬头去细看呀?当时又一齐跪倒叩头,口呼:"万岁!万岁!"

隆科多面色大喜,年羹尧却依然显得那么威严,这才招呼百官及诸贝勒,共商怎样办理大行皇帝的丧仪,及如何隆重地举行继位皇帝允贞的登基大典。百官只有唯唯,诸贝勒更皆是敢怒而不敢言,所有的一切,就全由隆科多及年羹尧二人主持办理。于是,一方面将康熙皇帝葬归陵寝,一方面拥立允贞登基继位,改元"雍正",颁发诏旨,昭示天下——这是癸卯年,即公元1723年之事。于此,贝勒允贞,即曾经遨游江湖的那位"黄四爷",他的壮志雄心都已达到,而隆科多与年羹尧的拥立大功也建树了起来。

允贞继位后，即封隆科多袭公爵，官吏部尚书，加"太保"衔；并谕隆科多应称"舅舅"，启奏之时，皆书"舅舅隆科多"，可以说尊荣无比。至于年羹尧，授川陕总督，封三等公，亦加太保衔，将边疆兵马全由他统领。而路民胆、白泰官，全都跟随着年羹尧，虽无官职，却等于部下的勇将；年英、年俊、年豪、年杰都授予"把总"的官职。曹仁虎因为年老，他不能跟着年羹尧去走，就住在年羹尧的宅里，由他的女儿锦茹服侍他养疾。

血滴子现在也用不着了，那些使用血滴子的豪杰全跟着年羹尧做官去了，弄得白梦申那老头子倒很寂寞。他仍旧住在允贞的旧宫之内（现已奉敕改为"雍和宫"喇嘛寺），整天还弄着一把血滴子研究着，仿佛还想把这种家伙再加以改良似的。周浔也跟白梦申住在一块儿，他的痨病又犯了，虽然精神很大，性情却更加急躁。他也终日无事可做，只拿着一把"呼呼"拉梆子腔的调儿。他本来是一个擅绘墨龙的画家，然而现在也不动笔了，因为允贞现在做了皇帝，他周浔却显得更不得志，如神龙之困于浅水，并未飞腾。

百只手胡奇、十个口郑仙，这两个人比较有才干，所以被派在京城的西郊御园（即是后来圆明园之地址）。在那里有比使血滴子的那些人更厉害的英雄，为首的就是蛟僧勇静，他是为报师父了因在仙霞岭被杀之仇而来的。还有江里豹等一干豪杰，早就在那里日夜的练习武艺，并挑选到宫中，充任侍卫。这些事连年羹尧、周浔等人全都不知道，允贞就是预备用这些人好保护他自己，而对付年羹尧那些人的。

只有秦飞，按说他是一个从龙的功臣，可是因为他好瞎说，性情懒，允贞并不重用他，却叫他管理御膳房。这个差事倒也不错，既得吃，又用不着他掌炉灶，整天没事；宫里既可出入，外边也照常溜达。他就娶了一房媳妇，长得虽半分也不如蝴蝶儿，可是也很秀气，令他喜不可言，每天都要回家去睡觉。

允贞并由文武百官之中选拔出来两个心腹，一名李卫，一名田文镜，这两个人全都不是科甲出身的。李卫在康熙末年才做了云南驿盐道，允贞登基后，便命他管理铜厂；据说他原也是江南的一位豪杰，当年为年羹尧、甘凤池的名头所压，他才捐资投身宦途，而蒙到允贞的赏识。田文镜为人是足智多谋，允贞命他为河南总督，实际上就是令他钳制着年羹尧的行动。

允贞知道由他本人继承帝位，他的那些兄弟——诸贝勒的心中全都不服。尤其是允是、允异、允唐、允我、允题，最是他的眼中钉，其中又以允异为最有才干，早先最跟他作对。虽然允异手下的"司马雄"，是早已变为了白泰官，而且成了年羹尧的臂膀了；妙手儿胡天鹭、锦刀侠郁广德也早被"血滴子"杀死；雁翅陈江逃跑无踪，允异已被弄得羽翼尽皆失掉，然而允贞还是不放心他。

允贞先封他为亲王，命他同允羊（这是允贞的同母兄弟）管理政务，而把允唐却安置在西宁。后来允贞查出允唐仍与允异私通书信，允异并且向人表示不平，于是，允贞向太庙致祭，作表告诉祖先，宣布了允异、允唐二人的罪状，将二人开除于宗族之外，并勒令更名；把允异囚禁于宗人府中，改名为"阿其那"（猪之意）；将允唐自西宁召回，因于保定，改名为"塞思黑"（犬之意），并将允我、允题等诸贝勒全都拘捕，先后俱加以杀害。

然而剪灭诸贝勒容易，想剪灭年羹尧却甚难。此时，蒙古和硕特部固始汗之孙和硕亲王，名叫罗卜藏丹津，在青海突然造了反，率兵攻打西宁，边疆告急。允贞急命年羹尧统率大军，以年羹尧部下的大将岳钟琪为先锋，大举征讨，并授年羹尧为抚远大将军；于是"年羹尧大将军"之名无人不知。年羹尧这时是威武极了，每出门，必令人用黄土垫道，官员全都穿着朝服来侍候他；他穿着跟帝王一样的四钑衣服，佩刀用鹅黄色的鞘套，包袱也都用黄色的；在他的辕门上彩画四爪龙，鼓上也画龙，鼓手也都穿着蟒服，令文武百官、督抚提道见了都得跪倒叩头，他简直与"天子"无异。

尤其是，别人还不知道呢，他的爱妾蝴蝶儿，尊荣得更不亚于皇妃。蝴蝶儿时时跟随着他，这可真实现了她的美梦，但她仍不知足，还时常地于枕边向年羹尧窃窃私语，说："你这不就算做了皇上了吗？你为什么不干脆也登基做皇上呀？允贞黄四爷，他早先在江湖上还没有你的朋友多哩！并且在仙霞岭还是你救的他，他登基也是你保的，为什么你就不能做皇帝呢？难道是我的命还不够？或是你不愿叫我到那皇宫内去享福？我真是白跟了你啦！"说时，她还流着迷人的眼泪，年羹尧却只是沉思不语。

年羹尧做着"抚远大将军"，便施展开了他由老师顾肯堂那里所学的及他多年自己研究所得的种种韬略。有一次行军，他忽然传令，说："明天进兵，各人都要带一块板子，带一捆草，不得有误！"他手下的人全不明白是什么意思。及至次日进兵，正走之时，前面忽有一个大泥坑；他便下令，命众兵将草捆扔在坑里，上面垫上木板，于是大军得以渡过，直捣敌巢，诸如此类的奇谋妙计甚多。

他的军令又极严，有一次，他坐着轿子出外巡行，许多的官兵都跟着他，一个个地扶着他的轿杆向前去走。这时正下大雪，北风怒号，鹅毛般的雪花向下落着，都落在众官兵的手上，手都冻僵了，指头都快要冻掉了。年羹尧在轿子里一看，不禁觉着可怜，就吩咐说："把手拿下去吧！"他这句话不要紧，就等于是他的命令，众官兵一听，哪敢细问？更有哪个敢违？当时就错会了意，立时各自抽出佩刀，各将扶轿的那只手砍掉了，血流涔涔染遍了雪地，然而绝无一人敢不遵，更无一人敢细问明白，由此可见他军令之森严。

他在青海用兵共计一百〇五天，结果由他的前锋官奋威将军岳钟琪，将罗卜藏丹津的老巢捣毁，青海全平。路民胆也立下很大的功绩，而白泰官却于军前阵亡。年羹尧封一等公，加太傅衔，他的长子年斌被封为子爵。紧接着甘肃省庄浪地面又起了乱事，也被年羹尧讨平。因此，他的功勋更大了，连他的次子年富也被封为男爵；三子年寿因为才二十岁，倒还未受封赏。总之，年羹尧此时不但位极人臣，而且与雍正皇帝允贞"俨同敌体"。

当他功成归来、进京召见之日，满朝公卿跪接于广宁门外，他策马走过，毫不动容；到了宫内，见了允贞，仍然如早先在金陵聚英楼初次相见时的那般情状，并不客气。此时宫门以外，随他来的众将正在争功夺赏，吵吵嚷嚷，允贞连发三道圣旨，嘱勿喧哗，但全然无效。年羹尧却取出带哨子的雕翎箭一支，搭在弓上，嗖的一声射了出去，外面的吵嚷声立即完全停止，可见年羹尧的威风了。

允贞实在有点儿受不住了，何况更有当年在仙霞岭许阿叔草庐之前所订的条约，即恢复汉家衣冠等事，允贞是必须如限实行的；但他已经做了皇帝，又岂能甘心实践江湖之时的诺言？他便先召蛟僧等豪杰入宫充侍卫，以便保护住自己，同时挑寻年羹尧的毛病；后来便于年羹尧的奏折之中，挑出了"朝惕夕乾"四个字。按说这原是"易经"上的一句话，原文是："君子终日乾乾，夕惕若厉。"注疏上说是："'夕惕'者，谓终竟此日后，至向夕之时，犹怀忧惕。"用白话讲解，这意思就是：念书的和做官的人，天天努力不息，忧心国事，到了晚上，仿佛更厉害了。

所以用于为臣对君主，朝夕戒惧、不敢懈怠之辞，应当是写为"夕惕朝乾"，不料年羹尧竟写为"朝惕夕乾"；若是讲起来，就是白天倒很发愁，到了晚上才努力。努力的是什么呢？还不是跟周浔、曹仁虎他们晚上商量主意，或作"夜行"的打算吗？在年羹尧也许是笔误，然而允贞却大吃了一惊，借此题目，便说年羹尧意存叛逆，于是下诏治年羹尧的罪。

年羹尧住在北京西城羊肉胡同，宅院广大。当皇帝所派的禁卫军将他的家宅包围之时，禁卫军的统领人宣读诏书，命他将"抚远大将军"的印信交出，他竟不理。大门开着，无人敢入，他仍在与周浔、曹仁虎、路民胆等几个人饮酒，年英、年俊、年豪、年杰等众健仆在身边保护着他。蝴蝶儿却花枝招展地走了出来，哼了一声，说："怕什么？他黄四爷难道真不认得老朋友了吗？"周浔是不住地咳嗽吐血，说："跟他拼！"曹仁虎却摆手叹气，路民胆手提宝剑默默不语。

年羹尧忧思徘徊，一连三日。到了最后的一天，他仰观天象，不禁叹息，又想道：周浔多病，曹仁虎太老，路民胆的武艺不过平庸；白泰官已死，勇武的甘凤池、神技的吕四娘以及张云如全都没在这里，徒有四名健仆也无用处……外面允贞派来的禁卫军已经层层布满，刀剑斧钺，闪闪地映着星光，他于是自言自语地说："完了！完了！"这才将印信交出而束手就缚。

蝴蝶儿这时是又哭又骂。年英、年俊、年豪、年杰这四名俱已有了官职的、追随年羹尧多年的健仆目睹大势已去，悲愤填胸，当时全都拔刀自刎而死。

年羹尧被罪以后，允贞还不敢立即就杀他，先降他为杭州守门吏；以一个大将做一个小小的守门吏，这可以说使年羹尧伤心到极点了。周浔在北京已为禁卫军所杀，路民胆逃走了，曹仁虎是一气而绝。只有蝴蝶儿仍然跟着年羹尧，然而做这么一个守门吏的姨太太，就是游西湖也觉无颜。年羹尧英雄末路，抑郁无聊，整天坐在杭州涌金门旁。杭州卖柴草的、卖菜的小贩全都不敢走这门了，都说："哎呀！绕点远儿走吧，可别出涌金门，因为年大将军在那里坐着啦！咳，我的爷，那可真怕死人，谁敢从他眼前过？"

这时，允贞在北京又命人抄了年羹尧的家，据闻抄出来妇女用的旧包头就好几匣子，说是要给兵士做棉镫甲用的，又抄出刀剑无数，因此又将年羹尧调回北京，赐他自尽。当年羹尧以白练一条引颈自杀之时，他还望着蝴蝶儿不住地微笑，而蝴蝶儿已哭得晕倒在地了。

年羹尧被赐死之后，长子年斌、次子年富俱被斩首，只有三子年寿逃走了；家眷及其近支的子侄们，凡在十五岁以上的，都被发往边疆。女眷们当然也是自裁的自裁、入官的入官，独有蝴蝶儿，因她只是个没有名分的姨太太，所以她倒没被捉住，而藏躲起来了。

此刻，在雍和宫里住着的白梦申，愤怒填胸。他说："好啊！允贞原来如此！我要送血滴子去给吕四娘，叫她给年羹尧报仇！"说毕话，这老头子就走了。

其实，吕四娘的消息毫无，允贞也早就把她忘了。不过，紧接着年羹尧的事，就连兴了几件"文字狱"，其中最大的一件与那继任年羹尧的官职，做川陕总督的奋威将军岳钟琪有关。岳钟琪的幕中有一位师爷，名叫曾静。曾静看了一本书，名叫《维止录》，是明末遗民吕留良所作的，里面的文章就是思念明朝，反对清朝。曾静把这本书献给了岳钟琪，劝他造反。岳钟琪一看，这还了得？同时以为这也许是皇帝差人来给他一个试探，所以他赶紧便把此事奏报于朝廷。允贞大怒，下旨严办。其实这时浙江石门湾的吕老先生留良早已去世，他的长子吕葆中，以及他的门徒严鸿达，也都死去好几年了。然而允贞命人将他们的坟墓尽皆掘开，毁棺戮尸，并将吕老先生的次子吕毅中等尽皆斩首，而将《维止录》焚毁；献书人曾静反倒免死。

这件事，后来有人疑是允贞故意做出来的。因为他当年游历江湖之时，在法轮寺初遇曹仁虎之时，就见过这本书。曹仁虎向来是将此书随身携带，当曹仁虎死在年羹尧的家中之时，这本书就被禁卫军抄去，送交给了皇上。允贞于是想起了旧事，想起了昔时随同年羹尧及群侠去往仙霞岭，路过崇德县，群侠遥拜吕留良的坟墓。可是吕留良虽死，他还能留下这些思复明室的种子，所以非灭之而后可；并可借此试探那手握重兵、年羹尧第二的岳钟琪是否忠心，故特地造出来此案。因献书人曾静反倒免死，确也可疑，当然这不过是后来的人传说。然而在这时，允贞大概没想到吕留良的孙女、吕毅中之女，就是具有超人武艺的侠女吕四娘。

允贞对于在浙江富春江旁枫叶镇的那位朱二爷，也曾派人去捉拿，但结果扑了一个空。据说连那绸缎厂也早就搬了家，不知去向了。他还命人上了仙霞岭，那柳荫寺中却一个和尚也没有了，连那岭下的猎户许阿叔父子全家，也都搬走了。

是时，允贞的心腹李卫已做了浙江总督，并管理江苏所属七府五州的一切盗案。李卫奏报："金陵有张云如者，以符咒惑人谋不轨。"继又奏报："张云如尚有余党甘凤池等人。"允贞当时用朱笔下诏，命李卫严拿张云如与甘凤池等人，结果可也没有拿到，允贞的心里就异常不快。所幸，曹锦茹早已扶其父曹仁虎的灵柩南旋，路民胆也没有下落，没有人敢在他的眼前造反。

他的功臣舅舅隆科多，也被他降下了四十一款应诛之重罪，其中最大的几条是："妄拟诸葛亮，奏称白帝城受命之日，即是死期已至之时"（可见康熙帝临死时只有他在旁边）；"仁庙升遐之日，隆科多诡称曾带匕首"（那时带匕首何用？）"妄奏调取年羹尧来必生事端"（可见隆科多与年羹尧关系密切）。因此就在北京城西畅春园外造屋三间，把舅舅隆科多囚禁起来，最后就死在那里了。

允贞此时将祸患俱已除去，心中泰然已极。同时，他也做了一件好事，那就是他将早先的一些"贱民"，如乐户、惰民、丐户、伴当、世仆等（这全是奴隶社会遗留下来的，这些人子子孙孙被人歧视），全都下令废除了，而令与平民同等。

作小说的人并不是论古人的功过，不过上面那些事，都是不能不简略地说出来的；要细说，恐怕几十本书也说不尽的，而且还都得详加考证才行，那是历史家的事、传记家的事。作小说的人只根据稗史杂记和父老的传说，而且在作小说的眼中，后者还重于前者；对于书中的人物也是如此，于今像年羹尧那样的英雄，以及周浔等侠客，全都说完了，好像是已经没的说了。其实可说的还更多，现在还得慢慢地细细地往下去写。

现在单说九条腿秦飞，他已成了个当官差的了。每天一早上班，傍晚归家，衣食足用，清闲享乐，一切江湖之事，他全都不再提；年羹尧赐死等事，他更是漠不关心。爷做了皇上，他虽不是个官，可也此生无忧了，所以也没有别的想头，只希望他的媳妇生个胖小子，那就心满意足了。

这一天，秦飞下了班，走出了神武门。他倒背着手儿，仰面看着天空中一群一群的寒鸦，正往家里去走，不料才走到紫禁城外的御河之旁，忽听有女人声音在后边叫着："秦大哥！秦大哥！"

第二十五回　小常随义烈死深宫
雍正帝杯弓惊长夜

秦飞回头一看,见是一个穿着绿缎子小棉袄、红缎绣花裙的妇人,梳着个很"官派"的头,可是乱蓬蓬的;脸上的胭脂擦得不少,可是东一块西一块的,不匀称。最奇怪的是现在是冬天,她却拿着一把小扇。她一边扇着,一边很急地向他追赶来,又叫着:"秦大哥!你眼眶子高啦?怎么不认得人啦?"

秦飞吓了一跳,细一看,原来是蝴蝶儿,可不知称呼她什么才好,只笑了笑说:"少见哪!你现在哪儿住着啦?"

蝴蝶儿站住了,还扇着扇子,并且直气喘,她头一句就说:"好不容易我才把你找着!得啦,你的爷现在做了皇上啦,你快带着我见他去吧!"说着一伸手,就把秦飞的肩膀揪住了。秦飞赶紧往旁去躲,说:"喂!你揪我干吗呀?"蝴蝶儿却说:"凭什么不揪你?黄四是阎王,你就是小鬼!早先,你们还能忘了?早先咱们认识的在先,一块儿骑马,一块儿住店;他抛了我,我才找的年羹尧……"

秦飞说:"这是什么话呀?"蝴蝶儿哭起来了,说:"什么话?就是这些话,我见了黄四也是这些话!他把年羹尧杀了,叫他干脆杀了我吧!"说着话,把秦飞揪得更紧。秦飞急得头上直流汗,他见蝴蝶儿本来还很年轻,长得也还那么漂亮,只是瘦多了,而且两眼发直;她的这身衣裙,大概还是跟着年羹尧的时候做的,现在可都磨破了,她哭的样子还很娇柔,还直叫人的心软。

可是秦飞怕被路上的人看见,就连连地央求着说:"你别跟我磨烦呀! 又不是我害的年大将军! 说起来早先的事儿,连我都伤心,以我的功劳,应当赏我个头品官,可是现在叫我在御膳房。你叫我带着你去见他? 告诉你,我的奶奶,他住在深宫内院,连我也不能见他了! 人就是,朋友阔了,你千万不必去找,何况他已做了皇上。年大将军也是情屈命不屈,你更是享福享够了,荣华富贵,就是这么一回事,转眼成空。我看你还年纪轻……"

不想蝴蝶儿恼怒起来了,把眼一瞪,说:"我还年纪轻,便怎样? 难道你还要叫我改嫁?"秦飞说:"我没说呀!"蝴蝶儿说:"你叫我嫁你?"秦飞赶紧往后退步,说:"这是哪儿的事儿呀?"蝴蝶儿又狠狠瞪了他一眼,说:"你要真那么想,你可真是大白天的做梦了! 告诉你吧,黄四现在想把我收在三宫六院,我也得跟他撞头! 我见他,不是想求他,是叫他赔我的年羹尧!"说着,又呜呜地哭起来了。

秦飞实在没办法,只好哄她说:"咱们都是熟人,难道我还能不帮你点儿忙吗? 你想见皇上,我一定给你想法子,可是得慢慢的。有工夫时,我见了他,还得旁边没人,我才能跟他说。也许他一想起早先的事儿,真的,早先要不是他的马撞了你的轿子,你现在一定还在老家当财主奶奶呢! 比现在享福。他也许就一心软,召见你进宫。这事不能够急,你在哪儿住呢? 事情办好了,我找你去。"

蝴蝶儿哽咽着说:"我哪儿还有家? 我不是有个表哥么,早先他在金陵做买卖,我在金陵住了那些日,也没找着他;偏偏我们年二老爷都遭了事,他倒找了我来。他也是个倒霉鬼,他现在安定门大街开了个鞋铺,我就住在他那儿。"说着话,她一边擦眼泪,一边还摇着小扇子不住地扇。

这时,鸦噪之声都没有了,夕阳西落,寒风吹着枯树,那紫禁城的城垣都显着发黑。秦飞就说:"天不早了,你快回去吧! 我一定给你办,办好了我就给你送信儿去。"蝴蝶儿这才一边哭着,一边走去。看她那背影袅袅娜娜的,还有点儿动人怜,可是她实在已成了一个疯寡妇。

秦飞赶紧走回了家,今天他也特别觉着心里别扭,也没跟他的媳妇说。不过从此起,他上班下班,再不敢走那条路了,恐怕再遇见蝴蝶儿,他每天宁可绕路。他家住在紫禁城迤东,每天他可要抄西边去走,这样使他每天要多走三四里地;然而没有法子,费点儿鞋倒不要紧,总比再遇见蝴蝶儿好呀。他天天叹息着,觉着爷也实在太无情:俗话说"伴君如同伴虎眠",越是他的老搭档,他一定觉着碍眼。我的这个御膳房也不是常事,说不定哪天他吃哪样菜,一不对口味,就许杀我的头;我可也真应当积下几个钱,作退身之计。

秦飞就常这样想着,走路的时候也常这样想。这天下午他下了班,又走这条躲避蝴蝶儿的路,不想迎面就来了一个人,惊惶惶地叫他:"秦飞!秦大爷!"他又吓了一大跳。一看这个人,年纪二十来岁,像是个举子,可又有点儿像买卖人;再细一看,原来是早先允贞的那个小常随。他更觉得纳闷,说:"你怎么也来啦?你不是娶了媳妇了吗?娶的是周浔的女儿……"

小常随不等他说完,就连连地点头,说:"是,是,是,我就是为的这件事,我要你赶紧带着我去见爷,有要紧的事!"

秦飞摇头,说:"有要紧的事情也不行呀!我现在见他都不容易,何况你?不错,早先你是他的常随,可是现在的爷已跟早先不同啦,他是九五之尊。"他想了一想,又说:"这么着吧!我带你去碰碰,他要是肯召见你,算是你的福气;他要是不肯召见你,我也没有法子,反正我给你尽到力了,也就完了。"

小常随点头,说:"好!你就快点儿带我到宫里去吧!"

秦飞说:"咳!你看我还没吃晚饭呢!可是趁着这时候带你进宫去也好,因为再晚一点儿,宫门是谁也不能进去了;明天早晨他又要当朝理事,见他也不容易,我先带你去碰一碰吧!"说着,他就带着小常随回身就走,又走到了神武门。

这是紫禁城的后门,再待一会儿也就锁上了,这时只掩了半扇。门前还有六七名禁卫军,但是都认识秦飞,见了面就笑问说:"怎么刚走又回来了?"秦飞哈腰笑着,说:"来了个朋友,叫我带他进里头去办点儿事。"当下小常随也没受盘查,就被秦飞领到了紫禁城里。

　　紫禁城里也是一条一条的胡同,不过两旁的墙都是又高又厚的红墙,走不远便是一个门。那门上都覆着琉璃瓦,包着铁叶子,钉着有馒头大的铜钉,还有沉重的兽门环;地下都是大块的平石铺成,除了往来有几个太监之外,人简直没看见几个。也有河,河里结着坚冰,河边都围着白石的栏杆,连只鸟儿也很少看见。秦飞就回首对小常随说:"你到过这儿来吗?你可别以为还跟在府里的时候一样,你见了他,可非得跪下磕头不可。"小常随也不言语,只是低着头跟着他走,仿佛心里有沉重的事。

　　秦飞带着他先到了御膳房,这里倒有不少人,还正在预备着宫里的夜膳,秦飞就叫他在这里等着,自己却往宫里去了。他本来也很胆怯,而且他要见允贞,也非得先经过侍卫太监等很多人的传达,实在不容易。幸亏现在守卫宫门的头等御前侍卫,就是那蛟僧勇静。这个和尚为要替他师父了因报仇,保护"真命天子"雍正帝,他已蓄起了头发,穿着御赐的紫色马褂,腰间永远佩带着宝剑。他的精神很大,白天只睡一会儿觉,夜晚他永远是连眼也不闭,真是头不着枕。他督促着江里豹等人保护住这座深宫,因为他比谁都明白,并且深切地感觉到了,年羹尧、周浔、曹仁虎、白泰官那些人,虽都已死了,但并不是没有事了;这皇宫虽深,禁卫虽严,然而绝拦不住那有本领的人飞来。所以除了他手下的人和十几名太监之外,他绝不叫任何人走近这宫门。

　　可是今天秦飞来,他没有话说,秦飞早先就跟着皇上,在他那法轮寺都住过,这并不是外人。当下他放秦飞进内,由一个太监领着,就到寝宫内见允贞。

　　这时允贞正用朱笔批阅着文书,文书里最使他关心的并不是旁的朝廷大事及边疆的情形,而是自江南来的李卫的奏折,报告的是:"张云如、甘凤池尚未就逮。"捉不着张云如还不要紧,捉不着甘凤池他却真真的忧急,他就用朱笔连批着:"速捉!速捉!"

　　忽然见太监领着秦飞来了,他不禁更想起了往事,就问说:"你在御膳房里的事情多不多?"秦飞说:"启禀爷!我的事情倒是不多。"允贞想了一想,说:"我想叫你再到瓦埠湖去一趟,因为咱们早先在那里住过一晚,白龙余九人也不错,死得又很惨,我想叫你去给他家送些银子。"又说:"这件事其实叫那里的地方官给办也行,可是不如你去办好。"

秦飞心里虽不愿再出外,可是又不能不嗻嗻地连声答应,等得允贞把话说完了,他这才低声说:"小常随已经来到,有要事谒见,有要紧的话说。"

允贞一听,不禁手持朱笔而发起怔来。怔了一会儿,他当时精神突又兴奋起来,叫太监与御前侍卫勇静急去宣召那小常随。皇上发的御旨,说是"宣召",其实是毫无声息地很快地就从那御膳房将小常随押来了。

小常随进了皇上的寝室,却依然和早先在贝勒府里一样,只是请安"问爷好",并不行跪拜礼。这小常随毕竟是跟那侠女周小绯做了几载的夫妻,也沾染上了那种刚强不屈的侠风,而与早先不同了。

允贞命一些人全都退出,只留下他。檀木的御儿之旁,金烛发着淡淡的光,允贞坐在雕刻的金龙椅上,压着声音问他:"你是为什么来?"

小常随回答说:"我来有要紧的事。因为周小绯为报父仇,她跟我一同来到北京,她不定几时就要来到宫里,恐怕对爷不大好。"

允贞微微地冷笑,说:"你倒还忠心。"

小常随流下眼泪来,说:"我跟周小绯结为夫妻之后,我就在南边做买卖。但我做买卖,并不是用爷赠我的那包裹里的金银,那些金银,我们一点儿也没花,全都被周小绯给周济了贫寒。周小绯到现在也没生小孩,可是她对我很是恩爱,她叫我跟她到北京,一起来的还有别人。我们来了一个多月了,现在她们都安排好了,就快要找爷来复仇了,但是我很着急,所以我才来向爷报个信儿。本来我这样来报,是太对不起她们了,可我又想爷曾对我有过好处,我不能不背着她们来,请爷防备着点儿,这也算是我报爷的恩!"

允贞点点头,又微微地笑着,说:"你倒还有良心!可是这不要紧,周小绯那小丫头我也见过,她不过是会打镖,但是她还没有本事能够飞到我这深宫大内。"他毫不在意地又笑着,说:"你还愿意来伺候我吗?可是你不能带着你的媳妇。"

小常随说:"我那媳妇周小绯,我也知道,她倒是没有什么,再说我也时常劝她,慢慢的,她也许就想过来了。她的父亲又不是爷亲手给害的,也不能够算是仇人。只是,我们这次来的还有吕四娘……"他说出了这句话,只见雍正突然面色变白,立时急急地问说:"什么?吕四娘?不就是那在富春江枫叶镇居住的那古装的女子吗?"小常随说:"这几年她在各处漂流。因为她的家本来在崇德县的石门湾,我跟周小绯全在她的家里住过……"

允贞点头,说:"她的武艺实在超群,人都说独臂老尼的弟子之中,了因第一,她居第二,其实据我看,她的武艺还在了因僧以上,可以说是盖世无双。可惜她是一个女的,她的性情又冷僻、固执。"又问说:"她也到北京来做什么?"

小常随说:"她是为她的祖父、伯父跟他的父亲吕毅中,来报血海深仇!"

允贞诧异着问说:"我跟她有什么深仇?"

小常随紧紧张张的,又怨又恨地说:"她的祖父就是吕留良,别号晚村,著过一本书叫《维止录》,因此被爷降旨,剖棺戮尸。她的伯父吕葆中也被累同罪,她的爸爸吕毅中被斩首在石门湾。"允贞听到这里,当时就呆坐着,一语也不发。

小常随又说:"爷对待她的一家也太惨了!那时恰巧她没在石门湾家中,她自别处闻了信,急忙回家一看,已经全家尽死,坟墓都被掘开。她悲愤得了不得,将我们救走,由那时就带着周小绯跟我,连年漂流在江湖。她的武艺本来高强,而她连年又加紧地练习,如今她的武艺较前更好了;这深宫大内,是绝阻不住她的,说不定今夜就能来到……"

允贞这时就像中了疯魔似的,突然站起身来,急得跺脚,说:"真想不到!原来她是吕留良的孙女,她竟是吕留良那老逆贼的孙女!"

小常随又说:"在秣陵关,白梦申给她送去了一只血滴子,然后白梦申就投江自尽了,甘凤池也断指与她钱别。吕四娘这次来到京师,发誓无论如何,要取去皇上的首级!"

允贞大怒,更咆哮着说:"好大的胆!你快告诉我,她们现在在哪里住?我立时就派人去捉她们!"小常随却摇摇头,说:"我不知道。"允贞说:"你们是一同来的,她们住的地方,你怎能不知道?快说!"

小常随却流着泪摇着头,坚决地说:"我绝不能够说!因为周小绯她们待我不错。我来见爷,告诉爷她们已经来了,请爷防备着,这也就算是我对得起爷,我可也不能再说什么了;我若说出她们住的地方,叫爷派人把她们捉住,那我又算对不起她们。我两面都要知恩报恩,不能够丧天良!"

允贞又微微笑着,说:"你从哪里学来了这些?那么,你还在这里服侍我吧,不必再跟她们去了,我可以由宫女里挑出一个给你做媳妇。"

小常随仍然摇头,说:"不!我还得走!她们都待我好,她们的人也都好,我不能贪富贵,就忘了她们。"

允贞不由得面现怒色,指斥着说:"你可知道我现在已是天子,我说的话就是御旨,我叫你如何,你敢违拗?"小常随说:"不行,我还得听她们的,不能听爷的。"允贞说:"你要走,我派人跟在你的身后,也能知吕四娘和周小绯是住在哪里。你想,你能够走得开吗?"

小常随仍然摇头,说:"那我也不怕,我离开紫禁城,绝不当时回去见她们。我只求爷从今晚起小心着点儿就是了,周小绯还不要紧,吕四娘却真厉害!"

允贞一听这话,越发大怒,拍着案说:"你敢再提吕四娘?你好大的胆!"当时喝进来四名太监,说:"把他绑起来!押下去!问明了他在哪里住才行,不然交慎刑司,把他杖毙!"四名太监狠狠地揪住小常随向外就走。才一出门,小常随就蓦地向那墙上一撞,只听咚的一声闷响。

允贞在这里怒犹未息,四名太监却都一齐慌张地回来跪倒,说:"他……他已撞死了!"当时全都浑身战栗,不敢仰首,以为皇上一定为他们的疏忽得降他们死罪。不想,允贞却没有言语,他怔了一怔,脸上似乎显出点儿悲怆的样子,就说:"召勇静侍卫进来!快!"四名太监赶紧叩头起来,去召蛟僧勇静。

允贞忙亲自摘下壁间的宝剑，他的手都不觉有点儿抖了，心里既痛惜又恐惧。痛惜的是小常随人真不错，可以说是忠义双全。周小绯早先也与自己无仇，并且想起来早先在莫愁湖，暮雨之下，她从那别墅的楼上掷下一件东西，打在自己的草笠上，才请自己进去，会着年羹尧那些人。昔时在江湖，彼此虽非同道，也是朋友，不料今日竟结下这样的深仇。尤其是吕四娘，想不到！想不到！她原来是吕留良的孙女！咳……

这时虽在寒冬，但深宫之内，两只大炭盆燃烧得很旺，不但不冷，可以说是室暖如春。所以古瓷盆里的梅花开得极为茂盛，与那边盆景里的人工做的水仙——是翡翠的叶子、白玉的花朵、金蕊的，灿烂地相映着。允贞的头上确实流汗，然而身子却觉着寒噤。

少时蛟僧进来，允贞摒去了众太监，对他实说："吕四娘将要来到了。我也知道，这宫苑虽深，可是拦不住她进来，我一定要与她拼一生死，你也自今夜起帮我防范着一点儿！"

蛟僧勇静惊讶着问说："吕四娘她为什么要来与皇上作对呢？"

允贞勉强地微微一笑，说："只为吕留良的逆案。"遂就把吕留良的文字狱略略说了一遍，并说："我知道吕四娘是他的孙女，我才降的旨。吕四娘不来，是她有福，她若是来……"他冷笑了笑，又说："若没有她，了因和尚当年也不至于死，现在为你为你师父报仇的时候到了！"

勇静忽然发惊，连连地摇头，又打问讯，说："如果吕四娘来了，我可不能与她为敌！"允贞说："你不必怕她，她的本领，自非你所能敌，可是我到时也与她交手。"勇静又摇头，说："那也不行！我也不是畏惧吕四娘。只是那位吕留良吕老先生，我虽没有见过他的面，可是我晓得他是一位好人。他为《维止录》被罪之事，我是不知道，我若知道，我早就离开这里了！"

允贞一听，不由得更为惊讶，将手中的宝剑握得更紧。他蓦然又想起，当年初会这蛟僧勇静之时，原是在大名府法轮寺中，那一夜曾见他与曹仁虎父女同在小室灯下读那本《维止录》。本来，这个和尚也是他们一起的人，无怪他到如今一听提到了吕留良，就当时要背叛于我，这样的人，宁可杀了他，也不能再叫他去帮助吕四娘。想到这里，允贞真想挥起宝剑，立时结果这蛟僧的性命，可是蛟僧现在腰间也备有钢刀。

蛟僧勇静此刻面色阴沉，又打了个问讯，说："我若不是想为我师了因报仇，我也不能在此当这名侍卫。你待我确实不错，可是我将一些侍卫和二十几名小太监全都教练成了很好的武艺，他们也都能够保护着你了。吕四娘来了，请你保重，这件事，我是不能帮助你的。"

允贞怔了一怔，问说："莫非你这就要走吗？"

蛟僧勇静低着头答道："这不一定，因为我本来是个和尚，现在我应当再回法轮寺去了。"

允贞说："这我也难以拦阻，只是你何妨再多住两日？这两日内，如若吕四娘来到，也用不着你动手；看我把她擒住，给你看看。如今我虽已是帝王，可是讲起武艺来……"他微微冷笑着，又去看蛟僧，只见勇静的样子是十分的烦恼，心里仿佛是又为难，又不愿当时就离开这里。允贞便没有再说什么话，只叫他退回去。

待了些时，允贞又把江里豹和十个口郑仙召了进来，低声嘱咐了他们一些话。

当晚，在宫门外的班房里，江里豹和十个口郑仙就请勇静喝酒。勇静自脱去了僧服，跟随允贞之后，本来已遇酒不辞，今天被这两个灌得更是不少，他就显出醉的样子，被人搀到里屋，倒在炕上就睡了。

这时天色已过二更，十个口郑仙赶紧去回复允贞。允贞此时却还没有睡，他的寝宫里灯烛全灭，院中却有不少精通武艺的侍卫和小太监，手中全都持着兵刃。郑仙找了半天，才找着允贞，原来他也杂在那些侍卫之中，手持着宝剑，看来好似保护圣驾的武士，谁也看不出他原来就是"九五之尊"；不过他的身躯是显得比别人更为雄伟，尤其现在秦飞也在这儿了。秦飞长得既瘦小，精神更是一点儿也不振奋，他拿着一把单刀，不住地打呵欠；离开他的爷几步，他就暗暗地唉声叹气，向人说他真是倒了霉啦！

允贞却精神兴奋，而态度沉稳，一听郑仙来向他悄悄地说已经把蛟僧灌醉了。他当时就做出了一个手势。郑仙转身就走，找了江里豹，二人忙往蛟僧睡觉的那屋子，就齐抢钢刀；尤其是江里豹，他平日就嫉恨蛟僧的武艺比他好，在允贞的面前比他能得信任，现在奉旨杀掉蛟僧，他是特别的高兴，刀下得特别的狠。然而，双刀齐下，却听噗的一声，原来刀都砍在炕上堆着的一团棉被上了，那蛟僧却已不知去向。

二人大惊，赶紧将外屋的灯挑起，拿到里屋来；细一看，就见不单蛟僧勇静的踪迹全无，连他那把刀和他裹着僧服的那套行李，都已不见了。这二人惊惊慌慌，赶紧又去找允贞禀报，允贞听了，不由又一阵儿发怔。

他当时虽未说什么，但心中却是十分的纷乱。蛟僧突然地走了，小常随凄惨地死了，吕四娘与周小绯眼看就要前来报仇，这一些事情，并不是他身为"至尊"的人所能挽回所能补救的，甚至他恐怕都不能够防御。他仰面看着天空的繁星冷月，高殿深垣，身旁还有不少的护卫，但是这时他不禁心惊胆战，连当年只身行走江湖，与群侠相猜相处之时，那一半的勇气也没有了。他不由得想起了年羹尧，倘有年羹尧在此，一句话就能将吕四娘劝走，周小绯更不足为虑；如今虽是枭雄尽灭，可是自己已感到人单势寡。他不禁暗叹，他对于与吕四娘交手相拼，实在是没有一点儿把握。

他又想将身躲进一座秘密的宫殿之内，一到夜晚就不出来。然而又想：那也不行，因为他每在晚间就寝之前，必要上一趟厕所。宫中的厕所虽也是一间宽大的房屋，而且每当他上厕所之时，厕门以外也必有几名侍卫，持刀执戟严密地守立着。但厕所究竟与深宫不能相连，他还是得走出来的，还是得被星月之光照见的。那星光就好像是吕四娘凌厉的眼睛，那白云就好像吕四娘那飘飘的衣袖，那月牙就好像吕四娘手中的利刃，他简直有些畏惧去看，她的魂魄仿佛时时在头顶上飘着。

当夜，所幸再别的事情发生。次日他照常升朝理事，然而他却安顿了他的后事。他将一个金盒密密地封好，用黄缎包裹，命人藏在金銮殿（即乾清宫）中"正大光明"的匾额后面，那里面便藏的是他亲笔所书的他的太子的名字；预备他万一若有不幸，就由内戚和大臣们将那金盒取下打开，按着盒里的"名笺"拥立太子登基，以免发生似他当年那样的兄弟篡夺。他并且留下密旨，劝他的儿子登基以后，要相机行事，而使全国恢复汉家的衣冠，以保他的信用（传闻后来在乾隆时代，曾一度拟恢复汉家衣冠，但为太后所阻，致未实行）。总之，现在的允贞心中是颇有些忏悔，而又深为惊惧不安，每夜防范得更为严密。

也许因为防得严密之故，宫中竟没有一点儿事情发生。勇静僧一去不回，小常随尸骨早冷，江里豹、十个口、百只手等人，那些侍卫和会武艺的太监也全都放下心了，认为不会有什么事。但是皇上允贞依然严逼着他们夜夜通宵加紧防卫，弄得九条腿秦飞的"新年"都没有过好，熬得是更黄更瘦；他觉着爷大概是也中了魔，哪儿会有吕四娘呀？

如此又过了一年，天气由春而夏，而秋，而冬，又是风寒天冷万物枯僵的时候了。忽有一夜，北风呼呼，大雪飘飘，多日晏安无事的宫殿之内，骤然间传出了哀诏，说是雍正驾崩了。但是事先并未闻"龙体"有什么不适，也没有传过太医，所以这件事是很令人猜疑的。这时正是雍正十三年之冬，岁次乙卯，明春由皇子弘历继承大位，年号乾隆。

关于雍正帝允贞的死因，后世传说均谓为吕四娘所杀，并有谓系死于厕所的门前。这些事并无详确的记载，作者对于当时的情形，自也不便妄加描写。不过就在那个时候，北京城的北郊，一个小村里，却发生了一件令人惊奇而近于香艳的事情。这事情在当时应当没有什么人知晓，然而后来却颇多传说，《聊斋志异》之中有《侠女》一篇，就是暗述着这件事。不过"聊斋"的作者蒲留仙，是康熙年间人，雍正死的时候他未必还在世，因此又有人说："《聊斋志异》非纯出留仙手，尚有后人羼入之作。其《侠女》一条，即隐指吕四娘，而所谓须发焦而模糊之头颅，即当时某贵人也。"当时宫闱秘事，绝非外人所能知，而侠客行径，尤非常人所能推测。关于这些事情，作者也以质疑的态度处之，但就父老的传闻，记述在下面。

第二十六回　报前恩荒村添绮话
　　　　　偿宿怨雪夜泣分离

　　原来当那小常随进宫谒见允贞之时，吕四娘和周小绯已经来到京城有一个多月了。周小绯是性情急，她恨不得当时就进紫禁城，为她的父亲报仇。其实若论起对允贞的仇恨，吕四娘比她深得多，然而吕四娘确极为审慎。她来到这里就跟没有什么事一样，并不显出来半点儿哀愁，更是不急不慌的，表现出她这位盖世无双的女侠，确实与别人有异。

　　吕四娘自小就遵从她父亲的教诲，永远是穿着古装。这在别人看来，当然有点儿奇特，可是她那时年龄尚幼，又不常出门，也没有什么人看得见她，所以倒还没有惹出什么祸来。后来，她就往仙霞岭随从独臂圣尼学艺，艺成之后，她的行踪更是飘忽不定，除了那些在一块纺织的女伴，很少有人能够看得见她；因此她的装束也没有怎么被人注意，知道她的人，也不过以为她的脾气有点儿古怪。可是她的祖父吕晚村老先生，原来就是个古怪的人，古怪的人而有一个古怪的孙女，也就不足为怪了；却无人晓得她是存着故国之思，如今又添了家门的大恨。

　　允贞是她吕家的仇人，她要报仇，而年羹尧又是她家的恩人，所以她又要报恩。此番来到京城，她要恩仇并报，所以她得特别地审慎，她并且想先报完了恩而后再报仇。

　　她现在却是改变成普通妇女的装束了，梳着一条大辫子，下面是青布的弓鞋，身穿是青粗布的短衣和长裤，脂粉不施，十足是一位乡下的大姑娘。可是乡下姑娘有几个能像她这样具有清丽的姿容呀？她虽年已三十余，可是就像刚二十岁那样的娇艳。

她们到了北京城，先住的是小常随哥哥的家中。后来她就设法找着了蝴蝶儿，因为蝴蝶儿是年羹尧唯一的遗妾，一定能够晓得年家现在还有什么人。这一天，她是同着小常随、周小绯夫妇，一同到了蝴蝶儿的那个表哥的家中，然而蝴蝶儿却已患了很重的精神病。

屋子里生着火炉，她还扇着她的那柄小扇子，说话是语无伦次，只说："我见着秦飞了，秦飞天天在紫禁城里上班下班，他应得叫我去见黄四爷，把年二老爷还给我。"说着话又笑。但待了一会儿，她又说心疼，又哭，她实在不像样子了。她的表哥跟表嫂说："她连饭都不怎么吃，因为她这几年享福享惯了，粗粮食实在是吃不下。幸亏有个岳妈，是早先年府上的老仆妇，有时给她送点儿钱来，她就买好吃的吃；可是一吃多了，病就闹得更厉害了……"

那位岳妈是住在城北清河镇，凭了这一点线索，吕四娘就又同小常随和周小绯夫妇去往清河镇，见了那岳妈。原来岳妈早年在年府已经三十多年了，年羹尧的最小儿子，名叫年寿，就是岳妈奶起来的。在岳妈的家里，只有她的大儿子和大儿媳，另外可还住着一个年轻的文弱书生，岳妈对外人说："这是我的远房侄子。"

但因为吕四娘来时，说明了她家与年家的渊源，所以这位老乳娘就垂着泪，悄声地说："这位实在并不是我的侄子，他就是年小少爷年寿；家里遭了灭门之祸，他幸亏躲在我这里，才得到一条性命。"年寿当时也不禁悲伤落泪。吕四娘的面上却只出现了一种慨然之色。当下，她就问这里有没有闲房，她说她愿意在这里住些日，再回南去。岳妈这里只有几间土房自己住着，并没有邻居，所以略略地腾了一腾，便叫她们都在这里住下了。

周小绯此时就急着要去报仇，吕四娘百般劝她阻止她，她才没有去贸然行事。然而她的丈夫那小常随，忽然有一天外出未归，吕四娘就很疑惑；因为知道小常随受过允祯的好处，他很有进宫告密的可能。吕四娘口虽未言,可是有好几日好几夜她都没有睡觉,心中时时地忐忑不安,恐怕小常随把她们来到北京及住在这里的事都告诉了皇帝允贞,允贞一定要派人来捉拿;她自己倒不怕,周小绯也有一身好武艺,只是年寿到时可怎么办?所以她十分的忧愁。她除了将一个"血滴子"(这是那老白梦申千里迢迢找着她,送给她的)永远随身带着,并将一口锋利的"青虹"宝剑时时准备在手边。

然而过了十天之后,并没有什么事情发生,可是周小绯的丈夫也自此就不回来了。周小绯更气更急,无论怎样拦她劝她也是不行了。这一夜,吕四娘就带着她,于深夜进了城,并且深入了皇宫。周小绯到底是武艺差点儿,她的蹿纵之术实在上不了那高大的宫殿,并且宫殿上铺着的那光滑的琉璃瓦,她也站不住脚;她又急又气,坐在宫殿的房顶上就哭泣起来。依着她,就要奋不顾身地跳下,去找允贞拼一生死,但吕四娘悄声告诉她:"那没有用!"叫她在这里等着。

吕四娘独自踏殿攀垣,如履平地一般,各座的宫院,她几乎全都查遍。只见这深广无边的皇宫里,就好像是一片大海似的,同时看出是处处戒备森严,无法寻着皇帝允贞是住在哪里。她也不由得叹息,只好再带着周小绯回到城外。

两个人依旧在清河镇岳妈的家中住着,可是现在小常随不在了,只剩下她们两个女人了。周小绯知道她的丈夫必是凶多吉少,竟忧思成病,比以前更瘦了。而这时吕四娘与年寿却感情日渐密切。

年寿身经家门惨变,倒没有一点儿公子脾气,可是他忘不了读书。他所读的书,也不是什么五经四书和制艺,因为他是不能再应试中举去做官了。他每天只研究一些诗词,他作的诗慷慨激昂,如壮士拔剑起舞,而他的词却填得十分旖旎缠绵,如少女对月幽思;这原因既是由于他的身世遭遇,也因他本是一个少年多情的人。吕四娘虽是刚烈的侠女,但平时却极为安娴、静雅,诗词也皆通。两人住在一起,时常谈话,时常互相研究诗词,便渐渐产生了爱情;年寿并不知四娘还有一层报恩的意图,所以两人便订下了终身,这事渐渐连岳妈和周小绯也知道了。

吕四娘的心中是极苦的，因见年寿身弱，而且一点儿武艺也不会，绝不能随她去走江湖；但年寿在这里住着，实在连门也不敢出，更不能够娶妻成家，所以吕四娘为报恩，这才与年寿年公子以身相许。

春天来了，柴扉旁的桃杏都灿烂的开了花，四娘却忽然恹恹如病，几乎变成了一个病美人，还特别喜欢吃酸的东西，原来她已有喜了。她由此更一天比一天喜欢、高兴，因为她报恩的志愿将遂，同时离着她报仇的日期也愈近；但她也有一点儿悲伤和难过，那就是她预料仇报之后，必要和她的情人永远分别。

岳妈的大儿子除了耕种之外，家里还有一辆骡子拉的大车，时常运些附近窑里出的砖瓦，到城里去卖，回来便带来些城里的消息；可都是一些小事，宫廷大内里的事情，他是一点儿也听不到的。岳妈还有一个小儿子，在城内学买卖，有时候也回家；他便替他的母亲，时常去给蝴蝶儿送钱。据他说，蝴蝶儿的疯癫倒似乎好了一些，可是心痛的病却越来越重，并且时时咯血，请过大夫给诊治，也不见好。

一个秋风凄冷的黄昏，岳妈的小儿子忽然带着蝴蝶儿的那表哥一同来了，说是蝴蝶儿已死，临死还哭着叫"年二老爷"，岳妈听了也不禁流泪。因为在年二老爷一生最兴盛的时期，蝴蝶儿是最得宠的，像今日死得这么凄凉，不禁令人又忆起当年的豪华、骄奢，所以岳妈不禁难过，年寿也很是感叹。吕四娘拿出银钱来，又叫岳妈的两个儿子去帮助，便将蝴蝶儿埋葬了。

周小绯时常进城，由小常随的哥哥那里隐隐听得小常随在宫里触壁而死的音耗，也不知是真是假。但她的丈夫可往哪里去了呢？她更加悲痛、急躁，不但得为父报仇，还得为夫雪恨！但吕四娘仍劝她再等一等。

十月满足，吕四娘便生了一个小孩，还是个男孩。又过了一个月，这时天气又届隆冬，冰雪满地，吕四娘亲手为小孩做了很厚的棉衣和棉被，同时她又看了看她那只"血滴子"，运用是否灵便。她做了将近一年的爱人、贤妻，如今且当了母亲了，这许多日，她都是很温柔、婉顺、慈爱的，与普通人家的姑娘媳妇并没有两样。然而于此时，她的眉端又流露出来了侠气，心底又翻忆起来了冤怨。

她的丈夫年寿也觉着她变了样儿了，仿佛骤然间爱情全冷，并且，有一夜忽然失去了她的踪迹。

这一夜，北风呼呼，天黑如墨，星月全无，吕四娘不知往哪里去了，连周小绯都很着急。候至夜深，吕四娘仍然未归，周小绯就在她自己的屋里，不知不觉地睡着了。年寿可还不能睡，他还得看着小孩，并等候着他的妻子；这时他才知道他的这位爱人，这位娇妻，原来是一位异人；他可还没有料到她是一位侠女，更不知道她是做什么事情去了。

子时以后，小室中，灯碗里的油都快要燃干了，窗外已经飘起了大雪。年寿在屋中冻得浑身打战；炕上的白胖的小孩哭过了一阵儿，也没寻着奶吃，就合上了两只小眼睛又睡着了，他的母亲可还不归来。

蓦然间，屋门开了，进来了吕四娘，就见她身上已沾了不少雪花。此时她的头上罩着一块青绸巾，身上穿着的仍是青布短衣，腰间却紧紧地系着一条青绸带，长裤的裤腿紧绑着，利便、轻快，更显出她的娉婷、妩媚。她的腰带上插着一口比雪还寒还亮的短剑，纤手却提着一只皮囊，上面也挂着雪。

年寿就问她："你往哪里去了？小孩醒了一回，直哭，现在又睡着了。"

吕四娘却面无笑容，也不急着去看小孩，只说："数载的大仇，至今才报，我现在给你看看。"她把手提着的皮囊稍微打开了个口儿，给年寿看了看。

年寿不禁大惊，浑身更哆嗦了起来，原来皮囊里面却是须发模糊的人头一颗，吓得他实在说不出一句话来了。

吕四娘就说："如今我的仇已报了，可是恩也报了，我得走了。"说着，她就将皮囊放下，先把小孩叫醒，又解开她的酥胸给小孩喂奶。她说："我得走，小孩离不开母亲，所以我得把他带走。你因为不会武艺，身体又不好，不能跟着我们走，我们两人只好暂时分别，将来再见面。你还放心，我一定能够把咱们的小孩抚养大了的。"说着话，她那忧郁、秀美的双眸也不禁流下来眼泪。

　　她去叫醒了周小绯，大概是把话已跟她说明，所以周小绯就赶紧收拾行李。待了一会儿，吕四娘便一手抱着用棉被包裹着的小孩儿，一手仍提着那只皮囊——"血滴子"，就与年寿告别。她只婉转地哀声说："你以后千万要珍重，别思念我跟小孩，咱们再见吧！"说毕，她就出了屋，与周小绯相携着走去，也不知她们是怎么走的；及至年寿追到屋外，却见已经全无踪迹，唯见大雪弥空，飘飘不止。

　　自此一别，便又是十年，此时年寿因患痨病，业已去世，就埋在清河镇岳妈家的附近。这已是乾隆年间了，忽有一年的清明节，他的坟前来了一个素妆的妇人，年纪在四十上下。她一手提着竹篮，里面放着烧纸，一手拉着一个将过十岁的男孩；在坟前烧了纸，便即走去。然而是夜，岳妈的家里，不知是谁，忽然给送去了约有半封银两——这当然是侠女吕四娘所做的事。

　　周小绯后来入仙霞岭为尼，江湖间只听说还有一个路民胆，但也渐渐老去了。其余如甘凤池等人，俱无准确下落，也不知他们的归宿如何了。

为《王度庐武侠言情小说集》而作

张赣生

我第一次读度庐先生的作品，是四十多年前刚上中学的时候，做梦也想不到今天为《王度庐武侠言情小说集》写序。

度庐先生是民国通俗小说史上的大作家，他的小说创作以武侠为主，兼及社会、言情，一生著作等身。最为人乐道的，自然首推以《鹤惊昆仑》《宝剑金钗》《剑气珠光》《卧虎藏龙》《铁骑银瓶》构成的系列言情武侠巨著，但他的一些篇幅较小的武侠小说，如《绣带银镖》《洛阳豪客》《紫电青霜》等，也各具诱人的艺术魅力，较之"鹤-铁五部"并不逊色。

度庐先生以描写武侠的爱情悲剧见长。在他之前，武侠小说中涉及婚姻恋爱问题的并不少见，但或作为局部的点缀，或思想陈腐、格调低下，或武侠与爱情两相游离缺少内在联系，均未能做到侠与情浑然一体的境地。度庐先生的贡献正在于他创造了侠情小说的完善形态，他写的武侠不是对武术与侠义的表面描绘，而是使武侠精神化为人物的血液和灵魂；他写的爱情悲剧也不是一般的两情相悦、恶人作梗的俗套，而是从人物的性格中挖掘出深刻的根源，往往是由于长期受武德与侠道熏陶的结果。这种在复杂的背景下，由性格导致的自我毁灭式的武侠爱情悲剧，十分感人。其中包含着作者饱经忧患、洞达世情的深刻人生体验，若真若梦的刀光剑影、爱恨缠绵中，自有天道、人道在，常使人掩卷深思，品味不尽。

度庐先生是一位极富正义感的作家，这在他的社会言情小说中表现得格外鲜明。《风尘四杰》《香山侠女》中天桥艺人的血泪生活，《落絮飘香》《灵魂之锁》中纯真少女的落入陷阱，都是对黑暗社会的控诉，很能引起读者的共鸣。度庐先生自幼生活在北京，熟知当地风土民情，常常在小说中对古都风光作动情的描写，使他的作品更别具一种情趣。

度庐先生是经受过"五四"新文化运动洗礼的人，他内心深处所尊崇的实际上是新文艺小说，因而他本人或许更重视较贴近新文艺风格的言情小说和社会小说创作。但从中国文学史的全局来看，他的武侠言情小说大大超越了前人所达到的水平，而且对后起的港台武侠小说有极深远影响的，是他创造了武侠言情小说的完善形态，在这方面，他是开山立派的一代宗师。几十年来出版的中国现代文学史，无例外地排斥通俗小说，这种偏见不应再继续下去，现在是改写中国现代文学史的时候了。

已知王度庐小说目录

1926—1937

作品名称	始载时间	连载报刊/署名/备注
半瓶香水	1926.9之前	小小日报/王霄羽
黄色粉笔	1926.9之前	同上
红绫枕	1926.9	小小日报/王霄羽/同年报社出版单行本
残阳碎梦	1926.12	小小日报/王霄羽
侠义夫妻	1927.1	同上
琪花恨	1927.3	同上
孀母孤儿	1927.4	同上
飘泊花	1927.5	同上
红手腕	1927.8	同上
护花铃	1927.8	小小日报/霄羽
青衫剑客	1927.10	小小日报/王霄羽
蝶魂花骨	1928.3	同上
疑真疑假	1928.4	小小日报/葆祥
双凤随鸦录	1928.7	小小日报/王霄羽
战地情仇	1929.6	同上
自鸣钟	1930.4	同上
惊人秘柬	1930.4	同上
神獒捉鬼	1930.6	同上
空房怪事	1930.7	同上
绣帘垂	未详	同上
玉藕愁丝	1930.7	小小日报/香波馆主
烟霭纷纷	1930.7	同上
鳌汉海盗	1930.8	小小日报/霄羽
缠命丝	1931.8	小小日报/王霄羽
触目惊心	1931.8	同上
燕燕莺莺	1931.8	小小日报/香波馆主
黄河游侠传	1936.10	平报/霄羽
燕赵悲歌传	1937.4	同上
八侠夺珠记	1937.7	同上

作品名称	起止时间	连载报刊 署名	出版时间、出版社/署名
河岳游侠传	1938.6－1938.11	青岛新民报 王度庐	
宝剑金钗记	1938.11－1939.7	青岛新民报 王度庐	1939年青岛新民报社，1948年上海励力出版社（改题《宝剑金钗》）/王度庐
落絮飘香	1939.4－1940.2	青岛新民报 霄羽	1948年上海励力出版社，分为四册：《落絮飘香》《琼楼春情》《朝露相思》《翠陌归人》/王度庐
剑气珠光录	1939.7－1940.4	青岛新民报 王度庐	1941年青岛新民报社，1947年上海励力出版社（改题《剑气珠光》）/王度庐
古城新月	1940.2－1941.4	青岛新民报 霄羽	1949－1950年上海励力出版社，分为四册：《朱门绮梦》《小巷娇梅》《碧海狂涛》《古城新月》/王度庐
舞鹤鸣鸾记	1940.4－1941.3	青岛新民报 王度庐	1941年（？）青岛新民报，1948年（？）上海励力出版社（改题《鹤惊昆仑》）/王度庐
风雨双龙剑	1940.8－1941.5	京报（南京） 王度庐	1941年南京京报社/王度庐，1948年上海育才书局/王度庐
卧虎藏龙传	1941.3－1942.3	青岛新民报 王度庐	1948年上海励力出版社（改题《卧虎藏龙》）/王度庐
海上虹霞	1941.4－1941.8	青岛新民报 霄羽	1949年上海励力出版社，分为二册：《海上虹霞》《灵魂之锁》/王度庐
彩凤银蛇传	1941.5－1942.3	京报（南京） 王度庐	
虞美人	1941.8－1943.10	青岛新民报 霄羽	1949年上海励力出版社，分为数册：《琴岛佳人》《少女飘零》《歌舞芳邻》《暴雨惊鸳》等/王度庐
纤纤剑	1942.3－1942.10	京报（南京） 王度庐	
铁骑银瓶传	1942.3－1944.?	青岛新民报 王度庐	1948年上海励力出版社，改题《铁骑银瓶》/王度庐
舞剑飞花录	1943.1－1944.1	京报（南京） 王度庐	1949年上海励力出版社，改题《洛阳豪客》/王度庐
大漠双鸳谱	1944.1－1944.7	京报（南京） 王度庐	

（接上表）

寒梅曲	1943.10-？	青岛新民报 霄羽	1948年（？）上海励力出版社，分为数册：《暴雨惊鸳》等/王度庐
紫电青霜录	1944-1945	青岛新民报 王度庐	1948年上海励力出版社，改题《紫电青霜》/王度庐
春明小侠	1944.7-1945.4	京报（南京） 王度庐	
琼楼双剑记	1945.4-1945（？）	京报（南京） 王度庐	
锦绣豪雄传	1945.5-？	民民民 王度庐	
紫凤镖	1946.12-1947.7	青岛时报 鲁云	1949年重庆千秋书局/王度庐
太平天国情侠传	1947.5-？	民治报 鲁云	
清末侠客传	1947.4-1948.？	大中报 鲁云	1948年上海励力出版社，分为二册：《绣带银镖》《冷剑凄芳》/王度庐
晚香玉	1947.6-1948.1	青岛时报 绿芜	1948年上海励力出版社，分为二册：《绮市芳葩》《寒波玉蕊》/王度庐
雍正与年羹尧	1947.7-1948.4	青岛时报 鲁云	1948年上海励力出版社，改题《新血滴子》/王度庐
粉墨婵娟	1948.2-1948.7	青岛时报 绿芜	1948年元昌印书馆，分为二册：《粉墨婵娟》《霞梦离魂》/王度庐
风尘四杰	1948.2-？	岛声旬刊 佩侠	1949年上海励力出版社/王度庐
宝刀飞	1948.4-1948.9	青岛时报 鲁云	1948年上海励力出版社/王度庐
燕市侠伶	1948.7-1948.10	青岛时报 绿芜	1948年上海励力出版社/王度庐
金刚玉宝剑	1948.9-1949.2 1949.2-？	青岛公报 联青晚报 王度庐	1949年上海励力出版社/王度庐
香山侠女			1949年上海励力出版社/王度庐
春秋戟			1949年上海励力出版社/王度庐
龙虎铁连环	1948.9-1948.10	军民晚报 王度庐	1949年上海励力出版社/王度庐
玉佩金刀记	1949.1-1949.？	民治报 王度庐	

附录三

王度庐年表

徐斯年 顾迎新

说明:

1.本表曾在《西南大学学报》刊出,此为补订本,包括增补史料及其说明、考证,并订正了个别疏误。

2.本表包含许多新发现的资料,特别是在辽宁省实验中学档案室发现的王度庐档案,从而补正了徐斯年《王度庐评传》的一些误判和部分欠缺。

3."度庐"实为1938年启用的笔名,为了统一,本表用为表主正名。

4.由于史料不全,历年行状、著述依然详略不一,有待继续挖掘、补充史料。

5.表中所记日期,阳历用阿拉伯数字,清、民国年份及旧历日期用汉字。

6.表中所系年龄均为虚岁。

7.由于旧报缺失严重,所以连载作品肯定不全。表中所录者,始载时间和结束时间多难确认,一般仅记月份,有线索可资考证者在按语中加以说明。

1909年(清宣统元年,己酉)　1岁

正月,清帝爱新觉罗·溥仪改元"宣统"。清廷决定消除"旗""民"界限,旗人不再享受"俸禄"。是年七月廿九日(9月13日),王度庐生于北京

"后门里"司礼监胡同四号一户下层旗人家庭,原名葆祥(后曾改为葆翔),字霄羽。父亲"在清宫管理车马的机构里当小职员"。家庭成员除父母外还有一位姐姐、一位未嫁的姑母和一位叔祖父。一家六口,全靠父亲薪金维持生计。

按:后门即地安门,后门里位于地安门内,属镶黄旗驻地。司礼监胡同,得名于明代位于该地之司礼太监署;后改称"吉安所左巷",则得名于清代宫中嫔妃、宫女卒后停尸之"吉祥所"(后改"吉安所")。毛泽东青年时代曾租寓于本胡同8号。

关于父亲职务的记述引自王度庐手写简历,其父任职机构当系内务府下属之"上驷院"。内务府为管理皇家事务的机构,成员均为满洲上三旗(镶黄、正黄、正白)"从龙包衣"。"包衣",满语,意为"自家人",一定语境下也指"奴仆""世仆"。据此,王氏当属编入满洲镶黄旗的"汉姓人"(不同于"汉人""汉军"),这一族群不仅属于"旗族",而且也被承认为满族。

1912年(民国元年,壬子)　4岁

1月1日孙中山宣誓就任中华民国总统。2月2日,清宣统帝宣告退位。根据清室优待条件,宫内各执事人员照常留用,王度庐父亲依然可以领受部分薪金,家庭生计勉得维持。

1916年(民国五年,丙辰)　8岁

1月,王度庐父亲病故。2月,遗腹弟出生,名葆瑞,字探骊。家境日蹙,主要靠母亲为人缝补浆洗维持生计。

是年2月2日,王度庐夫人李丹荃生于陕西周至。

按:葆瑞出生时间据人民日报社1991年1月3日印发之《谭立同志生平》。葆瑞(即谭立)为遗腹子,由此可知其父当卒于1月份。周至,离西安甚近。

1918年(民国七年,戊午)　10岁

是年王度庐始入私塾读书。曾与姐、弟同染重症,母亲变卖家当为之治

疗,终得转危为安,而家庭经济更加贫困。

1919年(民国八年,己未)　11岁

五四运动爆发。王度庐仍在私塾就读,至1920年。

1921年(民国十年,辛酉)　13岁

是年王度庐入景山高等小学就读,至1924年。

1925年(民国十四年,乙丑)　17岁

是年1月,宋心灯在北京创办《小小》日报(后改《小小日报》),自任社长、主笔。王度庐从景山高等小学毕业,先在精精眼镜店当学徒,后在《平报》和电报局任见习生,可能已经开始向《小小》日报投稿。

按:宋心灯(?—1949),字信生,原籍河北大兴(析津)。新闻专科学校毕业,也是北京早期足球运动和羽毛球运动的发起者之一。《小小》日报即注重刊载体坛信息,后来发展为综合性小报。

又按:辽宁实验中学所存退休人员档案中的王度庐登记表,"文化程度"一栏填为"九年",当系虚数。

1926年(民国十五年,丙寅)　18岁

是年《小小日报》先后刊载王度庐所撰侦探小说《半瓶香水》《黄色粉笔》和"实事小说"《红绫枕》,均署"王霄羽"。《小小日报》馆印行《红绫枕》单行本,标类改为"惨情小说"。12月,《小小日报》连载社会小说《残阳碎梦》,亦署"王霄羽"。12月24日,《小小日报》刊出宋信生所撰《本报改版宣言》,"将旧有之八小版易为四大版"。

按:由于存报缺失严重,《半瓶香水》《黄色粉笔》未见,不知确切发表时间。因《红绫枕》内文提及它们,故知连载于《红绫枕》之前。由此亦不排除其一已于上年开始见报的可能。又据李丹荃女士回忆,早期作品还有《绣帘垂》《浮白快》两种,均未见。《残阳碎梦》,现存第十次载于是年12月20日,由此推知当始载于12月1日;现存第三十三次载于次年1月21日,末注"(未完)"。

1927年（民国十六年，丁卯）　19岁

是年王度庐始在宽街夜授计民小学任职，先当会计，后任教员，直至1929年。同时继续卖稿和自学，包括到北京大学旁听，往三座门北京图书馆、鼓楼民众图书阅览室阅读。

1月，《小小日报》连载武侠小说《侠义夫妻》，署"王霄羽"。3月，《小小日报》始载社会小说《琪花恨》，署"王霄羽"。4月，《小小日报》连载社会小说《孀母孤儿》，署"王霄羽"。5月，《小小日报》连载社会小说《飘泊花》，署"王霄羽"。6月，《小小日报》连载侦探小说《红手腕》，署"王霄羽"。8月，《小小日报》连载侠情小说《护花铃》，署"霄羽"。10月，《小小日报》连载武侠小说《青衫剑客》，署"王霄羽"。

按：《侠义夫妻》，现存第八次载于1月31日，当始载于《残阳碎梦》结束后；连载结束时间当在《琪花很》始载之前。《孀母孤儿》仅存5月2日第十一次，由此推知始载时间在4月（《琪花梦》结束之后）。《飘泊花》，现存第六次载于5月30日。《红手腕》，现存第十一次载于7月9日，可知始载于6月末。《护花铃》仅存十四、十七次，载于9月2日、5日，是知始载于8月，标类"侠情小说"，写当时题材。《青衫剑客》，第四次载于10月9日，至11月9日犹未结束。

1928年（民国十七年，戊辰）　20岁

是年北京改称"北平"。3月，《小小日报》连载侦探小说《疑真疑假》，署"葆祥"。3月，《小小日报》连载社会小说《蝶魂花骨》，署"王霄羽"。5月，《小小日报》连载社会小说《揉碎桃花记》，署"王霄羽"。7月，《小小日报》连载"讽世小说"《双凤随鸦录》，署"王霄羽"。

按：《疑真疑假》，第四次载于3月12日，当始载于8日。《蝶魂花骨》，第三十四次载于4月11日，当始载于3月9日，与《疑真疑假》同时，故用两个笔名。《双凤随鸦录》，第四十二次载于8月21日。

本年存报缺失严重，当有不少连载作品至今未知。以下类似情况不再逐一说明。

1929年（民国十八年，己巳） 21岁

6月，《小小日报》连载社会小说《战地情仇》，署"王霄羽"。

按：《战地情仇》，仅存7月4日一次（序号未详）。本年几无存报。

1930年（民国十九年，庚午） 22岁

是年王度庐离开宽街夜授计民小学，改任家庭教师，不久认识李丹荃。

按：李丹荃在所遗手稿《王度庐小传》中说："我在北京读中学时，在一个同学家里认识了王度庐。那时，他正给我的同学的弟弟补习功课。记得他曾送过我两本书，一本是纳兰容若的《饮水词》，另一本是《浮生六记》。我不喜欢《浮生六记》，却很喜欢那本词，有些句子至今仍能记得，如'摇落尽，有发未全僧，风雨消磨生死别，似曾相识只孤灯；情在不能醒……''瘦狂那似肥痴好，任他肥痴好，笑他多病与长贫，不及衮衮诸公向风尘……'"（按文中所记纳兰词句与原作略有出入。）

3月，《小小日报》连载侦探小说《自鸣钟》，署"王霄羽"。

按：《自鸣钟》残存连载文本至三十一次告"全卷终"，次日接载《惊人秘束》第一次。故暂系于3月。

是年，王度庐始用笔名"柳今"在《小小日报》开辟个人专栏"谈天"，每日发表短文一篇，纵论国事、民生、世态、人情、风习、学术、艺文等。"柳今"在这些短文里经常述及"自己"的"经历"，多属杜撰；但是，这位论说者的心态、性格、气质又与当时的王度庐十分相符。

按：因存报缺失，"谈天"开栏、终结时间未详。所载杂文均署"柳今"，以下不作逐篇标注。

4月1日，《小小日报》"谈天"栏刊出杂文《世态》。4月4日，《小小日报》"谈天"栏刊出杂文《荒芜的青年》。

按：4月2日、3日报纸缺失，或漏杂文两篇。以下类似情况不再加注按语。

4月5日，《小小日报》"谈天"栏刊出杂文《中等人》。4月6日，《小小日报》"谈天"栏刊出杂文《架子》。4月7日，《小小日报》"谈天"栏刊出杂文《性的广告》。4月8日，《小小日报》"谈天"栏刊出杂文《笑》。4月9日、10日，《小小日

报》"谈天"栏连续刊出杂文《永垂不朽》（一）（二）。4月11日，《小小日报》"谈天"栏刊出杂文《女性的教育与生育》。4月12日，《小小日报》"谈天"栏刊出杂文《一位平民文学家》，赞赏满族鼓词作者韩小窗。文中说："世界本来是平民的世界，尤其是文学家，更要有一种平民化的精神，他才能够用文学的力量，来转移风化，陶冶民情；否则琢句雕章，自以为是，至多不过只能得到少数的文毫的几遍诵读罢了。"韩小窗"这人确实是位有天才、有词藻、有思想的文学家。他能把他这种才学，不去作八股，不去批试帖，而能用来编大鼓，他的平民思想可见了，他的环境可见了，而他的清高也可见了。"

按：韩小窗（约1828—1890），辽宁开原人，满族，子弟书（即鼓词）作家。其代表作有《露泪缘》《宁武关》《长坂坡》《刺虎》《黛玉悲秋》《红梅阁》及影卷《谤可笑》《金石语》等。

4月13日，《小小日报》"谈天"栏刊出杂文《绝顶聪明》。4月14、15日，《小小日报》"谈天"栏连续刊出杂文《道德》（一）（二）。

4月17至23日，《小小日报》"谈天"栏连载杂文《伦理与中国》。全文分为五节：一、伦理的产生；二、伦理的优点；三、伦理被利用以后；四、伦理存亡与中国之存亡；五、伦理的蟊贼。

4月25日，《小小日报》"谈天"栏刊出杂文《小难》。4月26日，《小小日报》"谈天"栏刊出杂文《女招待》。4月27日，《小小日报》"谈天"栏刊出杂文《落子馆》。4月29日，《小小日报》"谈天"栏刊出杂文《麻醉剂》。4月30日，《小小日报》"谈天"栏刊出杂文《万寿寺》。

4月，《小小日报》连载侦探小说《惊人秘柬》，署"王霄羽"。

按：《自鸣钟》残存连载文本至三十一次告"全卷终"，次日接载《惊人秘柬》第一次，具体日期均难考定。

5月1日，《小小日报》"谈天"栏刊出杂文《赘泽品》。5月2日，《小小日报》"谈天"栏刊出杂文《童子军》。5月3日，《小小日报》"谈天"栏刊出杂文《女腿》。5月4日，《小小日报》"谈天"栏刊出杂文《颠倒雌雄》。5月5日，《小小日报》"谈天"栏刊出杂文《歌舞剧》。5月6日，《小小日报》"谈天"栏刊出杂文《招与待》。5月7日，《小小日报》"谈天"栏刊出杂文《恢复北京》。5月8日，《小小日报》"谈天"栏刊出杂文《野鸡》。5月9日，《小小日报》"谈天"栏刊出杂文《女招打》。5月13日,《小小日报》"谈天"栏刊出杂文《署名》。5月14日,《小小日报》"谈天"栏刊出杂文《迷》。5月15日,《小小日报》"谈天"栏刊出杂文《恶五月》。5月16日,《小小日报》"谈天"栏刊出杂文《送春》。5月17日,《小小日报》"谈天"栏刊出杂文《哭》。5月18日,《小小日报》"谈天"栏刊出杂文《雨天》。5月19日,《小小日报》"谈天"栏刊出杂文《名士派》。5月20日,《小小日报》"谈天"栏刊出杂文《小算盘》。5月21日,《小小日报》"谈天"栏刊出杂文《自行车》。5月22日,《小小日报》"谈天"栏刊出杂文《穷北京?》。5月23日,《小小日报》"谈天"栏刊出杂文《服从》。5月24日,《小小日报》"谈天"栏刊出杂文《奴隶性》。5月28日,《小小日报》"谈天"栏刊出杂文《澡堂里》。5月29日,《小小日报》"谈天"栏刊出杂文《安慰》。5月30日,《小小日报》"谈天"栏刊出杂文《中国剧》。5月31日,《小小日报》"谈天"栏刊出杂文《游民》。5月,《小小日报》连载侦探小说《触目惊心》,署"王霄羽"。

按:《触目惊心》未见,据《空房怪事》前言列入,连载时间在《神獒捉鬼》之前,故系入5月。

6月1日,《小小日报》"谈天"栏刊出杂文《端午节》。3日,《小小日报》"谈天"栏刊出杂文《打麻雀》。4日,《小小日报》"谈天"栏刊出杂文《谋事》。5日,《小小日报》"谈天"栏刊出杂文《无聊的北平》。6日,《小小日报》"谈天"栏刊出杂文《病》。同日开始连载侦探小说《神獒捉鬼》,署"王霄羽"。

按:《神獒捉鬼》共连载二十五次,当结束于6月30日(7月1日始载《空房怪事》,参见《空房怪事》引言)。

7日,《小小日报》"谈天"栏刊出杂文《造化儿子》。8日,《小小日报》"谈天"栏刊出杂文《疯人》。9日,《小小日报》"谈天"栏刊出杂文《阔事》。10日,《小小日报》"谈天"栏刊出杂文《骗术》。11日,《小小日报》"谈天"栏刊出杂文《财神 阎王》。12日,《小小日报》"谈天"栏刊出杂文《画中人》。13日,《小小日报》"谈天"栏刊出杂文《醉酒》。14日,《小小日报》"谈天"栏刊出杂文《夫妻间》。15日,《小小日报》"谈天"栏刊出杂文《不开壳》。16日,《小小日报》"谈天"栏刊出杂文《憔悴》。17日,《小小日报》"谈天"栏刊出杂文《伤心人》。18日,《小小日报》"谈天"栏刊出杂文《情书》。

19日，《小小日报》"谈天"栏刊出杂文《琴声里》。20日，《小小日报》"谈天"栏刊出杂文《●》。21日，《小小日报》"谈天"栏刊出杂文《什刹海》。22日，《小小日报》"谈天"栏刊出杂文《凶杀案》。23日，《小小日报》"谈天"栏刊出杂文《关于裤子》。24日，《小小日报》"谈天"栏刊出杂文《三件痛快事》。25日，《小小日报》"谈天"栏刊出杂文《诗人》。26、27日，《小小日报》"谈天"栏连续刊出杂文《贵族学校》（一）（二）。28日，《小小日报》"谈天"栏刊出杂文《穷　住》。29日，《小小日报》"谈天"栏刊出杂文《妙影》。30日，《小小日报》"谈天"栏刊出杂文《罪恶场中之未来者》。6月，《小小日报》连载社会小说《烟霭纷纷》，署"香波馆主"。

　　按：现存《烟霭纷纷》第三十六次连载文本复印件上有副刊"编余"一则，云"今天这版算作'七夕特刊'"。查1930年七夕为阳历8月30日，由此推知《烟霭纷纷》当始载于6月27日。

　　7月1日，《小小日报》"谈天"栏刊出杂文《吃饭问题》。5日，《小小日报》"谈天"栏刊出杂文《平民化》。6日，《小小日报》"谈天"栏刊出杂文《面子》。7日，《小小日报》"谈天"栏刊出杂文《醋　忌讳》。8日，《小小日报》"谈天"栏刊出杂文《文士与蚊士》。9日，《小小日报》"谈天"栏刊出杂文《人品与装饰》。12日，《小小日报》"谈天"栏刊出杂文《消夏》。13日，《小小日报》"谈天"栏刊出杂文《财神爷》。同日，《小小日报》始载惨情小说《玉藕愁丝》，署"香波馆主"。

　　按：《玉藕愁丝》始载日期据预告图片背面报头推知。

　　14日，《小小日报》"谈天"栏刊出杂文《妓女问题》。15日，《小小日报》"谈天"栏刊出杂文《杨耐梅　朱素云》。

　　按：杨耐梅，生于1904年，中国早期影星，曾出演《玉梨魂》《奇女子》《上海三女子》《空谷兰》等无声片。当时北平讹传她已"香消玉殒"，作者故撰此文悼念。实则杨在1960年卒于台湾。朱素云，京剧小生演员朱沄之艺名，生于1872年，卒于1930年。

　　16日，《小小日报》"谈天"栏刊出杂文《难民返国》。17日，《小小日报》"谈天"栏刊出杂文《灯下人》。18日，《小小日报》"谈天"栏刊出杂文《捧》。19日，《小小日报》"谈天"栏刊出杂文《快乐人多？》。20日，《小小日报》"谈天"栏刊出杂文《西游记》。21日，《小小日报》"谈天"栏刊出杂文《火警》。22日，《小小日报》"谈天"栏刊出杂文《人体美》。23日，《小小日报》"谈天"栏刊出杂文《穷　光　蛋》。24日，《小小日报》"谈天"栏刊出杂文《抵抗力》。25日，《小小日报》"谈天"栏刊出杂文《香艳文章》。26日，《小小日报》"谈天"栏刊出杂文《雨夜析声》。27日，《小小日报》"谈天"栏刊出杂文《爱河》。28日，《小小日报》"谈天"栏刊出杂文《调戏》。29日，《小小日报》"谈天"栏刊出杂文《"嫁"的问题》。30日，《小小日报》"谈天"栏刊出杂文《阎罗王》。31日，《小小日报》"谈天"栏刊出杂文《知音》。7月，《小小日报》连载侦探小说《空房怪事》，署"王霄羽"。

按：《空房怪事》共连载二十九次，残存文本图片均无报头，难以确认具体时间。（第一次疑载于7月3日，见图片背面；结束于第二十九次，当为8月1日。）

8月2日，《小小日报》"谈天"栏刊出杂文《战》。

3日，《小小日报》"谈天"栏刊出杂文《时髦》。4日，《小小日报》"谈天"栏刊出杂文《人逛人》。5日，《小小日报》"谈天"栏刊出杂文《跳舞场里》。6日，《小小日报》"谈天"栏刊出杂文《奸杀案》。7日，《小小日报》"谈天"栏刊出杂文《阴阳电》。8日，《小小日报》"谈天"栏刊出杂文《办白事》。9日，《小小日报》"谈天"栏刊出杂文《眼光》。10日，《小小日报》"谈天"栏刊出杂文《无与偶　莫能容》。11日，《小小日报》"谈天"栏刊出杂文《喜新厌旧》。12日，《小小日报》"谈天"栏刊出杂文《洋化的话》。13日，《小小日报》"谈天"栏刊出杂文《发财学》。14日，《小小日报》"谈天"栏刊出杂文《儿童　成人》。15日，《小小日报》"谈天"栏刊出杂文《英雄难过美人关》。16日，《小小日报》"谈天"栏刊出杂文《交际》。17日，《小小日报》"谈天"栏刊出杂文《呻吟》。18日，《小小日报》"谈天"栏刊出杂文《枇杷巷里》。19日，《小小日报》"谈天"栏刊出杂文《捕蝇》。20日，《小小日报》"谈天"栏刊出杂文《殉情》。21日，《小小日报》"谈天"栏刊出杂文《人死不值钱》。22日，《小小日报》"谈天"栏刊出杂文《癞蛤蟆　天鹅肉》。23日，《小小日报》"谈天"栏刊出杂文《作时评》。25日，《小小日报》"谈天"栏刊出杂文《马路》。26日，《小小日报》"谈天"栏刊出杂文《女朋友》。27日，《小小日报》"谈天"栏刊出杂文《跳楼者》。28日，《小小日报》"谈天"栏刊出杂文《蟋蟀》。29日，《小小日报》"谈天"栏刊出杂文《古城返照》。30日，《小小日报》"谈天"栏刊出杂文《惹气》。31日，《小小日报》"谈天"栏刊出杂文《活得弗耐烦》。8月，《小小日报》始载武侠小说《鳌汉海盗》，署"霄羽"。

　　按：《鳌汉海盗》连载文本基本完整，但原件图片无报头，难以确认日期。共连载四十二次，当结束于9月间，时《烟霭纷纷》仍在连载。

　　9月1日，《小小日报》"谈天"栏刊出杂文《由线订书说起》。2日、3日，《小小日报》"谈天"栏连续刊出杂文《"娶"的问题》(一)(二)。4日，《小小日报》"谈天"栏刊出杂文《罂粟味》。5日，《小小日报》"谈天"栏刊出杂文《忏悔》。6日，《小小日报》"谈天"栏刊出杂文《想当然耳》。7日，《小小日报》"谈天"栏刊出杂文《标奇与仿效》。8日，《小小日报》"谈天"栏刊出杂文《复古》。9日，《小小日报》"谈天"栏刊出杂文《野草闲花》。同日同报又载影评《看了〈故都春梦〉》，署"柳今投"。10日，《小小日报》"谈天"栏刊出杂文《倡门》。12日，《小小日报》"谈天"栏刊出杂文《乞丐》。13日，《小小日报》"谈天"栏刊出杂文《心》。9月15日，《小小日报》"谈天"栏刊出杂文《短　小　经济》。9月16日，《小小日报》"谈天"栏刊出杂文《性的文章》。9月17日，《小小日报》"谈天"栏刊出杂文《逢场作戏》。9月18日，《小小日报》"谈天"栏刊出杂文《浮云变幻》。9月19日，《小小日报》"谈天"栏刊出杂文《敲钗小语》。20日，《小小日报》"谈天"栏刊出杂文《俗礼》。21日，《小小日报》"谈天"栏刊出杂文《何不当初》。22日，《小小日报》"谈天"栏刊出杂文《醋的考证》。23日，《小小日报》"谈天"栏刊出杂文《劲秋》。28日，《小小日报》"谈天"栏刊出杂文《柴　米　油　盐　酱　醋　茶》。30日，《小小日报》"谈天"栏刊出杂文《烛边思绪》，叙述阅读《朝鲜义士安重根传》的感受，抒发爱国情怀及对国内现实的愤懑。

　　10月1日，《小小日报》"谈天"栏刊出杂文《吵嘴》。29日，《小小日报》"哈哈镜"栏刊出杂文《团圞月照破碎国家》，署"柳今"。

1931年（民国二十年，辛未）　23岁

　　是年，王度庐应聘担任《小小日报》编辑员。5月，《小小日报》连载哀情

小说《缠命丝》,署"王霄羽"。同时连载社会小说《燕燕莺莺》,署"香波馆主"。9月18日,沈阳发生"九一八"事变,日本加紧侵华。

按:《缠命丝》仅存第九〇次,内文曰"全卷终",图片有"31,8,1"标注,据此倒推,当始载于5月;《燕燕莺莺》仅存第六二次,未完,图片注"31,8"。

又按:耿小的在《我与〈小小日报〉》中说,自己进入《小小日报》任编辑是在"1933年后","之前似乎赵苍海编过很短时期",却未提及王霄羽。若其记忆无误,则王之去职,当在赵前。

1934年(民国二十三年,甲戌) 26岁

是年,李丹荃随父亲离北平去西安。不久王度庐亦往西安,任陕西省教育厅编审室办事员,《民意报》编辑员。

3月10日,陕西省教育厅在西安民众教育馆举办西安中小学讲演竞赛会;28日、29日,又在西安民乐园举办西安中小学第二届唱歌比赛,均派王霄羽任记录。

3月20日,西安《民意报》"戏剧与电影周刊"第一期刊载《中国戏剧生命之革新》第一节"九一八后的中国戏剧界",署"柳今"。文中慨叹中国剧坛进步缓慢,以至"今日远东国际纠纷之病菌集于中国,而我国之戏剧仍然如沉睡,如枯死,反使他人——俄国——高呼曰:'怒吼吧中国!'"27日,"戏剧与电影周刊"第二期续载《中国戏剧生命之革新》第一节"九一八后的中国戏剧界",署"柳今"。文中续论中国戏剧的觉醒与"推翻""旧剧势力"之关系。同期又载《电影是应合大众所需要 真不容易利用它》,署"潇雨"。文中说:"艺术只要不是'自我'的而是'大众'的,那就当然要被利用成为一种工具。电影尤其要首先被人利用的,不过常常又见人们弄巧成拙,利用影片作某种宣传,结果倒被观众利用,"从而形成与国外影片亦步亦趋的种种题材热,当前已由伦理片、武侠侦探片演进为民生片。当局于"九一八"后号召影界多制作"关于唤起民族精神的片子"固然不错,但是"现在的民众,只是恐慌他们的经济穷困,生活惨淡,实在没有充分的力量去供给到民族上。或者,现在的电影也只走到了替穷人呼吁,次一步,才是民族精神"。

4月3日，西安《民意报》"戏剧与电影周刊"第三期未见，当续载《中国戏剧生命之革新》第二节"新旧戏剧之检讨"。10日，"戏剧与电影周刊"第四期续载《中国戏剧生命之革新》第二节"新旧戏剧之检讨"，署"柳今"。文中认为，"中国旧剧虽然不能追随时代，但确能利用科学，亦缘近代科学文明多供给于资产阶级之享乐，旧剧靡靡之音当愈适合于人之享乐。新剧□□□□，自难免在比较之下落后也"。（原件有四字无法辨认。）同期并载《伦敦公演〈彩楼配〉的问题》，署"潇雨"。文中认为，在伦敦由中国人与外国人用英语同演旧剧《彩楼配》，只能像《蝴蝶夫人》那样，迎合一部分外国人的扭曲了的东方观，"但是歪曲的东西在现代剧坛上实在没有它的地位，何况这《彩楼配》国际性质的公演"。

按：（1）王度庐档案中的履历表填："1934—1935年 西安民意报 编辑员"，"1935-1936年 陕西省教育厅 办事员"。而从文章刊出情况判断，任《民意报》编辑员应该在后（报馆编辑不可能受厅长派遣去任竞赛记录），或者同时兼任二职。

（2）西安《民意报》"戏剧与电影周刊"仅存一、二、四期，日期据打印稿说明（周刊第四期为4月10日）向前推算而得。4月3日报缺失，内容可据前后两期推知（不排除3日还有其他文章刊出）。4月10日以后报纸缺失，当有其他未知史料。

5月，《陕西教育月刊》第五期发表《陕西省教育厅举办西安中小学讲演竞赛会经过》和《陕西省教育厅举办西安中小学第二届唱歌比赛会经过》记录，均署"王霄羽"。

10月，《陕西教育旬刊》第二卷第廿九、卅、卅一期合刊"论著"栏刊出《民间歌谣之研究》，署"王霄羽"。全文五章：第一章"歌谣之史的发展"；第二章"歌谣的分类法"；第三章"歌谣价值的面面观"；第四章"歌谣技巧的研究"；第五章"结论"。文中有这样的论述："贵族化的文学在'五四'时就已被人打倒，现在一般人都提倡大众文学。真正的'大众文学'在哪里？我们离开了歌谣，恐怕再没有地方寻找了罢？"

1935年（民国二十四年，乙亥） 27岁

是年，王度庐与李丹荃在西安结婚。婚后李父卒于三原，王度庐前往料理丧事，曾遭歹徒劫持。

　　按：王度庐后来在《〈宝剑金钗〉序》中写及"频年饥驱远游，秦楚燕赵之间，跋涉殆遍"当有所夸张，实则未离陕西。

1936年（民国二十五年，丙子）　28岁

是年王度庐夫妇返回北平。10月13日，《平报》刊载《献于〈平报〉——十五周年》，署"王霄羽"。同日，《平报》开始连载武侠小说《黄河游侠传》，署"霄羽"。12月12日，发生"西安事变"。

　　按：李丹荃在遗稿中回忆返京前后的生活说："我有晕眩症，那时常犯，昏迷中常听到王叨念：'谢家有女偏怜小，自嫁黔娄万事乖……'后来我知道了这是元稹的悼亡诗。我就说：'你老叨念什么，我又没有死呀！'现在回想当时情景，如在目前。"

1937年（民国二十六年，丁丑）　29岁

是年春，王度庐夫妇应李丹荃二伯父伊筱农召，同赴青岛。4月17日，《平报》连载《黄河游侠传》结束。18日，《平报》开始连载武侠小说《燕赵悲歌传》，署"霄羽"。4月末，王度庐回北平料理"文债"，于端午节后返青岛。不久，弟探骊与北平进步青年同来青岛，王度庐夫妇送他们取道上海奔赴陕北参加革命。

　　按：李丹荃在所遗手稿中说："弟弟到了青岛，我们大家分析了当时的形势，都赞成他去内地找出路。他们兄弟一向感情很好，分手时不无留恋。最后王度庐慨然说：'你就放心走吧，我们以后会团聚的，母亲的生活，家里的一切，有我呢。'他把自己的怀表给了弟弟。"

7月7日，卢沟桥事变爆发。9日，《平报》连载《燕赵悲歌传》结束。10日，《平报》开始连载武侠小说《八侠夺珠记》，署"霄羽"。30日，北平、天津失守。

12月底，青岛守军撤离。

　　按：伊筱农（1870—1946?），广东法政及警察速成学校毕业。1912年

来青岛，创办《青岛白话报》（后改名《中国青岛报》），在当地颇有影响。"伊"为满族所冠汉姓，可知李丹荃家族亦有满族血统。

《八侠夺珠记》殆未载完。

1938年（民国二十七年，戊寅）　30岁

1月10日，日寇全面占领青岛。伊筱农博平路宅第被日军作为"敌产"没收，王度庐夫妇与伯父同往宁波路4号租屋居住。生计陷入极度困难之时，王度庐偶遇在《青岛新民报》任副刊编辑的北平熟人关松海，应约向该报投稿。

5月30日、31日，《青岛新民报》发布《本报增刊武侠小说预告》，称"已征得名小说家王度庐先生之精心杰作长篇武侠小说《河岳游侠传》"，即将刊出。是为"度庐"笔名首次见报。

按：《青岛新民报》和后来的《青岛大新民报》在刊出王度庐作品之前都先发布预告，下不一一列载。

6 月1日，《青岛新民报》开始连载武侠小说《河岳游侠传》，署"王度庐"。2日，《青岛新民报》刊载散文《海滨忆写》，署"度庐"。

11月15日，《河岳游侠传》连载结束。共20回，未见单行本。16日，《青岛新民报》开始连载武侠悲情小说《宝剑金钗记》，署"王度庐"。配图：刘镜海。

按：刘镜海，时在海泊路23号开设"镜海美术社"，除为王氏作品配插图外，在生活上与王度庐夫妇也经常互相照顾。

1939年（民国二十八年，己卯）　31岁

是年春，王度庐长子生于青岛。4月24日，《青岛新民报》开始连载社会言情小说《落絮飘香》，署"霄羽"。配图：许清（刘镜海笔名）。7月29日，《宝剑金钗记》在《青岛新民报》载毕。30日，《青岛新民报》开始连载武侠悲情小说《剑气珠光录》。

是年，青岛新民报社印行《宝剑金钗记》单行本，前有王度庐自序，谓

"频年饥驱远游，秦楚燕赵之间跋涉殆遍，屡经坎坷，备尝世味，益感人间侠士之不可无。兼以情场爱迹，所见亦多，大都财色相欺，优柔自误。因是，又拟以任侠与爱情相并言之，庶使英雄肝胆亦有旖旎之思，儿女痴情不尽娇柔之态。此《宝剑金钗》之所由作也"。

按：《宝剑金钗记》自序仅见于青岛新民报版单行本，也是至今所见王度庐为自己著作所写申述创作意图的唯一自序（其他著作连载时虽或亦加引言，均系说明性文字，出版单行本时皆被删除）。

1940年（民国二十九年，庚辰）　32岁

2月2日，《落絮飘香》在《青岛新民报》载毕。3日，《青岛新民报》开始连载社会言情小说《古城新月》，署"霄羽"，配图：许清。22日，《青岛新民报》刊载《〈落絮飘香〉读后》，作者傅珦琳系关松海之夫人。文中介绍霄羽"曩在北京主编《小小日报》时，以著侦探小说知名"，并且透露"霄羽""度庐"实为一人。

4月5日，《剑气珠光录》载毕，随后亦由报社印行单行本。7日，《青岛新民报》开始连载《舞鹤鸣鸾记》，署"王度庐"，配图：刘镜海。此日所载为该书"序言"，出单行本时被删却，全文如下："内家武当派之开山祖张三丰，本宋时武当山道士，曾以单身杀敌百余，因之威名大振。武当派讲的是强筋骨、运气功、静以制动、犯则立仆，比少林的打法为毒狠，所以有人说'学得内家一二，即足以胜少林。'此派自张三丰累传至王咸来，咸来弟子黄百家，又将秘传歌诀，加以注解，所以内家拳便渐渐学术化了。可是后因日久年深，歌诀虽在，真功夫反不得传。自清初至近代，武当派中的侠士实寥寥无几，有的，只是甘凤池、鹰爪王、江南鹤等。甘凤池系以剑术称，鹰爪王专长于点穴，惟有江南鹤，其拳剑及点穴不但高出于甘、王二人之上，且晚年行踪极为诡异，简直有如剑仙，在《宝剑金钗记》与《剑气珠光录》二书中，这位老侠只是个飘渺的人物，如神龙一般。而本书却是要以此人为主，详述他一生的事迹。又本书除江南鹤之外，尚有李慕白之父李凤杰，及其师纪广杰。所以若论起时代，则本书所述之事，当在李慕白出世之前数十年了。"

8月16日，南京《京报》开始连载《风雨双龙剑》，署"王度庐"。配图：

刘镜海。

按：南京《京报》为汪伪时期出版的四开小报，原系三日刊，1940年8月16日改为日报，终刊于1945年8月16日。该报约得王度庐文稿，当亦出诸关松海之介绍。

介绍王度庐去市立女中代课的是潘思祖，字颖舒，河北邢台人，1930年毕业于河北大学国文系，时在青岛市立女中任教。李丹荃在回忆手稿中说："潘先生常来我家，一坐就是半天。他善谈吐，知道的事情多，打开话匣子什么都说。""潘先生是王度庐那时唯一可以谈得来的人，只有和潘先生在一起，王度庐才肯毫无顾忌地说话。在有些言情小说里，故事情节也是取自潘先生的谈话资料。"王子久则在《王度庐和他的小说》（载于1988年1月9日《青岛日报》）中说，"下课后学生常常把他包围起来"，要求他别把《落絮飘香》《古城新月》里女主人公的下场写得太惨。

1941年（民国三十年，辛巳）　33岁

是年王度庐任青岛圣功女中教员。3月15日，《舞鹤鸣鸾记》在《青岛新民报》载毕，随后亦由报社印行单行本。16日，《青岛新民报》开始连载《卧虎藏龙传》，配图：刘镜海。4月10日，《古城新月》在《青岛新民报》载毕。11日，《青岛新民报》开始连载《海上虹霞》，署"霄羽"。配图：许清。5月9日，《风雨双龙剑》在南京《京报》载毕，共17回。随后即由报社印行单行本。10日，南京《京报》开始连载《彩凤银蛇传》，署"度庐"。配图：刘镜海。8月27日，《海上虹霞》在《青岛新民报》载毕。28日，《青岛新民报》开始连载社会小说《虞美人》，署"霄羽"。配图：许清。

按：《风雨双龙剑》连载本与后来的上海育才书局重印本相比，在回目、内文上都略有差别，后者当经作者修订。

1942年（民国三十一年，壬午）　34岁

是年王度庐曾任青岛市立女中代课教员一个多月。

按：青岛王铎先生之母当年为市立女中教员，他听母亲说，王度庐担任的是培训社会人员的课程，上课地点在市立女中附小（即位于朝城路5

号的今朝城路小学）。

3月1日，《彩凤银蛇传》在南京《京报》载毕，共13回。2日，南京《京报》开始连载《纤纤剑》，署"王度庐"。配图：刘镜海。3日，南京《京报》刊载读者傅佑民来信《关于〈彩凤银蛇传〉鲁彩娥之死》，对《彩凤银蛇传》女主人公因伤重死于中途而未见到自幼失散之生母的结局提出异议。该报副刊编辑在《编者谨按》中说："王先生写鲁彩娥之死，才正是脱去中国武侠小说的旧套……给读者一种'此恨绵绵无绝期'的尾巴……这才是全书的力量。""读者越是这样着急，气愤，越是著者的成功，越见王先生文笔感人之深。6日，《卧虎藏龙传》在《青岛新民报》载毕。同日，南京《京报》又载读者陈中来信，再次对《彩凤银蛇传》写鲁海娥之死提出商榷，以为固然"不必'大团圆'或带'回令'"，而"'见娘'似为必要"。信中还提及"某日路过平江府街，闻一擦皮鞋者与一少年，亦在津津然预测鲁海娥之未来"，可见读者关心之一斑。7日，《青岛新民报》开始连载《铁骑银瓶传》，署"王度庐"。配图：刘镜海。17日，南京《京报》再载读者王德孚来信，认为虽然鲁海娥之死写得好，但是还应加上一些交代后事、劝导爱人走正路的临终遗言。24日，南京《京报》刊出王度庐《关于鲁海娥之死》一文，回答读者批评，说明"在写该书的第一回之前，我就预备着末了是一幕悲剧。""向来'大团圆'的玩意儿总没有'缺陷美'令人留恋，而且人生本来是一杯苦酒，哪里来的那么些'完美'的事情？'福慧双修'的女子本来就很少，尤其是历史或小说里的'美人'。古人云：'自古美人如名将，不许人间见白头。'西施为千古美人，原因是她后来没有下落；林黛玉是读过了《红楼梦》的人一定惋惜的，原因也是她早死。近代的赛金花就不够'绝代佳人'的条件，她是不该后来又以老旦的扮相儿再登台。'好花不常开，好景不常在'，美与缺陷原是一个东西。本此种种理由，于是我更得叫我们的'粉鳞小蛟龙'死了。""因为这样的女人决不可叫她去与人'花好月圆'，度那庸俗的日子；尤其不能叫她跟十三妹一样作二妻一夫的给男子开心。"

10月31日，《纤纤剑》在南京《京报》载毕，共10回。

是年，《青岛新民报》与《大青岛报》合并，更名《青岛大新民报》。

1943年（民国三十二年，癸未）　35岁

　　是年王度庐曾任《治平月刊》编辑员一个多月。1月23日，南京《京报》开始连载《舞剑飞花录》，署"王度庐"。配图：刘镜海。

　　10月5日，《青岛大新民报》刊出《寒梅曲》广告，其中说："名小说家王霄羽先生自为本报撰《落絮飘香》《古城新月》《海上虹霞》《虞美人》等数篇之后，篇篇脍炙人口，远近交誉，百万读者每日争先竞读，投来赞誉之函件无数。盖王君文学湛深，复精研心理学，对于社会人情，观察最深；国内足迹又广，生活经验极为丰富；并以其妙笔，参合新旧写法，清俊流畅，细腻转宛；描写之人物，皆跃跃如生，令人留下深深印象。其所选之故事，又皆可悲可喜，新颖而近情合理，章法结构，亦极严谨，无懈可击。即以现刊之《虞美人》言，连刊二年余，若换他人之著作，恐早已令人生倦，然王君之文，日日有新的描写，故事有新的发展变幻，令人如食橄榄，越嚼其味越长；如观大海，久望而其波澜无尽。是以每日每人争相阅读，并常有向本社函电相询者。此均系事实，凡读者皆能信而不疑者也。故虽饱学之士，极富人生阅历之人，对王君之著作亦莫不称誉，谓之为当代第一流之小说家。今《虞美人》即将终篇，新作已由王君开始动笔，名曰《寒梅曲》。系由民国初年北京极繁华之时写起，先述女伶之生活，但与一般的俗流写法迥异；次叙一好学上进的女子，于艰苦环境之中不泯其志气，不失其天真。渐展为一段恋爱，男主角为一音乐家，于是《寒梅曲》遂写入本题矣。其后则此女主角遭境改变，如寒梅之遇风雪，花片纷落，然不失其皓洁。中间穿插许多新奇而合理之故事，出现许多面貌不同、心情各异之人物，但人物虽多而不杂乱，每个人又都是在前几篇中未见过的，可也就许是读者眼前常见的。写至中段，则情节极为紧张，能不下泪、不感动者恐少；斯时又写一洁身自爱、有为之少年人，排万难立其身，颇富伦理知识，且有教育意味。至篇末结束之时，写得尤为高超，读者到时自然赞佩。并且此书与前几篇不同，王君之作风稍加改变，简洁流丽，不作繁冗之藻饰，不用生涩的字句，更以悲哀与滑稽相衬而写，非但令人回肠荡气，有时亦令人喷饭。总之，王君之作品早已成熟，已至炉火纯青之候，已有挥洒自如之才力，此《寒梅曲》尤最，不待多加介绍也。"6日，《虞美人》在《青岛大新民报》载毕。7日，《青

岛大新民报》开始连载《寒梅曲》，署"霄羽"。配图：许清。

按：因存报缺失，《寒梅曲》连载结束时间未详。

1944年（民国三十三年，甲申）　36岁

是年《铁骑银瓶传》在《青岛大新民报》载毕（具体月、日未详）。1月18日，《舞剑飞花录》在南京《京报》载毕，共19章。19日，南京《京报》开始连载《大漠双鸳谱》，标"侠情小说"，署"王度庐"。配图：镜海。7月3日《大漠双鸳谱》载毕，共6章。4日，南京《京报》开始连载《春明小侠》，标"侠情小说"，署"王度庐"。

按：《舞剑飞花录》后由上海励力出版社印行单行本，改题《洛阳豪客》，被压缩为16章。连载本之章题与单行本完全不同，文字出入也较大。

又，本年上海《戏世界》报曾刊出武侠小说《铁剑红绡记》，署"王度庐"，现仅存4030、4031、4032、4033、4034、4035、4036、4038、4039、4040十期（即十段连载文本，分别属于第一、二章，时间为3月20日至30日）。待辨真伪。

1945年（民国三十四年，乙酉）　37岁

2月18日，王度庐之女生于青岛。25日，《春明小侠》载至第20章。5月1日，南京《京报》连载《琼楼双剑记》第二章，署"王度庐"。同日，青岛《民民民》月刊连载《锦绣豪雄传》，署"王度庐"。是年夏秋之际，《青岛大新民报》停刊。8月15日，日本正式宣布投降。10月25日，青岛举行日军受降典礼。《青岛时报》等老报复刊，《民治报》《民众日报》等新报创刊。

按：《春明小侠》于本年2月25日载至第二十章，改标"武侠小说"，以下报纸缺失，连载结束时间当在4月末。《琼楼双剑记》亦因报纸缺失而不知始载时间；至5月27日，所载内容仍为第二章，以后殆未续载。《锦绣豪雄传》亦未载完。

1946年（民国三十五年，丙戌）　38岁

是年王度庐为维持生计，曾任赛马场办事员，于周日售马票。12月2日，

《青岛时报》开始连载王度庐所著武侠小说《紫凤镖》，署名"鲁云"。

1947年（民国三十六年，丁亥）　39岁

5月1日，青岛《民治报》开始连载王度庐所撰武侠小说《太平天国情侠传》，署"鲁云"。19日，青岛《大中报》开始连载王度庐所撰武侠小说《清末侠客传》，署"鲁云"。6月11日，《青岛时报》开始连载王度庐所撰社会言情小说《晚香玉》，署"绿芜"。7月18日，《紫凤镖》在《青岛时报》载毕。19日，《青岛时报》开始连载王度庐所撰武侠小说《雍正与年羹尧》，署"鲁云"。是年王度庐收到弟弟来信，得知中共即将获得全面胜利。

按：《太平天国情侠传》仅见一节，未知是否载毕。《雍正与年羹尧》《清末侠客传》当于次年载毕。

李丹荃在回忆文中说："1947年，我们忽然收到分离多年的弟弟的信，那信是经过几个人辗转捎来的。信中大意是：我在外买卖很好，我们不久即可团聚，望你们放心。信虽很短，但却是莫大喜讯。信中真实的含义，我们是明白的，知道多年的战争是将结束了。只是这时他们在北平的母亲已故去，没有来得及知道，是终身遗憾。"

1948年（民国三十七年，戊子）　40岁

是年王度庐曾任青岛摊商工会文牍。1月31日，《晚香玉》在《青岛时报》载毕。2月1日，《青岛时报》开始连载《粉墨婵娟》，署"绿芜"。4月29日，《青岛时报》开始连载武侠小说《宝刀飞》，署"鲁云"。6月，上海育才书局出版增订本《风雨双龙剑》。7月10日，《粉墨婵娟》在《青岛时报》载毕。15日，《青岛时报》开始连载侠情小说《燕市侠伶》，署"绿芜"。9月17日，《宝刀飞》在《青岛时报》载毕。9月20日，《青岛公报》开始连载武侠小说《金刚玉宝剑》，署"王度庐"。

按：《金刚玉宝剑》之"玉"字当系"王"字之误，参见丁福保主编之《佛学大辞典》：【金刚王宝剑】（譬喻）临济四喝之一，谓临济有时一喝，为切断一切情解葛藤之利剑也。《临济录》曰："师问僧：有时一喝如金刚王宝剑，有时一喝如踞地金毛狮子，有时一喝如探竿影草，有时一喝不

作一喝用，汝作么生会？僧拟议，师便喝。"《人天眼目》曰："金刚王宝剑者，一刀挥断一切情解。"又：【金刚】（术语）梵语曰缚罗。……译言金刚，金中之精者，世所言之金刚石是也。…… 又（天名）持金刚杵之力士，谓之金刚。……【金刚王】（杂语）金刚中之最胜者，犹言牛中之最胜者为牛王也。……

9月24日，青岛《军民晚报》开始连载武侠小说《龙虎铁连环》，署"王度庐"。10月，上海励力出版社将《清末侠客传》分为两册印行，分别改题《绣带银镖》《冷剑凄芳》。11月，上海励力出版社出版《宝刀飞》。同年，上海励力出版社还出版或再版了王度庐的以下作品：《鹤惊昆仑》（即《舞鹤鸣鸾记》），《宝剑金钗》（即《宝剑金钗记》），《剑气珠光》（即《剑气珠光录》），《卧虎藏龙》（即《卧虎藏龙传》），《铁骑银瓶》（即《铁骑银瓶传》），《紫电青霜》，《新血滴子》（即《雍正与年羹尧》），《燕市侠伶》，《落絮飘香》《琼楼春情》《朝露相思》《翠陌归人》（此为《落絮飘香》连载本的四个分册），《暴雨惊鸳》（此为《寒梅曲》连载本的第一分册，以下分册未见），《绮市芳葩》《寒波玉蕊》（此为《晚香玉》连载本的两个分册），《粉墨婵娟》《霞梦离魂》（此为《粉墨婵娟》连载本的两个分册）。

按：《燕市侠伶》之后集为《梅花香手帕》。后集未见连载，励力版《燕市侠伶》亦未见，该版当不包括后集。

1949年（己丑） 41岁

是年，王度庐之弟谭立（即王探骊）出任中共大连市委副书记。1月1日，青岛《民治报》开始连载《玉佩金刀记》，署"王度庐"。未完。2月，《金刚玉宝剑》改由《联青晚报》连载。4月，上海励力出版社出版《金刚玉宝剑》，共三册。6月29日，王度庐幼子生于青岛。

是年秋，王度庐夫妇携长子、女儿同由青岛迁往大连（幼子暂留青岛）。王度庐任旅大行政公署教育厅编审委员。李丹荃先在市教育局初教科任科员，后任教于英华坊小学和大同坊小学。

本年，重庆千秋书局出版《紫凤镖》。上海励力出版社还出版了王度庐的下列作品：《朱门绮梦》《小巷娇梅》《碧海狂涛》《古城新月》（此为《古城新月》连载本的三个分册），《海上虹霞》《灵魂之锁》（此为《海上虹霞》连载本的两个分册），《琴岛佳人》《少女飘零》《歌舞芳邻》（此为《虞美人》连载本的前四个分册，以下分册未见），《洛阳豪客》（即《舞剑飞花录》），《风尘四杰》，《香山侠女》，《春秋戟》，《龙虎铁连环》等。

1950年（庚寅） 42岁

王度庐在旅大行政公署教育厅任编审委员。

1951年（辛卯） 43岁

王度庐调入旅大师范专科学校任教员。

1953年（癸巳） 45岁

是年夏，王度庐调入沈阳东北实验学校（现辽宁省实验中学）任语文教员，李丹荃任该校舍务处职员。

1955年（乙未） 47岁

5月，《人民日报》公布《关于胡风反革命集团的材料》。在清查"胡风分子"时，王度庐曾经受到无端怀疑。

1956年（丙申） 48岁

1月13日，文化部发出《关于续发处理反动、淫秽、荒诞图书参考目录的通知（56）（文陈出密字第9号）》，其第二条称："有一些人专门编写反动、淫秽、荒诞的图书，如徐訏、无名氏、仇章专门编写政治上反动的、描写特务间谍的小说，张竞生、王小逸（捉刀人）、蓝白黑、笑生、待燕楼主、冷如雁、田舍郎、桑旦华专门编写含有反动政治内容或淫秽、色情成分的'言情小说'，朱贞木、郑证因、李寿民（还珠楼主）、王度庐、宫白羽、徐春羽专门编写含有反动政治内容或淫秽、色情成分的神怪、荒诞的'武侠小说'。为了肃清反动、淫秽、荒诞的图书，请各省市文化局在审读图书时，对于徐訏……徐春羽等二十一人编写的图书特别加以注意。但决定是否处理和如何处理，仍应按书籍内容而定。"（见中国出版科学研究所、中央档案馆编：《中华人民共和国出版史料》第8辑，中国书籍出版社，2002。）

同年，王度庐加入中国民主促进会，并任该会沈阳市第五届市委委员；又曾被选为皇姑区政协委员和沈阳市第六届人民代表大会代表。

按：以上政治身份据辽宁省实验中学所存退休人员登记表及李丹荃回忆文。加入民进当在本年，其他事项或在其后，因无法查实年份，姑均暂系于本年。

1957年（丁酉）　49岁

实验中学也掀起"反右"运动，王度庐没有受到大冲击。

1966年（丙午）　58岁

"文化大革命"爆发。王度庐受到冲击，被贬入"有问题的人学习班"，接受"清队"审查。

1968年（戊申）　60岁

王度庐仍处于"逍遥"状态。

1969年（己酉）　61岁

王度庐当在是年被结束"审查"，获得"解放"，即被宣布没有查出问题，恢复原来的政治身份。

按：依照"文革"程序，"有问题的人"被"解放"之前，仍需召开一次表示"结案"的批判会。李丹荃在回忆文中写道："……开了一个小型批判会。也不知从什么地方找来一本《小巷娇梅》，批判者念一段，批判一番……当批判者念到生动有趣处，听者笑了，王度庐也忍不住笑了，当然要招来申斥：'你还笑？你要端正态度！'批判者们又从我们家拿走了我们的一本相册，里面有两张全家照片。一张中有我抱着1949年初生的幼子；另一张是我穿着在旅大行政公署发的女干部服装，王度庐穿着他兄弟给他的呢子干部服装。批判者举着照片说:'你们穿得这么好,可见你们过去生活多么优越!你爱人还穿着裙子!'……对他的批判只是一种虚张声势的形式。那些老师并未认真对待。"

1970年(庚戌)　62岁

是年春,王度庐以退休人员身份,随李丹荃下放到辽宁省昌图县泉头公社大苇子大队,不久转到泉头大队。

按:王度庐幼子在一封信里这样回忆父母被"下放"的情景:"……我在农村'接受再教育',得知后立即赶回家。前往农村时,年迈的父母坐在卡车顶上,一路颠簸。爸爸当时身体就很不好,加上这一折腾,半路解手时,站了半天也解不出来。妈妈晕车,走一路吐一路。那情景我现在回忆起来都止不住要流泪。"

其女则曾在一封信里回忆到昌图看望父母的情景:"听说他们下乡了,我很急,不久就请假找去了。他们一辈子住在城里,父亲更是年老体弱,手无缚鸡之力,忽然到了农村,借住在人家的半间小屋里,怎么生活?""我还没走到家,就远远地看见父亲坐在一棵繁茂的大树下(很像一幅中国山水画),我的心顿时平静下来了。他永远是那么心平气和,不知是怎么修炼的。""我女儿小时候跟我父母在农村住过。有一次闹觉(困了,不睡,哭闹),我很烦,可我父亲说:'世界多美好啊,她是舍不得去睡觉啊。'""有时,父亲用手比成一个取景框,东照一下,西照一下,对我的小孩说:'快来看,这边是一个景,那边也是一个景。'(父亲原本喜欢摄影,在小说《海上虹霞》中曾写到购买'莱卡'照相机,就颇内行。)他还常让母亲下地干活回来时带些野花野草。那时父亲走路已不太方便了。"

1972年(壬子)　64岁

王度庐在昌图。其幼子考入迁至铁岭的沈阳农学院农学系。

1974年(甲寅)　66岁

1月14日,长子突然亡故,王度庐夫妇不胜哀痛。

同年, 幼子毕业于迁至铁岭的沈阳农学院农学系, 留校任教。李丹荃于下放人员"落实政策"时也被安排退休。

1975年（乙卯） 67岁

王度庐夫妇迁往铁岭与幼子同住。

1977年（丁巳） 69岁

2月12日, 王度庐因病卒于铁岭。

按: 李丹荃在回忆手稿中这样记述丈夫逝世的情景:"儿子工作的学校已放了寒假, 这天正是旧历年末。晚上儿子去办公室值夜, 女儿远在几千里外工作。我们住在一间很小的宿舍里, 暖气不热, 电灯不亮, 风吹得屋外树枝簌簌地响, 偶然能听得到远处一声声犬吠。他病已重危, 该说的话早已说完, 他静静地合上双眼去了。我不愿惊动他, 也不想叫别人, 坐在床前陪伴着他, 送他安静地走完了人生最后的旅程, 时年六十八（周）岁……我遵从他的遗嘱, 没有通知很多人, 没有举行一切世俗的仪式, 没有哀乐, 没有纸花, 悄然地由他的儿子和几位热情的青年同事用担架（把他）抬到离我家很近的火葬场。"

（承张元卿博士协助查阅南京《京报》并发现、提供有关陕西教育月刊、旬刊资料, 特此致谢!）

2016年1月修订

《王度庐作品大系》书目一览表

武侠卷第一辑（2015年7月已出版）

1.鹤惊昆仑（上、下）2.宝剑金钗（上、下）3.剑气珠光（上、下）4.卧虎藏龙（上、下）5.铁骑银瓶（上、中、下）

武侠卷第二辑（待出版）

1.风雨双龙剑 2.彩凤银蛇传 3.纤纤剑 4.洛阳豪客 5.大漠双鸳谱 6.紫电青霜 7.紫凤镖 8.绣带银镖 9.雍正与年羹尧 10.宝刀飞 11.金刚玉宝剑

社会言情卷（待出版）

1.落絮飘香 2.古城新月 3.海上虹霞 4.虞美人 5.晚香玉 6.粉墨婵娟 7.风尘四杰 8.香山侠女

早期小说与杂文卷（待出版）

1.杂文 2.早期小说：红绫枕 鳌汉海盗 黄河游侠传 3.散佚作品精选集：燕市侠伶 虞美人 春明小侠 春秋戟 寒梅曲